U0112642

流水今日

2023 年中国女性散文选

张 莉 主编

江苏凤凰文艺出版社
JIANGSU PHOENIX LITERATURE AND
ART PUBLISHING

图书在版编目(CIP)数据

流水今日:2023年中国女性散文选 / 张莉主编.—南京:
江苏凤凰文艺出版社,2024.4
ISBN 978-7-5594-8162-7

Ⅰ.①流… Ⅱ.①张… Ⅲ.①散文集-中国-当代
Ⅳ.①I267

中国国家版本馆 CIP 数据核字(2024)第 001728 号

流水今日：2023年中国女性散文选

张莉　主编

出 版 人	张在健	
策划统筹	孙　茜	
责任编辑	李珊珊	
特约编辑	王晓彤	
责任印制	杨　丹	
出版发行	江苏凤凰文艺出版社	
	南京市中央路 165 号,邮编:210009	
网　　址	http://www.jswenyi.com	
印　　刷	苏州市越洋印刷有限公司	
开　　本	880 毫米×1230 毫米　1/32	
印　　张	14	
字　　数	302 千字	
版　　次	2024 年 4 月第 1 版	
印　　次	2024 年 4 月第 1 次印刷	
书　　号	ISBN 978-7-5594-8162-7	
定　　价	59.80 元	

目录

远游

序言

什么是文学中的女性视角
——在 N-TALK 文学之夜的演讲

张　莉

　　很高兴参加 N-TALK 文学之夜。关于文学与夜晚的关系，我想到《一千零一夜》里的山鲁佐德，这位女性靠讲故事熬过漫长的夜晚，也逐渐摆脱了厄运，成了跨越时空的有魅力的女性。我也想到童年时代的经历，童年时代有段时间和姥姥一起住在乡下，大概五六岁的样子。我模模糊糊地记得，一位姑姑有阵子晚上常来和姥姥聊天，因为怕吵醒我，她会低声说话。朦胧中我听不清她们说什么，或者我听清了也听不懂，这对我来说是一个巨大的谜。直到现在，我依然能清晰记得北方寒冷冬夜里两个女人的聊天，她们是我日常所见到的女性讲故事人。像这样的讲故事人一定很多，有的女性喜欢讲自己的故事，有的女性喜欢讲别人的故事。正是她们的讲述让黑夜有了迷人的色彩。我们借由文学形成情感共同体。文学连接每一个孤独的个体，不管我们身在何处，借助文学，我们会在某一个时刻共振和共鸣，也会分辨出彼此。

我看见的是"'川流不息'的做饭"

　　今天我演讲的题目是"什么是文学中的女性视角"。想到讲这个题目,是因为去年听过两位男性朋友跟我讲到他们最近感受到的压力。一位做编剧的朋友说,他做编剧的一部电影,被读者批评为男性凝视,观众建议他去学习如何用女性视角讲故事。他听到后感到非常委屈,他说,我一直是支持男女平等的啊。另一位作家朋友,最近刚修改了一些小说细节,因为女编辑们认为太大男子主义了。最后他听取了编辑的意见。这让我意识到,我们的观众、读者、文学编辑中的女性力量正在提升,她们切实推动了创作者女性视角的生成。

在北师大研究生课堂上,我自己也意识到了年轻女性读者的崛起。有一次,我们一起读鲁迅的《伤逝》,小说写的是一对青年男女,热恋后同居,男主人公意识到了日常生活的困顿,认识到贫穷对爱情的伤害,想和女主人公分手。小说里有句话,叫作厌倦了"'川流不息'的吃饭"。当时在课堂上,有位年长一些的研究生站起来,作为男生,他很同情涓生的际遇,川流不息吃饭的确让人感到厌倦。在他发言的过程中,我注意到课堂气氛逐渐变得紧张,好几个女孩儿的面部反应都非常激烈。他刚坐下,一位女孩子就站起来说,她读到"'川流不息'的吃饭"时,仿佛"看见"了女主人公在"'川流不息'的做饭",她为这位沉默的女孩子感到窒息。当这位00后女孩子讲完这个观点后,四十多人的教室突然就安静下来,我想,每个人都被她的"看见"触动了。

你看,如果默认男性视角,那么看到的是通常教科书上的理解,男主人公对庸常生活的厌倦,但如果稍微位移一下,代入女性视角,我们将看到小说表象之下的另一种痛苦。这是以往阅读文学作品很少会有的角度。什么是女性视角呢?这就是。在我看来,女性视角是使我们"重新看见",重新看见那些以往我们未曾留意的,发现那些以往我们未曾发现的,重新听见我们以往未曾听见的。

小时候,我喜欢《简·爱》。在当年,它对我来讲首先是爱情故事,"你以为因为我穷、低微、不美、矮小,我就没有灵魂,没有心吗？——你想错了！"这是《简·爱》里非常震动人心的台词。站在简·爱的立场,顺着简·爱的视角,我们看到了简·爱和罗切斯特爱情的美妙。后来,我读到了那本《阁楼上的疯女人》——如果站在罗切斯特的角度,你会觉得这个女人是个疯子；如果站在简·爱的角度,你觉得这个女人阻碍了她的幸福；可是站在"疯女人"的角度呢,她是被社会压迫的、失声的女人,如果她可以说话,那么罗切斯特很可能是一个冷酷无情的、令人厌恶的男人。"疯女人"和简·爱虽然都是女性,但立场和视角并不一样。你看,在这个解读没有出现之前,我们对《简·爱》的理解是多么单一,而这一批评方法则让我们看到了那些不应该被忽略的,看到了更阔大的世界,也更好地理解了这部作品。

这让我思考,什么是真正的女性视角阅读,不仅要站在简·爱的视角,还应该站在疯女人的视角,而当我们站在疯女人的角度的时候,我们会发现《简·爱》是另外一个故事,是故事之下的另一个故事。今天我们需要什么样的女性视角呢？我想,首先它不应该是单向度的,不应该是男女二元对立思维模式下的女性视角。要跳出固化的圈层意识。我有一本书叫《我看见无数的她》,尝试以女性视角阅读或者观看电影。在那本书里我提到,在同一个女性群体内部,也是有阶层、阶级与立场之分的,不同的女性看到的世界并不完全一样。但无论怎样,面对作品,女性视角是新鲜的打量作品的角度,但是,不是唯一。女性视角不是排他的，也不应该是非此及彼的。

头发长为什么不可以见识也长

早在 2018 年，我对中国的 137 位作家做过"我们时代的性别观调查"。在调查里，我问青年女作家们的问题是，你有女性意识吗，在写作中你会克服吗？同样问题也给男作家，你认为自己有男性意识吗，你会克服自己的男性意识吗？男作家会说，我的写作有男性意识啊，我本来就是男性，我怎么能克服呢？但很多女作家的回答则是，我的作品里可能有女性意识，但我也知道这有一些问题，我会克服。从这样的回答中我们可以发现，男作家对自我意识是肯定的，但女作家们对自己的女性意识有强烈的不安全感。当然，这是五年前的回答了，就在前不久，我还做了一次回访，大部分作家的理解发生了变化。

在当时，我也调查了一些已经成名的女作家。她们都非常直接承认自己是女性写作或者受益于女性意识，比如铁凝老师，比如林白老师。我记得她们的回答是，我的一部分作品受益于我的女性视角，我的女性意识。尤其要提到迟子建老师的回答，她说很多人说女人头发长，见识短，但是，女人头发长为什么不可以见识也长呢？我对她的回答印象深刻，我认为，她以一种形象的方式对那些女性刻板化的印象提出了质疑。所以你看《额尔古纳河右岸》，她写了一位女酋长视角下的世界，沧桑坎坷，同时也深具力量感。

女性是不是天然就拥有女性视角或更敏感的性别意识，或者，难道男作家就天生写不出具有女性视角的作品吗？在 2023

年 FIRST 影展的惊喜 TALK 单元里，我也分析过这个问题。比如，有的作家是女作家，但写的是"霸道总裁爱上我"系列，那不是真正意义上的女性写作。还比如拉姆案，丈夫杀死了拉姆，全社会都在谴责他，但也有人在新闻下回复说，她一定做了让她丈夫生气的事情，不然，她不会被杀。那么，持这种观点的人就不是女性视角，即使生理性别是女性也不是。我的意思是，不是因为是女性就一定天然拥有女性视角，女性视角并非与生俱来，它是一种价值观，也是可以学习的方法论。它是后天不断习得的。我们现在很多人开始拥有女性视角，其实就是在不断学习中获得的。事实上，文学史上很多优秀的男作家其实也会写出深具女性视角的作品，比如《安娜·卡列尼娜》，比如《包法利夫人》。

哪些是真正优秀的女性文学作品呢？比如门罗的小说，她写的常常是家庭女性的生活，细致入微，但又深入深刻；比如阿特伍德的《使女的故事》，她从女性身体和生育出发，但又抵达了人类的生存境遇的思考；还比如费兰特的"那不勒斯四部曲"，她写的是女性情谊、姐妹情谊，但又超越了普通意义上的刻板化的女性关系的书写。在我眼中，这些都是优秀的女性文学作品。

"你写得一点也不像女人写的"

我在前面提到，有些青年作家不愿意承认自己的写作是女性写作，她们担心自己会被标签化，我对此非常理解。比如，如果你对一位女作家说，"你写得一点也不像女人写的"，一般情况下它会被当作一种褒奖，夸奖者和被夸奖者都默认。可是，如果对一位男作家说，"你写得一点儿也不像男人写的"，会怎样？他会生气的，非常可能。因为大家似乎都心照不宣，这个评价并非夸奖。所以，在这个语境里，我们会明白，什么写作更"高级"，什么写作没那么"高级"，这就是我们的文学语境。长久以来，我们对好作品的判断已经有了一个潜移默化的认知，但是，这是刻板化的认知。

这些认知需要大家一起改变。这也是我研究女性文学的原因。我希望文学史上的经典文学判断标准不应该只由男作家作品构建，也应该包括女作家作品，我希望平等的理念也能践行在文学评价体系里。当然，情况已经有了改观，世界文学领域里，诺贝尔文学奖得主中女性非常少，但近十年来，女作家开始越来越多，关于她们的作品，评委会在评语中反复提到女性视角、女性意识。这表明，她们的写作和以往男作家不一样，但同样是优秀的。颁奖是在确认一种新的判断文学的标准，不仅仅宏大叙事是重要的，那些来自女性的边缘的叙事同等重要。

在 2023 年茅盾文学奖获奖作品中，我们看到了乔叶的《宝水》。《宝水》写了中国农村发生的巨变，写了当代中国农村女性身上所发生的精神变革，她们如何使用新媒体手段改变生活，如何与家暴、性侵做斗争，如何让自己从受害者身份跳出来。中国现代以来的文学史上，书写乡村生活的作品何其多，但如此广泛书写农村女性命运的作品却是不多的。作为写作者，在面对深厚的中国乡土书写传统中，乔叶显然受益于她的女性视角。正是对中国农村女性命运和女性精神生活的关注，打开了她长篇小说写作的维度。

2019 年，我编纂第一本《中国女性文学作品年选》，我挑选了最有代表性的20部优秀的女性文学作品推荐给大家,到今年已经是第五年了。2019年至今,女性文学作品年选已经走过了五年,也得到了广大读者的喜爱。从2023年开始,我们的女性文学作品年选分为了《明月梅花:2023年中国女性小说选》和《流水今日:2023年中国女性散文选》,两个选本分别都是20位女作家写下的20个故事,是来自女性视角的理解与观看;不同的是,小说年选是虚构和想象的故事,而散文年选则是女作家们所亲身经历的故事。女性文学年选是年度最具代表性的女性故事的集中呈现,不同的女性经验滋养不同的女性故事,截然不同的经历里又有着共同的生命经验和情感。作为主编,阅读这些作品时充满了喜悦和感慨,也非常期待朋友们喜欢这些故事,当然,还期待更多的朋友拿起笔,写下自己的故事。

2021年,我开始主持"持微火者·女性文学好书榜",这也是中国第一个女性文学好书榜榜单。就在2023年底,我的"女性文学工作室"公众号刚刚发布了"持微火者·2023年度女性文学十大好书",榜单里既包括中国原创作品,也包括翻译作品。这是深具文学品质的榜单,我们的书评团成员都是我的研究生,95后、00后年轻人,主要推荐优秀女作家作品。之所以做这些工作,其实想法也很朴素,就是希望更多的读者看见女作家及其作品,关注青年一代女性写作者成长,也希望通过这样的方式来确认新的文学评价标准。

回到今天的主题,我们讨论的是文学之用。我很喜欢美国诗人威廉·斯塔福德的那段诗,是关于文学创作的,他说:

于是这世界诞生两次

一次是我们所见的样子，

第二次它成了深远的传奇，

它本来如此。

说得多好！文学的意义在于"重新看见"，在于"第二次看见"，在于拂去事物的刻板化印象，发现世界的"本来如此"。这是优秀文学作品所带给我们的，也是基于女性视角的阅读与写作所带给我们的。这是文学的无用之用。

2024 年 1 月 21 日

此在

流水今日

草　白

一

城市小区，扔浮标似的，把人一个个扔进汪洋大海。里面的人要是不主动露面，又拒绝提供电子邮箱、微信、电话、住址定位，别人便很难找到。如今，她就住在这样一个极其安全、很难被过去的人找到的地方。每天，从她院门前经过的人，她一个也不认识。当然，他们也不认识她。

要是在从前，这是不可能的。那时候，她不仅能叫出每个来到眼前的人的名字，还知道他们家里人的名字，知道所有该知道和不该知道的一切。

从什么时候起，她的世界忽然变安静了，所有事情都发生在远方,在报纸上、电视里,或记忆中。这是一种很奇怪的感觉,好像真正的生活已经远离,视野所及,没有人死去,殡仪馆的车不曾来过这里,救护车也很少来。大概,人们都死在医院里,从医院直接去了那个地方。

她总是很难记住此地遇见的人,哪怕那个人是她的邻居,就住在她家的左边或右边,甚至彼此还有过短暂交谈。有一次,她在小区外面的文具店里碰到一个男人,看着面熟,对方也有点头致意的动作,却怎么也想不起来他是谁。后来,在家中院门口再次看见那人,才恍然。那是她的邻居,两家共用一堵墙,听得见彼此卫生间里的流水声。她不敢保证下次再见还能认出。这个地方遇见的人,她从不知他们的姓名、年龄、职业,只有一闪而过的模糊的脸,与任何过往岁月无关。

而在老家那边,哪怕幼时认识的人,她也记得名字;哪怕名字所对应的脸庞衰老得不成样子,她也能辨认;哪怕那些人已经死了,她也还能想起来。

母亲根本不知道这些,以为她全部忘记了,因此过上了好日子。有一次,俩人不知为什么吵起来,母亲忽然充满怨怼地说,你倒好了,躲得远远的,什么事情都没了。说着说着,忽然抽抽噎噎哭起来。那一刻,她心里完全无动于衷,甚至有些迁怒于母亲,也不想想,她本来就是自由的。

在母亲眼里,她是不负责任的逃兵。而她,很高兴自己突围成功。无论结局如何,走出去再说。要是还待在里面,想想都得疯。逃跑是确定无疑的事,但能否逃得过命运的裁决却不一定。

小时候生活的地方,四周都是山。无论从哪条路出发,不出十分钟,就能躲到大山的环抱里。那时候,她经常这么做,看见计生干部进村,预感到灾难即将降临,一旦闻到暴力弥漫的气息……马上跑到山上躲起来。山真是一个完美的庇护所,你只要找个地方蹲下去,眼前除了树丛、灌木、山石、苔藓,就什么也看不见了。世界消失了。除了你自己,除了头上飞翔的鸟,没有人知道你在哪里。山是一个矛盾体,既让人感到安全,又有一种隐秘的不安促令你快快下山,回到人群之中。

直到今天,她在城市的街巷里行走,某些时刻,也会有一种无来由的慌乱感拂来,就像当年站在山腰,眺望山下世界,下面越是声息全无,灾难越可能提前降临。

母亲的问题一直没有解决,或许永远也解决不了。人们可以开山辟路、遇河搭桥,可以上青天揽明月、去大海捞针,更不必说漂洋过海、远走他乡……这些都不难办到,难的是以一己之力,去改变另一个人。哪怕那个人是她的第一个孩子,是生命骨血的一部分。对于此事,母亲一开始逃不掉,到后来其实可以逃。但她没这么做。她的"奉献""牺牲""坚忍"等美德,并没有换来"云开见月明",反而在泥淖里越陷越深。她奉劝母亲放下,再这样下去,不是帮他,而是害了他。爱既是蜜糖,也是砒霜。你以为给的是蜜糖,很可能是砒霜。

成功突围的她,就像来到一处高耸的山岗,开始扮演诸神的角色,对着孱弱无力的母亲指手画脚。母亲当然不会听,听进去也做不到。最让母亲无法接受的是,原来自己的爱不仅毫无用处,还有害。它是毒药,是砒霜。她因此感到委屈、不解,甚至哭泣。

哭过之后,还是照旧。母亲依然认定自己所为是有意义的,理由是很多人都这么做,甲乙丙丁等等,现实生活中总不缺活生生的例子。本来,母亲想去的地方就是家庭,就是血缘,就是命运,那是她心心念念的归宿。

自然,成功逃离的她也没能就此过上云淡风轻的日子。过去的一切不过是隐去了,就像河流改道,流到地底,肉眼不可见了,但依然存在。流水声依然从睡梦中传来,因为不在场,反而有种莫名的恐慌。

她没有被旋涡卷进去,但亲人都在里面,眼睁睁看着,无法拯救。纵然舍身跳下,不过是多一个溺亡者。在他们家,已经有三个人死去了,祖父母与早逝的父亲。临死前,他们大概都感到了某种遗憾,但谁也没有说出来。他们沉默地离开,没有愤怒、悲伤、怨恨,只有死亡来临时的解脱。或许连解脱也谈不上。死亡对于一个生命到底意味着什么,是活着的她所无法体味的。

还记得那天早晨,她离家去火车站,路过昏睡的祖母床边,后者自从跌断股骨后,再没能爬起来。此行便是为探望祖母而来,如今又要走了,站在祖母的床头可以看见后山,即使身体再低下去一些,也能看到起伏的山顶和顶上一两朵帽状白云。也就是说,祖母即使仰卧在床上,也能看见那山和那云。

一间能看见山的房间里,躺着一个骨头折断、体力尽失的老人,噬骨的疼痛让她一次次陷入昏迷之中。那是祖母留在她记忆中的最后印象。因为俯身看山那一幕的存在,她无端觉得祖母的一生比别人看到了更多的东西。

二

在一个致力于塑造"光荣妈妈"的年代,祖母当了母亲,可她本人的生育史不仅毫无辉煌之处，甚至显得颇为暗淡和寒酸，这也是她后来遭人诟病的原因。祖母只孕育过两个子嗣，一个幼年便夭折了，另一个也没能活过五十岁。祖母死时，丈夫、独子都已离开人世。在她很小的时候，在妹妹出生后，她被大人抱去与她共寝。七岁那年，她才从祖母的房间里逃出来。她并不怎么喜欢祖母，甚至有些害怕她。祖母并不把小孩放在第一位，没什么事情能大过她手头正在做的事，她总是把精力花在自己的事情上，那是她的事业。所谓的"事业"，也不过是织网、纺棕榈线、念诵经文这几样。祖母把它们看得很重，至死，都没有让自己陷入无所事事的境地。

母亲则完全不同，她具有自我牺牲的美德，直至牺牲掉所有体力和健康，也没能让自己和家人过得更好。

成为母亲，或许是一个女人最大的宿命。她的本能、智慧、天赋，她的谋略、眼光、性情在此显露无遗。母爱是本能反应，本身并没什么值得夸耀的，但如何理性地使用它，艺术地建构它，懂得边界和进退，实在是一门大学问。

写这类经验的文字总是很少，发人深省的更是罕见。她走上写作这条路，大概也是因为想要弄明白发生在自己及家人身上的一切，对于她以及有类似经历的人到底意味着什么。私人经验如何突破社会道德束缚汇入集体经验的洪流中，促成普遍的反思与进步，是一条与"成为母亲"同样艰难的道路。

英国作家蕾切尔·卡斯克在《成为母亲》一书里记录下整个初为人母的过程，里面有一种"凶猛的警觉性智慧"，可谓惊心动魄。"孩子在身边时，她做不了自己，孩子不在时她也做不了自己"，与别的事情不同的是，母亲的角色一旦确立便伴随终生，无论本人是否愿意，都没有终结的那一天。文章直指做母亲的艰难处境，认为母爱是"封闭政权"，成为母亲的人不再与时间同步存在。

如此真挚恳切的自白，却给那个既是作家也是母亲的女人带来灭顶之灾。当年，在送女儿上学的路上，为了躲避人行道上的抗议者，不得不把自行车拐到汽车道上。

在人们眼里，所有与母亲一角有关的"灰暗体验"既是隐私，也是禁忌。她们完全了然其中存在的深渊与阴影，就是无法坦承，也不允许别人这么做。其实，谁都明白，没有人可以每一天都爱自己的母亲，作为母亲大概也无法做到每时每刻都把孩子放在生命的核心区域。

她相信，在母亲的潜意识里，对子女的情感之复杂程度完全超乎他人想象，尤其是在多年超负荷付出仍然一团糟后，内心的疲惫与辛酸可想而知。

母女见面的某些时刻，母亲曾半开玩笑、半认真地说："就算哪一天我死了，他也只会惊讶地说，我妈怎么就死了呀，好像我是要永远为他服务似的，怎好中途退场呢？"母亲的话并没有让她感到太多震惊，在这场注定无法逃脱的关系中，她并不是天生的盲者，自莫名其妙接受这一角色的那一刻起，便终生不可摆脱，就像"红字"之于海丝特·白兰，就像某些国家的犯罪者被判永远佩戴全球定位仪。

尖锐和痛苦是这层关系的底色，当然也有为数不多的温情时刻，成为针尖上沾着的一滴蜜汁，数量微弱，聊胜于无。比如那人随手赠予的一件衣物、一点吃食、一些好处，总被母亲一提再提，成倍复制。那些日子就像钟摆，在创伤和复原之间摆荡，冷与热，明与暗，以不同情绪密集织就斑驳杂乱的经纬线，如此涵纳、主宰着一个家庭隐秘多变的情绪世界。

人们肉眼可见的只有水面之上的波澜,底下的呼喊与求救声宛如隔着深山密林,根本无法听见。早年与人交往,她从不提及家中还有一名如此荒诞的成员,这近乎耻辱。即使后来从事故现场撤离,远走他乡,依然对此讳莫如深。

她不知道自己记录下的一切是否值得,是否因触及某种"真实"而具备基本的书写价值? 任何经历既可能成为写作素材,也可能一无是处。写作宛如在没有路的地方开辟道路,它不是来回踏步留下的脚印,不是泳池里往返的泳手,更不是跑步机上的运动健将,而是一条真正的、行之有效的路,与不同的道路、人群相连。

在她这里,这是一条"回溯"之路。当结局已书写完毕,过程也不容篡改,回望时所勾留的一切便成了叙述的根本。哪里有闪烁的萤火,哪里的冰面布满寒霜,哪里的旷野充满不祥回声,值此回头之际当可看得一清二楚,可又没那么容易。

所有亲情关系中,始终存在一个无法准确描述的区域,词语对此束手无策,理性绕道而行,以理智之眼观望情感也是后来的事。尤其当她自己也成为母亲,忽然发现母亲这一角色充满救赎意味,当事人甚至会产生一种绝无仅有的在伟大事业面前的受挫感。每个生命体自脱离母胎那一刻起,便拥有自身的运行轨迹,在可能成为孽子的道路上越走越远,人们根本无法阻止这样的事情发生,反而很有可能以爱之名加速它的进程。真是惊心动魄啊,一个人活着,却要为别人的命运担惊受怕,永无休止地承受,没有终结的一天。至此,"母亲"已不是一个单纯的角色,而是信仰,它充满矛盾和痛苦,却毫无解决的希望。

某一天,同为母亲的三个年轻女子,为着各自孩子的教育问题在饭馆里相聚。那个突如其来的话题,忽然撩起过往幕布一角，谁也没想到在彼此身上还存有一个共同"秘密"。短暂的沉默之后，有人干脆和盘托出，言者神情如常，似乎已不值一提。闸门就此打开，洪水奔涌而出，相似的原生家庭，那样的母亲和哥哥，类似的情感处理模式，好像是经上天之手随意复制，到处撒播。那一次，她们交换了对母亲们的理解和怨怼，对此类事件的处置态度，以及如何预防自己的孩子成为那样的人。她们很怕某些错误像遗传病代代相传，得不到有效纠正，甚至卷土重来，愈演愈烈。

那是她平生第一次在半公开场合谈论家事——与文章里自白似的诉说完全不同。她发现自己不再激动，就像谈论一件没有立场、毫无希望的事，之所以还能引起谈论的兴趣，只因为此前从来没有这么做过。

三

通过快递柜，她源源不断地取出母亲寄来的吃食——土豆、腊肉、大米、面粉。甚至，还有蔬菜。母亲不顾她的反对，一次次将它们打包快递给她。不是她不需要这些食物，而是它们的出现总引起她情绪上的波动，好像她收到的不仅是美食特产，还包括当年所置身的事故现场。她总是惶然不安、情绪激动，好像多年苦心经营的宁静生活瞬间被击破了。

很多时候，那些食物只作为冰箱一角的收藏品，在一个低温环境走完它的储存周期，再被无情地处理掉。或成漏网之鱼，发现时已成一堆腐烂物。她愧于见到它们面目全非的样子。

无论何种场所，她总无法大声而果断地赞美家乡美食，它们带给她的美好和阴影一样多。尤其是气味，当偶然闻到某些气味，与此相关的记忆也会在脑海里复苏，连绵成片，把凹陷和虚空中的事物都拖拽出来，连暗影也囊括其中。她不知道，这是否最终导致她对任何食物都缺乏足够兴致……它们不过是果腹之物，隶属于自然界三大基本供能物质，实在无须抉择。

她并没有享受生活的天赋，以无所畏惧的心态去度过每一天，好像一旦悠闲地坐下，位于暗处的东西就会自动跳将出来，将建在沙砾上的一切捣毁。当年周末从寄宿学校返家的途中，脑海里全是房间里的门窗家具被砸烂、捣毁，现场一片狼藉。她恨不得找个洞穴躲起来，永远不必面对这些。

在心理医生所管辖的领域，有一种叫"沙游"的心灵疗法，参与此疗法者可在沙上自由进行各种搭建活动，直到将紊乱的材料和对象，一一赋予某种可理性运行的秩序。那沙上所呈现的，往往也是被治疗者内在心绪的反应，以及对混乱意识的修正。一开始，参与者尚不能全情融入，直到无言的"沙"成为隐秘的语言，疗愈才真正开始。

她不知道母亲以何种方式疗愈，劳作、睡眠、不停歇地劳作、一沾枕头就能睡着……是母亲的日常惯例。母亲的身体在疲惫和快速恢复体力之间频繁切换，瘦弱的身体内好像藏着一架永动机，可无限运行下去。唯一的放松时刻在黄昏时分，眯着眼，喝一小杯温热的黄酒，算是对熬过一天疲惫生活的庆贺。她想起小时候，农忙时节，他们给家里的那头老黄牛也喝酒，在热黄酒里面打上几颗生鸡蛋，鸡蛋花在棕色酒液里丝丝缕缕散逸开来，有股温热的气息。后来，因为胃病，母亲不得不放弃那仅有的一点安慰。

今日的她与今日的母亲,俨然成为两个王国里的公民。母亲还在围城里,而她即使突围成功,也不过被放逐至一座漂流岛上,岛上住着何人,有何风景特色、历史渊源,她一无所知,也不想知道。从此,一个魂不守舍的逃离者开始了命定的漂泊之旅,语言取代美味佳肴和锦囊妙计成为行囊里的必需品。文字既是记忆的容器,也是记忆本身。她接受了宿命中的职业,就像母亲在她儿子面前让自己处于永恒的母性状态——无条件的爱,近乎完全接纳,不离不弃。

四

有一次,不知为了什么事,她和母亲聊起妹妹,她说妹妹很辛苦,叫她也要匀些时间精力多加关照,尽量做到儿女公平——母亲嘴上没说什么,神情却颇有些不以为然。难道是觉得妹妹并不辛苦,更辛苦的人是她自己?那一刻,她多少有些震惊,震惊于母亲的偏心。这是她早就知道的事实,但总不能完全相信。平常,母亲对这些子女都是蛮好的,但她心里知道,她其实早做了选择,这是一种本能,根本没有精力可平均分配。

后来,与一个生了二胎的朋友聊起此话题,朋友说,这没办法,人类的本性就是如此,哪怕都是自己生的,也会有偏爱;或偏爱于弱者、长得好看的、性格乖巧温顺的、性别为男的,都有可能。

母亲常年扮演"救火英雄"的角色,主要服务对象为家族中的男性公民,此为她一生事业的根本,哪怕以失败告终。

罗素在《幸福之路》一书中谈道:"一个被宠坏的儿童比一

个在童年时受到冷遇的人，更不容易获得健全人格。"

这也是母亲及家族中的成人所做的。即使后来面对刑事案件，儿子误入传销团伙涉嫌境外赌博被抓，母亲也是逢人就说，她儿子是唯一赢了钱的，他们不让他回来，要他带更多的人出去，如此才出事。那种境况下，她还在宣传自己儿子的"智商"，真让人哭笑不得。

有时候，母亲也会以解剖学家的精准、杂文家的犀利来痛斥儿子的是非曲直，对自身处境看得异常透彻，比任何局外人都明白。但并没有用，她总是在一番痛彻心扉的剖白后，再重复从前的日子。

童年对一个人的影响几乎是所向披靡的，后面再行何种补救措施，都是徒劳。可是，当另一名儿童在这个家庭出生、成长，却不得不延续相似的教养方式，这才是让人唏嘘的地方。

从什么时候开始，母亲寄希望于下一代？那是命运未曾显现的结局，她要为此努力，但具体方法仍是照旧，完全不得要领。即使时间倒流，回到从前，依然无能为力。可人终归还要继续生活下去，总还有一些值得活下去的瞬间。母亲的办法大概是劳作。她离开从前的村庄，来到一个更靠近县城的地方，失去了土地，只得向人家租一块地来种。很小的一块，孤零零的，靠近尘土飞扬的大路，却被她拾掇得横平竖直，井井有条。瓜果蔬菜，四时皆有。母亲给她所寄的红色与绿色的蔬菜，就来自那里。

曾经，季节交替，生、长、收、藏，她们去山上摘野栗子、拾松针、挖兰花。20世纪80年代燃气灶还没有普及，住校的老师们需要燃木柴烧火煮饭，学生们每一学期都要背够木柴到学校作为劳动课的必修内容——都是母亲与她从后山斫来的。

至今还记得山上的日子,有栀子花、杜鹃花和打碗碗花,有树莓、覆盆子和桑果,很多时候它们隐藏在密林之中,即使近在咫尺,也无法轻易被发现。但母亲有本领将它们一一找出。这是母亲自小就熟悉的世界,闭着眼睛也能看见的世界。空气中弥散着一种让人兴奋的气息,强烈、原始、单纯,就像血液里原本就有的东西,将人与所置身的空间融为一体。那种时候,母亲就像孩童,东张西望,嘀嘀咕咕,似有无数未解之谜在她眼底冉冉升起。

这些年,那个母亲的形象就像压缩面膜,被压制在别的身份角色之下,被自身剥夺了生存空间,丧失了所有光泽与水分。家庭生活中,她费尽心力,却颗粒无收,那块租来的地成了唯一的安慰和出口,长出红色的蔬菜、绿色的蔬菜,长出长久的希望与短时的胜利,它允许霜雪降临、虫子生长,对所有种子的呼唤和吁请都有求必应。

五

小时候,她经常看见一些垂垂老矣的人坐在自家门口,他们神情淡漠,对路人的行为举止无动于衷,好像眼前的世界忽然消失,一切不过是幻影。也有这样的时刻,他们脸上忽然浮现出某种笑意,很像是自嘲,又好似参透了什么秘密。当暮色降临,他们还会出现在河滩头、小树林或寺庙周围,让每个遇见的人无端感到一种震动,仿佛遭受到某些东西的警告。

在城市里,很少有这样被触动的时刻。老人们的身影很容易被人群吞没。出现在公园、绿道或广场舞会上的老者总给人另一种感觉,好像他们会永远留在这个世上,好像衰老和死亡都是可以被打败的,而诉说着一切的脆弱音乐,早已随风而逝。

今天的生活很可能是另一个尘世的入口,若干年后,它会渲染出一个怎样的世界来,暂且无人知晓。母亲和她所在的世界不过是过渡,但从更高的层面来说,两者又没什么区别。

所有人无非是以不同方式,在不同的事物上消磨自己,把一切情感、热望都倾注其中——或是一本薄薄的毫无价值的书,或是一个毫无前途的人,或是一片辽阔的荒原或牧场。各人以各自的方法,运用各自的运数,热烈而持续不断地交付自己,将自身毫无保留地奉送出去。尘世的使命将这些人从头到脚牢牢地罩住了,不允许存有片刻喘息。

这种过分紧张的状态很容易导致生命衰竭,当然,也可能促使另一种勃勃生机。母亲被激发的生命力之强大,几乎到了"变形"的地步。放弃自身生存空间去成全他人生活的稳定与壮健,成为她价值体系的一部分,而所有部分的内容不过是单一的忍耐与无条件的爱。

随着家族中越来越多的人去了那个世界,母亲也多了一份隐隐的担忧,但她担心的似乎只是死后无人祭祀这类具体事——为自己今日所做之事找不到继承者而忧愁。她将这份担忧透露给亲妹妹,早已经定居省城的同胞姊妹感到姐姐的想法非常荒诞。她本人享受城市生活的便捷,很少在清明、七月半、冬至日以及除夕回家祭拜祖先亡灵。人在尘世行走太久,很容易将从前的世界遗忘,久而久之,便会以为那样的世界根本不存在。

这两年,她常端坐窗前一隅,以间断性地观望天穹打发时间。云彩和天空共存的世界,分秒必争,简直是魔幻。人与天空的关系大概是世上所有关系中最奇异的存在,明明抬头就可望见,却似隔着千山万水、无数朝代。天上的云从不在一处长久停留,它被风吹动着缓缓飘散,很像人在独坐时的潜意识流动;而云背后那广大、深邃的天空又何其苍茫,白天是清澈湛蓝的水面,入夜则一片星光璀璨。

天空并不是空的,它很像那个世界,人们可以观望它,将凝视的目光投注在它身上,但一无所知。有一天,她终于明白母亲所期待的回报是什么,祖先信仰在她身上顽固地存在着,而血脉延续是其中最重要的部分。她要做守护者,如灯塔守护出海的人。

母亲生活在一个封闭世界,信仰身体里流淌的血液比流水还要绵长深远。在她近乎闭塞的生活里,从没见过一条河流着流着就不见了;它们会变得冰冷,烈日下蒸发,或泛滥成灾,但绝不会无缘无故消失。

有段时间,院子里来了一只白猫。她救了它,它便尾随而来。她兴冲冲地给它准备食物、眠床、游乐场,将一份舒适、安心的生活亲手端放在它面前,以为可以将其留下。小猫落落大方,知道以撒娇、卖萌来获得吃食,可能早年有被人类收养的经历。她并没有将它关在室内,而是在院内遮蔽处搭了一处猫舍,任其自由去留。她以为它会赖上这份舒适和无拘束兼而有之的生活,某天清晨醒来,却发现它在一夜嬉戏后再没回来,并从她的视野里彻底消失。家人曾目睹它在小区灌木丛里奔跑嬉闹,将猫科动物的打斗游戏进行到底,并对人类的呼唤置若罔闻。这其中的原因她不得而知,一只猫宁愿舍弃唾手可得的安逸生活,毅然返回朝不保夕的世界——这里面肯定有让她敬畏的东西。对猫所去往的世界她一无所知。但她知道,那并不是一个空旷无物的世界，它的每一寸想必都隐藏着剧烈挣扎的足迹。

无论是猫科动物，还是人类，不过是住在一个个"信"的世界里，他们的规矩准则由自己制定和确立，任自身陷入孤立无援境地，不后悔，不怨望，不放弃。

即便如此，当面对母亲存身的世界，她依然感到痛心、失望、无能为力，久而久之，便是回避、逃跑，又不能完全做到熟视无睹，忧虑、内疚、煎熬也随之而来。

看到网上有人以那样的语气叙述自己的情感和家庭经历——几乎与她的一模一样，当事人的坦荡、冷静，甚至自嘲、调侃、黑色幽默，让她不安、震惊，继而羡慕不已。一个人要经历多少绝望、屈辱、野蛮的摧毁，要被多少烈焰灼伤，才能"心如止水"。

她见过触电后的人体。一名垂钓者坐于宁静的湖畔，钓鱼线在上抛过程中与高压电线缠绕一起。发现时，他仍坐在那里，焦炭状的身体一动未动，衣物几乎被高温熔化，身下草地也被烧成灰烬。电流击穿触电者身体的速度以秒计，人体很快就会陷入无知觉中。与濒死者短暂而即时的生理反馈相比，生者的情感体验才是旷日持久、刻骨铭心，且无法以任何强制手段来终结进程。

六

某一天，她在网上遇见一位久未谋面的友人。不知因了何种契机，两人聊起过往种种，包括当年她的寡言及古怪性情。

这一次，她竟犯了魔症似的，在那人面前毫无障碍地袒露家族往事，不遮掩，不回避，不吐不快，好像仅仅是为年少孤僻的行为辩解。她在话题荡开后，忌惮消除，言语滔滔，第一次感到某种言说的快感。

网络那边的倾听者，却陷入明显的游离状态。对方不够及时、略显冷淡的反应，让她感到尴尬，继而自我怀疑。可能这一切根本算不了什么，是她的自我蒙蔽、自我夸大将此发酵成一桩心灵事故。她宁愿相信这样。事实可能就是这样。

为此，她很想与妹妹——也是当年事件的当事人和亲历者，来一场坦诚、深入的交谈。她希望获得来自亲人的共鸣或安慰，以此证明她的喃喃自语、自我言说并非徒劳和一场虚空。这是一个难题。时过境迁，往事以及衍生物早已失去存在的土壤，任何对它的造访都是一种突兀，甚至构成某种侵扰。她感到为难，迟迟未能下定决心。她猛然意识到一个让人震惊的事实，遗忘或假装遗忘总是容易的，反正这一切迟早会发生。到头来，人就像一根导管，一切流尽，空空荡荡。管壁上什么也不留下。

她想起有一次，也是因为一篇文章，妹妹看见了，问她为什么要写这些？言下之意，现在的日子这么好，何必旧事重提，戳人伤疤。她无言以对。可能，在妹妹那边，事情并没有那么糟糕，她的回避和轻描淡写只基于自身现状及处境的反应。也有可能，这些反应只是日常防御心态使然。可当年，妹妹曾打报警电话求救——那是在她离家多年后，此事还一度被亲友诟病，好像任何来自亲人的伤害，都要无条件承受。她相信敏感的妹妹不会那么容易忘记。

她终究不敢，也没权利去揭他人伤疤。由叙述及语言所切开的深渊里，只住着她一个人。她就像反刍动物的倒嚼，一次次提取记忆储存器里的核心部分，幻想由此找到出路或慰藉。因为这种事情，她已不止一次遭到警告，再如此下去，不仅会失去本来就少得可怜的朋友，连亲情关系也岌岌可危。可她无法停止这一切。好像，只有通过这条"回溯"之路，通过对往事和情感的深入挖掘，才能让她对过去、现在和未来看得稍稍清晰些。

她相信那不仅属于她个人的旅程，更是所有人的。一个人在这个世界上，不应该是表面上被人看见的模样，局促，困窘，捉襟见肘。

在她老家，每当一个人死去，讲故事者便适时登场，死者的生平以一种戏剧化的、动人心魄的方式被说出，早已超越日常生活的琐屑与得失。她总是为其中曲折、怪异、不可解的部分着迷。当然，她也知道，最好的故事讲述者只能是自己。

家族中最会讲故事的人是祖父，连他也对发生在身边的故事无能为力，他的叹息就像是对一条河流发出的，充满长久的担忧与深深的不安。许多年后，人们或许会遗忘那些故事，但其中的悲伤绝不应该被忘记。

有一年夏天，母亲冒着酷暑去县城的银行取存折上的钱，而存折的主人——母亲的独子，早已将此挂失作废。他骗自己的母亲说，里面还有钱呢，你去取吧。但你要把现金先给我。母亲照做了，她不仅什么也没取到，还遭到银行工作人员的嘲笑和质疑。

这个被转述的场景比亲眼看到更让她感到震惊和悲伤，无论在昨天、今天还是未来，这种感觉就像潮汐，不断上涨、退去、重来，无穷无尽。她不能闭上眼睛、蒙住耳朵，告诉自己什么也没看见，什么都不知道。

她真正担心的是，总有一天，记忆的泥石流会淹没这些，将它们彻底卷走，不留任何痕迹。总有一天，她会忘记这些，彻底遗忘，就像什么事情也没发生。

《十月》2023 年第 1 期

草白　80后，浙江三门人，现居嘉兴。写小说和散文。著有短篇小说集《照见》，散文集《童年不会消失》《少女与永生》，艺术随笔集《静默与生机》等。曾获第25届联合文学小说新人奖短篇小说首奖、《上海文学》奖等奖项。

一个人搬家

苏枕书

搬家的决定很不容易。每天穿过卧室当中两排书架之间的逼仄通道，小心避开书房地面的书堆抵达书桌，心里都会说，收拾起来会非常费劲吧？而有时看上了什么喜欢但显然家里已放不下的东西，就会想，等以后搬了家再说，现在还是算了。这种矛盾交织了很久，最终在刚刚过去的冬天下定了搬家的决心。

京都的租房合同一般两年更新一次，到期需交一笔更新费（更新料），约一个月房租。偶尔与大阪的友人聊起来，才知道这并非日本全国通行的规则，大阪、奈良、兵库、和歌山的绝大多数房子都不需要更新费，这在关西地区算是京都的特产。转眼间，在吉田山脚已住了六年，又该给房东上贡更新费，不如趁此机会搬家吧。

找房子也不容易。不想离现在生活的区域太远，要有足够大且结实的屋子放书。跟着中介看了不少房子，犹豫难定时也曾赌气退回一万步：跟房东继续相处下去也没什么。

我们跟房东住同一栋楼，他性格刻薄，偶有租户的衣物不慎落到他一楼的院子里，他会把衣物钉在小楼入口处的公告栏里示众——有时是一只男袜，并附上手书大字："这是谁的东西？请自行取走。"但他的房租便宜，房子条件也不坏，离学校又近，因此大家虽抱怨他讨厌，轻易也不会搬走。

看房子花了整个月的时间，中间的波折不必提，最后确定了离吉田山不远、白川东侧的小楼。请装修公司加固地面，找木工师傅订制了几面接天接地的杉木板书架。

"您确信这面墙也要做满书架么？这里本来是放电视机的地方，是不是要在书架上预留电视天线插孔？"师傅似乎对我的安排略感可惜，"这间客厅本来很宽敞，可以放大沙发，做宽阔洋气的电视墙。"

"我家没有电视，您不用留插孔。"我道，"也不用考虑放沙发的地方。"

谈定书架计划，就开始在网上预约搬家公司。找到一个整合了多家搬家公司的网站，客人在线提交大致信息，随后各公司报价，客人可自行选择。刚刚交掉信息没几分钟，就接到一家公司的电话，说希望上门拜访，看过现场再报价。我一边接电话一边迅速上网检索了这家公司的信息，公司的标志是一个可爱的大头熊猫，经常在街上看到他们的大卡车，口碑不错，于是同意了对方的建议。

第二天上午，一位姓谷川的大高个儿青年摁响门铃，双手递上名片。自报家门后,送了一小袋大米作礼物,便进屋查看我搬家要带走的东西。他看到小屋内挤满的书架与地上的书堆,竟热情赞美说:"您的书真多!"

上一次搬家时,请了一家平价公司,工作人员多是打零工的大学生。当时我有六十多箱书,青年们脸色不大好看,我只好一直道歉。谷川笑道:"昨天我们客服说,要接待一位书非常多的客人,特地派了我来,因为我以前帮好几位文科教授搬过家。您放心!我们对搬书很有经验。"

我搬家的距离很近,只是书太多。谷川看了又看,估计有一百箱,他认为不妨派三名工作人员,以小型卡车分两趟运书。我们很快谈妥计划,搬家的日子定在二月底。如果不是书太多,其实不需要搬家公司。住在学生街的十多年间,每到毕业季或开学季,时常能看到路上有学生蚂蚁搬家。有私家车当然最方便,没有车,借一辆四轮平板小推车也行。有一回夜里,看到几个年轻人推一辆独轮小车上山坡,车斗里堆满大小家电,年轻人们合力扶着家电边角,前进非常缓慢。见到有人过来,急忙停下来避让,生怕挡道似的。真想跟他们说一句"搬家辛苦了",可惜日本社会不流行随便搭话。

签好搬家合同后,又陆续收到好几家搬家公司的联系,一面拒绝,一面也佩服谷川行动之神速。收拾东西需要善加计划,打包不能开始太迟,毕竟有十来个书架;也不宜太早,因为很多书还需要使用,且狭窄的屋子并没有多少堆放书箱的空间。

六年前刚搬来时,书架只是挨着墙壁摆放,都是网购的组合书架。书不久满溢出来,起先堆在地上,后来书越来越难找,只能在屋子正中再添一只书架。床在书架不远处,我早就不考虑防震的问题。2021年初春,为了收纳再度涌满地面的书籍,只好对屋子所剩无几的空间精密丈量,网购了一只不锈钢组装书架。当然,组装需要自己完成,寄来时只是一堆钢条钢板螺钉。丈量屋子时只考虑了成品书架站立时所需的空间,没有规划组装及搬起书架时需要的地方。我在斗室中与钢条钢板搏斗了很久,万幸最后顺利把它安放在预计的位置上。它高抵天花板,有宽阔结实的板面,足够塞两排大开本的书。如今要收拾屋子,最先下手的应该是屋子正中的这排书架,撤掉后才会有比较完整的空间堆放纸箱。

对于相处未久的年轻铁书架,我心里很不舍,不想把它送进废品收购站——在日本,这类旧书架最常见的命运是被当作废品回收。学校附近虽然有二手店,但一般更欢迎比较新的家电和制作更精致的家具。我电话过去询问,一听是组装书架,对方立刻说,这个只能当成大型垃圾:"最近是搬家旺季,我们这儿货源太多,早已不要书架了。"

"有一个书架还很新,也非常结实,是研究室常见的同款。如果能放在店里卖掉是最好的,虽然它很便宜。"

对方答:"如果您实在想处理,可以按3000日元一架有偿处理,我们上门回收。"

他说的正是京都处理书架的普遍价格,所谓的"行市"。若按本市官方"大型垃圾"处理细则自行扔掉,会更便宜些。事先须联系相关部门,约好某月某日在某地扔出垃圾,上面贴好在便利店买的回收券即可。京都市大型垃圾回收费用很公道,依物件大小,收费从400日元到2400日元不等。我扔过一面地震中摔碎的穿衣镜,属于大型垃圾中的小物件,400日元。只是我很难独力把书架搬到楼下指定地点——没有电梯,楼梯也太窄。

考虑到家中其他书架都已松动走样、不在二手店回收范围之内，最终还是要请私家垃圾处理公司。这也是和搬家公司一样丰富深邃的世界，只要在搜索栏输入"垃圾 回收 京都"，就会出现大量商家广告。页面风格各有特色，不过核心内容大多相似："这样的时候请记得找我们，搬家前后大型垃圾回收、整理遗物、清扫垃圾屋。"家家都强调自己是"业界最低价"，并提醒用户市场上存在"恶质商家"，可能收费高昂，务请注意甄别，选用我们吧！

东看西看，选定一家主页看起来很专业的公司。电话预约时间，对方非常客气，柔声说上门看了物件大小再给预算："如果是很好的书架，也可能免费回收，不需要您给钱。"

在回收公司的人来之前，先向搬家公司领取了 50 个纸箱，买好工作手套与充足的宽胶带。搬家公司也有装箱业务，但我出于节约的目的，也为了先做简单的分类，还是自己动手，完成一箱就在箱子上做标记。最初进展似乎顺利，一口气装了 20 箱。回过神却发现，架上的书似乎没有少——塞了两层书的书架收纳能力惊人。接连几天下班后都在家打包，很快有了肌肉记忆，撕胶带、封牢箱底、装书、在空隙处填入文库本、封箱……灰尘四起，喷嚏不断。

检点自己的图书虽不乏些许趣味，"这本书是好早之前买的""原来这本书在这儿""这书居然买了两本"，但更多是体力消耗后的晕头转向。有一天夜里累坏了，坐在书堆里发呆，头脑一片空白，顺手喝掉了一瓶书架上的瓶装茶饮料，牛饮毕才发现早已过期。

50 个纸箱转眼装满，充满床和书架之间可怜的空隙。从厨房走到书房,中间一段需要侧身穿过。纸箱上的大头熊猫标志最初觉得可爱,等到被几十个熊猫环伺时,就觉得有些喘不过气。

垃圾回收公司的人如约上门,他们见多识广,并没有对混乱的屋子表现出一丝惊诧。我指着屋子正中央已空出来的一排书架,说首先想撤走的是这些。为首的青年拿手写板计算了一会儿,告诉我总价需要10万日元。我自然当场拒绝,也有些生气,这不正是你们网页上宣传的"恶质商家"么?我表示自己熟悉行市,这个价格完全离谱,请你们走吧,我不需要。

那青年大概早料到了我的反应,立刻说,那我给你一个"完全不能跟其他人说的超低价"。遂在手写板上重新写了个数字,55000日元。

他应该看出屋子的窘境,若不尽快处理这排书架,整理根本无法继续。他开始解释我的书架多么巨大,装进卡车多么占空间,根据法律规定处理这样的垃圾又是多么花钱。他知道我是外国人,顺便揄扬了我日语之流利,"这么多书,你一定很聪明吧"——口气非常轻浮。我一半生气一半放弃,心想确实可以拒掉他们重新约人上门,但不知要等几天。他立刻觉出我的松动,告诉我他们的团队处理非常专业,可以迅速搬走空书架,"这样也不会耽误你收拾屋子"。我扬白旗,同意了这笔交易。他非常高兴,唤两名等在门外垂手侍立的同伴进来,搬出工具箱,飞速拆掉了我的铁书架。一堆钢条钢板螺钉质本洁来还洁去地离开了我的屋子。

他们接了一单不错的生意,神色行动都很轻快。一时银钱两讫,屋子当中多出了整块空间,又向搬家公司申请了50个纸箱。打包时产生了大量废弃物,每周只有两次送可燃垃圾的机会,不能错过。在此过程中深刻理解了"断舍离"的奥义,这真是紧贴日本社会生活现实的哲学:居所面积普遍有限,买东西要花钱,扔东西也要花钱,要从源头解决问题,就需要在添置任何东西时三思,时刻保持有限空间的开阔,不教物品侵占生活与心理的空间。

生活了六年的屋子里积攒了很多意想不到的物件。后来意识到,书其实不难收拾,因为它们大小端正,只是沉而已——也沉不过砖头。知识的负担表现出来只是如此,多么温柔。

清理屋子仿佛解剖自己的过去。喜爱的,囤积的,掩埋的,遗忘的,它们逐渐暴露,我必须直视。角落里有两罐经年未动的梅酒,从前友人来家里玩,都会请她们喝酒。这两年没有人来,酒罐只好落灰。除了书,还囤积了大量信笺、邮票、旧书店的包装纸。最匪夷所思的是纸袋,大大小小,叠得很整齐。每每想着这些纸袋什么时候总能用到,留着重新利用也算环保,结果基本没有用过,徒然塞满壁橱角落几只巨大的纸箱。鸠居堂、古梅园、一保堂这些也罢了,可以不加顾惜地扔掉。至于国立庆州博物馆、韩国国立中央博物馆、台北故宫博物院……唤起从前在博物馆商店大买周边产品与图录的记忆,惹我流连再三。铜版纸印刷的大开本图录很沉,尤其是庆州国博特爱印刷豪华精装大册,为当时的旅行增添了很多负担。要不留个纪念吧! 起先并没有果断舍弃它们,但整理进行到艰难的平台期,扔东西也更大刀阔斧,纸袋一律未能幸免。

听说我要搬家,好几位友人联系,要不要帮忙? 我回复时发了堆满纸箱的屋内照片,表示一个人在这空间里活动已是极限。

"这些都是书吗?"

"是的……真是自作自受。"我很狼狈，并发誓，"再也不买书了，太可怕了！"

就在这时，还收到了东京春季古书大会的图录。坐在书箱上翻看，有一幅山东京传的扇面，绘一枝枇杷，句云："枇杷叶呀，摘掉之后，没有角的蜗牛。"是芭蕉弟子宝井其角的句子，意境奇巧，说摘掉枇杷叶后，发现了背后的无角蜗牛。其角故乡在琵琶湖畔的膳所，出生在江户，是地道的江户子，俳风华丽，喜咏怪奇崭新之景物。还有一句也不错："薄冰呀，仅开着零星，野芹花。"他热爱喝酒和谈恋爱，四十多岁就去世了。

有一件木村蒹葭堂旧藏的清人短牍帖也惹人注目，据说是长崎分紫山福济寺的旧物，共五十纸，推定为江户中期福济寺进口书籍、药物之际留下的往来文件。还有一块长城砖，据说是江户时代朝鲜通信使携来赠人的礼物。这些有意思的资料大多昂贵，看完图录也就没有牵挂地放下了。

撤去一排书架的屋子并没有我想象中那么宽敞。起先每堆书箱垒4个，我身高与力量的极限。很快被堆满，必须向上发展——只好用书箱砌出台阶，爬上去再垒一层。我通过人类进步的阶梯爬上爬下开拓空间，100个箱子逐渐堆满，只好又向搬家公司申请纸箱。接电话的姑娘确认道："您已经从本公司领取了100个纸箱吗？"

"是的，我可以补交费用……"

姑娘柔声道："没关系，如果您不介意用旧箱子，我们可以免费提供。再给您30个够吗？"

搬家的日子近了，琐碎的事还有许多。与房东交代、申请新居的网络与水电气、扔垃圾、联系垃圾回收公司处理搬家后不要的物品……时令也悄然推移，最初几天还下着雪，到二月底突然转暖,远山笼着极薄的一层蓝烟,树都闪烁着银色的柔光,梅花已至盛开。马上就要与这朝夕相伴、屏风般的小山告别。心中难免有一丝焦虑,不仅因为东西还没有收拾妥当,也因为春天已醒来,我知道它流逝极迅速。

一日黄昏,突然闻见山里淡淡的缥缈的湿气。对面旧书店屋顶有一只红胁蓝尾鸲跳来跳去,非常快活,也许到了求偶的季节。忍不住停下手里所有的活儿,立刻起身去山里散步。来到山顶,正值日落,晚霞将西山与北山染成璀璨的金绯色,东山36峰则是柔润的薄紫。我徘徊在早春的暮色里,直到潮水般的夜色涨得很高,才迟迟下山。

新居的钥匙提前几日就拿到了。母亲叮嘱我要选吉日过去,完成一些简单的入住仪式,带些杯盘碗盏,最好蒸一点年糕吃。故乡习俗特爱用年糕,都取谐音,"糕"等于"高",蒸蒸日上的好意思。小时候考试前也会被命令吃年糕,有时还要加上粽子,"高中"(糕粽)。这双重糯米很不好消化,母亲采取权宜之计,每样只要吃一小口就行。

我离故乡旧俗已非常遥远,如今听母亲提及,只觉得亲切。虽不讲究,还是依言查看了万年历。国内与日本的万年历吉日大抵相同,而日本吉日搬家的费用要比"忌迁居"的日子更昂贵。从前人们做任何事都要看历书,今天的人们没有余暇挑拣日子,既然有禁忌,自然也有破解之法。最常见的是选个好日子,先随便放点东西到新居,就算搬家了——与母亲说的方法一样,只是更简略。

我没有准备年糕,只带了一只尚未打包的茶壶、一盆万年青过去。装修公司的人还在做最后的清扫作业。领队有些意外:"你买了万年青!"他告诉我,日本年轻人不流行养这种"老头喜欢的"植物。

"我故乡从前有搬家种万年青的风俗。"我尽量简洁地解释。将种在白瓷盆内秀气的万年青放在一格书架内，完成了搬家仪式。

最后，书大约有120箱左右——已懒于精确计算。剩下的东西大概装了10箱，搬家前夜仍在埋头收拾。小小的屋子不断有杂物涌出来，一时很崩溃，但也只有奋力劳动，并告诫自己，今后一定要改过自新，践行断舍离！好在搬家当日一早，三名工作人员抵达时，所有东西都被装进了纸箱。

队长很年轻，身板非常结实，看着像运动部出身。他上前递了名片，很少见的姓氏——爱甲，衣襟上也绣着醒目的大字名牌，似乎是队长专属。身后跟着两位副手，一位和善的中年人，一位大学生模样的青年。原来谷川是营业部的职员，不负责现场工作。爱甲率领二人迅速开始工作，先在屋内安排动线，在门框、楼梯栏杆、通道上铺设蓝色防护软板或软毯，用来保护物品与房子。这在日文中叫"养生"，语源来自我们都熟悉的保养身体之意，在建筑业发展出独特的含义，即在施工或搬家时为周边地面、玄关、楼梯等覆盖保护层，以免损伤，或许可以译作"养护"。

"养生"之后，三人确认屋内要搬运的物品，便开始进攻书山。爱甲一手搬两个纸箱，动作非常熟练，使用力气的方式也很专业。我无事可做，只好在边上抱歉说书箱太多，实在给你们添了麻烦。本想事先准备好运动饮料、巧克力等物，却连去便利店的功夫也没有。心想不如给他们红包——但东西都已打包，临时找不出装钱的信封，直接递纸币又太不符合本地礼仪。沉吟良久，在屋子里发现一只没来得及扔掉的鸠居堂小纸包,默叹万物都有其用处。悄悄把钱装进去,什么时候给他们好呢?来不及上网查看本地的"规矩",照自己的心意来吧,告别时递过去应该不错。

约略一个小时后,屋内书箱少了一半,第一趟搬运该启程了。我单独骑自行车前去新居,他们在附近便利店稍事休息后随即赶来。进屋内仍要做一番"养生",我们很快找到工作节奏。一楼客厅与书房都有书架,书房放最常用的资料与研究书,其余都在客厅。两位副手卸下卡车上的书箱,送至玄关处等待的我跟前,我按书箱上事先标记的分类确定是放客厅还是书房,再由爱甲将它们搬进屋内。

副手青年逐渐体力不支,我很抱愧,爱甲因而加倍卖力地搬书,如此又过了一个小时,再返回旧家继续搬运。谷川当日预计下午一点前可以收工,事实上两点多才搬完所有的东西,大家终于松了口气。最后,他们为我装好经搬家公司购买的新冰箱与洗衣机——搬家之际运来,以免自己分别购买时不易控制送货上门的时间。包里恰好有旧家带来的没有吃完的三个橘子,塞给了爱甲,连同装在小纸包里的钱。

"这真是太客气了!"爱甲很高兴,回身对在卡车里忙着收拾的副手大声说,"客人给我们包了红包!"两位副手急忙赶来,齐齐行礼。

"这样真的可以吗!太多了。"爱甲在副手跟前打开了红包,抬头问我。

"我的书实在太重,你们太辛苦了。一点微薄的心意,今天晚上可以多喝一杯啤酒。"我真诚感谢他们。到了告别的时候,脱口而出一句常用的寒暄语:"以后也请多多关照。"

这句用得不太合适,副手之一的中年人立刻笑道:"暂时不要'以后'了吧？"

我也笑："暂时不搬了，请放心。"

"那就好！"

他们离开后不久，我突然想起旧家壁橱里还有三个行李箱完全被遗忘了。赶紧电话告罪，请他们再折回来一趟。他们很快赶回，见面就笑："没想到这么快就真的'以后'了！"

他们送来了三个行李箱，搬家大事暂告段落，尚有许多扫尾工作。剩下的书架与旧家电须请人来收，这次没有重蹈"恶质公司"的覆辙，请了房东推荐的一家小公司。不过月底是收垃圾的繁忙时期，他们比预约的时间晚到了三个小时，好在行动也非常高效。屋子空了下来，恢复了我初来时的模样。夜幕降临，窗前山中有咕咕的鸟鸣，邻家旧书店灯火通明，山风涌进窗户，记得刚来的晚上也是如此。

但尚不是沉浸于离愁别绪的时候，接下来要把钥匙还给房东，请他上来检点房间状况。如今很少有房东愿意和租户同住一栋楼，一般都交给专业公司打理。上一次搬家的最后，就是直接把钥匙扔进指定信箱，甚至没有人来检查房屋。租房时一般会交"礼金"与"敷金"（押金），退房时租户有"恢复原状"的义务，房屋清洁费、修理费可从押金里扣除。一般租住时间比较久的，租借双方都默认不退还押金。2020 年，日本改正民法条例，对过去未明文解释的"恢复原状"做了明确规定："租户由于故意、过失、管理等违反租户义务的行为造成房屋损耗、毁损的，有必要恢复损耗或毁损的部分。但由于长期使用和经年老化造成的修缮费用不包括在内，租户无须负担。"

房东年事已高，去年夫人已去世，或许还没来得及学习最新修改的民法典。他颤巍巍上楼，极仔细地检查了壁纸、地板、草席,用手来来回回抚摸,不知是因为太爱惜还是视力衰微。

"太旧了,修它们要花好大一笔钱。"他果然这样说,"我们各自负担一半吧。"

我急于离开,连声说好,请他开价。为了应付房东的临别仪式,我准备了比对付"恶质公司"更多的现金。

他絮絮解释维修房子如何费钱,并取出纸笔,要我给他做笔记算账,要换几张壁纸、几块榻榻米。我很不耐烦,但唯恐节外生枝,只好依言照办。他用计算器反复确认,最终认为除去之前的押金,我还应给他一万日元。

我飞快取出一张纸币递到他跟前。他却突然扭捏起来,要开一个正式签章的文件给我。

"不用了,我还有事,得走了。"我终于说。

他非要开具文件,颤巍巍写了条则,掏出自己的名章,郑重摁下,也要我盖章。我说章不在手边,手写签名吧。

"这次就这样吧。"

我心道,哪里还会有下次!面上仍是客气地笑着。他吹干笔迹与印泥,终于满意地把文件交给我,仍要拉我叙旧,问我搬到何处,还要忙什么事。

"这六年多受您的照顾,谢谢您。"我模仿本地人的腔调,用这滴水不漏的话打断了他,不知他有没有看出我蹩脚的讽刺。

"哪里哪里,我也多受你的照顾,以后还常来玩!"房东也立刻说起漂亮话,有始有终的一段相处。我鞠躬告别,阻止他出门,连说您留步,飞奔下楼,跳上自行车逃回了新家。这段插曲完全冲散我的惆怅。

在新家度过了沉酣的第一夜。次日起来,只觉双耳寂静,已没有吉田山中凌晨即啊啊高叫的乌鸦。当天碰巧是这片区域送可燃垃圾的日子,尽管离此前的住处非常近,末端行政区划不同,收垃圾的日子也不同。我很快找到堆放垃圾袋的场地,在防止乌鸦搞破坏的网内放下一袋垃圾,完成了与这片区域初次见面的仪式。

住独门独户的小楼与住公寓的生活方式很不一样,很早就听老师们说过:"与街坊邻居打交道非常重要。还有町内会,虽然麻烦,但最好还是参加。"

町内会即末端行政区划"町"的自治组织,有些类似居委会。据说京都的町内会格外发达,或许因为神社多、老年人也多的缘故。町内会的基本职能是将住户纳入小型共同体,一起处理倒垃圾、清扫街道等日常生活必须的事务,夏天还要给町内居民的孩子们办运动会。町内通常有神社,居民要参与每年的祭典,也要给神社缴纳年费。曾有人将町内会告上法庭,说尽管不强制参加神社的活动,但一旦加入町内会就必须缴纳神社会费——这本身在事实上已等同于强制参加宗教活动,最终法院判定町内会侵害信仰自由。如今,单身住户很少入会,年轻人更愿住公寓,由町内会建构的居民之间的联结较之从前已松散许多。

"你可以把这一切当成田野调查。"老师建议。

于是网购了一箱专门用于搬家后跟邻居问候的礼物,每一份都包好,印着"搬家礼"的字样和我的名字,内有保鲜膜、洗洁剂等平价日用消耗品。网上有详细的搬家问候指南,一般认为需要问候左邻右舍、自家门前的两家、屋后的三家。搬家后第一天上午,就遇到了右邻,是一对老夫妇。赶紧自报家门,递上见面礼。夫人笑道:"我家今年轮着做町内会会长,你要参加吗?"

一时不知是运气太好还是太不巧,不知我口罩下"我是外国人,对这一切还不明就里"的表情是否传达到位,夫人非常通情达理:"不着急,你可以慢慢考虑,等收拾好东西再做决定也不迟。"

听说我住到了町内会会长的隔壁,老师建议赶紧交会费,"你一个人住,白天不在家,跟街坊搞好关系很重要"。于是我又去隔壁敲门,表示我要加入町内会。夫人很高兴,建议我四月之后再交钱,因为那是年度之始。她详细与我介绍町内境域及住户构成,我是这里唯一的外国人。

"之前还想,会搬来什么样的人呢? 很担心现在的年轻人不理我们,没想到你主动找我们。"夫人道,"町内会会长由住户轮流做,现在特殊时期,取消了一切聚会和活动,不需要见面,其实非常轻松。往年夏天要办一场儿童运动会,还有一场神社的祭礼。加入町内会每年要给神社交年费,但信仰自由,这笔钱完全可以不交,活动也可以不参加。"

这对夫妇以前是大学的工作人员,前几年刚退休。"我们平常都在家,你可以放心出门上班,有什么事我们都给照应着。"夫人很热情,说的都是我关心的问题。我放心大半,此前担心的"麻烦的町内会",暂时有了着落。

搬家后要习惯的不仅是新居环境,还有周边生活区。从前常去的超市、邮局、银行虽都不远,但现在有更近的去处。我办了新居附近超市的会员卡,研究积分与打折规则,观察货架的排布,回忆与另一家超市物品和定价的区别。

不过依然没有闲暇仔细体味这些微妙变化带来的怅惘,家里还有瓦解书山的浩大工程。上架书籍的心情比打包更愉快,但工作量并没有减轻。客厅有五列书架,其中一架分隔尺寸较小，专门放文库本、平凡社东洋文库等小开本书籍。剩下的四列大致按照四部分类法摆放，不可能按中国图书馆图书分类法作更细致的排架——并没有那么种类丰富科目均衡的书。小书房按平时常用的分类上架，大致有工具书、书籍史、医疗史等类，特别安排了一格女性史。

初期的混乱阶段过后不久，我找到了节奏。与打包时一样，先拆开几箱，形成台阶，以便从更多方向深入书山内部。开箱后将书籍归入大分类，最先有眉目的是文库本书架，又细分为岩波文库、岩波新书、讲谈社学术新书诸种。全集本自不必说，四部丛刊的薄册、中华书局的中国古典文学基本丛书、上古的中国古典文学丛书等装帧开本一致的丛书也很容易整理。上架图书是实践目录学的好机会，趁机复习了《东方文化学院京都研究所汉籍目录》的分类法，传统四部分类法之外另有近人杂著部，我参考最多。

日本如今最常见的图书分类法是国际通行的十进分类法，有总记、哲学、历史、社会科学、自然科学、技术、产业、艺术、言语、文学。不过国立国会图书馆另有自己的分类法，以字母编号，凡24目，比十进分类法更重视社科类书籍，京大附属图书馆也采用了此法。国立国会图书馆明治年间的前身帝国图书馆曾确立"八门分类法"。第一类为"神书、宗教"，将神道教书籍归入等同于经部的重要范畴。第二类为哲学、教育。第三类为文学、语言学。第四类为历史、传记、地志、纪行。第五类为国家、法学、经济、财政、社会、统计学。之后是数学、理学、医学、工学、兵事、美术、诸艺、产业，总记、杂书、随笔。分明也有四部分类法的痕迹，不过把文学（集部）放到历史（史部）之前，则是受到19世纪欧洲书志学的影响。

新居有方寸小院,前任房主留下了桂树、山茶、瑞香、杜鹃,还有一些空间。上架至疲倦不堪时,便去网购一种喜欢的植物作为安慰。家具与生活用品尚未补齐,却已照着《花镜》卷三《花木类考》买下柠檬树、樱桃树、竹子、石榴、蜡梅、木莓、山绣球、蔷薇、芍药、玉竹……蔬菜也不可少,阳台空地摆好长钵,种下了豌豆与蚕豆。于是连日收快递、种花树。无暇外出游春,新居便是旅行地。

　　一周过后,屋子当中的书山终于消去。将一百多个纸箱分出几堆码齐,用绳子捆好——如此巨量,若没有车,很难远距离搬运。打了好几家废纸回收中心的电话,大多需要自行送去。纸箱在日本不是有价值的回收资源,大家都不感兴趣。旧电器更受欢迎些,因为废金属价值较高。好容易找到一家,听说有不少熊猫搬家公司的新纸箱,才勉强愿意免费上门收取,我自然千恩万谢。解决了纸箱问题,接着便是正式上架,将之前临时堆放的书按顺序理好,至此大功告成。

　　很久没有看到书脊完整露在外面的风景,心情十分畅快。忍不住与友人分享劳动成果,发去书架照片:"都是一个人干的活儿!"又伸出伤痕累累的十指,以示劳动光荣。作为庆祝,当即网购了一批书籍,这么快就违背了"再也不买书"的誓言。我也把照片发给了做书架的木工师傅:"谢谢您,非常完美。"

　　"哇,做的时候一直在想,放上书会是什么样子呢?有一个师傅还以为是收纳柜呢。它们的生命被你唤醒了。"

　　"是您的技艺和书给它们注入了生命。""注入生命",不知这样的表达是否能准确传递我的感激与赞美。

　　师傅回复了一个可爱的颜文字,"谢谢"。

　　天气愈发温暖,隔窗听见蓝矶鸫求偶时动听的曲调,去年也是三月中遇到。告别吉田山的清晨，上弦月还印在天上，而今月轮将满。小院绣球张开叶片，蔷薇枝梢钻出紫红的新芽，樱桃树鼓起轻粉色的花苞，墙根下遍开报春花，绒毯般的绿苔上落满整朵山茶。听说城南宫梅花开得极好，想必植物园也很热闹，又听说奈良大和文华馆近日有很好的展览。春天就是这样，天天都像过节，做什么都好，做什么都不够。

一日午后，小院忽而来了三只栗耳短脚鹎，叽叽喳喳掠过竹枝。待我掀帘去看，它们已飞快离去。有一只胆子格外大些，立在墙头看了我一眼，我也看见了它晶亮的眼睛与毛茸茸的脑袋。它们住在附近的树林里么，会去吉田山吃柏子和山桐子吗？

急忙在院内摆好清水盆与瓜子盘，差点忘了给小鸟们的搬家问候礼："我是新搬来的，今后请多关照，欢迎你们常来玩！"

2022 年 3 月 16 日

苏枕书　　历史学博士。著有《京都古书店风景》《岁华一枝：京都读书散记》《春山好》等作品。

张开是指头，攥紧是拳头

易小荷

一

2005 年靠近年关的时候，梁晓清冲进医院，看到一个陌生人躺在那里，头发被剃光，眼睛充血，眼眶肿胀得像个紫鸡蛋，脑壳、脸稀巴烂。她喊了两声也没有反应，如同那只是个软绵绵的物体，而不是曾经高大魁梧的爸爸，她"哇"地一下哭了出来。

哭了那么一小会儿，她看到也哭成一团的妈妈，就掏出一张草纸，擤一把鼻涕，做了一个深呼吸，收住了。

那是梁晓清家里的一个重要节点，在那之前，爸爸霸道强势，大到家庭教育小到一分钱的去处，都得由他做主。那个冬天,他早上骑着自行车去上班,一辆三轮车逆行占道,把他给撞倒在地,迅速跑了。他后来被鉴定为智力残疾。

梁晓清那年 18 岁,在自贡市里的一家饭店做服务员,每天要上班,要赶着给医院的爸爸做饭,要把妈妈换下来的衣服提回家去洗,下面还有一个 10 岁的弟弟等着她回家给他准备吃的。她妈又不认识几个字,不会签字,所以她还要跑交警队……这个女孩的生活一夜之间被撕开了无数个口子。

多年以后梁晓清在仙市镇上定居,提起这段往事,关于童年、老房子,还有坳电村的回忆就会一同而来。位于坳电村的老家左边有座小山坡,小巧却神秘,山的一边是高约二三十米的悬崖,能望见青幽幽的梯田,崖壁上被树和乱石覆盖,一片杂草,里头经常有窸窸窣窣的蛇出没。

总有这样的时刻,当她觉得不堪重负,就爬上去坐在悬崖边,像是无所事事一样,看着老鹰在天空一闪而过,去了她无法想象的地方。

她家在这个村好几代人了,世代务农。家门口不远处有祖先的坟堆,据说是全村风水最好的地方,那里有一个藏得很深的古坟,历经风雨,很多盗墓的来都没有找到过。她爷爷几次三番在半夜里见到过祖宗的影子,从头到脚都是白色的、飘忽的,看不清五官,着一身旧式的长衫。

好多次天色未亮,为了赶时间,梁晓清都得从坟堆路过,她一点都不怕——可以想象,和压迫于头上的生活相比,鬼魂要遥远得多。

二

　　直到 1987 年梁晓清出生的时候,梁家依然处于"重男轻女"的旧思想氛围里。阿公被人称为"九阿公""九老伯"。他们那一辈,梁家急需劳动力,生第一胎、第二胎都是女儿,第三个还是女儿的时候,九老伯沉不住气了,一直大骂自己的老婆,女人气得用手勒住女婴的脖子,直到眼睛泛白。一个远房亲戚刚好推门进来,连忙把她拉开,才算救下了孩子。

　　九老伯一共生了八个孩子,其中四个儿子,梁晓清的爸爸梁茂华排行第六,人称梁六儿。他们遭遇过天灾人祸的饥荒年,梁六儿大概因此特别能吃。乡下人家从不知道如何爱和教育。一次大女儿烧火做饭,年代久远原因不详,九老伯猛地操起一把火钳打向她的头,大女儿当时就被打晕在地,一个人倒在了厨房灶台面前的地上,过了好一会儿才悠悠醒过来,并没有任何人敢扶她一把。

　　儿子的待遇也好不到哪里去,梁六儿有一次贪玩,没帮家里干活,跑去河里钓鱼,被九老伯拿着扁担追着打,直打到全身乌紫,也不罢手。

　　梁六儿是全家最不受喜爱的一个,尽管好和不好之间差别不大。他们不太理会他的感受,小时候留饭也好,长大了分房也罢,都是决定了才通知他。不知道是不是这方面的原因,他的感情阈值非常低,爱与恨都稀少得可怜。

　　没有文化的梁六儿一无所长,他体形魁梧,小腿上的汗毛如同钢针一样又粗又密,大概因为口吃,他寡言少语,沉迷于中医和钓鱼,依靠走街串巷给人理发来赚取一些微薄的收入。

大家公认他不傻,但他天生不擅长和动手相关的一切事情:家里的房子是最陋烂的,地是收成最少的,他完全不懂怎么持家。

21岁那年,因为父母之命媒妁之言,梁六儿娶了余群玲(因为在家排行第五,别人都叫她余五姐)。两人被安排见了面,又被安排很快结婚。余五姐是被家里人强迫的,梁六儿也不是不知道这一点,但他似乎对此毫无感觉。

那种年代理发是一个村、一个村地承包,一般来说,走村串户肯定见多识广,梁六儿应该借此成为全村最有见识的人,事实却截然相反,梁六儿一生都没有结交到任何朋友,没有去过比自贡更大的城市,也不曾被邀请到任何一个饭桌前把酒叙旧,就连至亲的妻儿也不曾为生活中的任何困惑向他请教。

梁六儿家是整个村最穷的一家,房子是竹编的土墙,多年以来都没有维修过。卧室的床上方有个阁楼,在房间的任何视角,都能看见上面突兀地堆满了柴。从门到床之间狭小的过道上,还挖了个大坑,用来放红薯。

一天三顿都是红苕稀饭,永远搭配一碟咸菜,梁六儿的上进心全用在钓鱼上面了,他觉得自己吃得饱、穿得暖,婆娘和孩子都活着,这日子就交代得过去了。

90年代的时候,余五姐的妹妹跟几个朋友去深圳闯,在那里学习了理发,做个造型都需要十几块钱,和内地的价格差异很大,于是写来好几封信:"五姐,你喊六哥过来,这边的行情很好,以他的基础再学习一下,到时候如果他能做得好,就可以把娃儿一起接过来。"

梁六儿打死也不出远门,他对自己的那个小堰塘心满意足。

九老伯是远近闻名的风水师,村民们对于所谓的"吉日吉时"特别迷信,比如村里有个不讲究这一套的人猪圈想翻修,人被打伤了,狗都死了。大家都议论纷纷说是冲了煞,所以经常有人来请教九老伯"干净"的时间。

有次九老伯勘察完房屋,回家的路上,一个村民在自家门口招呼了一声,他身后的房子是新修的。九老伯看着那个门,问:"你的房子修了多久?""一个多月。""你这个门开得不好,是个'医院门'。""咋子说?""医院门的意思就是家里人会生病。"村民连忙请阿公坐下,斟茶。"自从修了这个房子,老妈生病、老婆生病,娃儿生病……背时(倒霉)得很!"于是九老伯给他开了个整改风水的单子:哪天哪个时刻,把门的方向改一下,稍微斜一点点。据说自此这家再无事端。

小学刚念了一学期,梁六儿很认真地跟梁晓清说让她休学,因为九老伯给自家看过了风水:"梁家注定一个读书人都出不了,就不要浪费那个钱了。"晓清年龄太小,早就被阿公的"风水说"唬住了,也还理解不了读书的重要性,爸爸继续诓她:"如果你不去读书,就用那个钱给你买好大好大的花来戴。"

晓清并没有哭。这个家里一切都是梁六儿说了算,而他似乎生活在与家里人完全不同的世界里。他不抽烟不喝酒,不嫖也不赌,偶尔去钓鱼,或者捧着本中医的书研究,看上去和村里的其他父亲不太相同,但却又没什么本质的不同。

从此以后,梁家除了"风水""理发"之外,又多了一个标志——"不上学那个女娃儿"。

学校往往是下午五点左右放学,梁家的土房在半山腰的一个小坡坡上,门口的路能连接到学校,每到这个时候,梁晓清就站在门口,看那些跳动的身影,听学生呼啸而过的笑声,一看就是一个小时。

梁晓清反复回忆当年的那些场景,有的时候她像一个陌生人,看着当年那个瘦弱的小女孩——当你对命运的神秘懵懂无知的时候,你不会知道事情会怎么发生、为什么发生。

2019年疫情过后,梁晓清开了家美甲店,成为仙市镇最受欢迎的店铺。她的脸部线条柔和,皮肤紧致光滑,除了那双关节粗大的手,已经很难分辨出她是个在田里靠天生、靠天养长大的人了。

她不太会对自己的客人说一个"不"字,对待她们就像是对待城里那些高级餐厅的菜单,只默默阅读,从不亲自下单。但是她有双杏仁形状的眼睛,如同小鹿一样,里面不时掠过一丝警觉、机智的光亮。注意过她的眼神,就能意识到她表面的不动声色,只不过是修饰过后的待人接物。

关于不能读书这件事,她的脑海里有无数幕妈妈伤心的脸,母亲在那里无声无息地哭泣,担心晓清长大了会埋怨她,说她没有能力。

晓清从没为此哭过,实际上在她的人生中,眼泪稀少而珍贵。梁六儿丢给她一本新华字典,余五姐也会给她买一些故事书,她一个字、一个字地认过去,像认识附近山里的那些小动物:花脸獐、地滚滚、黄鼠狼……

2012年的某天,晓清在驾校遇到个村里的姑娘,那人很惊讶地问晓清,你来这里做什么?她说来考驾照。姑娘一脸羡慕,当年村里面只有她和这个姑娘没读过书。这姑娘的爸爸是单身汉,穷得娶不起老婆,收养了她,她因为不识字,所以没有办法通过交规考试。

回到当年，"没有读书"的侮辱曾经无处不在。四处都埋藏着流言蜚语，别人打招呼的声音里都仿佛有只巴掌伸过来打在她脸上"啪啪"作响。"这个娃儿没读书的。""哦，就是那家的娃儿啊。"她还记得有一次门口响起了自行车的铃声，那是邮递员到来的声音。晓清走出门，那个男人费力睁开骰子般大小的眼睛，举起手里的几封信晃一下，举高，又晃一下："你居然还有信？你认不认得出来哪封是你的哦？"

她白了一眼对方，从里面抽出写有自己名字的信，话都不说就转身，"砰"的一下关上了门。

三

在家自学的日子一点都不清闲。梁六儿性格固执多疑，人情世故淡漠，大概由于说话轻微结巴，轻易不开口，余五姐则活泼外向，待人友善真诚，两人靠近一米之内，必定像雷暴后的空气，紧张干燥、一点即着。

余五姐一生当中都未品尝过爱情的甘美，她和梁六儿是一个村里的，家里人觉得她人太矮小（一米四六，不到九十斤），而梁六儿个子高大（身高超过一米七），能干力气活儿，就非要他们在一起。余五姐家规很严，她不愿意，妈妈就说："小心你老汉要去吃药（耗子药）。"

余五姐有见过父母恩爱的场景吗？她说，印象中他们一辈子都在干活。而她自己呢？很多年以后，晓清问梁六儿："爸爸你以后赚到钱给妈妈买个礼物，戒指什么的吧？"他回答说："整勒些干啥子哦，扯根草草环起就可以了。"

梁晓清印象中第一次看到妈妈挨打,是八九岁的时候。有一年打完谷子,天刚擦黑,他俩吵着吵着就动手了。人高马大的梁六儿轻而易举就把余五姐掼在了地上打,一拳又一拳。隔壁的邻居就喊她:"晓清你赶紧把你老汉拖开啊。"

"我自己都是个小孩呀,我根本拖不动,他是个大人,他为什么不帮着拖?"晓清就在那里尖叫,嗓子都喊哑了也无济于事。

从那个时候开始,晓清就觉得妈妈太过可怜。她每天都在琢磨,如果妈妈回来看见家里面脏,心里会烦躁,爸爸听不惯就要吵架,吵凶了就要动手,所以她从撒谷子、栽、管理(扯草草)到收谷子、晒谷子,全程参与。除了挑粪桶和挑谷子实在干不动,什么都干,大人只需要忙外面,而家里全被晓清承包了。

余五姐回来以后,看到地上扫得干干净净,桌子也很干净,柜子底下也很干净,就连要洗的衣服也都泡好了,还是按颜色分好来泡的,就很欣慰。

讨好妈妈,成为晓清一生的使命。她6岁就开始在小锅中熬稀饭,7岁的时候,妈妈去田里,她学着在蜂窝煤上炒藤藤菜。

梁晓清也会对农村中女人的地位有过疑问:堂哥上学去了,家里还要给他留菜,本来一共就没有多少菜,大部分精华都给他夹到碗里了。看见晓清在面前,阿公有时候还要故意叮叮说:"哎呀给我家梁超留点,他是儿娃子,以后要是挑个水喊他都会跑得更快。"晓清并不抬头,慢悠悠地说:"那我就等着看他给你挑水,看他给你挑几挑水。"

村里有个神奇的女人。他们在背后叫她"坐台女",她也就二十几岁,晓清总是看见婆婆嬢嬢们动不动就在后面指着她的脊背,用各种鄙夷的语气嘲笑她在外面卖。

农忙季节到了，那个女人开始忙里忙外，她独自一人，下种子、挑粪、收谷子，干着最脏最累的活儿。她的男人就像是把土地包租出去的大地主，非但一次都没有在地里出现过，还时常抄着手，叼根烟，像个二流子一样从村里这头晃到那头。

晓清看到过这女人光洁的妆容，也看到过她蓬头垢面下田劳作的样子。那个女人家里修了湾子里最好的一栋房子，不用猜都知道是女人寄过来的钱，还买了立体声的音响，男人专挑深夜显摆，破锣嗓子传到很远——有钱真是好啊，尽管那种嗓音让她想起杀猪。

后来那个女人又出钱开店，两人经营了一阵子，店子倒闭，便又以女人继续外出打工结束。

他用那些钱用得理所应当，她那么辛苦，他却那么安逸，而且他还要打她，打完之后她还继续赚钱给他花……晓清就在想："为什么，凭什么？"那大概就是晓清最早对男女不平等的疑问。她不懂男女之间的关系，如同她也不懂，"妈妈为什么不能离开家里那个姓梁的。"

1994年，余五姐不小心又怀上了，计划生育抓得最严的年代，被逮住了，就会强行引产。余五姐躲去了外地。

整整三个月，没有了妈妈，家里安静得如同地狱：梁六儿每天早出晚归，就像躲着她，回到家也好不到哪里去。幽暗的堂屋，隔着吱吱嘎嘎的饭桌，都能闻到梁六儿身上的汗臭味，还能听见自己肠胃咕咕的声音。饭菜还得自己来做，不只是给自己，还要给那个老汉。

梁六儿回到家，总是往那里一坐，等着晓清给他煮饭，煮完后得给他放在桌子上让他吃。夜深了晓清把水烧好在那儿洗脚，他也跟着来洗脚。

阿公和两个儿子是邻居，但隔壁阿婆偶尔想起来了，才会问一下晓清吃了没有，说没有才说让她去吃饭。住在另外一头的叔娘，从来没有叫过晓清吃一次饭。

"没有妈妈的日子太可怕了。"人生中晓清单独和梁六儿相处的这一次，深切地体会到了自己对妈妈的依赖，也第一次体会了所谓的人情冷暖。

弟弟生下来，七岁多的梁晓清成了全职保姆。弟弟满月之后，她就把弟弟放进背篼里，一路带大。有时候和小伙伴一起玩，弟弟尿湿了，就带他回家洗，再折返回去继续玩。

过了三年，也才十岁，她突然发现自己的想法变了。从前她不明白，为啥子大家都嫌弃她，就因为她没读书？她以为对所有人都顺从，就能换回别人对她的喜欢，然而许多事情告诉她并不是如此。她开始变得"叛逆"，时常一个人坐在堂屋的门槛上想事情，让思绪在脑子里碰撞，也去尝试不再顺从每个人。

有一天梁六儿又跟余五姐打了起来，晓清根本拉不住，情急之下扔了一个凳子过去，接下来一次打架，她扔过去一把手电筒，准确无误地把梁六儿的头砸出了一个包，鲜血汩汩地流出来。梁六儿的脸垂下来，怒不可遏地冲了过来想打晓清，妈妈一把抱住晓清，用背挡着梁六儿，伤心地哭了。

若干年以后，当晓清刚刚成年，在富顺的一个厂工作，听说可以申请一家人住的宿舍时，晓清小跑回家，开心地让妈妈收拾东西跟她走。但是妈妈又哭了，她说这样子走了，两姐弟还会吃苦。

晓清知道，妈妈那个年纪的人经历过很多，从懂事开始，每次看到妈妈和爸爸吵架、打架，她就劝妈妈离婚。但是妈妈生病特别严重的时候，梁六儿也会背着她去医院。两个人又好像不能分开。

对于余五姐来说,她的世界也并不宽广,那个年代没有人离婚,村里只有一对离婚的夫妻,男的和她差不多年纪,女的略小几岁。女的很能出去找钱,队里的人就说闲话,说那个女的是干啥子的……她觉得自己承受不起这样的流言蜚语。"人家会笑你,这一嫁都没有嫁好,下一嫁会嫁好啊?那个时候的女的背的罪更多。"

还好她还有晓清。而晓清说她再也不愿意离开家,她怕离远了妈妈就会受委屈,不能让妈妈一个人在家,既然让她离开这个家她也不愿意,那么就让她来一直陪伴她、守护她。

2014年的一天,晓清回到家,平时余五姐都会很开心地和她打招呼,那次她只顾埋着头切菜,都没抬头看她一眼。晓清转了一圈,余五姐还是没理她,就问:"妈妈你咋了?"余五姐的眼泪一下就滚出来:"你爸爸又打了我。"

晓清把手里的东西一掼,冲到梁六儿的房间。

"你啥子意思?你打我妈咋子?"

梁六儿不以为然:"以我以前的脾气,都不知道把她打成啥样了,哼!"

晓清说:"就算她有一万个不对,你都不该动手,你动手就是你的错。娃儿这么大了,你不要再做这种事,有什么你好好地说,这是最后一次,当然我也不会对你做啥子,因为你不值得。这是最后一次跟你说:要是再敢对妈做点啥,我就把妈妈接走,再也不会管你了。"

那是晓清成年后对梁六儿最凶的一次,此后梁六儿再也没敢动手。

四

那年夏天,阴雨绵绵,有天晓清和弟弟看到梁六儿端个碗在家门口望,眼睛直勾勾地,饭都忘了吃,也走到门口看过去。

晓清阿公、爸爸,还有幺叔三家的房子挨在一起,梁六儿看去的那个方向是他家房子和隔壁阿公房子的交界处,坝子边缘有个堡坎,坎下面有几级梯梯,可以走到猪圈。阿公可能从那里滑倒了,上半身在坎坎上,下半身在梯子上。他想抓住个东西,借个力起来,起不来,手在那里无助地抓挠。

看到阿公摔在那里,晓清反应过来:"你端个碗望那边干啥子? 赶紧把他牵起来。"梁六儿头都不回:"我就想看他自己起来得到不?""我说好,以后等你哪天摔斗了,我也望斗你,等你自己爬起来。"晓清边说边赶忙去扶阿公,梁六儿这才也跟着一起去扶阿公。

晓清觉得自己一辈子都不了解梁六儿是个什么样的人。他们之间彼此生疏,互相直呼其名,连动物之间基本的偎温都没有。

小学一年级退学时,梁六儿曾煞有介事地跟她说:"不读书的话,给你买一朵很大的花戴,还给你买漂亮的衣服。"然而她从未穿过合身的衣服,换季的时候,实在要买,也总是很长很大的衣服,为的是长高不用再买,结果不但衣服永远不合身,长高了以后那衣服也过时了。

买鞋也是如此,鞋底比脚还要长出去一截,边上的鞋襻扣不住,就用针线把它缝死。穿的时候很痛,所以晓清宁愿打光脚。有一次踩到了刺，梁六儿就用力地一把捏住脚，生生把刺拔出来。

为了鞋的事，余五姐和梁六儿吵了起来，结果又导致了余五姐被打。没办法，别人家是靠努力赚钱生活，梁六儿是靠把现有的钱节省下来过活。他把钱死死捏在手上，每一分每一毫都要有出处。他不信任银行，觉得所有银行都会倒闭，一张张破旧的票子就用一个塑料袋包起来，偷偷藏在装米的缸子里。

梁六儿倒是也相信因果报应：最早房子修起来的时候顶上只盖了薄薄的一层瓦，有次梁六儿夏天睡在那里，感觉肚子上一沉，睁眼一看，一条硕大的菜花蛇，大概是从房顶的哪个缝儿掉下来的，他也不打也不杀，就顺手一扔。家里不得已让他杀鸡杀鸭的时候，他也会念念有词："下辈子你不要变畜生了，你跟阎王说一声，如果要报仇，也不要找我。"他不祭祖却只是因为舍不得鞭炮、蜡烛那点钱，阿公偶尔一次也会心疼这个儿子，说："我买了多的火炮、纸钱、蜡烛，你拿去烧吧。"梁六儿这才破天荒地去祭一次祖。

他有他自己的价值观和人生理论，"晓、晓、晓清……"晓清知道他也不是要和人辩论，他没有那个能力，他只是以一己之力反对，再固执地坚持下去。

梁六儿一辈子以"自己不花钱，家里人更不许花钱"为人生准则，为了省钱，把热水开关拧到最紧，让它一滴一滴地滴下来，以为这样电表和水表就可以不走字，结果烧坏了两个热水器。

有一次有个嬢嬢到晓清店里来，说村里有个老人要走（死）了，让梁六儿赶紧去理个发。晓清连忙打电话，把位置告诉了梁六儿。过了好一会儿，嬢嬢急着去店里，发现晓清不在，就让店里帮忙的小幺妹短信转告晓清,梁六儿怎么还没到,就怕对方等得都要断气了。

晓清心知肚明是咋回事,马上拨通梁六儿的电话:"你是不是在路上?""是啊是啊……""你是不是还在慢慢走路?""是啊是啊……"从这里走到姚坝下面的村并不近,她马上命令梁六儿:"你赶紧找一个中巴车赶过去,不然以后人家到我店里问起,我再也不会帮你传达了!"

晓清老公尝试过和老丈人沟通:"爸爸你作为一个男人,儿子还这么小,还是应该适当负起家庭的责任。"

梁六儿冷冷地回答:"和你比,至少我没有欠债。"

"他一直以来的理论都觉得自己不偷不抢,还给家里修了个房子,已经很好了。"

刚刚懂事一点的时候,晓清有一次问梁六儿:"你这样的人为啥子要结婚?"她又接着说:"你就应该像村里的那些老单身汉一样的,哪有人结了婚,却对婆娘、娃儿一点都不负责任的?"

五

14岁那年,梁六儿觉得对晓清的"义务教育"已经结束,由着她在家里做家务活打发时间。在这种乡下地方,人和人的去向大同小异,晓清隐隐约约感受到,如果一个不慎,她的人生就有可能从不知道什么地方滑落下去。

2001年,在深圳的一个远房亲戚,说招理发店的学徒。晓清很奇怪,为啥招学徒要来老家找? 她还说要找自己屋头的人才信得过。晓清又想:"为啥只有屋头的人才信得过?"不过她没有问出口,反正梁六儿也不让她去,就翻篇了。

亲戚其后撺掇了另外一个阿公的孙女,那个晓清叫作堂妹的小姑娘跟着走了。几年过去了,传言说那位姐姐和姐夫开的店有点不对劲,来来往往只有成年男人,据说还让那个堂妹提供所谓的特殊服务。

后来某日,余五姐和堂妹的妈妈聊天,她这才说:"你以为那个远房亲戚是个好人啊,把我家幺妹喊过去,逼她接客,一开头不愿意,后来没有钱租房啥的,也不得不从。"余五姐听得后背出汗。堂妹在发廊认识了一个老男人,很快结了婚生了孩子,又迅速离了。她把孩子送给了别人,也找不到什么好工作,生活得十分艰难。

晓清长大的村落,只有过一个同龄的女孩不用做家务,不用受苦,那是她的远房侄女,两个人一块长大,又都是性格直率、有一说一的人,所以一向聊得来。

侄女的爸爸对她无比溺爱,做了错事也不舍得动她一个指头,妈妈有时候觉得她不对,要打的时候,她爸爸就在旁边维护。

她家条件一向都比晓清家更好,最让晓清羡慕的就是,侄女跟她爸爸要钱,都是四五十地给她。

她长得像洋娃娃一样,眼睛很大,睫毛也长。像这种长得漂亮的女生,很多小男生整天围着她转悠,从初中开始,她就不想读书,整天跟那些男生到处晃荡,有时候晚上还赶到自贡去通宵玩,第二天凌晨才赶车子(公共汽车)回来读书。

有一次她问晓清:"长大了有啥子理想,想去上啥子班?"问这个问题的时候,她们都只有十二三岁,晓清才生平第一次考虑这个问题。"我说我不晓得,我说我以后长大点才晓得嘛。

我说你有啥子理想啊？难道都想好去上啥子班吗?"她回答说想到迪吧去上班。迪吧？晓清偶尔看电影电视也看到过,那是一个小女孩想都没敢想的地方,"为啥子喜欢在迪吧去上班呢?"她就说:"那里的服务员穿的衣服很好看。"

小侄女实在太贪玩了,天天去市里玩,仙市有条中巴车路线是到市里的,车上的售票员对她印象深刻,因为她太引人注目了。"玩了通宵,早晨(从自贡下来的)车都到了仙市,她不晓得下车,还在蒙头睡觉。"婆婆嬢嬢在背后传得喷喷有声。

后来小侄女又和理发店的几个混社会的伙在一起,那些人私下商量要把她弄去卖,她被蒙在鼓里,以为是去上班。万幸她爸爸知道后,第一时间报了警,和警察一路追到了云南,差点儿出境了。

回家之后,才发现她已经沾上了毒品。她爸爸把她留在家,她妈过来喊晓清陪她玩,其实两人长大了,大家的爱好、接触的人都不一样,日渐疏远。晓清没有找到她,原来就趁她妈出来的这一会儿工夫,她跟奶奶说,想吃甘蔗,出去就上了马路,钻进早就停着的一辆车子,又跑到自贡去和那些狐朋狗友玩在了一起。

再后来,她在自贡的某个酒吧坐台,然后又听说,她被送去了戒毒所戒毒。很久之后晓清见到过她一次,她变得很瘦,打了个招呼,聊天话题已经不多,两人尴尬地坐了一会,从此以后再也没有见过面。

到现在,和晓清同龄的她依然没结婚,最后一次听说她的消息是在卖房子做销售,似乎过着一种居无定所的生活,之后就再也不知道了。

晓清觉得无比可惜,这是她生命中最好看的一个女孩,人很聪明,正常学习、长大,在这样一个靠脸吃饭的社会,不至于像现在这样,无声无息、无着无落。

那时候梁晓清不知道多么羡慕侄女有那样的爸爸和家庭。环顾四周,梁家的这个房子,五十几平方米的总面积,堂屋就占了一大半。一个四四方方的小窗户,是她人生中见过的最小尺寸的窗户,框住了全部的外部风景。如果想要拥有一点能见度就需要开灯,但为了省电,卧室里的灯泡只有 15 瓦,堂屋里的瓦数也才 25 瓦。

那点朦朦胧胧的光,在晓清头顶盘旋了很多年。

不读书的日子,晓清生活得十分充实:凌晨六点起床,随便喝口稀饭,就得去附近的水井挑水,一天要挑七八担,挑到家里储备着;挑完水有时候紧接着就背蜂窝煤,一个蜂窝煤五斤,从二十个慢慢加码到后来的四十个。这还是在她年仅十一二岁的时候,她的身高仅有一米三,十几分钟的路程,要走半个小时。

晓清 6 岁学会煮饭,7 岁炒菜,13 岁就能搞定两桌人的菜,梁六儿后来不让她读书,她连和小伙伴玩,背篓里都背着一个弟弟,然后煮饭、洗衣服,负责力气活之外的所有活。

每天干完活,就是最期盼的时间了:晓清会自己在本子上乱画,看到一个卡通很好看,头身比有多大,就照着那个比例临摹下来。她可以半天时间都待在家里,直到把那幅画画好。

晓清最喜欢雨天,因为不用做什么家务事,只需要坐在那里画画。妈妈愧疚女儿没读到什么书,特别支持她画画,什么水彩她都会买来。

晓清画好了以后就贴在墙上,亲戚朋友过来都能看到,边看边称赞。梁六儿时常连那盏昏昏欲睡的灯都不愿意开,房间太暗了,晓清记得她要抬起头,屋顶上有两块玻璃瓦,只有那里能透出一丁点光线来。

退学之后,梁六儿买了毕业生的语文、数学课本,教晓清学,她觉得那些例题看完,一下子就能领会同类型的题。

有次学到减法里面的借位,因为一遍没学会,还被暴怒的梁六儿打了一顿,没两遍她立刻就掌握了要领。有时候去找同年龄的小伙伴玩,看他们写作业,遇到不会的题,晓清都会。

还有一次,晓清闲得无聊跟着小伙伴去三年级的教室玩,老师也没赶她走,还当众问了她一道加减乘除,其他同学还没算出来,她就答对了。过了几天老师去晓清家做家访,劝她妈妈让她读书,"妈妈可能为了这件事,背地里哭了很多场"。

妈妈只能哭,一说到读书需要学费,梁六儿就一直摇头。

十四五岁,梁晓清又发现了一个好去处,跳上为郊区开辟的公交车,半个小时的摇摇晃晃就能抵达自贡图书馆。那里面有各种各样的书,类似《十万个为什么》《99个生活小窍门》《植物大全》等,有许多做人的道理和生活中的一些难题的解答,她好像进入了一个小天地,从前梁六儿所不愿意给予的,余五姐没有能力给予的,那里应有尽有。

让晓清在图书馆流连忘返的还有那里的冷气,有次不知不觉看到四五点,出门的时候在袭来的热浪里差点晕厥。多年以后晓清仍对其中一个故事念念不忘,至今依然能够复述出来每个细节,故事叫作《没有伞的孩子,必须努力奔跑》。

故事讲的是一个孩子家庭条件很差,很努力地考上了高中,为了读书,他爸爸东家借、西家借,交完学费就没剩下几毛钱了,只够一两个月的生活费,只能吃咸菜、馒头。不过他并没有坐以待毙,而是努力想办法,比如帮同学代买东西,赚点零钱。他随后很有魄力地用这点钱买了个手机,在学校的布告栏发了个广告,说可以承接各种单子,生意越来越好,还结交了和他经济状况差不多的同学,并且组建成了一个团队,一直做到他大学毕业的时候。他不仅顺利完成学业,还赚了相当一部分钱。

"当时没大看懂。"梁晓清说,"但就是一直念念不忘,感觉很有启发。"

六

18岁那年,梁晓清已经换过了两个工作,她去五星街的"粗茶淡饭"做服务员,慢慢跟着年长的同事学习待人处事。

有天晚上小灵通没电,她早早入睡,次日清晨一开机,几十条信息涌了过来。正打算看,堂哥打进来电话:"你不要急,跟你说个事,你老汉被车撞了,现在四医院抢救。"

冲到了医院,从二楼电梯口一出来,就看见一间大的病房,门口写着颅脑科的重症监护室。一个房间十个病人。晓清进去又差点出来,左边第二个病床,一个男人躺在那里,紫色的眼睛肿得很大,如果不是旁边站的余五姐,她几乎认不出来这是谁。他旁边的机器"嘀嘀嗒嗒"响,测试着心率和血压。

一开始虽然昏迷,但梁六儿总是迷迷糊糊说要起来,不停反抗挣扎,要把身上的管子挣脱,想用手来扯,被护士铐住了,两边的手都绑在病床上。以为他能安分了,说个话的工夫,他又在那里嘀咕,就像在跟自己喊加油,"一、二、三",一下子又把所有管子全部扯断了。

晓清不由自主和妈妈哭成了一团。

"幺妹你不要哭,你不要哭,你要是哭的话我也想哭,还有这么多的事情要处理。"

听妈妈这么说,晓清做了一个深呼吸,把眼泪憋回去。她让自己冷静了下来,接下来就问怎么出的车祸,现在什么情况,有没有报警,车主在哪里。

整整半个月,梁六儿都处于昏迷状态,即使之后醒来都不知道是咋回事,整个人是蒙的。

晓清要上班,要照顾医院的爸爸妈妈,要处理交警队的事情。虽然她从来没有在妈妈面前表露出来,但她其实非常焦虑。即使爸爸对家里再怎么不好,但是经济来源都是他,万一爸爸不在了,晓清就是家里的老大,那么除了现在的工作做着,还需要再找一个兼职,得多赚点钱来维持家里的生活——她左思右想,食不下咽,没几天瘦到了九十多斤。

过了些日子,医生告知,梁六儿颅脑受了伤,脑花有个肿胀的过程,头盖骨一直压着,血管容易破裂,一旦破裂就会有死亡的风险。所以要么就把一块骨头取下来,等那个肿胀消下去,再拿一个进口的钛合金脑壳给他盖回去……但是只要涉及动手术,也有风险下不了手术台。

余五姐听着,紧张到手一直在抖,晓清就问医生说:"我可不可以签字?"他问你多少岁,晓清回说 18 岁。他说可以,把关系写清楚就行。

看着余五姐失魂落魄的样子,晓清把妈妈拉到一旁:"你想救他就救他,救他就签字,不想救他就这样。你要这样子想,你尽力就行了,只能交给老天,而且,退一万步说,你们的婚姻本来就不幸福……"

这段话似乎并没有安慰到余五姐，医生跟她们解释说，肿胀能自己消下去是最好的，也可以不做手术，再观察多半个小时，如果指数往上涨就动手术。

余五姐手足无措，眼泪汪汪，一句话也说不出来。

晓清很冷静，一字一句跟妈妈说："妈，我知道你在担心啥，你不要怕，就算是欠了别人的钱，我会去找钱，我会负责把这些钱还回去，你别怕。"

出生之后，这是妈妈第一次在大事上依靠晓清。还好手术很成功。那一年全家是在医院过的年。

另外一边，交警部门觉得肇事逃逸很严重，跟着排查下去，发现是个三轮车。晓清的远房哥哥也帮着找了《自贡日报》的人。虽然报纸只是用下面最小的一个小角落刊登了这个新闻，但那时候的报纸影响力很大，是城市所有机关单位唯一指定订阅的。晓清很快就收到消息：那个三轮车车主自首了。

梁六儿在鸿化厂上班，每天骑自行车，对方是三轮车，本来应该走另一边，但路有点烂，他就逆行占道，把梁六儿给撞到地上，然后就跑了。梁六儿挣扎了很久，不然的话伤势不会那么重。

她也曾经对外界有过期盼，在她奔波于医院和饭店，梁六儿在床上生死未卜的时候，后来的老公、当时的男朋友接到了她的电话，静静听完她的哭诉，他只是不知所云地说了一句："外面好冷啊……"

这件事情处理结束之后，晓清觉得家里变了，她自己也变得不一样了。她意识到，要摆脱梁六儿的"影响"和对别人的依赖，必须要靠自己。

从医院回去，餐馆的经理觉得晓清变得更加沉稳了，想升她做领班,但那却已经不是晓清想做的了。她一直酝酿着想学点技术,只是那时候结婚了,又花了几年的时间去生育孩子。

梁六儿出车祸以后,在晓清的鼓励下,余五姐去砖厂上班,她手脚麻利又肯吃苦,一个月能赚到一千多块钱,经济独立了。

梁六儿正式离开对家庭控制的舞台,他的时代宣告结束。

七

梁晓清家里曾经养过鸡,院坝门口总是散养着母鸡和她的小鸡崽,天空上方飞过一只鹞子,经过她家平房的时候,看见了鸡群,就低空飞行,来回在屋顶转圈。一旦人们不够警觉,隔得老远,鹞子就俯冲下来叼走一只小鸡。有一次一只鹞子冲了下来,母鸡猛烈起跳,狠狠地啄了一下鹞子,那是唯一一次她看见过的成功反抗,也有的时候梁晓清会亲自把小鸡放在母鸡身下。"但是大自然的事,你没有办法。"

2012年,阿公走后,78岁的阿婆身体依旧硬朗,就和大家商量决定,她每个月支付一定的费用,把养老生活平均分配给三个儿子。

她先去大儿子家,才待了一个多星期,但不知道怎么摔到了地上,嘴里吐出泡沫。大儿媳把她扶到家里的一个椅子上躺好,又去洗东西去了,过了一会又听见"砰"的一声,再出来客厅,老人家已经断气了。大儿媳哭得不行,说咋办啊,她在我这里走了,以后大家都会指责我没有照顾好啊……

家里人把阿婆抬到木板上,把下葬的衣服穿好,天渐渐黑了,家里人来来去去准备后事,守在一旁的晓清表弟听见阿婆的喉咙里发出一声长长的"咯儿"声,这才咽了气——也就意味着,之前的一天时间里,或许都错过了送到医院的抢救时间。

此后的那两年,晓清总梦到阿婆来找她,面容凄凉,说自己不该死,让她把自己救活,也只有她才能救活她……一次是谁在家门口过生日,晓清看到阿婆在小山坡上招手,她问遍了周围的人,发现只有她一个人能看得到阿婆。阿婆又在说要活过来,你要给我想办法。晓清说,我也没有办法,你都已经埋了、下葬了呀。阿婆就生气了,一把抓住她,骨瘦如柴的手臂却把晓清的手捏得生疼,你一定得给我想想办法。晓清就找了个道士,说是因为坟上破了个洞,需要做法,得找块红布,包一张符,把红布塞进去,用一个簸箕盖住,再找几个人按住。晓清就去找到家里的叔娘,依样画葫芦照做了一遍,还留了个心眼,把坟上的洞留给了对阿婆最不好的叔娘……

醒来后,晓清还能隐约地感受到手臂被捏过之后清晰的痛感,她自诩算不上是个迷信的人,做事从来都百无禁忌,但这件事让她困惑了很久。

很多年以后她搬到仙市的镇上居住,在去美甲店和回家的途中会经过一个十字路口,从那里也可以去瓦市、何市的方向。镇上有个传说,清晨六点之前经过那里的司机,很容易就会遇到"鬼打墙",就那么几步的距离,转来转去都找不到方向。

对于身边所有的事情,晓清都尝试去理解。终其一生,她都对外面的世界充满好奇。结婚、生子,一直拖到2014年,晓清终于可以去自贡学习绣眉毛、做指甲、文身等项目了。"也不一定非要通过这个赚钱,哪怕能够改变自己也行。"这也是晓清长这么大,终于可以第一次为自己交学费了。

第一天去上课,老师要求在纸上学画眉毛,画完之后老师看了她一眼，就叫所有人围过来，说："你们看看，这可是人家第一天就画出来的眉毛，你们好生学习一下……"从那天开始晓清在培训学校有了一个外号叫"学霸"。她也开始慢慢适应那些友善的奚落："哎呀，学霸在我面前我都有压力，坐得离我远点儿。"

晓清第一次做眉毛是替其他学员做的，她画好样式，独立完成了。从头到尾老师也就看了两下，纠正了一下手式，居然就做得很成功了。

培训学校的结业考试，是把平时的表现和第一次操作，还有理论考试题做个总结。专门从湖南过来考核的老师最后咨询了一下同学，你们认不认可梁晓清是第一，大家都说认可。晓清站在讲台上，拿着几百块钱的奖励，人生中第一次知道了为自己骄傲是种什么体验。

第一年快学完的时候，晓清回来仙市，她观察到一个中心位置的药店，里面就有椅子，总有很多人在那里乘凉，她也每天去那里玩，随身带着修眉刀和眉笔，一来二去，晓清就试着问和她闲聊的人："你要不要来画眉毛、修眉毛？不要钱。"

她们显然都对效果很满意，晓清说，每天来这里玩都行，我每天都给你画。

因为画了眉毛以后的效果很好，传来传去大家就知道她在做，她们就说这个这么好看，就是回去洗了以后就会掉，第二天就没有了，她们开始问半永久多少钱……到这个程度的时候，晓清知道，她的生意已经开始默默地播下第一批种子了。

直到现在，晓清也都时常免费为客户修修这个、剪剪那个，她家从未有过经商的人，但她专业过硬、做事靠谱、待人和气，很容易就留住了越来越多的客户。

结婚的头几年，晓清随老公住在乡下，和他爸妈同住。有一次晓清有一个朋友来找她玩，浓妆艳抹就来了，用的还是当时流行的死亡眼线。

朋友走了之后，公公就问："你那个同事，是城市人还是农村人？"

"是农村的，家在贡井那边的。"

他就说："哦？农村人嘛，还是应该有农村人的样子。"然后意味深长地看她一眼。

晓清回想起来每次化妆的时候，端坐于窗户面前，眼角的余光都能瞥见公公那种不舒服的样子。

她知道，他所谓的"农村人"的样子大概指的就是像婆婆那样，素面朝天，只干活不打扮，甚至这一辈子连裙子都没有穿过。"做婆婆这样的女人就太不值当了。"她长相平平，短头发，身材虚胖，长年穿着不辨性别的长裤，直到有了两个媳妇以后才生平第一次穿裙子，就因为她觉得穿裙子别人会笑话她。更重要的是像她公公那样的人，和这边普遍的男人一样，就觉得你女人就应该怎么怎么样，而婆婆果然就变成了什么什么样的女人。

"怎么怎么样"形成了家里的氛围，即使大肚子的时候，晓清也要做家务事，不能无所事事地闲逛。2007 年生完大儿子之后，老公从工厂离职出来，他白天经营修车店，晚上就和朋友去捉黄鳝、泥鳅，放狗追山兔。生完孩子后，晓清有几年赋闲在家，某天中午妈妈打电话约她去逛街，她穿了个外套，和外屋的老公打招呼："我去自贡一下。"结果老公看了她一眼，骂了一句："不出去耍，你会死啊？"

女人什么样，虽然在晓清心里也只是模模糊糊的影子，但她有一种类似于"自省"的东西。她没有上班的时候,觉得自己花老公的钱很心虚,孩子热了冷了,换季了穿什么衣服、配什么鞋子,老公有没有记得吃早饭,今天的情绪够不够好,这些都是她的职责所在。两个人的婚姻中,她曾经是更小心翼翼的那一个。他说得也很直白,给自己留了一手。当她试图索取家里的财政管理权的时候,也被她老公拒绝了:"我一辈子都不可能是那种(交出经济大权的)人。"

她的店铺斜对角,有个服装店,女老板离了婚,独自抚养两个孩子,她每天都把自己收拾得很精致。然而有时候她一把大门锁上离开,隔壁的嬢嬢们就会嘴一撇:"那个婆娘,又拿斗钱去嫖男人。"

美甲店里能听到这镇上最丰富的流言蜚语,和那些对于女性的诋毁中伤,晓清总是会保持有思考的缄默,她有自己的看法,也会希望通过自己来影响身边的人。

2013年,晓清考到了驾照,买了台长安车,开车回老家的路上看到邻居,就很热心地带了她一段,邻居回村里到处夸赞她:"那会说人家晓清不认识字啥的,你看人家现在驾照考了,车也买了。"

"这话传到我妈耳朵里,她就特别自豪。总觉得自己的女儿从小不认字,整天被人看不起,现在终于扬眉吐气,特别欣慰。"

八

在晓清的人生记忆中,爸爸对她好的事情似乎一件都没有,她时常觉得"爸爸"只是个称呼。只是基于血缘,让她做不到不管他。她有时候也会想,是不是因为妈妈从来没有感受过男人对她的关心,所以妈妈当初对晓清老公的要求就是,只要你拿钱给她花,只要你不打她。

而就因为妈妈要求低,她才那么匆忙就和老公在一起,没有要求过一分钱彩礼,也几乎没享受过爱情里面被"追求"的滋味。当时几乎立即,妈妈就喜滋滋地同意了,19岁,她就成了别人的老婆。"晓清至今都埋怨我,当初应该挡她一下,替她把一下关。"余五姐说。

在这仙市镇上,晓清和老公已经算是看上去关系很稳定的那种了。至少在余五姐眼中,这个女婿不打老婆,也不在外面乱来。

晓清从早到晚泡在美甲店,一个指甲、一个指甲,一根睫毛、一根睫毛地赚钱,不打麻将,不外出应酬,每天下午五点,女儿从隔壁小学放学来坐一下,晚上七八点老公来坐坐看看,偶尔也等到再晚一点和她一起步行回家。

但是,有的时候,夜深人静,家里人都睡着了,她一个人躺在那里,也会想:这就是我的生活吗?

2018年,晓清在自贡学习结束之后,跟着老师学员一起去北京参加过一次大型美妆会。为了省钱,买了硬座票,从重庆到北京十几个小时,那也是她第一次出去见"世面"。

场面很热闹,全国各地的人都有,还有一些美妆界有名的人,曹国栋、辛丹妮等十几个老师,他们在现场就随机找人进行表演。

曹国栋现场抓了一个模特,她是单眼皮内双,看上去化妆难度比较大。一会工夫,他让模特在两千多人的会场走了一圈,远远地隔着大屏幕看着,那个模特妆后判若两人,晓清当下就热血沸腾,恨不得立马报名去他的学校。

那一年每个区域的人都会做一个造型送上去参赛,因为晓清的老师没有经验,造型没有其他人大手笔,没有夸张的服饰、过度渲染的舞台效果,结果第一轮就被刷下来了。

晓清并不在乎结果,那是她生平第一次察觉到这个世界的大,和自己所在地方的小。

那次的大会上她遇到了各种各样的人,其中有一个北京来的理发师,他说:"如果你遇到一个人,他身上有你没有的东西,不管是技术也好,眼界也好,只要你能从他身上学到东西,就可以多跟他接触。"

晓清特别喜欢这句话,也特别喜欢在那个大会上见识到的一切。有时候她也会想象,外面的世界会是啥样。

离开北京的时候,老师说,你就留在这里发展吧,不要回到小镇去,那里没什么发展。这句话让晓清心动了很久。

从此以后,晓清几乎每隔个几年,总会想办法去外地学习一下,也渐渐喜欢上了和不同的人打交道的过程。

她也不是没有遇到过困难。刚出道没多久时,有客人问她使用的是什么化妆品,因她使用的是化妆品专线品牌,就顺口说了一句,在网上买的,化妆师都会用的。

客人当即就不悦了:"你网上买的也敢用在我脸上?"

那位客人在牛佛政府工作,五官长得比较成熟,发量很多,人很瘦,又是冬瓜脸型,晓清给她设计了温婉一点的造型,但她不喜欢,一心想要很"空气"的造型,再加上之前的那段对话,两人之间的气氛变得很尴尬。

凑巧晓清那天没带合适的头纱,客人的头发即使收得紧了看上去都特别大一蓬,晓清让她有什么不满意就跟她说,客户没吭声,她还以为这个话题应该差不多了。隔了几天,婚庆公司找到工作室的人说新娘不满意,想换化妆师。

晓清为此自责了很久,直到工作室的姐姐跟她说,做造型化妆,要让客人满意,专业的技术还占不到一半的比重,沟通技巧要占很大一部分。

所有的经历晓清都会放在心里一遍遍咀嚼、反思。就靠着这样的磕磕碰碰,边做边学,她的事业一直在往前走,朋友也越来越多。更难得的是,她有一种镇上人都不具有的专业素养,说过的话一定会做到,约定的时间一定要遵守,尽管这个习惯常常让她受伤。

到现在,她小小的工作室几乎承包了所有和"美"相关的业务:美甲、美睫、化妆、造型、文眉、文身……客人们一个个涌进她的店里,心甘情愿等上一个小时、几个小时。她们不仅仅把自己变得更精致,也乘机倾吐着各种情绪和故事,就好像这里也成了小镇上女人们的心理诊所。

梁晓清对婚姻并没有太高的期许,老公就是极其普通的男人。他人才(颜值)没有多好,家里的条件也没有多好,最重要的是他们之间的沟通从未达到她想要的地步——她自然有自己的标准,而这些标准不仅仅是和镇上的人比较。

她也一直都记得,她去学习化妆的时候,老公一边鼓励她:"去学嘛,没得事的,该花钱就花。"另外一边他又在跟朋友说:"管她嘞,估计都搞不到事。"她老公其实从来没看好过她的工作,直到现在。

美甲店开业之后,远在浙江的远房姐姐来看她,只待了一天就和她说:"晓清,你一直在向前跑,但是你老公在原地踏步,如果你们不能统一节奏,迟早有一天会分开。"

这段话让晓清想了很久,从前她怀二胎的时候,老公也照常晚晚都出去游玩、喝酒、打牌,沟通过无数次都无果,但自从她决定要靠自己赚钱的那天起,她已经无所谓了。

在梁六儿对妈妈那样的阴影下长大,晓清从来没有想过要把百分百的安全感放到婚姻中去。

九

钻进人群就会发现,这里的女性十分强悍,无论高矮,都能肩负重物,从不假手于人。大概生活中总是危机四伏,不使出全身力气,轻则鲜血淋漓,重则粉身碎骨。

晓清接待过一个北方女人,说话声音偏中性,外表粗犷,个子又高。刚开始还挺高傲的那种,坐到店子里面来,就说:"啊,这些东西我都懂。"晓清也不生气,和颜悦色和她慢慢聊天,不知不觉,她就讲起了家里的事。

她和现任都是二婚,虽然这边的条件不是很好,还是为了爱情义无反顾嫁了过来。男方家拆迁了以后有个几十万,没想到她的婆婆就因此怀疑她看中了他家那点钱,又觉得她是外地媳妇,钱也不愿意交给她,担心她随时都会跑,连生活费都不愿意掏一分钱。

女人有一天跟她说,今年过了,就会和她老公离婚,待在这里没有意思,她的朋友都在外地。"我既不图你的人,也不图你的家庭条件,两个人合得来就在一起,合不来就算了。都没想到二婚会找到这样的家庭。"她的话说得特别直白,"连这么点对我好的要求都做不到,我何必要跟你在一起?"

晓清很同情这个北方女人,也莫名有种惭愧:"我们这地方不但对一个外地人不热情,还能这样对人家。"但她大概是女人身边唯一一个对她离婚一事不发表任何意见的人。

这镇上有着各色各样的婚姻形态,但就是容忍不了单身的女人、离婚的女人、出轨的女人。

晓清一个朋友实在忍受不了老公毫无上进心,和她不同频,提出了离婚。周围的朋友七嘴八舌都在谴责女方,觉得没有大的原则问题没必要。晓清把这个问题抛给老公:"如果有一天出现一个比你优秀得多的男人,你会极力挽留我,还是愤而离婚?"

老公回答说:"我会把那个男的砍了。"

晓清说不清楚自己是什么时候改变的,她不但对婚姻不抱有任何过高的期望,也慢慢意识到,在这个镇上,无人可倾诉,她和老公之间的鸿沟越来越大,两个人的对话仿佛是两个世界的人在自说自话。她会看手机,学英语,虚心向人请教,而老公除了修车,对这个世界的许多知识都懵懂无知,也根本不具有起码的好奇心。

晓清希望自己的儿子和女儿不是这样,虽然无法辅导他们的作业,但她竭尽全力提供他们一切的学习条件。两个孩子一个即将读初三,一个小学三年级,有一天小女儿拉着她的手,问她:"为啥你的那个漂亮的朋友要找一个不好看还老的男朋友?"晓清被女儿的早熟震惊了,她也很认真地回答说:"两个人之间的爱情是由很多因素决定的,你觉得叔叔长得不帅,但是阿姨多半因为别的因素选择了他。"女儿半懂不懂地点点头,晓清特意又加了一句:"你将来长大了也会面临选择,无论如何都不要太早做决定、太早结婚。"

上个月老公找她谈了一次话，要把家里的经济大权都交给她，反省这么多年对她关心得不够，尤其是以前辜负了她太多的牺牲。这让她感到很意外。

前些日子，晓清照常起床后去了厕所，回来的时候，看见老公迅速把她的手机扔在床上，屏幕还亮着，她拿起来的时候，看到停留在她和某个朋友聊天的页面。

她这才想起来，最近几次三番，老公都在用各种方式来浏览偷窥她的手机。而她出于无愧于心的想法，密码都是告诉过他的。

她从来都没有想过，她的老公有一天会变成梁六儿失散多年的兄弟。从老公当初那句"随便她去学，学不到啥子"，到外人的"你老婆又漂亮又能干，一心赚钱连麻将都不打，你还不看紧点"，像是很短的路，又像是走了三十五年才走到这里。

十

2010年春节的那天，一个肌肉比较发达的姑娘在五星街上横冲直撞，估计有急事，要走成螃蟹步了。梁晓清也在那条路上，她和嫂子到市里买年货，买了很多东西，穿得也厚，天气不错，很久没有这么逛了。

不料那个姑娘走到她俩身后，没有一声借过，就对挡在她面前等车的姑嫂极其不耐烦，念叨着什么"好狗不挡道"之类的话。

"你要咋子嘛？"

晓清这才看清她是自贡话说的那种"假小子",其实到最后她都没有弄清对方的性别。对方除了身板比她宽,脏话也特别溜。对方估计也没想到,当她一拳头甩到晓清嫂子肩膀上时,晓清也一拳头还回去。

那个人一把薅住晓清的头发,嫂子急忙扔下手头的东西也一把抓住那人,女人们的打架最后变成一场拉扯。

这一架到最后谁都没赢。

自贡人生性直率,粗声大嗓,三杯火酒下去,动辄性命直见,但他们的怒火来去都快。

看热闹的人把她们围得水泄不通,还拿着手机各种拍摄。

晓清肯定不是仙市古镇见识最多的那个人,但生活的历练让她如今对任何事都泰然自若、游刃有余。

她也不是没有见识过大大小小的摩擦意外:仙市最繁华的十字路口,争地盘的小贩,推搡得满地都是冰粉;亲兄弟争吵的,到最后脸上都是血。有的时候连本地人都很难讲清那条底线到底在哪里,然而无论如何不能示弱,弱就表示会被别人一辈子欺负。

截止到 2022 年,梁晓清家为了等待卫康院的安置房,已经在仙市古镇安居了三年。她家花了三十万左右,买下了一套一百二十平方米左右的房子,她和老公一间,妈妈带着两个孩子一间,弟弟一间,梁六儿宁可打地铺挤在冰冷的客厅睡,也不愿意按照晓清的建议搬出去一个人住得宽敞点。

余五姐像晓清一样越变越精致。孙子孙女和她很亲,这个大家庭也事事都尊重她的意见。梁六儿曾经很得意地说:"你现在离不脱我了,我是个残疾。"当年车祸之后,他可能才意识到,倒下去之后,只能依靠家里人,他自此脾气大变,同时也变得更自私了,一副"我是个得了病的人"的样子。

从客厅的窗户望出去,是这个小镇边缘的几户平房,青瓦白墙,有点像晓清家老房子的格局。他们被几块稀薄的田地包围,居高临下地俯瞰,几个农民顶着烈日在耕种、施肥。再远一点就是已经开通了一年的高铁,可以想象车上的人们或许正满脸向往地去向远方,呼啸的声音有时候会如同水流般绵延到窗前。

偶尔晓清才会扫一眼呆坐在角落的梁六儿,他脑袋上留下了动完手术后"C"字形的疤,后来有一次癫痫发作导致门牙摔断,外貌已经产生了很大的变化。一家大小热热闹闹的时候,他蜷缩在客厅的角落就像隐形了似的,小时候那个耀武扬威的男人再也不见了,他的领地只剩下自己屁股坐着的那一小块。

晓清提醒自己,任何时候都不要成为梁六儿那种疯狂急躁的人,说起前几年的打架事件,晓清都觉得自己汗流浃背、羞愧难当。

"你不惹我没事,你要惹我,我一点都不让。"

这句当地人的实用哲学其实一辈子都存在于梁晓清的血液里。《圣经》里面有一句话"要救自己,如鹿脱离猎户的手,如鸟脱离捕鸟人的手",她只是不清楚如何准确地表达:那双手摊开的时候是柔软的指头,攥紧的时候,就是一双拳头。

易小荷　　　　四川自贡人,前体育记者,作家,代表作品《盐镇》。

单身母亲日记（二）

阿依努尔·吐马尔别克

2022 年 10 月 11 日

直到柯慕孜过了四岁生日，我才逐渐意识到成为母亲、妻子或者成为那个操持家庭的人之后，女性的生命其实已经发生了本质的改变。

生育是一条河流，我和那些还是单身的女友分别行走在河流的两岸。虽然看起来两岸的风景没什么不同，我们还是一样地穿衣、打扮、工作、出行，但是其实已经跨过生育之河的我们无论如何也无法回到河流的对岸了。

在把柯慕孜接到北京一起生活之前，常常感到我与现实生活的关联细若游丝。当时我还不到三十岁，野心勃勃，想要实现许多梦想,感到未来充满了各种可能。

随着柯慕孜回到北京,我逐渐开始学习和成为一个持家有道的家庭主妇,被捆绑在琐碎的家庭劳务中。我每天忙着扫地、擦地,洗衣做饭,不断擦拭灰尘,倒垃圾,洗垃圾桶和马桶。每天早晨七点半,我得把柯慕孜送到幼儿园,到下午三点或者四点又总是从桌前跳起来拿起钥匙冲去幼儿园接柯慕孜。对于许多人来说,一天在夜里十点结束,而我的一天在三点就结束了。三点之前,我是作家和编辑;三点之后,我是妈妈和家庭主妇。而"成为自己"这个课题,都是在琐碎的时间缝隙里抽空完成。

还有许许多多隐形家务,比如确认家里的生活用品是否有余量并及时在网上购买,比如整理和消杀冰箱和冰柜,比如晾晒被褥、清洗床单和窗帘……当我在做所有这些事情的时候,一天的二十四小时被切割为无数个碎片,我很少再有整块的时间来工作和写作,甚至没有时间思考,即使是洗澡或者护理皮肤的时候,我的大脑也没有停止运转,而是一直在思考着下一件事情,然后又是另一件事。——而柯慕孜常常在我洗澡时,不断地在门外叫我妈妈,直到我快速地洗完澡冲出来。生活确实发生了根本性的变化。

一开始我对此毫无察觉,甚至觉得这是因为我对家庭劳务缺少经验,所以花费了许多时间——等我熟练起来,我总会恢复过去那种悠闲惬意的生活吧?但当然一直没有,随着我对家庭劳务更加熟悉,我发现了更多未曾察觉的家务,比如需要熨烫的衣物,比如没有洗得闪闪发光的水杯,比如没有擦干净的玻璃和地板……为了过上体面生活,我们得要付出多少精力和时间啊。

单身的朋友们常常发来夜游的照片,而我已经没有那样的心境。每天下午接到柯慕孜以后,我得做饭、陪她吃饭、打扫卫生,陪她完成一个小时的户外活动,然后回到家里帮她洗澡、吹头发,然后哄她入睡。有时她睡着以后,我会爬起来再打扫一下卫生,或者看会儿书。但大多数时候我只想安安静静地待一会儿,看会儿手机。

我逐渐明白我确实跨过了一条河流,而永远无法回到对岸了。

我成了一个每天都在为生活奔忙的人,甚至想不起上一次在办公室和大家充满激情地讨论工作是哪一天。有一天看着照看了柯慕孜一夜的自己在镜子里那张憔悴的脸,我在想我的梦想和雄心似乎已经不翼而飞,只知道我需要完成许许多多具体的劳务,而无暇顾及那些遥远美丽的事情。

我和现实世界开始发生非常紧密的关联,这让我感到踏实,也有些忧伤。我固然开始脚踏实地,可是很少有时间抬起头来看一看天上的月亮。我们的妈妈们也许也是这样开始了成为母亲和主妇的旅程吧?

我开始留意到那些看起来每天沉浸在琐碎事务里的中年女性,我曾经很少和她们交谈,因为觉得她们不够有趣、不够鲜活。现在我意识到,她们并不是天生如此,而是被琐碎的生活揉搓和打磨到只看得见灰尘、家庭、劳务、孩子和丈夫。而那些在事业上有所成就的女人,也许选择了忽视灰尘和劳务,把其他女性用于家庭劳务的时间用在了工作上,才有了超出常人的成就。

我也理解了那些整天都在怨天尤人的女性,每天都在承担这些琐碎工作而没有帮手的人,怎么可能没有怨言呢? 过去听见那些家庭主妇的抱怨时,我很少感到切实的共情,甚至觉得这些琐碎永远不会与我产生关联。

每一位女性也许都曾面临选择,是选择熠熠生辉、不屑于琐碎的人生,还是为家庭奉献自己的一生,成为那个背景板一样的家庭主妇。我发现上一代的母亲们几乎都选择了牺牲自己。其实,我照看柯慕孜的这一点点劳务根本算不上劳累,更何况大部分都是也是我原本就应该完成的家庭劳务,但是如果面临选择,我很可能也会选择为了子女牺牲自己。

在我结束婚姻生活的头一年,我的周围充斥着各种传言,他们认为我会把柯慕孜交给父母照看,或者干脆尊崇哈萨克人"还子"的习俗,把柯慕孜完全送给父母。但我自己知道我绝对不会这样。完完全全承担子女的生活,支付他们的学费和生活支出,是一个家长应该承担的基本责任。如果我连这都不能做到,还会有能力过好自己的人生吗?我当然是那种很有事业心的女性,但是对我来说,更重要的是成为一个真正的人。

我只是没有想到生活是如此琐碎和具体。当然了,琐碎生活有它扎扎实实的幸福,如果睡眠少一点,事业能稍微成功点,就最好了。

2022 年 10 月 10 日

柯慕孜一岁时,我和她父亲就分开了。正好他考上了一所高校的联合培养博士,需要在国外委培几年。所以我们离婚后,他匆匆出国,我和柯慕孜留在国内生活,此后三年,他一直没有回国。我们算得上一别两宽,从来没有联系,我也不确定他是否最终会回国生活。

这样一来,如何向柯慕孜解释父亲的归属成了一个问题。她对父亲几乎没有记忆,偶尔问到了,我总是说你父亲在国外读书,以后会回来的。其实我心里也没底,离婚家庭的亲子关系似乎是一个非常大的难题,我查阅了许多资料,也询问了许多有经验的朋友,却始终没找到答案,只好将这个问题暂时搁置,想着等柯慕孜大一些,或者她父亲回国再处理。

今天,我带着柯慕孜在家附近的广场放风筝,正巧碰到邻居家的小男孩和他的父亲。男孩的父亲帮着两个孩子一次又一次地捡起风筝,然后看着他们一次又一次地放飞,逗得两个孩子咯咯笑。因为是非常熟悉的邻居,所以我放心地坐在远处看着他们,并没有加入。直到天都黑透,我们决定各自回家。

回家以后,我帮柯慕孜打开投屏,放了一集动画片,然后在洗手间洗漱。洗漱完出来,才发现我没有开客厅的灯,黑洞洞的客厅里除了投屏的亮光,只有柯慕孜一张闷闷不乐的脸。她几乎在强忍着泪水,我不断地问她怎么了,引导她说出自己的想法。但她一直说一些不相干的话题,假装自己并没有那么不开心。我很了解柯慕孜,她是那种每天都会哈哈大笑的女孩儿,所以一定是发生了什么。

我在沙发上坐下来,把她紧紧地抱在怀里,问她究竟怎么啦?她坚持说是因为想爷爷奶奶了。自从来到北京生活,柯慕孜总是非常想念爷爷奶奶,但我总觉得这并不是真正的原因。

想了想,我决定问出口:"是不是因为你也有一点想爸爸呢?"

问完后,柯慕孜终于放声大哭起来。她说:"是的,每个人都有爸爸,只有我没有。我从来没有和爸爸一起放风筝,也不知道爸爸是什么样子。"

原来真的是因为思念爸爸。我们虽然常常刻意回避,但柯慕孜这么重感情,又怎么会不在心里偷偷地想着爸爸呢?她应该只是怕我们伤心或者生气才从不提起吧?

我知道无论我说什么,都无法抚平柯慕孜心里的伤,但我只能尽我所能地回答她的困惑。于是,我跟她说:"柯慕孜,你有爸爸。你怎么会没有爸爸呢?你的爸爸在国外读书。妈妈不是早就帮你办好了护照吗?以后你可以飞到国外去看他。而且,爸爸也会回来看你的。"其实这样回答的时候,我也感到五内俱焚,这样简单的几句话怎么可能抚平柯慕孜的疑问呢?

我把灯打开,来到卧室,在柯慕孜的衣柜里找出了一条蓝色的连衣裙,那是柯慕孜一岁生日的时候爸爸送给她的。我有定期整理衣柜和捐赠衣物的习惯,每个季度我都会邮寄已经不穿的衣服给山区。柯慕孜的衣服我也一直都是这样处理的。尽管那条蓝裙子早就小了,但是我每次拿起来都又会放回去。我觉得那是柯慕孜爸爸的一片心意,应该交给柯慕孜自己处理。

我对她说:"爸爸非常爱你。你看,这件裙子就是爸爸在你一岁生日的时候送给你的。你现在正在穿的鞋子是爸爸的母亲送给你的。爸爸每个月还会帮你交学费。他并不是不管你。你还有两个姑妈,他们都非常爱你。"

柯慕孜看着那条裙子,看起来好了很多。我没想到这条裙子会在今天发挥这样的作用,不由得很庆幸自己数次打算捐赠,最终又留下了它。柯慕孜说:"妈妈,我觉得开心了很多。可是,心里怎么还是有点难受?"

那一天,我多么希望我的女儿不是那种感情细腻的孩子,听到她说出这样细腻温柔的话来，我终于也忍不住大哭起来。

我觉察到父亲在一个孩子心中的分量。无论我付出多少努力，成为怎样好的母亲，都无法弥补父亲的缺失。这是我未曾深刻认识到的，我意识到这是生命中的无解之题。当时我还无法知道柯慕孜的这一缺失究竟会在什么时候得到弥补，只能默默祈祷。

看着我落下泪来，柯慕孜说："妈妈别哭了。"然后跑到餐厅去给我拿了纸巾，帮我擦泪。然后她说："妈妈，我们看会儿电视吧，看我喜欢的动画片。"柯慕孜在安慰我，这让我心如刀绞。

我陪着她看动画片，但其实魂不守舍，这时我听到柯慕孜说："妈妈，我好想摸一摸爸爸，想知道那是什么感觉。"我意识到爸爸妈妈不在一起了，不能够经常见到爸爸，这件事情对柯慕孜的伤害是无法挽回的。而我永远无法知道柯慕孜的这一缺失究竟会在什么时候得到弥补。

柯慕孜睡着以后，我和朋友聊了会儿电话，终于忍不住号啕大哭。这些年我算是吃尽人生的苦，早就百炼成钢，朋友们都说我心如磐石。但是，在这一刻，我还是忍不住痛哭。

我意识到我们配不上天使一样的孩子，我们是有罪的。

2022 年 10 月 24 日

在《单身母亲日记》里，我曾记录一段往事。在张莉老师《原典阅读》的课堂上，我们重读鲁迅的《祝福》。祥林嫂在几次不幸之后，遇到了那位将她推向死亡的善女人"柳妈"。祥林嫂认为柳妈新来，又和她有着同等地位，就向她诉说。而柳妈是这样说的:"你想,将来你到阴司去,那两个死鬼的男人还要争,你给了谁好呢?"祥林嫂因为害怕,选择了用一年的工钱捐门槛,最后还是绝望而死。当老师讲到柳妈的这句话时,坐在我身边的女同学立刻转向我,指着我说:"将来到了地下,你也会。"我吃惊地看着她。

在当时当刻,看到自己亲密的友人说出这样的话来,我感到极为荒诞,但随后我也意识到这是生命中如有神谕的时刻。

我喜欢在日常生活中寻找那些极有深意却鲜有人察觉的时刻,并为此感到喜悦。所以听到这位女同学这样说时,我意识到,在今天,鲁迅也许已经不在了,但善女人柳妈和祥林嫂还活在我们之中。

在一个极为平常的时刻咂摸到别有深意的滋味,我为自己作为创作者和阅读者的敏锐而兴奋。在那一刻,我不仅是一位祥林嫂,同时,在遥远的时空里,我似乎紧握住了鲁迅无形的手。我和几位朋友谈起这件事,说我们应该重读鲁迅,过去我们读得确实太少了。

我有点兴奋,跟他们说我似乎离鲁迅更近了一步。我第一次注意到祥林嫂是用整整一年的工钱捐了门槛,我把这个发现告诉朋友,他说,如果你是祥林嫂,会拿出一年的工钱来寻求救赎吗?

我说:"老子当然一块钱都不会掏了。"

我后来常常想起这一幕来。

我成了更加成熟的女性,时间也让我对自己的写作有了更多的思考。我不再为自己在那一刻展现的敏锐和聪慧沾沾自喜,而是想得更多更深,并感到悲凉。如果我不是出身于一个包容的家庭、受过良好的教育、生活在北京这样的一线城市,如果我没有恰好在张莉老师的课堂上重读《祝福》并感知到其中的意味，如果我是一位生活在村庄或者小镇里的女性，如果我的周围充斥着善女人，我听到这样的话，会不会相信自己真的即将下地狱？会不会用自己整整一年的收入去捐个门槛，会不会最终悲凉地死去。

张莉老师说祥林嫂是一位不断抗争并不断被命运打倒的女性，我逐渐不再认为自己接近了鲁迅，而理解和共情了祥林嫂的悲剧。

2022 年 12 月 20 日

大部分时候，我自认是那个爽朗爱笑的妈妈。但也有些时候，我需要承受独自育儿带来的体力透支，那样的时候，我也会勃然大怒。

昨天，我陪柯慕孜玩了一会儿，然后决定去做个午饭。柯慕孜答应我自己玩一会儿积木，或者看一会儿电视。我刚开始切菜，柯慕孜突然慌慌张张地跑来厨房，拉我去客厅。我过去一看，地毯上洒了一大块黑色墨水——是我再三要求她不要乱碰的眼线液。看着秋天刚换的地毯染上了大片的污迹，再看看家里乱作一团，我简直发了疯，在家里大声责骂柯慕孜。

我大声责问柯慕孜："有没有告诉过你不要碰眼线液？"她说："有……"我更发疯地问："有没有告诉你安静地看会儿电视？"她说："有。"

但我的气还没消，我一边气急败坏地在网上查怎么样去除地毯上的墨水印，一边按照上面的方法用力地擦拭着。我忍不住责问自己,当时怎么会买了这块地毯? 我们现在哪里还打理得了地毯,日常生活就够费劲了。

我在传统的哈萨克族家庭长大,从我出生的第一天起,就习惯了家里的每个角落都铺满地毯。所以在北京生活以后,我也很自然地在客厅和次卧都铺了地毯。

其实对于一个只有女性组成的家庭,铺设羊毛地毯并不是理智的选择。羊毛地毯娇贵,需要定期拿到楼下刷洗。每次搬着沉重的地毯进电梯、刷洗,再拖进电梯拉回家,我都累得几乎直不起腰来。但我还是觉得这样有家庭氛围。

而现在,正是这块地毯给我带来了无穷的麻烦。我一边用力地擦,一边发疯地在脑海里计划着:如果擦不干净,是不是需要再换一块? 或者干脆以后都不铺了,扔了? 想到这里,我更加来气了。

柯慕孜怯怯地站在我身边,过了一会儿,我听到她说:"别生气啦,老大。我真的不是故意的。"

我抬头看了看她,再看了看脏污的地毯和一片狼藉的房间,觉得生活再糟糕也不过如此了,于是笑出了声,然后低下头接着擦拭,眼泪也止不住落下来。

这时,我听到柯慕孜又说:"老大,不要生气,好吗?"

我又一次抬起头,问她:"你为什么说'老大'这样的词?"

柯慕孜说:"因为这样你会笑。"

我被一种复杂的情绪击中了,我心疼柯慕孜,也心疼自己。我放下抹布,对柯慕孜说:"柯慕孜,我不会再生气了。但你要记住,永远不要对一个人说这样的话。不要为了让一个人高兴就说'老大'这样的词,知道了吗?"柯慕孜答应了。

我意识到我不应该再乱发脾气。早就在柯慕孜出生时,我就下定过这样的决心。对于柯慕孜来说，我是她目前生命中唯一可以倚赖的人。在我和她组成的这个家庭里，在她足够强壮之前，我和她之间的关系并不平等。如果我喜怒无常，她会感到恐惧和不安；如果我总是发脾气，她会在不知不觉间成为一个总是想要讨好别人的人。柯慕孜固然有错，但如果大发脾气把她吓坏了，那错的就是我。

我花费了许多时间陪伴柯慕孜，徒劳地想要弥补我的过失。过了几天，柯慕孜搭上了回新疆的飞机，我则留下来写研究生学业的毕业论文。有一天夜里，朋友打来电话，我跟他聊起这一幕，突然不可控制地号啕大哭。

我想到自己幼时会因为大人突然的脾气而无所适从，想到我曾经发誓绝对不会对任何一个孩子发这种无名之火。柯慕孜固然犯了错误，但我因为疲倦和烦躁反应过度，把她也吓坏了。我说："孩子们是多么可怜，她们看我们的脸色生活。我们又有什么了不起呢？只是比孩子们大了一些年纪，我们怎么可以肆意伤害她们呢？"

经过这件事，我意识到在我们的这个家庭里，一直有一个无形的鬼，那是未曾承担起责任的丈夫和父亲。我虽然时刻注意别被无形的鬼影响了处事的准则，要成为那个理性、客观面对生活的人，但其实并不是时刻都能做到。

当我费力地拖着地毯下楼晾晒的时候，当我自己修理下水管道的时候，当我无法把微波炉托举到置物架上时，当我一个人抱着沉睡的柯慕孜换乘地铁回家时，当许许多多这样的时刻……我总会忍不住痛恨那个无形的鬼……

而这并不利于我和柯慕孜拥有健康快乐的生活。

2023 年 2 月 3 日

最近常常在考虑我与我所依恋的传统文化之间的关系。对于一个哈萨克族女性来说,传统生活是凌驾于熟人社会之上的更高维度——以家庭家族乃至部落为经,以世俗化的宗教生活为纬。我生命中的悲剧和喜乐无不源于我对这种传统生活的依恋。

我也想到,为什么整个二十多岁我的生活如此沉重?其实是因为即使是定居北京这样的大型城市多年,但我们作为边地居民依然对城市生活有"隔"。我几乎花费了十年才克服身上的游牧习性,成为一个能够适应都市生活的人。

我想到了用哈萨克语接受教育、在故乡长大直到成年的柯慕孜父亲。即使是出身于小镇知识分子家庭的我,也在适应北京的节奏中屡屡感到力不从心,更何况是出身乡野的柯慕孜父亲。我和他之间婚姻的失败,很大程度是因为我们固然依恋传统生活,渴望拥有举案齐眉,甚至夫为妻纲的家庭生活,但都市的快节奏和高压力,早已压缩了这种生活存在的空间。在北京这样的大型都市,两个异乡青年不拼尽全力生存,还整天操心这样形而上的生活方式和理论,婚姻不失败才怪。

当然,另一重原因是,我固然依恋传统生活,想要成为不让父母和家族蒙羞的那种女儿和妻子,但其实多年来所受的教育早就改变了我。想起我曾在一篇散文中写道:"一方面,我阅读波伏娃和伍尔芙,多年来接受的教育让我成为崭新的一类人,我关注女性权益,经常表达立场而引得身边的人不快;另一方面,我渴望传统生活,愿望成为一个儿孙满堂的老祖母,涂着红色指甲和我的孙辈喝热气腾腾的奶茶。"

其实想到这里我已经不再责怪柯慕孜父亲那些令人难以理解的言行,反而理解了他,也理解了自己。

2023 年 2 月 20 日

这一周柯慕孜回京了。想到往返北京和新疆两地所需的时间和经济成本,我决定找一位回京读书的女友带柯慕孜一起搭乘飞机回京。妹妹把柯慕孜送到了乌鲁木齐机场,女友在那里接到了柯慕孜。四个小时以后,我在首都机场接到了柯慕孜。

柯慕孜比两个月前长大了许多,看到她配合我的决定,和女友一起回京,我感到十分欣慰。

我的同事大多是早年边疆地区来京工作的知识分子,每到假期,他们都会给孩子买一张机票,委托航空公司给孩子挂一张"无人看管儿童"的牌子,把孩子送上飞机。空姐就会照看独自搭乘飞机的孩子,直到飞机落地,再由家乡的祖父母认领回家。他们告诉我,孩子五岁以后就可以申请"无人看管儿童"的服务,他们的孩子都是这样长大的。

我感到柯慕孜逐渐长大,我作为监护者也要逐渐松手,当她可以开始独自搭乘飞机,当她可以独自旅行,当她考入大学,当她离开我们的家庭独立生活……我所做的,是在这之前好好地成为一个合格的监护者。

2023 年 3 月 25 日

这一周发生了两件大事。

第一件是柯慕孜来北京后,我第一次有机会出差。在这之前,我一般都会婉拒期刊去外地活动的邀请,但这次我感到可以做一个尝试。

借住在我家的表妹作为临时帮手帮我接送和照顾柯慕孜,我走之前预备了三天的菜和其他物资,一切井井有条。我感到可以逐渐撒开手去做一些其他工作,来为我和柯慕孜换取一个光明的未来。实际上,这次柯慕孜回京以后,我已经感觉到她长大了很多,不会再骑在我的肩头跳来跳去,也不会一刻不停地缠着我陪她玩。她可以自己玩很久,也可以一起沟通一些复杂的话题,还可以在出门前自己搭配并穿好衣服、背上书包。这样一来,我们已经基本实现我设想中的理想生活。

第二件是柯慕孜和她的父亲见面了。前段时间,我听说她父亲回国了,还将回到北京工作,心里不免忐忑。

有一段时间,柯慕孜很忧伤,她说都不知道父亲长什么样子,很想摸一摸看。我当然感到忧伤,但还是故作轻松地说:"哇,你都不用见到本人,你照一下镜子就会知道你爸爸长什么样子,因为你和爸爸长得一模一样。"有一段时间,柯慕孜不喜欢自己的粗眉毛,我说这是你遗传自父亲的眉毛,多少人羡慕你们这样的浓密眉毛啊,柯慕孜听得咯咯笑。

这些当然不能替代父亲的角色,但我当时并不知道她的父亲会在何时与她重逢。

直到上周，我接到一位朋友转发的信息，柯慕孜的父亲想要和我们见面，主要是见柯慕孜，还想约我见面吃饭表达对我辛苦抚养柯慕孜的谢意。虽然早有预感，但当我真的接到这条短信时，还是陷入了恍惚。我和柯慕孜父亲的婚姻只持续了三年多，并且结束婚姻关系也已经快四年了。但这段婚姻生活完全击溃了我的生活，改变了我的人生。这段婚姻除了让我得到了柯慕孜之外，留下的全是严重后果。我虽然很少提及，但一直到今天都在为这段婚姻买单。我当然不会见柯慕孜的父亲，不过很欢迎他和柯慕孜见面。于是回复了可以见柯慕孜的时间，并回绝了他与我见面的邀请——"心领了"。

　　回复完之后，我就踏上了前往成都出差的航班。周五晚上我提前结束活动，搭乘晚班飞机回家，告诉柯慕孜父亲已经回国，想要和她见面，询问她是否愿意。她说愿意。于是我帮她挑选了一身漂亮衣裙。

　　一直到回到北京，柯慕孜和父亲历史性会晤结束，我整整病了一个星期。外在后果是我患上了甲流，但我知道其实是我的内心遇到了重创，在这段婚姻生活中未曾理清就匆匆埋葬的一切心情都因为前夫回国而重见天日，我突然陷入不可自拔的痛苦。

　　"我太烦了。"我不断地给朋友说。因为我们之间共同的孩子，我可能要一生都和这个人打交道，想起来我就没法不烦，设想中我们应该一别两宽、各生欢喜，但现实是他还得通过我联系柯慕孜。

　　在这期间，还发生了几件让我烦上加烦的事情。许多前辈劝我与柯慕孜父亲和好，"就算是为了孩子"，更是让我啼笑皆非。"你这么好的女孩儿，应该得到幸福。"就好像我现在不幸福。我意识到我对自己普通女性的身份认领还是不够，误以为自己已经脱离了世俗标准的束缚，但并没有。对于许多人来说，一个离婚女性最好的归宿是她的前夫浪子回头，他们俩重修旧好，最好再生个二胎。无论我怎么解释，长辈们都不为所动。而《单身母亲日记》在《天涯》刊发以后，劝我和前夫复婚的人更多了……

"我也不能赶紧随便找个新的男人谈恋爱，绝了她们劝我复婚的念头啊。"我在电话里和朋友骂骂咧咧，感到无能为力。我感到女性那种结构性的困境——无论你过得有多好，只要你没有丈夫，就不算真的好。即使是那些对我的经历和生活非常清楚的前辈，也劝我为了孩子复合。"别人都可以做到，你为什么不能？"那段时间，我常常听到这句话。

其实我并不排斥新的恋爱，但我是那种主体性非常强的人，不是非常强烈的情感，就几乎不可能拨动我的心弦。对我来说，事业成功和家庭生活平稳的吸引力，也远大于一段情感。情感当然是好的，但它不值得付出许多时间和精力，尤其是对于一个在一线城市生活的女性。

但是没有新的情感生活，意味着我在别人心中是一个需要被撮合的离异女性。朋友们轮番劝我宽心，不必在意这些细枝末节，但我还是度过了非常暴躁的几天。

2023 年 3 月 31 日

这一周柯慕孜和她父亲见面了。我病了整整一周，直到他们真的完成了第一次见面。我不知道柯慕孜会怎样看待与父亲的几乎初次见面,也不知道这次见面之后她和父亲的关系会走向何方。整整四年没有见面的父女将要见面,如何不让人感慨万千。我和柯慕孜父亲分开之后,也几乎没有见过面,除了有那么一两次在活动上遥遥瞥见。

周六早上九点,我透过窗户看到他出现在楼下。柯慕孜早已梳妆打扮好,于是我再一次抱了抱她,把她送到电梯口,要求她自己下楼去。柯慕孜希望我陪她下去,但我无论如何也做不到。我看着电梯门缓缓关上,柯慕孜发出不安的叫声,我连忙把电梯门打开,安抚了她一会儿,然后再次看着电梯门关上。

后来我常常在一些不相干的时刻想起这一幕。坐地铁时,搭乘电梯时,开会走神时,柯慕孜背着小小书包的身影浮现在我眼前,我总会感到心抽搐了一下。让年仅四岁的柯慕孜面对这一切,我感到痛苦和愧疚。

柯慕孜走后,我回到家里,透过客厅的窗户看到她出现在楼下的那棵翠柏下,她父亲坐在我和柯慕孜常坐的廊桥石椅上。我看着他们冲向对方,紧紧抱在一起。我的眼泪直直落下来,终于安下心来。起码,他们都为见到彼此感到喜悦。我也应该为他们感到高兴。

我想起上一周我一直感到忧心忡忡,因为当时我还没问过柯慕孜是否愿意和父亲见面。而且我听说柯慕孜的父亲在短暂停留后还将出国长居,如果是这样,柯慕孜会感到失落吧?

2023 年 4 月 1 日

今天柯慕孜爸爸带她去游泳,我得以休息一天。我在家里洗澡,护理皮肤,打扫卫生,把地毯拿出来晾晒,听着音乐在沙发上躺着发呆,感到许久未曾体验的放松、喜悦和舒展。原来平时我们对自己如此疏于照料,而又因为生活的忙碌竟至于毫无察觉。

傍晚时分柯慕孜回来了,看起来闷闷不乐,在家里摔摔打打。看着她小小身体里仿佛蕴含着无穷的怒意,我说:"怎么啦,是不是游泳馆很漂亮,而妈妈没去,你心里觉得很遗憾?"她说:"是呀,我想让妈妈也去看一看。"我抱着她,安慰了她一会儿,答应下次再带她去,她看起来舒展了很多。

过了一会儿,她说:"爸爸带了一个姐姐。"她和爸爸的沟通有时会有些不便,姐姐会代为翻译。我说:"那很好啊。"我一直希望柯慕孜的父亲能够开启新的人生,这样我也会更加安心。前几天我就听说他有了新的感情,所以听到柯慕孜提起的时候我并不意外,也没有多想。

晚上十点,我们躺在床上,她刷着 ipad,突然说:"我觉得他们是爱人。"我说:"谁?"她说:"爸爸和姐姐。"我不由得一笑,柯慕孜还不到五岁,居然能看出爸爸身边的女孩儿可能是他的女友。我说:"哇,你怎么发现的?"她说:"感觉。"

我当时并未想到这个简短的对话会给我们带来长达十天甚至更久的麻烦。于是陪她聊了一会儿不相干的。这时,她说:"我觉得还是妈妈好。"我说:"别这么说,爸爸也挺好的。"

柯慕孜的爸爸有了新女友,我也感到开心。当下我的想法是我应该找一位律师谈一下柯慕孜的抚养费和她父亲未来资产分配的问题。他一旦再婚,很快就会有其他子女,这样一来柯慕孜的生活和学习费用能否得到保证,就需要我在现在和她父亲做好协商。当时我急于摆脱婚姻,在抚养费用上未做停留,就匆匆签字换证。据我了解,她父亲还未在国内置产,国外的财产我们很难了解到具体情况。现在显然到了重新谈一谈这些问题的时候。

这些年来我常常自感对婚姻的草率,当然,也有无奈。婚姻的一种本质是一种财产关系,而对于我们这些出身传统哈萨克族家庭的人来说,婚姻更多的是融入宗族社会不被除名的路径,我们对我们的婚姻鲜少有选择。未能替柯慕孜争取到该得的利益,也未在婚姻过程中置产,是我在婚姻生活中最大的错误。但也正是因为没有财产纠纷,我才可以在较短的时间内完成离婚手续。

这几天我常常陷入另外一种悲情——怎么会明知道不会幸福却一定要踏上这样的长途。身为在传统社会中成长起来的女性,我们实在别无选择。

2023 年月 4 月 10 日

柯慕孜与父亲的女友见面后,一直叹气。我想到上周她还盼望着父亲带她出去玩,这一周情况急转直下。对于还不到五岁的柯慕孜来说,这一切可能还难以理解和接受。听着她不住地叹气,我感到忧心不已。是不是不应该让她和父亲见面,一直保留一种幻想。但我随即否定了自己,当然不应该了——我无权干涉她与父亲的来往,好的坏的,那都是她的人生。

我只是希望她尽快恢复快乐。

我意识到我们对现实生活的运行规则所知甚少,在学校里接受的教育并不足以让我们应对生活。当然,生活哪里有未卜先知，一切都有它自己的运行规律，我们所说的都仅仅是"如果"。我们真的能过上完全计划好的趋利避害的人生吗？当然不能。命运之手早就在暗自操控了。

但我知道了生活并不如我们所想的那样一切尽在掌握，生命中有许多不可掌控的事情，比如父女之情。把一个生命带到世界所要负担的责任并不轻松，精力、金钱和时间的付出，我们都可以尽可能努力实现，而还有许许多多事情则完全在我们的掌控之外。我忧心不已，只能默默祈祷。

傍晚我们出去散步，柯慕孜说："其实我一直以为爸爸已经死了，原来他还活着。"我不知如何回答，只好紧紧牵着她的手。

2023 年 4 月 12 日

柯慕孜用电话手表和父亲聊天，我听到她爸爸说，你有什么想要的东西？柯慕孜说，你给我们的洗手间买个洗手液，可以吗？我在旁边说，柯慕孜，你只需要买你自己喜欢的物品，家里的物品我都会买好的。

我想，在柯慕孜的心中，一定有一个父母双双维护家庭的画面。这段时间，我常常流于伤感。听到柯慕孜频频叹气时，想到柯慕孜幻想的那个场景将永远无法实现时，想到柯慕孜将要面对父亲组建一个新的家庭时，我常常落下泪来。

早上把柯慕孜送到幼儿园，我躺到了下午，直到情绪淤积到无法排解，我拿起手机拨通了朋友的电话号嗨大哭。哭了二十分钟，我和朋友说："不聊了，我得去接孩子。"然后我擦擦眼泪，匆匆下楼去幼儿园接柯慕孜。今天下了雨，我撑着伞，戴着一副欲盖弥彰的墨镜,自己也觉得非常愚蠢。但大哭一场之后,我确实好了很多。

其实我不曾后悔结束婚姻生活,也早就开始了新的人生,我只是为柯慕孜感到难过。我结婚生子和结束婚姻的决定,也改变了柯慕孜的人生。这是我不曾深刻认识到的。

2023 年 4 月 17 日

忙碌了一天以后,回来陪柯慕孜聊天,从她出生那天聊到最近,告诉她我们有多么爱她,多么期待她的降生,照顾她让我们多么喜悦……聊得她咯咯笑,要求我反复讲她出生那一段,一直讲了五遍,直到我口干舌燥。

这段时间她总是唉声叹气,仿佛有千钧重负,希望我们的聊天能让她轻松开心起来。

我只希望柯慕孜按时长大,而不是提前。

2023 年 4 月 21 日

这几天柯慕孜一直在咳嗽,还频频呕吐。我只好带着她去办公室工作,结果她在饭堂突然呕吐,很快就脸色煞白。我只好请了假,又带着她回家。我们在楼前等出租车,她累得坐在马路边发呆,我也挨着她坐下,觉得人生最坏不过如此。

从她开始叹气到现在已经十天了,我感到无力,甚至有些绝望。这段时间,我们的生活已经乱了套。陪柯慕孜散心、应付生活、照料她的身体,已经让我筋疲力尽。

昨天夜里我给她讲完睡前故事,就关了灯,准备陪她睡觉。一片黑暗中,我听着她一直叹气。我假装自己没有听到,默默地闭着眼睛。直到忍无可忍,我把台灯打开,把柯慕孜拽起来,对着她失控地大喊,要求她不要再叹气。直到她害怕地哭出声来,我才发现自己已经泪流满面。那一刻,我多么希望她的父亲真的已经死去,这样一来我可以帮她编织一个想象中的父亲形象,像我一直以来在做的那样。我痛恨他让柯慕孜伤心,也痛恨他连基本的同理心都不曾习得。我痛恨他可以还像一个天真的孩子,而我却需要额外背负属于他的责任。我痛恨我没有保护好我的孩子。

柯慕孜哭着睡着了,我几乎不能入睡。天亮后,我闭着眼睛不敢睁开,我怕看到柯慕孜的眼睛——那一定是满含着仇恨、不解和无助的属于孩子的眼睛。柯慕孜却醒了,她说:"妈妈,快醒来。"

我睁开眼睛,她是笑着醒来的,我仔细地看着她的眼睛,那双眼睛里没有仇恨、不解和无助,只有盈盈的笑意,一如过去的五年。那一刻,我发誓要永远用尽我所有的力量守护这样的眼神。

我和妈妈商量请她来北京帮我们一段时间,结果妈妈一个小时后就在行李箱里装了半只羊的肉和其他许多北京无法买到的新疆美食出发了。她搭乘五个小时火车到乌鲁木齐,又要飞四个小时到北京。

爸爸说:"你们不必去机场接妈妈了,柯慕孜还在生病。让妈妈自己搭出租车回家就好了。"

柯慕孜却说,我们应该去接奶奶,奶奶毕竟年纪大了。于是我们在午夜十二点接到了妈妈,我松了一口气,睡了久违的安稳觉。

2023 年 4 月 25 日

妈妈来了,我终于腾出时间来体检。我供职的出版社每年3 月会组织职工体检,而我今年的生活称得上鸡飞狗跳,所以体检中心催了好几次,我都没有时间去体检。

这几年我开始恐惧体检,身边拖家带口的朋友无不如是。这次柯慕孜的父亲回国后,我对柯慕孜的责任感更重了一些,对于体检的恐惧更是多了一层。

体检后每天早晨醒来第一件事就是打开手机刷新报告,但始终只有前两年的体检报告。一直到一周后,终于出现了 2023年的体检报告。我用颤抖的手打开体检报告,一切正常,我长舒一口气。

柯慕孜出生以后,我开始会关注一切有关意外的新闻,关注每一种奇怪的死法,并在生活中加以规避。我变得非常怕死,每日祈祷我可以寿终正寝。

2023 年 4 月 26 日

我想起两年前柯慕孜即将来北京生活时,外公曾经劝我送柯慕孜去寄宿幼儿园,他认为我没有办法同时兼顾工作、学习和育儿。我当下就拒绝了。我的事业固然重要,但柯慕孜比我的事业更重要，所以我很明确地告诉我在新疆的家人，我绝对不可能把柯慕孜送到全托幼儿园。但心里毕竟充满了疑虑和不安，因为我当时称得上对育儿和生活常识都一无所知，其实我也不知道我能否做到。

柯慕孜来到北京两年了，我很庆幸我做到了。

我供职的出版社比较人性化，我的领导恰好也是一位独身照料儿子直到成年的单身父亲，所以我照看柯慕孜得到了他很多理解和支持。柯慕孜来到北京已经快要两年了，我们已经养成了很好的生活习惯，也完成了很多当时看起来不可能完成的任务。我感到喜悦和感恩。

外公和我在新疆的家人对我独自完成工作、写作、育儿、学习，也是大为吃惊。在家人眼里，我是那个被父母捧在手心活到二十多岁还不会烧水的小姑娘。其实在外求学多年，我早就吃了许许多多的苦，处理过许许多多无法面对的难题。我很少跟家人提起，基本都是自己应对。

当我们完全证明"我们可以"之前，总会遇到许多质疑、许多劝阻。我似乎一直是这样过来的，身为出身边地的少数民族女性，我的前半生都是在"不可能"的判决和绝不妥协的自我证明中一路走来的。但我在一次次的自我证明中意识到自我的觉醒，并逐渐相信我终将成为那个了不起的人。

与此同时，我意识到尽管我和家人关系紧密，但他们并不了解我。并且，我们这一代人和上一代人的处境和生活方式也已经大有不同。

也许以后应该常常和他们聊聊天，说一说自己的心事。

妈妈来了，家里窗明几净，每天回到家，饭菜都是准备好的，浴室和厨房都是打扫好的，我也有时间可以处理很多家务之外的事情。其实我确信爱是可以被量化的,爱可以被分解为每一个动作、每一个时刻、每一件小事。年岁越长,我越确信我们对一个人的爱体现在一举一动里。我深信我们和每一个与我们产生联结的人之间都建立了一个银行账户,我们的每一个微小的行动都是往这个账户储蓄或者透支。

每当我处理有关柯慕孜的每一件小事,我都能感觉到我在往我与柯慕孜共同建立的账户里储蓄爱。我别无所求,只希望柯慕孜的银行账户里存满了爱,让她在若干年以后还可以感到心灵上有所依傍。

2023 年 4 月 29 日

前段时间查看我的体检报告时,我想到了生育给我带来的影响——它引发我关注和了解自己的身体。

我出身于边地小镇,那里毕竟传统和闭塞一些,我们很少谈论和观察自己的身体。我从小身体健康,也很少生病去医院。怀孕以后,每月一次的产检使得我开始经常与医院、医生和仪器打交道。我的身体不再具有神秘性,而转化为一个又一个医学术语,当我数次躺在妇科检查床上,将自己的身体交给医生时,我逐渐放下了小镇女孩儿的羞怯,接纳和了解了自己的身体。阴道、子宫、乳房、胎儿,还有许许多多其他有关身体变化的术语,成了那十个月里的日常词汇。

我想起我第一次在发廊洗头的经验。发廊小哥让我躺在洗头床上,用手托着我的脑袋,想要帮我清洗头发。我一直努力梗着脖子,根本无法把自己的脑袋安心放在小哥的手掌。小哥不断地说,"放松一些,放松一些"。我不记得我是怎么逐渐习惯了在发廊洗头、在美容院护理皮肤和身体,但始终记得这第一次的体验。有一次在妇科检查床上,我鬼使神差想起这一幕,忍不住笑了。

当我一次次躺上妇科检查床,我仿佛复刻了在发廊洗头的经验,我对身体检查逐渐习以为常,放下了一种沉重却不自知的 body shame. 身体检查作为一个科技手段,瓦解了我出身传统社会所产生的对身体的羞耻感。之后的剖宫产手术、母乳喂养则帮助我更加接纳了自己的身体,我第一次意识到我是谁,有一个怎样的身体。

许多女友曾告诉我她们因为不够瘦而感到羞耻,或者体型不够标准而难堪。我也有身体羞耻的体验,但并不是因为肥胖或者不够标准的体型,而是出身传统社会的背景所致。生完柯慕孜回到北京后,我经常去健身房做瑜伽,每当瑜伽老师碰触我的身体,纠正我的动作,我都感到这是正常和自然的。瑜伽完,躺在瑜伽垫上发呆,想着过一会儿去哪里喝杯咖啡时,我不再为身体感到羞耻,而是极为放松和自然。

如果我没有经历生育,可能很难有这些体验。

2023 年 5 月 3 日

结束婚姻生活后,我曾多次回想,我究竟有没有另一种选择?文化、宗教和宗族所施加的无形负荷让我根本无法说出自己的真实想法,成为一个可以有自主选择的人。其实在我和柯慕孜父亲结婚的时候,我固然非常欣赏他,但远远没有到可以结婚的程度。我是在母亲和家人的催促之下步入婚姻的。

"我不想结婚……我想过几年再结婚……我想和另一个人结婚……我永远不想结婚……"在我的家庭和社会关系里,这些全部都是大逆不道的言辞。

我没有办法说出让父母失望的话来,只好违背自己的意愿步入婚姻。在相爱和结婚之间,本应该有两万里的征程需要用耐心和审慎浇筑,但我们因为别无选择而建造了一个不合心意的豆腐渣工程。我相信柯慕孜的父亲也不是完全考虑好了才步入婚姻。

这么说我们婚姻的起始仿佛是一种不负责任的选择。但其实恰恰相反,在我们出身的文化里,对彼此甚至彼此的家族负责任是最重要的美德。从出生到今天,我很少感觉到自由,无形的墙困住了我,我始终背负着一份负荷。

在我看来,步入婚姻的两个人应该分摊风险,以合伙的形式共同建造一个百年企业。而事实上,我们往往自己还没长大,就步入了婚姻。

今天和一位前辈谈心,聊了聊最近发生的事情。我说:"比起去年,我好像成了更加成熟的女性。"她哈哈大笑,带着一种宠溺和戏谑。

我不禁在想,为什么我们一生都难以成为真正的成熟的人?我们仿佛从未习得真正的生活准则,只是日复一日地在课业的学习中攻克难关。而当我们真正离开学校,步入生活时,才发现自己一无所长、赤手空拳。按照理论,我们应该在十八岁那天就长大成人,而现实是有许多人终生未能自立。我已经三十一岁了,却似乎刚刚蹒跚着踏上成年之路。

其实我很羡慕那些非常年轻或者只拥有了简单的生活经

历就实现了跨越,拥有了成熟人格和丰盈思想的写作者。有一段时间,我常常翻看波伏娃的著作,她显然就是很早就知道自己将要成为什么样的人,在很年轻的时候就突破宗教和传统家庭的束缚,选择了自己想要的人生,并逐渐成了一个哲学家。我回想自己的十几岁、二十几岁,为什么没有成为少年早慧、绝不妥协的人呢?

但当然,时间和经历重塑了我。二十几岁的时候,我还是一个很容易被传统说服的人,这几年我已经不会这样。无论对方说什么,我都会轻易地用我的理论击败他,把主动权夺回自己手里。

所以,我其实在虽则缓慢但一刻不停地进步着、成长着。

2023 年 5 月 14 日

今天是母亲节。想起很多和妈妈相关的事情。

母亲来之后,我们一起在家里做深度清洁,把平时无暇顾及的角角落落都打扫一新。我踩在椅子上,翻看衣柜上方的储物架,找到了一个尚未开封的范思哲香水套装。那是圣诞节前我打算送给一位工作伙伴的,但那段时间忙忙碌碌,也就忘记了。我把那个香水套装送给妈妈,告诉她其实是一个圣诞套装,希望她不要介意。

她很高兴,还发了朋友圈。妈妈回去以后,我在某一天突然想到这件事。那个在五月里送出的圣诞套装让我有点难过,也有点愧疚。我们为什么总是把最好的东西都给了毫不相干的人,而把不那么好的东西都给了自己的亲人呢?我决定下一次给妈妈送特意挑选的礼物。

我想起有一次和柯慕孜一起在新疆的家里，我们在餐桌上逗趣。我问她：柯慕孜，你怎么这么美噢。她说："妈妈，你也很美。"我又说：那小姨呢？她说："很美。"然后这个话题仿佛结束了，我们开始继续喝茶。

这时，妈妈开口了。她说："柯慕孜，那奶奶美吗？"柯慕孜说，当然啦。我和妹妹默默地看了彼此一眼。

我后来常常想起这一幕，我们似乎默认步入中老年的女性不再美丽，不再具有性别上的鲜明特征，或者不需要得到赞美。在我们看来，她们都是参天大树，会永远为我们遮风挡雨。而她们的心情，似乎不需要顾及和考虑。但当然不是。

成为母亲似乎是放弃了部分自我，而成为奶奶、姥姥，则似乎是失去了全部的自我，成了"不被看见的女性"。年轻的母亲至少还有自己的母亲疼爱和理解，而年迈的女性连母亲的疼爱也没有了。我在那一天开始反思自己。

前段时间和妈妈一起去野营，营地里有秋千和溜索。柯慕孜一整个白天都忙着荡秋千和溜溜索，我和妈妈一直坐在远处的木椅上看着柯慕孜，直到她对此失去兴趣，开始铲沙。我一边看着柯慕孜铲沙，一边拿着一本书翻看，偶然间抬起头，看到妈妈正在荡秋千。

她穿了一件连衣裙，蓝色的纱上绣了许多粉色的小花，脚上是刚买的白色平底皮鞋，看起来非常美丽。我被妈妈荡秋千的场景吸引了，感到母亲自在如风，好像一个无忧的少女。

从我记事开始，我似乎很少见到母亲自由自在的样子——当然也有，比如在牧场上，她把柯慕孜扔进溪流里又捞出来，两人都发出那种肆意的笑声；比如家里来了她和父亲的朋友，宴席间轮到她发言了,她从厨房里匆匆出来,一边说祝酒词,一边大笑;又比如她一边看爱情电影,一边情不自禁地说出"哇,她真的爱他"。但那都是在日复一日的劳作和生活间隙,大部分时候妈妈都是那个严肃、忙碌、眉头紧蹙的女人。

我举起手机,帮她录了一个视频,然后劝她也去试一试溜索。她说,不合适吧?溜绳底部有一块小小的圆盘,需要站在或者坐在圆盘上抓住溜绳才能溜到对面,妈妈的体型对这块圆盘来说确实大了一些。

我说,没什么不合适的,快试试。

于是,她小心地坐上了圆盘,然后双脚一蹬,惯性和重力牵引着她朝着远方溜去。到了另一端,她受到阻力,晃了一下,又灵巧地朝着我们溜回来。我和柯慕孜忍不住哈哈大笑,妈妈也发出爽朗的笑声。然后,她跳下来,拉着圆盘回到起点,开始新一次的探险。

这一年母亲六十岁了,我在这一刻看到了母亲生命的光泽。我开始可以理解母亲,也想尽我所能让母亲有那么一刻可以做自己,拥有只属于自己的快乐。

妈妈,节日快乐。

2023 年 5 月 15 日

柯慕孜的父亲搭乘今天的航班离开北京,而且很可能就此定居国外。尽管我从不联系他,但有关他的消息总是通过各种途径传到我的耳朵里。上次的风波后,朋友们提议他先不要见柯慕孜,他同意了。只是在走之前,委托朋友给柯慕孜送了两条裙子。这一次,我没有告诉柯慕孜这是父亲的礼物,而假装是我帮她网购的。

和朋友约好在我的工作地附近吃午饭,他问:"什么感觉?"我说:"希望他幸福、健康,还有最好能承担柯慕孜长大后求学或者置产的一半费用。"他看出我的戏谑,也调皮地一笑。

我跟他说:"你知道吗?我觉得我的心早就死了。但经过这一次的磨难,我觉得它重新开始跳动了。"他了然一笑。我很庆幸,身边有这样永远可以默默倾听,而绝不发表任何评价的朋友。

这段时间,柯慕孜经历了许多情绪的起落,终于又成为那个总是肆意大笑的女孩儿。我好像也终于和这段过去告别,不再感到愤愤不平或者被人亏欠,开始轻装上阵。这个开始于2014年的故事,在2019年匆匆落幕,却仿佛在这一刻才真正画下句号。我感到轻松和喜悦。

希望明年的夏天,我们已经是更好的母亲和更好的孩子。

阿依努尔·吐马尔别克　　1992年生于新疆精河,哈萨克族,毕业于中央财经大学会计学院,现居北京,供职某国家级出版社。就读于北京师范大学与鲁迅文学院联办研究生班。作品散见于《天涯》《大家》《散文 海外版》《青年文学》《散文选刊》等,有翻译作品刊登于《世界文学》《延河》等。

火车经过人字桥

赵丽兰

一

滇越铁路的小火车,跟我最初始的关系是甘蔗、花生、午餐肉罐头,以及一年见到一次的爷爷。爷爷从小龙潭乘滇越铁路的小火车回来,一定会带着这几样小镇没有的稀缺品一起抵达,甘蔗是甜的,花生是香的,它们跟味蕾的享受有关。午餐肉罐头则是高级的,"高级"一词,是可以用来炫耀的。吃了午餐肉罐头,不仅填饱了肚子,最重要的是可以捏着嗓门,学着外地人的口音,和小伙伴们说,你们有吗? 坐火车来的呢! 因为一盒午餐肉罐头,我的童年以火车般的加速度高级起来。有一年,爷爷带回一双坡跟小凉鞋。穿上坡跟小凉鞋,我是镇上的白雪公主了。对一个小姑娘来说,这才是"高级"真正的开始。我的十个脚指头露在外面。美,以及前所未有的骄傲,让一个小姑娘可以有资本想象,长大以后要嫁一个怎样的男人,才配得上这双坡跟小凉鞋。我愿意在一双坡跟小凉鞋的衬托下,成为一个有野心的小姑娘。人如果一直想象,就会与自己构思的某个故事相遇。我看见有光照在我的小凉鞋上,我相信,我会穿着它抵达未知的远方。我还愿意在一双坡跟小凉鞋的衬托下,成为一个与滇越铁路上的小火车发生故事的人。如果长大必须嫁人,我肯定不会嫁在镇上。几步路就可以从我家到他家,这一生,该是多么苍白无聊。我和一个人的距离,至少要有一条铁路那么长、那么远。如果抵达越南,要有八百五十四公里,沿途经过一百五十八个隧道、一百七十四座桥梁、六十二个车站。如果故事只发生在云南,那也有四百六十五公里这么远。

一个小姑娘的野心,天真而滑稽、高级而荒诞。想象最终没有实现,小火车的故事,却以另外一种方式发生了。

二年级暑假,妈妈带我坐小火车到小龙潭去看爷爷。起点的小站叫水塘,终点是小龙潭。我们坐的是傍晚的夜火车,第二天天快亮时抵达小龙潭。火车一路呼啸奔跑,蛇蜒穿行在崇山峻岭中。我扒在窗玻璃上,窗外掠过湖水、田野、村庄、山峰、树木、云彩。经过阳宗海时,感觉火车就像在水上游动。一路往南,南盘江的水一会儿平缓一会儿咆哮。过山洞,轰隆隆的声音撞击着洞壁,狭窄尖锐,仿佛要把人带到悬崖峭壁上。一个八岁的小姑娘,尚缺乏足够的能力去理解一列火车的速度。沿途的景色,看水即水,看山即山,看树即树。暮色落下来,经过村庄时,零落的灯火闪烁在暗夜里,随着火车的移动,一跳一跳的。

从水塘到小龙潭，算上起点和终点，一路要经过二十三个车站。印象最深的是凤鸣村站、可保村站、糯租站、拉里黑站、巡检司站。这些站名，延伸出一种加速度，抵达某个村庄内部的细节。火车抵达可保村站，一个和母亲年龄相仿的女人拉着一个小男孩上了车。小男孩圆脸、厚嘴唇，敦实可爱。小男孩看着我手里的一颗水果糖，直咽口水。我咬了一半，递给他。他们说听不懂的话，无法交流。只有水果糖，不论在谁的嘴里都是甜的，润泽着陌生人的唇齿，桥一样传达着情感。火车载着我和母亲，和一些陌生而新鲜的人相遇，但，并不会为彼此停留，他们接近我所不能企及的某种神秘。我和母亲只是他们的过客。母子俩早我们下了车，临走，对我们笑笑，算是告别。半颗水果糖的甜，戛然而止。

新鲜和兴奋过去，疲累袭来，我睡着了。醒来的时候，已经是半夜。对面多出一个陌生的男人，瘦高个，穿一件深蓝色的外套。现在回忆起来，男人大概三十多岁，比母亲大一两岁的样子。男人一边和母亲说话，一边从裤兜里掏出两颗水果糖递给我。水果糖带着他身体的温度，散发出温热的香气。哦，暧昧，又是从水果糖开始的。那个下了火车的小男孩，我咬给他的半颗水果糖，是否可以理解为一个小女孩和一个小男孩获悉了这列火车的甜蜜，但不会告诉大人那种甜蜜的味道。水果糖，成了确立秘密的暗语。比如此时，比如瘦高个男人和母亲，这种甜蜜让一列火车的延伸有了更为具体的目标。母亲干净漂亮，身材高挑，凹凸有致，五官搭配完美自然，属于少而珍贵的长相。穿一件洁白的的确良衬衫，在滇越铁路米轨小火车靠窗的位子上坐着的母亲，也算是在一列火车的江湖上行走。一个漂亮的女人,吸引了陌生男人的目光,是一件再正常不过的事情。当然,也有点儿别的说不出的什么,让母亲与火车上的其他女人都不同。或许是因为那件白色的确良衬衫,它太白、太耀眼了。

美好的故事就是坐着一列火车去远方。男人和母亲说了一会儿话,大概是问对方从哪里来到哪里去。我依稀记得,男人说,他还远呢,火车要经过人字桥,才到他要去的白河桥。

起风了,有些冷。可能是受凉,也可能是不习惯小火车的摇晃颠簸,母亲晕车了,晕得天旋地转,开始呕吐。男人脱下他的蓝色外套,要给母亲披上。禁忌与关心让他们显得与众不同。母亲拒绝,男人坚持。我看不清他们内心的挣扎。母亲把我搂在怀里,贴近我的气息,她潮热、颤抖、惊慌,在向我寻求保护和力量,似乎她才是我的孩子。同时,某种在暗处闪烁的亮光,在母亲的脸庞上一闪即逝。那一闪即逝的光亮,我后来认定,是她一瞬间产生的对一个陌生男人的信赖。陌生的路途上,相互之间的关心和帮助并没有什么,只是,一代人有一代人的理解和处理方式。母亲或许把瘦高个男人的关心理解为"爱"了。

困倦再次袭来,我靠着母亲,疲倦地睡着了。再次醒来,小龙潭站到了。窗玻璃上蒙着一层雾。母亲摇晃着站起来,用白衬衫的袖口擦去窗玻璃上的水雾。袖口上留下了一抹黑亮的灰尘。那是煤炭灰。很多年后我才知道,开远小龙潭是一个工业城市,是长江以南最大的露天煤矿开采点。开远,旧称阿迷州,后取"四面伸开,联结广远"之意改为开远。滇越铁路的小火车开通后,开远的工业日渐兴盛繁荣,亦有"火车拉来的城市"之说。透过车窗,我和母亲看见爷爷在站台上向我们挥手。

瘦高个男人睡着了，车靠站也没醒。不知什么时候，他将外套竖直了衣领，遮住了脖子和下巴。凌晨五点的小站的确有些冷，他杂在睡着了的陌生旅客中间。铁轨和火车轮子摩擦碰撞发出的停靠声，延伸出尖锐的呼啸。走出车门时，我回头看了瘦高个男人一眼，睡着的他面无表情。火车将继续载着他去往下一个陌生而遥远的地方。

许多相遇一开始就已经结束。长大后，我曾肯定地想，母亲不应该拒绝瘦高个男人的蓝色外套。一些甜蜜而温暖的苏醒，跟好坏没有关系，即便有爱发生，也越不过人与人之间平常而美好的关心。

滇越铁路小火车上的故事，发生在那些一个小站下去另一个小站又上来的人群当中。起风了，给一个陌生人披上一件外衣，接纳或者拒绝，都是自愿的。我还小，我是母亲和那个陌生男人产生瞬间温暖的局外人。连偶然吹起来的风，都参与了那一瞬间的温暖，只有我，一个小屁孩，什么也不懂，任由他们为了一件衣服推来揉去。那个时候，我只想把他给我的两颗水果糖吃掉，获取它们的甜。但是糖不会说出口，它甜得如此暧昧。就像这件衣服，说是为了挡风，但是风，不会说出一件衣服的暧昧。每天都有故事在滇越铁路的小火车上发生，那些从一个小站上来的人，可能在另外一个小站跟着另外一个人下去了，成了某个村庄的媳妇或者女婿。

如今，滇越铁路的小火车是一种记忆，大到家国情怀、历史钩沉，小到发生在平凡而普通的人们生命里的故事。很多年后，我在一篇小说里写到一个场景：高铁经过一座起雾的大山，一个男孩在起雾的窗玻璃上写下一个女孩的名字。这个场景是虚构的，这个场景也是真实存在的。写下这个场景的时候，我看见母亲用白衬衫的袖口擦去小火车窗玻璃上蒙着的一层水雾。袖口处,留下一抹黑亮的煤炭灰。旁边,一个瘦高个的男人靠着窗玻璃,疲惫地睡着了,蓝色的衣领竖起来,遮住了脖子和下巴。每个人的心里都存在着温暖,一直都存在着。或者是爱情,或者不是。或者是诺言,或者不是。它只是某个特定的时刻、特定的场景里一闪而过的温暖。那一刻,人们曾经传递温暖和甜蜜,以为能一起抵达某个小站,小龙潭,或者白河桥。

未来,如果我写一篇关于滇越铁路的小说,我想,故事里的男主角,一定会在积满水雾的车窗玻璃上写下一句话:火车经过人字桥,就到白河桥。

关于滇越铁路,关于人字桥,兜了这么大一个圈子,似乎还没有进入它们的内部。但是我相信,我所讲述的发生在小火车上的故事,并不是多余的。我曾经和一个朋友讲过这个瘦高个男人,当然,还有两颗半水果糖。我对朋友说,火车经过人字桥,就到白河桥。朋友说,我们买一大兜水果糖带着,一起去坐小火车。朋友让我带他去小龙潭,然后,经过人字桥抵达白河桥。

和朋友讲故事的那天,我们在滇越铁路宜良境内的徐家渡火车站漫游。徐家渡的小火车停运后,小镇就空了。那天,在小镇上碰到了一个老人,闲聊了几句,他主动当了我们的向导。这里的每所房子,既是孤立的,又是相融的。每到一处,老人都挺熟悉。他说,中华人民共和国成立初期,火车穿越徐家渡,开往远方。这条窄窄的巷子,每逢赶街天,挤得水泄不通。老人沉浸在回忆里,仿佛那些拥挤的人群从未离开过。街上空空的,午后的阳光加剧了这种空荡感。斑驳的墙壁上挂着一个空邮筒,绿色的油漆有些已脱落下来。这空空的街道,是历史进程中的必要缺席。而对老人来说,则是生活的继续。老人就住在街道的尽头,屋里躺着他的老伴,已瘫在床上六年。他们结婚五十年了。相框里,年轻的妻子梳两条粗黑的大辫子。铁轨、小火车、街道、空邮筒、年迈的老夫妻,所有的事物都在不断变化、拆毁,到了某个节点,又融为一体。有些事物在毁掉很久以后,突然在某个日子里重焕生机。

我对朋友说,小火车客运已停,人字桥和白河桥,我也没去过。朋友是一个执着追求理想和事业的人,坚强笃定,但遇到难事也会伤感脆弱。每每到人生的关键路口,他一样需要被关心。我没有拒绝他要到小龙潭,或者穿过人字桥抵达白河桥的愿望。我怕拒绝他就像母亲拒绝一件蓝色的外套那样,只能将故事移植到小说的某个场景里,在起雾的窗玻璃上写下那句话:火车经过人字桥,就到白河桥。

从徐家渡回来,搜集了很多关于滇越铁路的资料。在网上买了《飘荡在峡谷间的笛声》《滇越铁路与滇东南少数民族地区社会变迁研究》《滇越铁路:一个法国家庭在中国的经历》《领事方苏雅:滇越铁路与云南往事》《滇越铁路:来自法国的解密文件》《静卧在风中的故事》。

关于这条铁路的前世今生,越来越清晰,越来越具体,铁路与那些曾经发生的故事交错在一起。现代性的焦虑,就是这个日新月异的世界发展得太快了。"云南十八怪,火车没有汽车快,不通国内通国外"的年代,已然过去。

抛开当年法国人对殖民统治的野心不说,一条铁路自河口北伸,经红河、玉溪抵达昆明,穿越崇山峻岭、大江河流,将中国与世界连接起来,由此文明交融,故事交错。为了修筑这条铁路,有一万两千人死在了米轨下。有关铁路的实用与美学的矛盾便诞生了。故事便发生在这样的矛盾中,动人的、悲伤的,可歌的、可泣的,温暖的、残酷的,这些情感组成了一个个故事的核心。讲完或听完这些故事,我们的眼睛,除了泪水便淌不出其他的液体。

二

二〇二二年二月二十七日,机缘巧合,我要经过人字桥去往白河桥了。

那些火车上发生的故事,是一条铁路隐秘的存在,不要试图去破译它。火车上,无数张脸藏在蓝色的外套里,竖直的衣领可以遮住脖子和下巴,还可以遮蔽那些曾经的故事。并不需要为一条铁路赋予更多的意义,既已动心起念,那就起程付诸行动。

在网上订了票,二月二十七日十一点十一分,昆明—蒙自,C564,二等座 11 车厢 14D。同行的还有四个熟悉的朋友。我们分散在不同的车厢,将一起抵达蒙自。当天晚上开完会,第二天各自去自己的目的地,一个去个旧,一个去开远,一个去泸西,一个去绿春,一个去屏边。火车已经改变了路线,南盘江,或南溪河,已经看不见了。我望着窗外。我已经望了很长时间,没有一个站名和我所叙述的故事有关。

一九一〇年四月一日,火车开到昆明城,又从昆明城开到越南,途经六十二座车站。滇越铁路上的这些小站,海市蜃楼一般,那些曾经发生过的故事,一下就找不见了。

在 C564 车上,我又想起了那个和我分享一颗水果糖的小男孩,以及穿蓝色外套的瘦高个男人。在依然拥挤的火车上,许多张脸面无表情。我将脸贴在窗玻璃上,我的脸和窗玻璃里的脸合在一起。我的嘴碰到了我的嘴,我亲了亲自己。窗外,城市、村庄、山峰、天空、白云一闪而过。我和自己拥抱,我在不曾空白的记忆里,一路寻找那个小男孩和穿蓝色外套的瘦高个男人。火车上的人们浪漫、悲伤、等待、幻想,持有另外一种世界观,相信远方,相信奇迹,相信一切善良而美好的故事。

火车经过昆明、昆明南、玉溪、通海、建水、个旧,然后到蒙自。二十一世纪的今天,速度让一些故事还没开始就已经结束。它终结了某种可能的延伸,许多故事就这样戛然而止。我旁边的座位一直是空着的,等待有人坐进来。事实上,即使有人坐进来,谁也不会对谁主动开口说话。低头玩手机,是二十一世纪旅行者的常态。我们仿佛进入到一种受伤的文明之中,一切都是空洞而真实的。

看着玻璃窗里的自己微笑,想起小男孩盯着我手里的水果糖咽口水的样子。半颗水果糖的甜,是记忆得以延续至今的秘密缘由,它将过去和未来连接起来,让我可以将小火车上的一些个体经验,还原为一个具体的故事讲出来。如今回想,我当时是多么天真骄傲,那颗水果糖便是我骄傲的资本。

在建水站,一个学生模样的小姑娘坐进了我旁边一直空着的位子。小姑娘戴着耳机,一直在听歌。我们无法交谈。她面前的小桌板上摆着一盒巧克力。我把头转向窗外,那一瞬间,至少在那一刹那,我的舌尖泛起一股神秘的甜。我竖了竖衣领,试图遮住面对小姑娘的那半张脸,然后假装睡去。

那个曾经在小火车上遇到的瘦高个男人,他面无表情沉沉睡去的样子，是否如我此时一样，是假装的。我想起母亲贴近我时的气息，潮湿、紧张、甜蜜，带着一闪而逝的光。那个穿蓝色外套的瘦高个男人，会在白河桥让我替母亲遇见他吗？这样的假设，显然等于幻想。我将曾经具体的故事转换为一种情绪，期待着在已经提速的列车上遭遇突然而至的美，哪怕它又戛然而止。如果故事有目的，那么这隐秘而美丽的故事，带着秘而不宣的暧昧，也只能在目的里不可企及的期待，像滇越铁路一样长、一样蜿蜒曲折。故事被一列小火车载着，一直延伸到山川、河流、湖泊、天空、云朵的内部。

五年前，去小龙潭煤矿，找寻跟爷爷有关的人和事。联系了发小，他就在小龙潭煤矿工作。发小大我三天，我的母亲和他的母亲年轻时算是闺密。玩笑中，她们还曾给我们订了娃娃亲。一条铁路的尽头，也未必就是目的地。初中以后，发小和我便互无音信了。在开远，他带我去小龙潭、碧色寨、洋人坟，带我吃荷包洋芋，带我看凤凰花站在空阔的露天煤矿，烈日下，我仿佛看见爷爷脱下工装，换上干净的衣服，带上甘蔗、花生、午餐肉罐头，还有一双坡跟小凉鞋，坐上从小龙潭开往昆明的小火车。妥协、悲苦、责任、温暖，以及爱和慈悲，是一个人在不同阶段的必须经历。经历过这些的爷爷，看着穿坡跟小凉鞋的我一天一天长大，甘蔗的甜、花生的香、午餐肉罐头的高级，便有了更加"高级"的意义。

电影《芳华》让许多心里装着故事的人慕名前往碧色寨，碧色寨成了一个把秘密公之于众的小车站。那些内心里小小的窃喜，私密而不可告人，一旦被放置于公众场所，竟又显得落落大方，故事的演绎便有了充足的理由。朋友圈里看到过一组照片，是一对中年夫妻，男着一件青布长衫，叼着霸气的烟斗，女穿一袭棉质的素色旗袍,提着旧式的竹编箱子,眼含春水。两人撑一把伞,牵手走在碧色寨的小米轨上。旧式的装扮,试图覆盖住生活的本真面目,那瞬间的姿态显得饱满而新鲜。

发小带我去了碧色寨。一排空闲的法式小平房前爬满了葡萄藤,刚刚结出翠绿的小果实,仿佛是才睁眼的婴孩,这未曾沾染尘埃的生命,对人间充满好奇与希望。入鼻的空气,有葡萄酒醉人的清香。这些葡萄来自法国,是纯种酿酒葡萄。小米轨上,和一个陌生人擦肩而过,他走出很远,还不停地回头看我,目光灼热尖锐。看着他远去的背影,我产生了一种莫名的依赖和信任。我知道这种突然产生的信赖和一条铁路有关。铁路延伸出去的地方,不是一个概念,而是一个个具体的人。碧色寨和人字桥一样,都是滇越铁路的一部分。我已经把一整条铁路当成了时间的归途和去处。

那些关于滇越铁路上小火车的故事,即使真的写一篇小说去还原细枝末节,也很难有一个完满的结局。但结局不重要,就像爷爷,每次他都带着一个印有"上海旅行"字样的沉重旅行包回家。来回往返,他的心空了很多年;来回往返,他的心也充盈了很多年。

殊途同归。先乘 C564 次列车,然后转乘公务用车,二〇二二年三月一日下午我抵达了一座桥,它是人字桥。到达五家寨四岔河,已是下午五点。阳光明亮,山峦陡峭,流水湍急。天空飞过一只鸟,翅膀背负着蓝天。四岔河的天空,蓝得无法解释。真想做一只鸟,翅膀一晃,蓝天便属于你了。

四岔河安静得像是从来没有发生过任何事情,桥上空无一人,山川、河流、峭壁像是从未有过丝毫变动。那些消失在天国的流水、风声、云朵,以及八百名劳工,一百年前明明就在这个地方,但就是找不到一点儿蛛丝马迹。也许,他们已然在时间中获得了另外一种生命,甚至比原本的生命更丰盈。

叙利亚诗人阿多尼斯说:"世界让我遍体鳞伤,但伤口长出的却是翅膀。"人字桥,就是伤口处长出的翅膀。

站在桥上,俯瞰谷底苍茫的浓绿。风,灌进两端的隧道,撞击洞壁后,以加速的迅捷穿越隧道口,形成陌生而陡峭的力量。这时,你会觉得自己像是一粒灰尘飘在空中。一条铁路已经抵达终点,要知道远方有多远,唯有回溯,回到一条铁路的起点,缅怀那些逝去的英魂。历史幽微的缝隙间有一束光,照亮了人间。

时间退回到一九〇七年三月十日,随着一百余名工人入驻,红河州屏边县五家寨四岔河大峡谷往日的宁静被打破。工地上,悬崖峭壁,岩陡苔滑,没有安全设施,只能用绳子系人于半空中凿岩放炮。悬挂在峭壁上的劳工,遇毒蛇、毒蜂、大风等攻击,以自由落体的姿势坠落谷底,被湍急的流水卷走。加速度式的坠落,让一个个鲜活的身体,消失在空中、谷底,消失在人世间。

据统计,修建人字桥死亡的劳工有八百余人。来自四川巴山的邹氏两兄弟就是被毒蛇咬伤后坠落谷底,消失在南溪河的。资料记载的数据,看不到具体的悲伤,悲伤从来都与数据无关。

此时,我站在四岔河三月的晴空朗日下,群山间萌动着植物新鲜的嫩绿,草木一簇一簇地茁起,大地生机勃勃。滇南的群山,千百年来浓雾漫漫,云深林密,四野荒寂,无路无桥,甚至没有人迹。现在,一座桥横跨于两山之间。小火车停运后,随着火车汽笛的消失,桥的声音藏进了故事里。一阵风吹过来,我仿佛听到了历史的回声,它正由一列火车载着,轰隆隆驶过来。火车穿越人字桥的刹那,闪出一束迅捷的光,照亮了四野的空旷。

一百多年来,多少列火车通过人字桥,载来或载去无以计数的南来北往的人。那些大到家国情怀的历史,和一个个活泼泼的故事相关联。直到今天,许多故事仍然引人入胜。滇越铁路诞生在一个特殊的历史环境下,从诞生之日起,就注定要经历中国近代史的风风雨雨。一九〇八年四月三十日,孙中山利用滇越铁路的便利在河口策划了河口起义。云南历史上唯一一位状元袁嘉谷当年从重庆改水路赴京赶考,花了两个月;一九一〇年,他乘火车荣归故里,仅仅用了十一天的时间,便从京城返回昆明。一九一五年十二月,蔡锷将军沿滇越铁路北上,与云南军都督唐继尧发动了震动全国的护国运动,迫使袁世凯退位,维护了孙中山先生领导的资产阶级革命的成果。一九三〇年,聂耳搭乘滇越铁路火车,经海防赴上海,在边境小镇河口寄出了一封简短家书。一九三七年,北京大学、清华大学和天津南开大学在日军的战火中惨遭摧残,三校南迁昆明,成立"西南联合大学",其中大部分师生经广州、香港乘船到越南海防,再从滇越铁路进入昆明。一路上,同学们高唱《义勇军进行曲》和《松花江上》。

孙中山、蔡锷、聂耳以及西南联大的学生,他们与一条铁路的关系,让人生出一种想象,觉得一条铁路的尽头,便是一段新生活的开始。我热爱着小火车上的爷爷、母亲、小男孩、穿蓝色外套的瘦高个男人,以及和我擦肩而过的所有陌生人。如果非得用一条铁路来陈述生命和时间的本质,那么,在我的范畴里,只能是这条铁路。它在历史的进程中,以加速度的方式参与了文明和革命,然后再用漫长的岁月,把它们一一还原为寻常百姓的日常生活和记忆。这条铁路成了一种美学,或者一件艺术品。

站在人字桥上,我感觉到了一条铁路的重量。云朵下,我是一个小小的"人"字,被书写在一个大大的"人"字上,交错重叠,相互印证。

三

讲故事的人借助一条铁路,将故事一一讲了出来。故事里,保罗·波登是一个无法绕开的关键人物。没有他,就没有人字桥。人字桥是一个孤独而伟大的存在,作为现代桥梁建筑的精华,它的修建是复杂的。

从埃菲尔铁塔到人字桥,从古斯塔夫·埃菲尔到保罗·波登,宛如一只鸟的两只翅膀,异曲同工。保罗·波登和古斯塔夫·埃菲尔是校友,人字桥和埃菲尔铁塔则都是"埃菲尔"式结构,同为钢架结构工程技术鼎盛时期的杰出作品。埃菲尔铁塔于一八八九年完工,人字桥于一九〇八年完工,前后相差十九年。埃菲尔建造铁塔,是为了爱情。在埃菲尔的心里,爱情可以是一座铁塔的样子。十七岁那年,埃菲尔与玛格丽特一见钟情。家境优渥的玛格丽特不顾家人反对,嫁给了穷小子埃菲尔,并一直支持、激励着埃菲尔在建筑事业上取得一个又一个令人瞩目的成就。和埃菲尔相伴十五年后,年仅三十二岁的玛格丽特病逝。埃菲尔曾经答应妻子,要站在自己设计的建筑上对她说爱。一八八五年,法国政府决定在巴黎建造一座标志性的建筑来纪念即将举行的世界博览会以及法国大革命一百周年。埃菲尔最终在众多的设计者中脱颖而出，取得了摩天高塔的设计权。工程竣工后，一座标志着爱情高度的铁塔在世界上诞生了。

保罗·波登也想和校友埃菲尔一样创造奇迹，为设计跨越四岔河上的人字桥，他否定了一个又一个方案。最后敲定的设计方案的来源，一种说法是保罗·波登看见自己月光下手叉腰杆、双足分开的样子，受到了启发；另一种说法是，剪子掉到地上站立的形状让他茅塞顿开。无一例外，它们都是人字的形状。

人字桥于一九〇七年三月十日破土动工，一九〇八年十二月六日竣工。远在法国的保罗·波登开怀畅饮。屏边县四岔河的天际，从此写上了一个大大的"人"字。一位巨人脚蹬四岔河两岸的峭壁，双手托起一列列火车。火车经过人字桥，法国人从越南海防进入中国滇南，一声汽笛，传来了西方文明，这条铁路让红河这样一个蛮荒之地，摇身一变成为连接东南亚各国、充满异域风情的滇南重镇。罐头、饼干、香槟、葡萄酒、香烟、咖啡、手表、时钟、缝纫机、化妆品、香水、香皂，这些以前没吃过没见过的稀奇物品，渐渐成了人们日常生活的必需品。北京、上海、广东，甚至是异国，原来都这么近。铁路缩短了时空的距离，铁路还促进了思想观念的进步，人的活动半径也随着它不断扩大。它还带来了光明，一九一二年，这里从西门子公司引进先进设备，建成了中国大陆的第一座水电站——石龙坝水电站。同年四月，昆明开始使用电灯，成了全国最早使用电灯的城市之一。

有了火车，便产生了新的速度、文明、思想以及生活方式。

屏边县湾塘乡的村民很长一段时间都不用钟表，火车经过湾塘的时间，就是他们的作息时间。当火车经过人字桥，当伤口处长出翅膀，翅膀扇动的每一缕风都成了故事。故事是旧的，比一条铁路还旧；故事是新的，比一条铁路还新。当地面上的交通工具进入高铁时代，我们开始怀念马背上的速度，怀念绿皮火车上的速度。

在C564次高铁上，我打开著名摄影家王福春的《火车上的中国人》的相关链接。从一九八〇年开始，身为铁路职工的王福春将镜头对准了火车上的中国人，用二十万张胶片记录了绿皮火车时代。这狭小的空间里，展现着中国人独特的生存之道。在他的镜头下，火车是一个流动小社会、临时的大家庭，人们吃喝拉撒都在车上，一节节车厢里演绎着一幕幕人间百态。有人在火车上做生意，有人在火车上打麻将，有人在火车上拉小提琴。有人脸上盖一本 Ebony 杂志睡着了，封面是迈克尔·杰克逊的特写。有位妈妈让小男孩把尿撒在八宝粥空罐里，还有一位孕妇在火车上生下了孩子。一对相拥着躺在硬卧上的情侣，看到王福春的镜头对准他们，小伙子扯起毯子遮住了半张脸。在乐山巴沟镇，有一条不到二十公里的铁路，连接着山里山外，村民怀里抱着鸡鸭鹅去县城的集市赶集。一家三口推着一头大肥猪的屁股，将猪赶上小火车。猪板着一张脸，没有表情，猪屁股后面的三张脸，却笑得花枝乱颤。这人间的喜剧，让日常的生活甜蜜轻快起来。一头猪坐上火车的情景，着实让人莞尔，打破了火车惯常的景象，充盈着活泼泼的生活气息。

只可惜，王福春没有坐过滇越铁路上的小火车，也没有关于滇越铁路小火车上故事的照片记录。一九九三年，昆明开往北京的一列火车上，王福春拍下了一个吸水烟筒的老大爷。老大爷抱着一支水烟筒,抬起眼睛望向镜头。他的脸上有鲜明的云南人特征,古铜色的皮肤沟壑纵横,带着穿越时光的沧桑魅力。

铁路携带着灵魂,人的、猪的、狗的、猫的、鸡鸭鹅的,抵达一个个目的地。因为桥,火车上的故事连接在了一起。

人字桥,这伤口处长出的翅膀,设计、建造、竣工、使用,到最后成为历史文化遗产。它参与到了我的故事中,使我叙述的一切有了一个宏大的历史背景。滇越铁路沿途经过高山、大川、河流、湖泊、平原、坝子、峡谷、海洋,在云南境内途经十二个少数民族聚居地,杂了历史、文化、自然、人文,形成了独特的文化带。这注定是一场空前绝后的"山地文明"与"海洋文明"的大碰撞。

人字桥所具有的意义,是一种开始、一种承载,它指引着我们从历史中来,到未来中去。

人字桥只有七百一十八米,但是作为滇越铁路上的咽喉要道,这座桥的重要性不言而喻。一块巨石上刻着《人字桥之歌》,这是守桥人王开林带领员工们创作的一首歌。

人在桥在,与桥共存。这是我们的口号。
人在桥在,与桥共存。这是我们的目标。

也是我们的誓言,团结协作,艰苦奋斗。
也是我们的自愿,确保安全,保证畅通。

发扬革命传统,争取更大光荣。
发扬优良传统,争取更大光荣。

如今，桥上没有旅游者，只有一个守桥的人，他叫杨有光。杨有光已经沿着七百一十八米的桥来来回回走了三十一年，他生命的意义，是静止的速度。这是一个守桥人的哲学，这也是一座桥的哲学。面对一座桥，面对一个守桥人，一种可以托付生命的安全感，在三十一年周而复始的往来中产生了。杨有光说，这并没有什么，不过是尽一个守桥人的工作职责而已。他和我们说起守桥王王开林。"人在桥在，与桥共存。"这是王开林的遗愿，也是他生前一直践行的守桥人精神。王开林是开远屏边铁路派出所的一名普通民警，四十岁出头时，主动申请去守人字桥。当年，王开林的爷爷参与了修建人字桥，不幸丧生。守桥，就是守护爷爷以及八百多名劳工的英魂。王开林过世后，儿子王庆华，当兵入伍转业后回到这里，当起了守桥二代。两代人保持着同一个姿势，在七百多米的桥上来回行走。敲敲这个铆钉，扳扳那个螺丝，它们光滑锃亮，已经被守桥人磨出了光。王开林、杨有光、王庆华……守桥人闭上眼睛，所有的铆钉和螺丝都烂熟于心。

　　站在桥上回望历史以及火车上的故事，却不知道该对这条铁路说什么。从人字桥沿着铁轨返回，碰到几个年轻人，他们坐在铁轨上，双腿间夹一瓶啤酒，说一会儿话，喝一口啤酒。此时，没有火车通过的铁轨依然锃亮，枕木旁盛开着一朵不知名的小花。雪白的花瓣在风中摇曳，这景象仿佛不是出现在眼前，而是存在于历史的回溯中。奥托·麦斯特尔家族的点点滴滴，经由一朵小花延伸出去，直到一百多年前。彼时，奥托·麦斯特尔正是参与修建人字桥的瑞士工程师。在遥远的东方，一切既艰险又浪漫。某一天，奥托·麦斯特尔在蒙自某地采得一朵雪绒花，并将这朵雪绒花附在信笺的右上角，寄给了远在瑞士的家人。奥托·麦斯特尔相信,终有一天,他的家人会来到遥远的东方,因为这片神秘的土地上有一条铁路,有一座被称为"人字"的桥。

四

现在,让我们回到一九六〇年的一列火车上,这列火车正从阿尔卑斯山美丽的湖滨城市卢加诺开往苏黎世。火车上,弗来迪·麦斯特尔对十六岁的女儿希尔维亚·麦斯特尔说,她的爷爷奥托·麦斯特尔留下了一些遗物。一九三七年,奥托·麦斯特尔在上海去世。当父亲将关于爷爷遗物的事情告诉希尔维亚,遥远的东方就成了她的向往。父亲过世后,患病的母亲将爷爷的两只大箱子丢到了垃圾站。希尔维亚想起了父亲说过的话,又悄悄将两只大箱子从垃圾站搬回来。希尔维亚将箱子打开,里面的东西让她震惊了。那是奥托·麦斯特尔在参与修建人字桥期间拍摄的大量施工现场照片,还有一些手稿、信件、图纸。这些物件中,最特别的是人字桥合龙时的照片。一九〇八年七月十六日是一个特别的日子,这天,人字桥合龙了。奥托·麦斯特尔用相机拍摄下了从上午九点三十分开始至下午大桥合龙不同时段的照片,以及后来大桥拱臂、桥面架设进展、人字桥竣工的全景,留下了关于人字桥珍贵的第一手图像资料。

后来,希尔维亚和家人一起,将爷爷留下的遗物整理精选后编成了《飘荡在峡谷间的笛声》一书,由苏黎世利马特出版社正式出版。

奥托·麦斯特尔，一个年轻的瑞士土木工程师，是人字桥诞生的见证者。他将人字桥合龙时的情形装进了相机。他按下快门，这座桥便成了那段历史不可忽略的关键细节。

一百多年后，他的孙女希尔维亚终于来到爷爷修建的人字桥。满目沧桑的不只是一座桥，还有与桥有关的那些故事。希尔维亚回到了心灵的栖息之地，三代人的牵挂惦记，一切恍如昨日。那些关于爷爷的点点滴滴从记忆中涌现，让希尔维亚感到饱满充盈，不由得想起爷爷遗物里那朵采自蒙自某地的雪绒花。爷爷多次在信中给家人描绘云南美丽的自然风光、风土人情，并详细记录了他在云南修建铁路时的工作和生活情况。

希尔维亚抚摸着桥上的铆钉、螺丝，像是触摸到了爷爷的灵魂。阳光照射下，人字桥闪着亮光，和她眼睛里的光亮融为一体。

五

火车穿过人字桥，就到白河桥。

我的目光沿着铁轨延伸出去。在一个叫白河桥的地方，那个穿蓝色外套的瘦高个男人，他应该有七十多岁了。他和母亲都老了，但是故事还未曾开始。

在寻找故事的路途中，我已经准备好了结局。

二〇二二年三月三日上午的行程便是前往白河桥，出发地是玉屏镇，交通工具是小轿车。车子在晨雾中穿行，一切既虚幻又真实。雾，牛奶般浓稠丝滑，将心也浸润得潮湿温润。我需要重新面对时间，重新面对一条铁路。从玉屏镇到白河桥，海拔渐渐降低,雾渐渐散去。车窗外一树一树黄色的风铃花在风中摇曳,开得轻盈、快乐、随心、热闹,像一群赏玩嬉戏的孩子。一位老人在花树下独坐,还没来得及看清他的表情,车已疾驰而过。

车子往河谷的更低处去,海拔也越来越低,气温越来越高,植被、树木随之变化。河谷深处,是高大的木棉树,那一树一树的红,仿佛是人群中孤独者的姿态,独立、坚强、笃定。木棉花的红,是一种理性的克制,像母亲的拒绝,又热烈又冷漠;又像瘦高个男人的关心,直接、真诚,又夹杂着一些小小的暧昧。

我想,他会靠在白河桥铁路旁的某棵木棉树下小睡一会儿。醒来时,拍拍落到白发上的花瓣,就此完成了一生。

白河镇到了。热浪扑过来,身体淹没在热流中。满目是遍布山坡的水果,菠萝、柑橘、香蕉、木瓜,以及正在开花的杧果。穿着苗族服饰的乡民,背一个大背篓迎面走来。这是我想象了很多年的地方,陌生而熟悉,仿佛这里生活着我的一个亲人。我无法说清这种感觉,关于时空,关于人与人之间的微妙关系。几十年前,小火车上的那个场景成了我抵达白河桥的充分理由,或者也不完全是。母亲和瘦高个男人,他们已经从一列火车上下来,抵达了各自的目的地,消失在彼此看不见的时空。只有我,固执地记着瘦高个男人对母亲说过的那句话:"穿过人字桥,就到白河桥。"仿佛这句话才是故事真正的内核。

那时,母亲近乎冷漠的强,那么好看,又那么不近人情。一次,和母亲说起这段往事,她说,傻丫头,乱说些什么,没有的事情。没大没小的,连老母亲的玩笑都开。父亲坐在旁边,笑意盈盈，像是在听一个别人家的故事。父亲和母亲共同生活了几十年，像中国的大部分夫妻一样，老了，更加恩爱，更加需要彼此。而爷爷，早已过世十多年。

事实上，母亲后来曾经收到过一封来自远方的信。邮递员是在次年夏天一个有雨的傍晚将信交给我的，那时，母亲弯着腰，披着一件雨衣，在谷子田里耪子。信封上的字迹本来就潦草模糊，雨水还将寄信地址那一栏淋湿，墨水洇晕开去，无法辨认。面对一封陌生人写给母亲的信件，我所可以联想到的母亲与外界的关联，便是小火车上穿蓝色外套的瘦高个男人。被雨水洒湿了的信件，像是一个被淋得湿漉漉的秘密，一碰就会消失。我将信拿在手上，仿佛攥握了某种证据。信寄自哪里、写了些什么内容，完全记不得了，只记得其中一个细节，写信人要给我家寄一罐鸡枞油，说是当地的特产。

带路的朋友说，今天不凑巧，没碰上赶街天。白河镇逢周一赶街。更为奇妙的是，白河镇的街子就设在铁路边上。白河桥，是中国最后的铁路集市。集市交易大约起源于上个世纪，最初，当地村民与铁路工人聚集在这里以物易物，后来商贩们蜂拥而至，约定每周一进行集市交易，这个传统延续至今。火车穿过日常的烟火，往远方开去。每逢周一，附近的村民便聚集于此，把各种时鲜的农特产品蔬菜、水果等，沿铁路一字排开。火车汽笛一响，人们左右散开，让出铁轨。火车减速通过后，人群又聚拢回来。

我问带路的朋友，白河桥是不是盛产鸡枞油？得到的答案是否定的。

在白河桥的集镇上穿行，街道狭窄，阳光被某座房屋遮挡了一下，形成一块灰白的阴影，像是某个故事的留白。不远处，南溪河的水流过,河上有一座叫"白河"的桥。这样的街,像是故事的中转站,充满着未知和不确定性。我需要笃定而用力地走在这个正午的阳光下,对我来说,这样的时刻是故事里的一个场景。或许,那个穿蓝色外套的瘦高个男人就走在人群中。他会以怎样的方式出现,又会以怎样的方式消失,并不由我掌控。然而,一直以来,他无疑是我和人字桥以及白河桥之间的隐秘联系。

中午饭在镇上的一家小餐馆吃的,招牌菜是"白河凉鸡"。镇上的三位朋友已等候多时,其中一个阳光、帅气,有一双喜欢笑的双眼皮大眼睛,面部线条温厚而流畅。眼神,完全过滤掉了彼此之间陌生的客套,仿佛我们认识了很多年,老朋友一样,有着难以置信的默契。南溪河吹来的风热烈而和煦,我们默然握手,寂静欢喜。

我们很快熟悉起来,不需要开场白,没有一点儿生涩的感觉。

他给我介绍白河镇的相关情况,笑容清澈,他还给我介绍饭桌上的"白河凉鸡"。当他说到"白河"与"白鹤"之间的关系及演变,我突然觉得他身上有仙鹤一样独立又高贵的气质。

外面的街道上,有孩子在奔跑。阳光依然灼热,从刚刚照着的那间屋子,移到了另外一间屋子,阴影也随之移到了另外一个地方。

他给我们碗里夹白河凉鸡,说,白河凉鸡一定要配当地特制的蘸水,吃起来才会有滋味。又说,白河凉鸡要在白河镇吹着南溪河湿热的风吃,才吃得出味道。如果把白河凉鸡带出白河镇,味道就不一样了。

把白河凉鸡带出白河镇,味道就不一样了。我为什么一定要找那个穿蓝色外套的瘦高个男人呢？在母亲拉着我从小龙潭站下车的一瞬间，一个古老的故事就停止了。

握手，告别，他的双眼皮大眼睛依然闪烁着笑眯眯的亮光。

另一个充满想象的故事也戛然而止。

赵丽兰　　云南澄江人。中国作家协会会员。作品散见《人民文学》《诗刊》《大家》《星星诗刊》《滇池》《边疆》《边疆文学》《雨花》《长江文艺》。出版散文《月间事》《云端屏边》，诗集《梁王山看云》。曾获滇东文学奖。

小菜和大菜：奶奶的买菜史

芟俏

　　上海话里有一些表述特别有趣，比如买菜要去的地方，叫作小菜场，而家里吃饭的桌子，若是西式的，就叫作大菜台。一间市场用"小"来形容，一张桌子则用上了"大"，其间意趣，是值得细细品读的。

　　我家的大菜台至今留在我北京的家中，之前奶奶去世，爸爸说留下了一堆东西，如果不是特别需要就都处理掉了。我人不在上海，但也赶快让他手下留情，打电话问，都有什么。爸爸不厌其烦地一样一样报上名来，我挑了奶奶的一些字画、她年轻时穿过的黄狼皮大衣、旧相册，还有就是这张旧的大菜台。爸爸很疑惑："这桌子重得要命，你确定要从上海寄到北京吗？"

　　最终，付了一笔昂贵的运费，老旧的大菜台又回到了我的身边。

据说这张大菜台是爷爷奶奶结婚时购入的一件重要家具，预备好了年轻的两人将来子孙满堂，所以桌子可以用底下的两块实木板无限拉大，变成可以围坐十二个人左右的真正的"大"菜台。桌子刷的是黑色的漆，两根粗圆的柱子支撑着沉重的桌体，在地面伸开四只"老虎脚爪"，直到现在也需要四个人才能将它费力抬起。在北京每次搬家，工人都会被这张老桌子搞得满头大汗："实在太重了，现在的人谁还会用这么重的桌子！"

你别说，就因为沉重又开阔，这桌子经历了七八十年的风雨，还真干过许多吃饭以外的事。比如我爸爸和叔叔小时候将其拉长了，就是一张乒乓桌；又比如酷暑难耐的时候，床上铺了席子也还是躺不住，奶奶就把幼年的我放到这张大桌子上睡午觉，甚是凉快。至于围桌吃饭，那更是不在话下。奶奶是时髦女性，不肯多生，作为一九二几年生人，她统共只生了两个儿子，已然嫌两个小孩都太多太烦太吵闹，所以没有实现买桌子时父辈对她的期望——生出可以围坐一桌的小孩来。但奶奶爱下厨，又爱在家招待客人，大菜台倒也没寂寞过。从我儿时开始，总记得这大菜台上不时就摆满了各色各样的食物，招待的也是八方来客。

从我出生开始，就知道这大菜台在家中占据中心位置。当时家里住在康定路的春江别墅，我和父母住在有点阴丝丝的潮湿一楼，爷爷奶奶的卧室则在阳光可以铺满的二楼，每逢过年叔叔回沪，当时还是单身汉的他就只可以住在一楼通向二楼楼梯下面的斜顶小间里。过了很多年看《哈利·波特》，这才醒悟我叔叔和哈利是一个待遇，这小空间甚至都不能称为房间，只能叫壁橱。

但大菜台却一直地位稳固地放在二楼光线最好的位置,有客人来,不会在一楼逗留片刻,大家会立刻将其迎上楼梯,请他/她坐在大菜台旁边。而大多数时间,我也喜欢待在大菜台前,不是吃东西,便是在桌子上搞点自己的小创作。据我父母说,当年要把我送进一个名额紧张的幼儿园,园方表示先要来家访看看孩子是什么情况再作决定。而当我未来的班主任拾梯而上时,看到一派温馨画面,便是一个小小的娃儿在一张巨大的桌子上画着画,班主任凑近一看,画中是无数只熊猫在嬉戏,她当机立断这四岁的孩子应该没什么大的智力毛病,且有陌生人出现也不紧张,只是抬眼看了一下,随即又回到了自己的梦幻绘图世界里,性格也堪称淡定。殊不知这是大菜台给我的安定感,助我人生第一次进学成功。

说了半天大菜台,也要讲讲小菜场。但不如说,因为有这张大菜台的存在,就必要用到小菜场。奶奶这样的厨艺高手,要有展现的空间,一天去个一次家附近的小菜场,那都算少的,更多的是混合着逛好几个地方:靠近金家巷的新闸路小菜场;往常德路走一走就有西康路小菜场;走远几步,到我爸爸曾就读的市西中学附近有乌北菜场;还有一家离家最近的综合食品店,出售南北干货及各种做菜辅料的,我两三岁时总是念不清它的名字"夏万仓",用上海话一撇嘴,我就给念成了"夏半仓"。但我看着这间食品店,食材确实也没有垒得很满,分明是"半仓"比"万仓"更贴切。不久之后,夏万仓就消失了,可能是这名字确实不怎么吉利,而之前缩在金家巷附近的新闸路小菜场倒开始野蛮生长,雄赳赳气昂昂地一路延伸到了离我家门口不远的康定路延平路路口。再加上除了做饭材料外,奶奶还爱采购副食零食,素火腿要去静安寺排队,鲜肉月饼必得是乔家栅和西区老大房,咸淇淋哈斗要跑回她淮海路的娘家门口的哈尔滨食品商店,家里还得常备静安面包房的长棍短棍别司忌,所以光是买菜这一项活动的开销,奶奶的行事方式就会被亲戚朋友啧啧议论,说她是出了名的大手大脚。

看官们,现在的人说起菜市场,十有八九都会宣称自己从小就爱逛,但我必须诚实地坦白,纵然是在成年后专门做了一套菜市场的纪录片献给这光怪陆离的食材世界,逛菜市场这件事,也不是我一开始就有的爱好。因为上世纪八十年代的菜市场,不像今天的市场有严格的卫生管理,尤其是到了天气热的时候,蚊蝇丛生,污水乱流,那些鸡笼鸭笼里的"羽毛仙人"有时候挤得不耐烦了,在小格子中一番扑打翅膀,那暖臭的味道也够你记一下午的。所以,最初的最初,我并不喜欢跟着大人去小菜场,至少是不喜欢跟父母去那里。我妈妈是家里的长女,是被我外婆娇宠惯了的,从来就不怎么会做菜,也不喜欢总待在厨房,偶尔给家里买个菜,对她来说是一种跑腿,所以一只手拉着年幼的我,另一只手就要狠狠捂住鼻子,赶快把单子上今天要用的东西买完就回家。我爸爸倒是心水厨房的活计,心里估计也觉得自己有大厨的才能,但他是个暴脾气,和摊贩打交道,一遇到有短斤缺两,或是其他令他觉得龃龉的勾当,他便有点搂不住自己的怒火。我曾经惊恐万状地看着他和手拿长刀的西瓜小贩吵架,也看过他无所畏惧地和手拿带血铁钩子满脸横肉的屠夫理论。这惊险大胆的菜场经历,总之我是不太欣赏,只想赶快回家。

教我爱上小菜场的人必然是我奶奶,一位悠然自得的女性。是的,悠然自得,我觉得这是形容我奶奶最好的一个词语,除此之外我找不到其他更合适的描述。她的眼中,从小菜场到大菜台,其间有着一条神奇而美好的通道,在无数的脏乱差中,她可以准确地在脑中拼绘出它们变成一桌美好饭菜的样子,有点像如今欧美时髦的 from farm to table 的概念。但奶奶从不熟悉农田,她只是通晓小菜场之道,也正是因为她拥有这样的本领,渐渐改变了我,甚至是洗脑了我,让我爱上了小菜场。

奶奶出生于一九二五年五月,在家排行老三,往上有一位性格强势的大哥和一位非常叛逆的二姐,往下则是两个唯唯诺诺的弟弟。用奶奶的话来说,她属于夹在中间,不需要担负家族荣光,也不用操心家里生计的女儿,小名叫"美美",可见从小还生得漂亮,家里人人对她没有指望但又顺着她,让奶奶生就了活泼的性格,和对小事情的执着。这件"小事情"就叫作"吃"。

想吃的东西必须今天就要吃到,这是贯穿奶奶一生的执念。纵观她在世的九十几年,基本上这个执念兵来将挡,水来土掩,大部分都得到了满足。但我后来问她,物质匮乏的时候怎么办呢?爷爷失去工作被关进"牛棚"的更困苦的那些岁月怎么办呢?奶奶想了想,语气轻松地告诉我:"那就不要去想太难吃到的东西吧。"

她也无意中说过,在那些无法吃到肉的时候,爷爷作为流行病学家,工作的地方有一些实验室的兔子,单位的人体恤当时爷爷有两个发育期的儿子要吃多点长身体,便偷偷让他带兔子回家。非常时期,连兔子也瘦得只剩一把骨头,奶奶把几只瘦兔子养在小花园,日日喂养烂菜皮和泔脚水,倒是意外地将它们养肥了些,毛也顺滑了,看着白白胖胖的,指日可待成为桌上的一盘红烧兔丁。但这种时候,奶奶又不忍心了,她发挥了自己给人洗脑的本领,让两个日日盯着兔子要馋出口水的儿子放弃已经到了嘴边的这一口。

"最后呢？没有吃？"

"最后兔子是老死的，自然也不能吃，就埋在花园里了。"

"爸爸和叔叔不怪你吗？"

"不怪啊，兔子老死的时候他们哭得那叫一个伤心。最后是他们自己选的，把兔子放在盒子里，埋在土里。"

诚然这世界上，可以吃的东西，包罗万象，但吃或不吃，都是人的一种选择，执念或放弃，也是人的自我选择罢了。

从老照片上看，那个年代的爷爷奶奶、爸爸叔叔，是清瘦的一家。那张照片是四个人站在曾经养过兔子的花园里，背后是我出生后居住的潮湿的一楼，百叶窗紧闭着，每个人都有一种不松弛但也不服输的平淡表情，很有那个年代的特征。但从我记事起，家里已经没有瘦子了，爷爷、爸爸、叔叔都是骨架高大而壮硕的体型，奶奶也是典型的梨形身材，小脸窄肩往下即是肥满的底盘。我常看着一张挂在二楼会客室的油画像，那是奶奶三十八岁时候的样子，身材轻盈，穿着彩色纹样旗袍。据说奶奶一直到五十多岁，依然还敢于挑战时新款式，就仗着自己一直没发胖。但自我出生，仿佛是画了一道分界线，奶奶忽然飞速地膨胀起来。作为特别坏心眼的小孙女，每次看着这幅画，我都会故意问："那是谁啊？"

"我呀，我呀，老了就发胖了呀，将来你也会的。"

"我才不会呢！"

我气愤地回答，但看看自己的眼睛、嘴巴、鼻子，甚至发际线，都是和我奶奶一模一样的，好像也无法辩驳。

发胖的奶奶就算身材已不是当年的窈窕，仍然很爱打扮。每次出门，第一要紧的事情就是先把自己穿得漂漂亮亮，而这也是她对我的硬性要求。年幼的我脑子里种植下根深蒂固的观念:和爸爸妈妈,哪怕是爷爷出门,都不用讲究外貌打扮,但相对的是,这样的外出也仅仅是拉着他们的手在外面逛一圈而已,于我来说没有太多的好处和获得。但每次奶奶召唤我出门,有扇金光灿烂的小门,就在我的脑中隐隐地推开了门缝:

"丫头,跟我出去兜一圈吗?"

"去哪里?"

"荡小菜场去啊。"

在我心中,"荡小菜场"这四个字包含了太多。首先,当然是得把自己收拾到奶奶认可和她同行的标准;其次,奶奶带我去的小菜场,绝不是别人带我去的乱七八糟臭烘烘的无序的空间,她自有她的独特路线,带着我在菜场内完成一整套的社交、购物、打听八卦的动作之后,还会附加一些探亲访友、吃小吃、买零食的彩蛋。最后的最后,自然是晚上,在家里的大菜台上,会出现小菜场购得的所有食材的大荟萃,那将是完整的、美好的、丰盛的一天。

于是我迫不及待地跳下椅子,扔掉手里的小说,拍打掉手指上吃零食留下的糖晶盐,先洗手,后洗脸,然后用一把梳子梳通自己讨厌极了的自然卷头发,再在脸上扑一点油膏一样闷住毛孔的蛤蜊油,这就把自己大大咧咧送到奶奶面前:"你看我这样可以吗?"

肯定是不合格。但接下来奶奶会给我梳好辫子,戴上帽子,找一件有点紧的毛衣绑着我的身子,再来一袭厚重的呢子外套或者是爸爸小时候也穿过的有个灰鼠毛领子的派克大衣,衣服的重量和领子的弧度总会让我有点喘不过来气的感觉。最后还得套上让我觉得硬邦邦的最不好穿的那双皮鞋。镜子里出现了与奶奶精致卷发和飒爽呢子长大衣搭配的小淑女,纵然是脖子被勒得如此不快乐,总要把头往前伸着,笑着哈气。奶奶也满意地说:"可以了,抬头挺胸,我们出门了。"

菜场要"荡"。这一个"荡"字,表露出了逛小菜场的这一位的悠闲。上海的菜场大都天蒙蒙亮就开市,但五六点就去买菜,并不是属于我奶奶的"荡"。不去和早市上的人凑热闹、抢食材,是奶奶最重要的做人做事的特色。但她也不会因此损失任何新鲜的菜蔬。因为长时间和各种小菜场的摊贩保持了良好的关系,最优的食材自然会为她专门保留,而奶奶的良好口碑也因为不用事先约定,对方为她专门保留了什么样的肉蛋禽奶,她都会不计较价钱地一一收入囊中。

"荡"的程序是由远及近,所以我们大多数时间,会先跳上一辆电车,辗转几站,到远一点的小菜场。我可以回忆得起来的这些远的菜场,包括了巨鹿路的菜市场、乌中菜场、陕西北路菜场、马当路小菜场和八仙桥菜场。其中最远的当属虹口菜市场。很久之后,我在大学的近代史课上学到了虹口菜场也叫三角地菜场,是上海最早也最大的菜市场之一。一八九一年,工部局从英国商人托马斯·汉璧礼(Thomas Hanbury)的地产中购得一块三角形的地皮,该地皮面积为十二亩七分又七毫,经过商议,这里要建造一座在当时最现代化的菜市场。这决议不仅为工部局董事会的众人所拍手称快,也得到了原始地产主汉璧礼的热情建议:他建议菜场四周均应敞开,不要砌起让人憋屈的墙。而到了第二年,工部局便搭建了大型的木结构菜场,拥有瓦坡的屋顶,带有气楼,地面则开挖水沟,保持排水通畅和卫生。一八九三年,这座当时沪上最早和规模最大的室内菜场便正式开张了。居民们和菜贩们对菜市场的热情迅速就让原本看上去巨大的菜场人满为患,工部局远没估计到这样的面积原来根本不够用，便在一九一三年至一九一四年，又重新改造了虹口菜场，将原来的木结构拆除，取而代之以两到三层的钢筋混凝土结构。在奶奶的回忆中，虹口菜场不是一般意义的"小菜场"，她个人可以将其称为"大菜场"。在她的少女时代，这里的底层卖蔬菜，二层有水产和众多品牌的舶来罐头、洋火腿、整只火鸡和琳琅满目的水果，三层则可以吃点心。且虹口菜场在当时的一大特色是日本店铺众多，日本商贩在此处以他们特有的方式卖鲜鱼、精肉、烤鳗鱼和一些和果子。奶奶说："那时候喜欢走进去看一看，他们摆放商品的样式都是不同的。但那日本点心也就是看着漂亮，应该不好吃吧，都是糖！"我笑着说她猜得没错。

"那你喜欢吃什么样式的点心？"

"奶油的点心呀，那还是白俄比较会做。"

我小时候的虹口菜场已不复当年万国食品博览会的样子，但依然比一般上海的马路小菜场要显得宽阔，从市郊来的菜农也要相对更集中一点。据说那个时候上海还没有大型的专门蔬菜批发市场，虹口菜场的货源最全，所以很多国营餐厅也会去那里进货。现在看来，奶奶去那里采购的行为颇为奢侈，因为只是冲着一两样西餐的专门食材而去，就要从静安区来到虹口区，跨越大半个上海市区。她会轻车熟路来到某个摊位，捡几个真如产的紫洋葱头，用来做罗宋汤最为甜润；江湾种的新洋山芋（土豆），个头不能太大，蒸完后剥皮粉粉糯糯，有适中的黏度，做沙拉最好；彭浦的卷心菜和番茄据说一直是西洋种，卷心菜剥开一层一层都要水灵灵、硬邦邦，这样口感才会脆甜，番茄则要肚脐凹陷，洋红色不可偏青也不可偏橙，得确保咬下去汁水四溢。奶奶不同于一般老人，她的理念是每样菜都不会买太多,做完一桌菜就是正正好好,切不可隔夜,觉得好吃不远万里也可以再来买。所以她精挑细选之后,所有的收获也不会让她拎得太沉,而我则会心领神会地接过一两件分量轻的,卖力而甜蜜地帮她拎着,这样可以得到一只刚买的、新鲜的番茄作为奖赏。我会很小心地,一边走一边啜吸着番茄甜美的汁水,只是这记忆中琼浆玉液一般的乡村番茄味道,在今天的餐桌上已经很难尝到了。

记忆中奶奶从不用菜篮子,而总是携带和是日外套相配的包袋。等到了小菜场要购物之时,便从包里拿出一只折叠成手帕大小的干净尼龙袋,展开,其巨型程度可以装天地,并且还防水。大多数时间,她的包里会放着大小不一色彩不同的尼龙袋,不占地方又轻便,以颜色区分可以分别装鱼虾、蔬果、鲜肉、干货。而我所分得的小袋子,里面总不会是我讨厌触及的腥气的水产或泛出油来的牛皮纸包的点心,一般总会是几盒新鲜包好的生小馄饨和刚做好的本地松糕,或是夏天的一整只可可加仑冰激凌,也可能是处理得干干净净白白胖胖不会溢出血水的一整只蹄髈,或者是轻盈蓬松的一束不带刺的鲜花。其间可以窥见奶奶对我的精心,也是对食物的精心。

去不同的菜场是为了买不同的东西,比如虹口菜场除了异色的菜蔬,还可以买到上好的青岛水发鱿鱼、宁波马鲛鱼丸;处理得干净得当的猪内脏,可以回家做酱爆猪肝;若说要能顺手带一些糟醉货和腌腊制品,那就要去四马路(福州路)小菜场;大自鸣钟菜场和曹家渡小菜场则有几个清真摊位,牛肉收拾得大气利落,可以买牛腩牛腱子回家清炖红烧,亦可以自己做酱牛肉。时至今日我依然很佩服奶奶,到底是买了多少次菜,才可以得到如此丰富全面的对上海小菜场的认知。奶奶说自己年轻的时候"脚劲"很好,只要是逛吃的东西,可以从康定路一路走到外滩,但如果目的是看场电影,那可能走到半途就要吃个冰激凌补一补。没想到我长大了也和奶奶一样,听说哪里有好吃的,立即兴冲冲健步如飞,但除此原因,就意兴阑珊。所以"荡"菜场的中途休憩也很重要。

一般都会在菜市场附近找家点心店,或者是卖西点的小咖啡厅。上午把第一家菜市场荡完,有些早餐摊档还没收摊,就可以买到油条、大饼、粢饭糕和酒酿饼。但除非是做得极好极馋人的品相,穿得妥帖的奶奶还是不大提倡买了这些东西,在街边的风口里一站,狼狈地啃咬。她还是喜欢有间坐得下来的点心店,康定路的梅园、南京西路的王家沙、绿杨邨属于首选。那时候的点心店,总有个胖阿姨坐在高高的木质柜台后面,她低下头一片乌云的脑后墙上,是黄色绿色桃红色的一片小长方形牌子,上面用毛笔或粗头水笔写着各种点心的名字。奶奶总会把我推到前面,让我仰头到帽子会险些掉落的角落,高声朗读出那些诱人的名字:荠菜大馄饨、鲜肉小馄饨、虾仁生煎、雪菜肉丝面、枫镇糟肉面、油豆腐细粉汤、花生酱冷面配熏鱼素鸡。她总会得意地看着我,直到胖阿姨从柜台里面探出油光水滑的圆脸,吃惊一瞥道:"她会认那么多字啊!"

"她刚刚读出来的,这个、这个、那个,都要。"奶奶骄傲地回答,顺便让我接过一堆小木夹子小牌子,我们便这样吃一个丰盛的上海式的早午饭,临走时还能打包些桃酥和枣泥糕。

对于西式糕点,奶奶一般不会带着我堂吃。逛完菜场路过凯司令、红宝石之类的店,多是让店员拿出一个白色的小方盒子,由她指点着,店员小姑娘会装满满一盒子严丝合缝的小蛋糕进去,出门的时候,奶奶便将手举到半空,极其严谨地提着,小心路过的人忽然撞到。这种时候,我便会明白,在上一个小菜场和下一个小菜场之间,会有一场拜访的插曲。一般奶奶都会轻车熟路七拐八弯,带我走进一间弄堂里的小房子。上海的老建筑光线总不太好,但午后的骄阳也能勉强钻入那些陈旧的百叶窗或丝绒窗帘,造就出一种奇异的、充满悲悯的怀旧光感。

奶奶去拜访的几乎都是比她年纪还大的老太太。最为频繁的一位,是她曾经性格强势的姐姐,我叫她"姨婆",奶奶则叫她"环环"。姨婆住在马当路的石库门,她抽烟很凶,嗓音嘶哑,茶几上铺着鲜艳的蒙德里安台布,拿出给我倒水的玻璃杯也是蒙德里安图案。只要是她开始在屋子里移动,便会顺便把一只宝蓝色的大烟缸也挪动到她伸手可及的地方,里面弹满了花白的烟灰和粗短的烟头。虽然我不喜欢充满烟味的空气,但这位姨婆的好处是,一接过奶奶递上的西点盒子,就马上大刺刺打开,让我直接拿着塑料透明小勺挖奶油吃。姨婆家有个屋顶的小天台,除了晾晒衣服外还种满花草,且有几个笼子里装着她那个不争气的老公养的雀鸟。每当她一根接一根抽着烟,开始和奶奶咬牙切齿抱怨丈夫的时候,我也已经吃足了奶油,便会跑到天台上去透透气。很奇怪,上海多雨,但记忆中只要去姨婆家,天必是晴朗的,天台上拉扯着各种老太太不像样的内衣内裤,被香烟烫出洞的床单和沙发罩布,透过那些小破洞,我看着天空一望无际的蔚蓝。

每次离开姨婆家,她都大方地让我们把没吃完的蛋糕带回家去。我听着这话,一边蠢蠢欲动,一边观察奶奶的眼色,一看到奶奶那张无表情的面孔,就知道万万不可这么贪小。每次走出姨婆这个阴沉沉的家,奶奶总会叹息一路。多年之后,姨婆去世。她连八十岁都未活到,比起九十多岁才寿终正寝的奶奶,连我一个小孩子都能看出,她拥有的是极不快乐的人生。姨婆走时,奶奶几乎有一个月都是那种我记忆中的每次离开姨婆家的表情。

一直到奶奶走后,我才知道爷爷原本是跟姨婆订了婚的,但姨婆强势,不想接受传统的包办婚姻,一定要自由寻找真爱。而这边厢,我奶奶倒是对年轻时候的爷爷有心了,一来二去,成就了两对夫妻,爷爷和奶奶一辈子不争吵,姨婆和姨丈则是吵了一辈子。你很难说这是人的选择,还是天的安排。至少,环环和美美,到老仍是可以说心里话、一起吃蛋糕的姐妹。

读小学之后,我们家搬离了康定路上带花园的三层楼,住进了延平路的新公房。据说这也是奶奶的决定,因为嫌老房子里老鼠蟑螂鼻涕虫太多。从折叠的三层楼到了开阔的平层,感觉面积伸展了不少,采光也好了很多。新公房楼上楼下大多是爷爷单位的同事,所以邻里之间少有龃龉,至少大家表面上都客客气气,维持着科研人员的体面。我也从那一年开始,自己走路上小学,并且自我探索出两种走法:一是从昌平路往常德路,会经过一个大的体育场,跨过胶州路的游泳池,风景甚好;二是从余姚路,路过晋元里,走过有着一座小天主教堂的江宁中学,也能到达我所就读的静安区第二中心小学。

但无论怎么走,都避不过延平路的菜市场。不知从哪年开始,金家巷之前的菜场慢慢延伸到了延平路上,后来干脆就变成了以延平路为中心的大型自由市场。所以我只要从家里下楼出门,就会面对一个人头攒动的菜场。且所谓"自由市场",不同于那种在一栋建筑中的严格固定摊位的小菜场,而是粗略分类蔬菜、肉类、水产等,至于具体占据哪片区域,摊贩们先到先得,甚是"自由"。

奶奶不喜这自由市场的脏乱差，但也挡不住菜场就在楼下，且物资甚是丰富。她也上了年纪，渐渐也没了一天"荡"两三个菜场的脚力，所以越来越多就在楼下菜场采购了完事。时至上世纪九十年代，菜市场里的食材品种也越来越丰富，甚至有点怪诞。比如有一段时间，在水产摊经常可见有人贩售小型鲨鱼，今天听起来简直是天方夜谭，但那鲨鱼便是我在斯皮尔伯格电影里看到的大白鲨的迷你缩影，倒陷下拉的残忍嘴角、三角形背鳍、尖尖的纺锤形脑袋、凶相的眼睛，一样不少。银色的小鲨鱼至今我也不知道到底是鲨鱼的哪一种，只知道奶奶也觉得新奇，买来之后却发现甚是腥气，根本没办法按传统方法清蒸或红烧，做汤更是有种古怪的臭味。但某天奶奶忽然拍脑门想出一个方法，用醋和辣椒做成了一道酸辣鲨鱼，重口的味道盖过了腥味。只不过上海人不惯吃辣，全家人几乎全程边哭边吃。那一年，鲨鱼便宜大块，奶奶掌握了酸辣烧法之后也甚为得意，是以我们家哭着吃了至少有三个季度吧。

　　让人更感有趣的，则是禽鸟摊。小时候我就不喜鸡笼，一股子暖烘烘的臭鸡屎味，且我还不小心被笼子里的鸡啄过，从此就对尖尖的鸡嘴产生了恐惧。但在延平路自由市场，鸡们似乎也自由松快了不少，笼子的空间大了一点，鸡的种类也多了些可观赏的，除了常见的黄黑的土鸡们，还能看见白羽毛的乌骨鸡，带着一片时髦假发一样的冠羽；时而有野雉鸡和绿头鸭，摊贩在纸板上书写两个大字，"野味"，买的人少看的人多；家养的麻鸭虽没有艳丽的羽毛，但"关押"它们的地方倒是挺人性的，只用一个木栅栏围起来，棕褐色的鸭子就在里面挤啊挤的，发出"嘎嘎"的叫声；有时候摊贩也拿些小鸭子过来卖，才几毛钱一个，毛茸茸的让小孩子蹲在地上看着就不肯走。奶奶帮我买过一个,我给它取名"丑丑"。爷爷看了嫌脏,质问奶奶"这是要养大了吃吗",我抢先回答:"这怎么能吃呢? 它是我的好朋友!"

几天之后,"好朋友"就被我养死了,全家人看它歪嘴斜眼僵直在塑料桶里,谁都不敢去扔,还是科学家的爷爷用两根满是皱纹的粗手指将其夹起来,扔在了屋外的垃圾桶里,且语重心长地对我说:"告诉你,这家禽身上是有病毒的!"

直到一九九七年,我才学会了"禽流感"这个名词,而作为新中国第一代流行病学家的爷爷已经仙去。想到当年住在毗邻菜市场的新公房里的经历,我们普通小孩子只是将其当成了一个街巷中的动物园,而爷爷已经开始和他的邻居兼同事们讨论着,要如何整治这些卖着各种奇禽异兽的菜市场,不然必会出大毛病。

回到九十年代初,那时候我从菜市场得来的"好朋友"岂止小鸭子丑丑,还有被"抢救"下来的鹌鹑和它的小鹌鹑蛋、拔掉牙齿的一条小蛇、两只黑橙相间的蝾螈和一篓子被奶奶做成了葱油味道的田鸡。然后面对大菜台上忽然端上的一盆热气腾腾、嫩肉上附着小葱的田鸡,忽然就食指大动。奶奶只挑田鸡腿放在我碗里,我把田鸡腿放进嘴里,细滑的肉质立刻征服了我的舌头和口腔,且这葱油风味真是每个上海人都难以抗拒的香浓下饭口味,当时大家各方面意识都不太强,现在这些东西已经不会出现在上海人的餐桌上了。

一方面是我和奶奶已不知不觉地适应了这下楼直达的自由市场,另一方面则是,到了一九九五年之后,上海的各种小菜场,都在神不知鬼不觉地消失中。一九九五年,对于我的家庭也是个发生重大变故的年份。那一年爷爷因医疗事故去世,和他恩爱了几十年的奶奶再也没力气出门,神采奕奕地从一个菜场逛到另一个菜场,中间还要加个探亲访友的下午茶。从那天开始,奶奶不仅失去了"脚劲",且一双曾经穿着高跟鞋也不知疲倦的三十七码瘦长脚变成了肥白的浮肿脚,走不了几步就需要坐下,用热水泡或冰敷。不能亲自去买菜,自然做菜的兴趣也缺失了。爷爷去世后,一直位于房子中心位置的大菜台也被推到靠墙,大菜台旁边放了一张小床,爷爷生前的写字台也被移到这间屋子,过多的家具顿时让格局逼仄了许多。原因是我要考高中了,总不能像以前一样,在大菜台上边看奶奶挑菜边聊天边做功课吧。之前在安徽插队的叔叔已经回城,在上海找到了满意的新工作,但学区可能还是奶奶家这边的好一点,所以那张小床是为我的堂弟准备的。从那年开始,家有了寄宿学校的感觉,我和弟弟为了节省时间,总在各自做功课的写字台上吃饭,大菜台上慢慢堆满了东西,只剩一小方空间,做好的饭菜会先在上面习惯性地放一放,快冷掉了才被我和弟弟拿走迅速吃掉。

时至今日,已在外地长居二十年的我回到上海,朋友约我晚上吃完饭去延平路或昌平路的酒吧喝一杯。这让我惊诧,从小居住的地方,何时变得如此时髦了。当然,延平路菜场在奶奶搬家之前就已被整个拆除,那也是十几年前的事了。之后奶奶卖掉了老房子搬到离我父母比较近的新家,彻底离开了她生活了几乎一辈子的静安区。新家在闵行区,离住所最近的小菜场也有两三公里路,但奶奶熟练掌握了电话叫车的服务之后,也会不时打车过去逛逛。但她也说,没了孙女的陪伴,也不用再做菜给一大家子人吃,买菜便失去了目的性,也就是偶尔为之,过过干瘾。听到这样的回答,我有点愧疚,自己成了家,也没有保留下奶奶爱逛菜场爱做菜的习惯,一周顶多去北京的新源里菜市场买点水果而已。是以只要回了上海,还是会回到奶奶家吃顿饭，爸爸对此举甚不满意，觉得奶奶已近九十岁，做菜早已老眼昏花，放油放盐都过重，吃了很不健康。但我极力维护奶奶，她做的菜实际味道一点都没变，要说重油重盐，那奶奶年轻的时候做鲞炖肉、红烧肚裆、蒸臭豆腐之类，本来也就是浓油赤酱的重口。我还记得，在奶奶九十二岁去世之前的一年，我买了块肉去奶奶家，她看了眼便说，这肉两斤半，一点不差，我赞她目光如炬，她也很得意："我的眼睛就像个秤。"

爱吃猪油黄油大肉，蔬菜则只挑好的吃一点点的奶奶，最终活到了九十多，去世的时候很安详。除了她的房产，爸爸叔叔最后拿出了她账户里的钱，办完追思会买完骨灰盒之后，一分不剩。我妈妈说，不服不行，老太太真是人生赢家。

而我继承了奶奶的大菜台和留有三十八岁窈窕身材的她的油画像，以及她的老照片和字画，可能还继承了她性格里舍得为食物花钱，为小日子"下本"的大手大脚。爸爸捧着奶奶的骨灰盒，她即将去到一个新的地方，在那里她会和爷爷重逢，或许也能碰着她故去的兄弟姐妹，曾经一起吃吃喝喝的老太太闺蜜们。我心里想着，奶奶最不用小辈担心的，就是去到一个新的地方，因为她总能为自己找到生活的乐趣。还记得她搬离静安之前，我爸爸问她留恋吗，她回答："我性格里最好的部分就是，不留恋，向前看。"

现在想来，这也是我奶奶遗传给我的，最好的性格。

殳俏　　作家、编剧。先后在《三联生活周刊》《周末画报》等多个媒体开设个人专栏，期间出版《人和食物是平等的》《吃，吃的笑》《贪食纪》多部文集，翻译作品有安伯托艾科的《带着鲑鱼去旅行》等。小说《双食记》《厚煎鸡蛋卷》等被译成英文、泰文及意大利文。殳俏亦是一位美食工作者，曾担任《悦食 Epicure》杂志出版人、主编，纪录片《悦食中国》制片人。在影视领域，殳俏编剧的作品有电影《秘密访客》、网剧《摩天大楼》《双食记》等。

记忆深处

写作，再写作

林　白

种子吗？不能确定

武大时，有门专业课"古籍整理"，还有一门，叫"古代文献编目"，要背一些古籍书名，《十三经注疏》孔颖达注，这些。我虽对注疏体有印象，但基本是沉睡状态。况且，我的"古籍整理"课只考了六十多分。勉强及格。

古籍整理的老师倒还记得廖延唐老师，他腿脚不便，走路一瘸一瘸，用他的话，是"不良于行有年"。他家住汉口，每次来上课，须从汉口坐公交车到武昌珞珈山，再翻山越岭到教室，真是难为。廖师的著作《古籍编目》《古籍整理》《中国古籍整理分类》都是高校专业教材。五经中《礼记》，他最有心得。惜我不学。他后来调到湖北十堰去了。

大学班群里有同学记性好，还记得四十多年前廖师出的古籍整理考试题，著录宋版书，作者是：濠、舒二州刺史佩紫金鱼袋独孤及。问的是，著者的身份、姓和名三种。古籍我们很生，更没想到古人还有挂彩色袋子以区别身份及显示皇上恩宠的。而且，谁知道"独孤"是姓呢。于是有同学著录作者："鱼袋独，字孤及"。出了"字孤及"笑话的，我好像亦在其中。有同学回忆起廖师讲课提到皇帝的妃子，他说是"皇帝的爱人"。而讲世界历史的张继平老师，把奴隶社会的女奴隶说成"奴隶社会的女同志"，可见一九八〇年代初思想的禁锢，"妃子"和"女奴"这样的词老师还不敢用。那时班上有个小组研究陈独秀，但最后改成研究李大钊了。我也才知，陈独秀竟然敏感。

廖师有学问，他的研究生要上这些课：如中文系宗福邦先生的"汉语音韵学"、罗邦柱先生的"训诂学"、哲学系萧萐父先生的"佛教哲学"等。也是听同学回忆才知，老斋舍上面的古籍馆有大量古籍，古籍书页还能看到抗战时期武大西迁在江中遇袭古籍遭水泡浸的痕迹。而老斋舍最顶层，正是我们大一大二时的宿舍，我竟不知道，自己离大批珍贵古籍仅有几十米之遥。班上学习最好的女同学，曾打算考廖师的古籍整理与版本学研究生，看了一年书才鼓足胆气去找他，却被告知他已不能再带研究生，因不是副教授。

《北流》的注疏体结构，最初的种子就是这里吗？

我不能确定。能确定的，只有那一刻，被激发的、电光乍迸的一刻。

"注疏笺"，也许不是从外部照亮此作的结构，而是从内部，触发、启动了作品内部的光明。是这样吗？

因了注疏笺结构，《北流》便有了一个最完美最恰当同时也最开放的容器，这个容器可以随意放大和收缩，无穷无尽注下去，无穷无尽疏下去，如果不刹住，还可以装下很多东西。

打开身体的途径之一

学院精英知识分子似乎是不屑一顾的吧。但我一直有一个街舞梦，这梦想自上世纪六十年代始，由芭蕾舞、民族舞、现代舞演化而来。我时常望见广西北流县城公园边一处宅院的堂屋，我和小学同学张金荣在编舞蹈动作，主要是我编。我热爱编舞，动作极之有力，全无柔韧度。当然那是一首有力量的曲子，《红色娘子军》主题歌，"向前进、向前进，战士的责任重，妇女的冤仇深……"那是一个班级的舞蹈，用于学校晚会。很多年里，我热爱舞蹈胜过写作。

封控期间，在社区群撞到一个街舞老师，她满足了我所有刁钻的要求：每次课的日子由我定，场地须步行可至，时间须是晚上九点之后，且要照我的要求编舞，舞蹈风格，不要男生那种又累又脏还擦地板的，要女性，但又不要太女性，妖娆的动作可以有一两个(长时间没有女性意识了)，主要是那种英姿飒爽的。

她通通答应下来。于是我们顺利接头，因正在看湖南卫视《声生不息》，就找了粤语歌《红绿灯》，掐出其中三十八秒练了起来。一边练一边想到，还有一首重要的粤语歌一定要请她帮我编出，就是《北流》尾章那首，《宇宙谁在暗暗笑》。

小暑大暑节气，暑气蒸腾，每日三十四五度、三十七八度高温，但街舞不辍。街舞，它打开身体的过程复杂而快速，在速度中又要兼顾律动，人像一条触电的蛇，一秒钟之内有四个清晰的点，某个点稍模糊就不会好看。真是极吃功夫，能比画下来已然不易。但每次跳完，内心又无比快乐。

孩子觉得与我可沟通，推荐《中国说唱》节目，让看一个万妮达用福州话唱《没这事》。看后，觉得真是不错，歌词有滋味（抄几句：侬哥出去学本事，归来船中真鼓唱，船头白米船尾线，闽江江水都流向，流向长乐的海……莫问前程莫问归期，如三月的水仙花，戴戒指，戴手镯，戴筷子，戴角角），音乐又很洋气，整体表达有力，并非照搬欧美音乐。觉得这类唱词，亦算中国当代文学最有生机的部分。想起近时看的青年作家张天翼的小说，讽刺某些在审美上完全没有主体性的中产阶级，给女儿穿个衣服还得对标英国威廉王子的公主，听个歌也必须是爱莉安娜·格兰德才算够品位。

现在电影戏剧小说也越来越多用方言了，观众的认知似乎有了变化，往时普通话讲不标准就胆怯，本土的歌也总比洋歌土一截。这真是一件值得思量的事——好像扯远了。

回到街舞，一个六十四岁的人，在写作了四十五年之后，要到街舞和说唱中吸取能量，是文字表达疲惫了？需要找到更具身体性的东西，让身体激发内心，身心融合激发能量。我是这样吗？

想起二〇一九年到方庄画画，也是夏天，坐地铁又打车，也是极之热，然后又是兴奋得废寝忘食。大概那时也是身心融合了一时，如此，二〇二〇年才写出一堆诗，又同时，五十多万字的《北流》倒腾了好几个结构，终于成型。

那些身心融合的时刻，不时散发微弱的光，能量就在其中。

女性主义写作/八十年代之子

受到西方女性主义理论的影响,我还是认的。

一九八八年我在广西电影制片厂文学部,夏天去北京组稿,之后又去香山,参加中国影协主办的国际电影讲习班,那两个多月,观念滚滚而来。

那一次,哲学美学的书买了不少,波普尔的《客观知识》、康定斯基的《论艺术的精神》、苏珊·朗格的《情感与形式》,同属于二十世纪西方哲学译丛丛书,上海译文出版社出版。我在每本书的扉页郑重写下自己的名字,一九八八年六月五日购于北京王府井书店。另一日,又是王府井新华书店,买了雅斯贝斯的《时代的精神状况》、马尔库塞的《爱欲与文明》,并坐在书店门口的台阶上迅速读完了两本书的译序。

那本波伏娃《第二性——女人》,桑竹影、南珊译,湖南文艺出版社,扉页上也郑重写下"一九八八年六月七日购于北京左家庄"。这些书都没有通读,只是看了序言,我在《第二性》的序言一和序言二上用蓝色圆珠笔画了很多线,在序言二上画线的那句话是:"但是她们仍然无法成功地过一种完全自由的生活。"

我收获了震荡,以及,一堆新名词。

没有消化。没有形成自己的筋膜。

然后我坐公交车去和平里中国影协集合,去了香山。那段时间,看了八十多部经过挑选的各种流派的电影,从改编自罗伯-格里耶的《去年在马里安巴》《不朽的女人》(又译《不凋的花》)到改编自乔伊斯的《尤利西斯》。

记得的还有，安东尼奥尼的《奇遇》《放大》，黑泽明的《乱》《罗生门》，库布里克的《发条橘子》，威尔斯的《公民凯恩》，霍夫曼的《宝贝》《野战排》《达斯加》，还有《日落大道》《邮差总按两次铃》，以及《美国往事》《毛发》《目击者》《玫瑰之名》《莫扎特》。

它们滋味各异，有的爽滑，有的奇涩，各种营养在我体内暗暗游荡。

这届讲习班里有北大伍晓明，他是几十号人里唯一的文学界人士。我们去樱桃沟散步，他说我语言恶毒，而我从未感觉到，故至今记得。谈尼采哲学、结构主义，他说文学界已经烂熟的东西电影界刚刚接触。总之认为文学高于电影。临别他送我一本他翻译的《20世纪西方文学理论》。此后再无联系。

前段时间参加一个论坛，主持人谈到思想的时代和观念的时代，认为晚清、"五四"、延安时期、一九八〇年代，都属于思想的时代，眼下是观念的时代。想到在一九八〇年代我受到许多思潮的灌溉，说是一九八〇年代之子，大概也不算太离谱吧。

一九八八年，这一年买的书还有《生命中不能承受之轻》《菊花与刀——日本文化的诸模式》《洪堡的礼物》《蜘蛛女之吻》、刘晓波《选择的批判》、伍尔夫的《达洛卫夫人》、萨特的《理智之年》。《第二十二条军规》(这一本是借的)，林语堂《中国人》，《北纬42度》《劳伦斯诗选》《立体派与未来派绘画》……

一九八六年我借调到广西电影制片厂文学部，当时的文学厂长兀进让我给开一个书单，说要读点年轻人读的书。开书单，实不是我等浅薄之辈该做的，但我愣头愣脑，马上开出：《梦的解析》《艺术哲学》《美的历程》《乡土中国》《人论》《万历十五年》，等等。然后他很快看完，而且在他新写的作品中尽数用上。

这就是一九八〇年代的文化氛围。

遇到美学和法语

李泽厚《美的历程》初版于一九八一年。前一年，一九八〇年九月武汉大学开美学课，哲学系的刘纲纪老师授课。时任校长的刘道玉率先实行学分制，不分文理，人人可名正言顺选修。理学院一楼的大阶梯教室坐得满满实实。美学，多么振聋发聩的词，多么神秘的课。人人都想去听一耳朵。

座位要抢，很是稀罕。下午两点上课，上午十一点就开始占座位，中午一点教室就熙攘起来，到我去时总是只能找到最远的座位了。

在笔记里写道：美学越来越玄，已陷入神秘的深渊，精神的异化，"在对自然的物弃中实现自己""人的对象化"等等。从古典美学(费尔巴哈)中得到的安慰是，人只有在审美时是自由的，在科学认识中要受法则的限制，在道德范围内要服从于大多数人的利益，从功利观点出发则更无自由可言。而艺术是超越一切的！

这一年秋季开学，除了选修美学课，还选了法语课。男教师过于年轻，穿着白色的确良上衣，讲课从不看学生……他自说自话。那时要求每人选第二外语。班上同学选德语的多，选日语的也有七八个，仅我和另两位选了法语。内部消息说，因武大与法国有文化交流，学好法语可以公派法国留学。有人有此志向，我则完全没有。我选法语课出于一个古怪理由。因刚刚读完《战争与和平》，自以为学了法语，就可直接看懂旧俄上流社会的做派，跳过沙子一般的注释。到了跟前，我们班却只剩了我一人去上法语课，那两位同学临时改了德语。

后来我们班有两位在德国完成博士学位并留在了那里。一位在波恩大学当了教授，有时出现在央视上。另一位女同学在不来梅，是成功的企业家。她又有深厚的文学素养，出版了四卷本的大长篇小说。我每在公众号上看到她的文章都要收藏，常常是一篇短文就波澜壮阔。中国当代历史，仍是我难以想象的。我们班一些同窗，每个人都是一部《红楼梦》，看了他们写的文章总觉得，我写得实在太不够了。

文章到底是有限的吧。《妇女闲聊录》，那些人的声音、那广远的空间时常是有召唤的。我也忍不住把听到的记录下来。

美学课期末要考试。一九八一年元旦，夜里九点多小杨从中文系回来，脸色凝重，带来一个爆炸性消息：刘纲纪去了东门，透露了考题体例，说，名词解释仅两个，一共六十分，一个三十分。这意味着，要把名词解释作为论述题回答，我们准备得太简单了。而达不到八十分选修课就不算学分。我们都紧张起来，讨论、理思路、看笔记，直到深夜十二点多。同室四人，都觉得面临了新的危险。一周后，美学课在学生俱乐部(食堂改的)考试，比听课的人要少，仍乱哄哄的。试题发下来，试卷还未有，做完填空题才向邻座不认识的女同学要了一张卷子，然后与小杨对半分。名词解释果然是两题，一共六十分，"美学""优美"，两个名词解释，按笔记的线条答。美学从哲学中分离，历史上对美学研究对象的看法，以及自己的看法，没有展开，九点多就出来了。

"狞厉之美"，若《美的历程》那时已出版大销，我们会对狞厉的美更感兴趣吗？"狞厉"，而非"优美"。未经启发，我们全然不知狞厉也会有其美，我们只知道优美和壮美。"青铜器上的饕餮之纹饰是神秘、恐怖、威吓的象征，它们指向一种无限深渊的原始力量""为了摆脱动物状态，人类最初使用了野蛮的，几乎是动物般的手段，这就是历史真相。历史从来不是在温情脉脉的人道牧歌声中进展，相反，它经常要无情地践踏着千万具尸体而前行……吃人的饕餮恰好是这个时代的标准符号……它的神秘恐怖正是与这种无可阻挡的巨大历史力量相结合，才成为美——崇高的。"(摘自《美的历程》)但我更感兴趣的是"古拙之美"，笨拙古老、姿态不符常情、长短不合比例……我希望自己的作品也能写成这样，铺天盖地加上速度感，何其蓬勃旺盛，有气势。

我们上美学课、期末考试之时，无论"狞厉之美"还是"古拙之美"，都还在路上，大概在出版社的校样上，还要再过若干年，我才能碰到这些词。美学课使我收获甚大，新的启示、一些朦胧的感觉有了理论的清晰，开了艺术的眼界。是的，刘纲纪老师说得不错，美学是与整个人生有关系的大学问。

热烈的创作状态

二○二○年，是一种热烈狂放的创作状态。写了一本诗集，一天写成长诗《植物志》初稿，大长篇《北流》的主要几稿也在不同的结构中狂飙而至。能量尽出，可以说是燃烧。但也并不像顾随所写"英唯美派诗人沃尔特·佩特说喜欢碧玉般燃烧着的火焰，虽燃烧而是沉静的"，我并不是沉静燃烧，而是像一根饱含松脂的松木燃烧的样子。那段话写得可真好，沃尔特·

佩特一八七三年发表为唯美主义宣言的《文艺复兴:艺术与诗的研究》,该书结论部分写道:"我们生命中真实的东西,经过精炼,成为闪闪发光的磷火……这种强烈的、宝石般的火焰一直燃烧着,能保持这种心醉神迷的状态,这是人生的成功。"

《北流》的语言

《北流》,修改次数多,人称变来变去,方言与标准语的比例也调来调去,到最后,各种语言比较驳杂。项静总结了《北流》的几种不同的语言方式,有一二三四。她说方言大概占了四分之一的比例,这部分像根茎一样,插入普通话或者是其他语言没法介入的一些缝隙里面,使得小说里面的生活特别扎实。另外有比较犀利的语言,《一个人的战争》那样的,特别青春的、成长的、有韧性、有冲撞性的语言。当写到北京、香港生活这部分,又是另外的语言风格,可能是更平实的、更稳重的,不断试图覆盖这个世界的语言。还有一部分,像"文革"时期的语言,这是忠实记录的非常卑微的语言,不太有个人态度在里面的语言方式。

语言的活力从何而来?

是在千军万马解甲归田中吧。把刀枪剑戟铠甲统统都解了扔掉,跳一下,又唱一唱,或者喊上一句,静默也是好的。长的短的,密了又疏,疏了还密。"石分三面"阴阳相背,都由它去。但要注意墨法,线条的质量……这个说的是中国山水画。

北宋的山水画,若无皴法的发展,山水画的山石就会语言贫乏,画面就会无味。语言,最基本的,是一种肌理吧。近时翻了几页《宋画史稿》，牵强地想，好比皴法出现之后，画家们在山水画以往的空白区域中发现了巨大的发展空间，将现实生活中千变万化的石头通过笔墨创新转变为山水画的主体。那么，在长篇里加入方言，就相当于使用了某种特殊的皴法，小说整体出现某种明暗度、某种语感上的阴影，从而有了一种变化的质感。读者可能对此不适，但小说家要大胆前行。

重复，或者重叠

《北流》有一些之前写过的人物、情节等等，并非重复，而是一种重叠，是一种变奏的重叠，一种叠影效果。有时间的意义。

重复是必须的，因为它们一直未完成，能量没有消散。

《北流》，可命名为，"螺旋般的重复"，螺旋般的重复才有螺旋般的上升。一部作品接着一部作品上升到现在。

"牺牲自己的舞蹈来发现一条道路"

鲍什·皮娜："我必须牺牲自己的舞蹈来发现一条道路。"一条什么样的道路，牺牲了舞蹈的什么，要看她的人生和作品。想到己身，也是要牺牲自己的小说(所谓不像小说)来发现一条道路的。这道路，清晰与模糊交替，写时会忘掉，写完一段就又想起来了。写完《北流》放到面前看，就是这样一条道路吧，更适合自己的写作方式，放弃故事中心，散点(像中国画)，集中让记忆中的事物更为清晰丰盈地写出，一点点写着，从极远极深处,记忆当前,变得更饱满,过往更少流失,甚至溢出性地参与了现在的生活。

叙述

叙述语调一定要沉下来。沉,浮的反面。

真实性在于叙述语调,描摹、描写不能达到的,冷静的叙述必能达到,有些不合适的描摹及对白,会假。

《北去来辞》,虽写作时间长,但有连绵的愉悦。终稿后不但没有以往完成一部长篇时的极度疲劳,反有一种喜悦,有再写一部的冲动。

下一部长篇,要回到我原来的"缠绕"的叙事文风。

慢慢找到语感,语态也定一些了。要既朴素又不失于简陋,不易,何况还想用一些方言。处理成,叙述几段后抽出关键词用仿宋镶嵌,再分行,镶嵌在整体里,既能起间隔作用,提神,又提示某种文本性、文本的特性(类似于音乐中的调性?)……整体的节奏也会生动一些,仿佛诗歌。

一般小说写不下去的理由有两个,第一,缺乏动力,叙述的动力。第二,缺少切身的实感经验,没质感。或者有动力,动力驱动着向前走。或者,有实感经验,让世界自发涌到笔下——两者皆无只能歇菜。

写自己真正感兴趣的东西才可能有心理动力,之后才可能显示出叙述的动力,然后才能找到叙事动机。

若梦呓诡异能使小说的内部空间多一点气象,无不可。

回到叙述者,回到想象中的记忆,但也不是非虚构,也不是传统的虚构,或者可称之为反虚构? 虚构与虚构达成和解。

要找到一个跟现实平行的世界,或彼岸,或死亡,或远古,或梦境……但这个视觉需要隐蔽。

对塑造人物的写法已经厌倦。

一部作品要跟自己的生命体验有关,不要那么完整。最大限度的自由。

短篇和长篇

为什么要写长篇小说? 长篇更接近一个世界,人物地方山川河流于其间来来去去。短篇不同,人物刚一出现就消失了。短篇不能托着你,而长篇则像大地牢牢托着空虚的写作者。若你漂浮、缺少现实感,写一部长篇就好了。然后,在新的长篇中重新爱上自己。以此达到对自我的充分肯定。

短篇需要一道闪电,长篇需要一道又一道的闪电,还有雨、雪、风、沙、灰尘、雾霾等等,然后从霾里开出花来(假如开得出的话)。

写长篇可以让自己越来越有耐心,越来越耐得住寂寞。我感到所有长篇小说才与自己血肉相连,写短篇无法获得内心的安宁,干别的事情不能使自己感到真正的愉快。

短篇是艺术,长篇是于空茫中独自前行。前后不见人。

不能把小说写得娇贵,这也缩手、那也缩脚,要冲破小说的常规,粗野地冲开。

写长篇就是找到一处悬崖,然后爬上去。一开始会看不清这悬崖,太高了,树木映掩,不确定哪条路更合适,但首先要抓住一棵树，一步一个脚印慢慢上，经常是上到一半才发现，脚下的路不合适，这时就得下来再找新的路。假如不够幸运，你会再次发现，还得下来再重新寻找。怕就怕，在错误的道路中间进退两难，上得已经足够高，上是上不去了，下也下不来，这时只有纵身一跃了事。

长篇常常要消耗很多时间和体力。

但，为什么还要写呢？或者，写长篇是出于贪婪，贪婪一种绵绵不绝。

或者，找到一种生命感，通过写作使自己生机勃勃。

不要想着写一部完美之作，要自己放松，一切就会奔涌而来。接受那些源源不断来自街上的信息。

取之不尽的个人总体性，放弃编故事，对世界就是这样认识，赤子情怀即可，长篇自有天成。

自我

经常自我怀疑，经常打击自信心。自我肯定是生命的内在本质、内在质量所在。

要对自己的狭隘和偏见有警觉。最大限度地克服虚荣心。

学习与万物共处、以非受限的态度写作。过于讲究会把自己限制死。不要写得太小心，世界有很多偶然，很多旁逸斜出。小说要浑然。有时逻辑模糊理性稀薄不见得是坏事，当然不是以此为目标，而是在某种自然之中。

在自我肯定与自我怀疑之间度过自己的黑暗时刻，黑暗时刻不是身处牢狱，而是心在牢笼中。

在作品中抵达虚无是一件极难的事情。高不可攀。把万物写消失之后，独自面对浩瀚宇宙，而宇宙也虚空了。

待在正在写的文字里如同与自己的至亲素面相见，无论好坏心里都是欢喜，安宁的。

完美的自我要求是一种恐怖的压力。

从小王子的驯养想到自我驯养。找不到驯养的对象，可以自我驯养，通过驯养找到活着的意义，将自己的生命视为需要好好善待和建立联系的对象。

自然而神秘/日记一则

二〇一九年二月十二日，一边读顾随《讲曹操曹植陶渊明》，一边改长篇《降落伞》(次年改为《北流》)，每一页都有启发，曹操、陶渊明讲得尤其好。

说到自然，"故陶诗之冲淡，其白如日光七色，合而为白，简单而神秘……中国文学是简单而神秘，然所谓简单非浅薄，所谓神秘非艰深"。

自然而神秘，是文学作品的最高境界。真是无比向往。见贤思齐是不可能的……

又看到顾随说，《楚辞》缥缈(书不在手边，这个词的写法好像不对)，《诗经》贞静如花如云。

写《北流》时的随手记

状语和主语最好不要,所有形容词,两个字的最好改成一个字。以前没发现,一句话中的状语往往就是废话。这回倒是一眼就看得很不舒服了。

比如晦暗,或者用晦,或者用暗,晦暗就有点文艺腔。又比如灼热,也是有点文艺。

晦暗,在句子里其实也是可以的,但是在某些句子里,觉得还是不够稳不够朴素。

小说是理清自己和世界的一种重要手段。螺旋般上升的重复,使人安宁喜悦,仿佛时光被一次次叠加。

不要塑造人物,就让人物走马灯一样生生灭灭。

人物,主要人物永远不成熟。人物成为顺生活之流而下的死尸,每一个人都在走向自己的深渊。

每天重返第一人称就会有一种落地感,心中感到安然。

书写者假如要求完美,就会胆怯,后退,会过分小心。所以要不怕失败勇往直前。

只想着看清昨天是怎样的但一直无法看清,因为昨天连绵不断,昨天潜伏到了今天,昨天的不堪与可笑无可救药,我想把它揪出来但昨天已经生成在我的身体里,为了把早已失效的昨天变得稍微有效我选择写作。

叙述,是要把我对世界(世界就是素材)的态度告诉你,所以泥沙俱下浩浩荡荡。

改长篇题目为"织字九卷"。"织采为文曰绵,织素为文曰绮"(《六书故》)。

读《追寻普鲁斯特》。经过第一次世界大战,《追忆逝水年华》获得新的养料,所有的细胞拼命增生,从原来的初版的五百页变成了两千五百页,三卷到七卷,植物的迅猛生长使建筑物的墙面四分五裂。忽然有一个狂想,觉得我的长篇也可以发酵增生,这样可就写得太长了。写《北去来辞》时,写到四十万字,觉得它已经变成庞然大物(之前的长篇小说都是十几万字的),忽然感到,我所碰到的任何东西都可以用来喂养这个庞然大物,现在《织字九卷》好像也变成了庞然大物,也到了要很多东西喂养它的时候了。

文学跟生活一样,也是不能预设的,更不能预知。想起《北流》,二〇一三年底开始,写了七八年,一直到二〇二〇年九月十三日,才出现了注疏的结构形式。

是的,我对创新,对所谓创新并没有那么热衷,只是把我经验里的人与物写出来,说起来,几乎我所有的作品都是天赐的,所谓天上掉下来。也可能,自己慢慢往前走,时间慢慢生长,内心的体量在增加,很多东西就来了,自己也就能感受到了。

选择了这个结构,就应该承担这个结构所带来的一切不适,以及它带来的众人不理解。这都是我应该承受的。

又当然,阅读有些障碍未必是坏事,读得那么流利有什么好,不免滑腻。有些方言很古,放入句中,整个句子都会变得特别,不注释也能大概猜出来,如此即可。

小说写到这时候,终于确认句子不能过于完整,太完整则太规范,而规范,是我要尽量避免的。状语宾语应尽量去除。一遍遍地减了不少,包括主语,有时觉得去掉更好。这是当然的。去掉主语,可以在人物视角和作者视角之间有一些模糊。

当然,《北流》的文本是开放性的。

《突厥语大词典》,完全可以把一部分编织进去,理由留给罗世饶……在天山北侧展开游牧历史的,是突厥裔的各民族。突厥人毋庸置疑是亚洲人种,所以亚洲北方派的阿尔泰语系。罗世饶要去天山脚下,这就连接起来了。

陈地理眼中,有许多个宇宙,白宇宙和虚空宇宙、沙漏宇宙、螺旋宇宙、黑白宇宙。

死亡可以摧毁脆弱的生命,就像一头狮子。人会一次次地生也会一次次死,他说你放心吧我还会再来的。

希望通过这部长篇改变自己,这是难的。但难不难可以不考虑。

想起《追忆逝水年华》里的话,对爱情的认识具有间歇性,感情一出现,认识即消亡。"他并不知道总会有一天他的爱情的痛苦会献给另外一个人……我们恋爱时,爱情如此庞大以致我们自己容纳不了,他想被爱者辐射,触及它的表层,被截阻,被迫返回到起点,我们本人感情的这种回弹被我们误认为对方的感情,回弹比发射更令我们着迷,因为我们看不出这爱情来自我们本人。"有意思。

出来这一句,"她有时候还是会想起他的,但不是怀着温情,而是怀着怅惘",在后来的许多日子,这些语句一直跟随着李跃豆。最后,它们成了她内心的语言。这是我为她找到的第三人称主观视角。

发现只要语言使用正确,烂泥一样的内容会变得结实。语言正确包括节奏、简繁、色彩、语调等等。写作中没有烂内容,只有烂语言。

语言本质上就是虚构,因此在虚构的世界里,只有虚构的成立，没有其他。

在《降落伞》加入火车手记，所有分布散乱的梦境，通通收摄于火车手记，这样时空腾挪即可自由。自己的诗也可以进入。这样整个感觉就会不一样，后面因为有《金刚经》，前述的描述都可以转瞬即逝，没头没尾。原稿觉得不够深情，这样处理，在虚空中就可以有深情。

散记

告别唯美。唯美是一个人青春期的价值观/只有小孩子和年轻人才对光鲜亮丽的东西感兴趣，而忽略事物的本质价值。

语言太规范是一个问题，不必太讲究法度，早已冲破牢笼就不要再回去，完美是一副枷锁，不要追求完美。不要太计较作为一个作家的得失。文学不仅仅是审美。远远不只是审美。

不宜用全知全能视觉，因为无法判断，只有在历史中才能判断，将来才能知道这到底是生机勃勃的时代，还是行将毁灭。

何者为佳，只有神灵知道，人是不能知道的。

《诗经》的一些，大学都讲过，却忘得一干二净，后来看到重新觉得新鲜。比如伊人，毛诗序里说，是指"知周礼之贤人"，又《国风》，本以为"男女相与咏歌，各言其情"，但据说古代并非如此理解。

或者是，原来学的，在上世纪八九十年代被西方进来的理论冲刷了一遍，冲刷掉了，要过十几年才想起来。写《北去来辞》时，才又重读古代经典，孩子的《古代作品选》，一共上中下三册，从《诗经》开始，每天读一读。这样，才重新看待中西……

关于诗意,绝不是指诗情画意,而包含一种迷惑性、充满不确定性的可能,一个旧的东西通过诗性变得崭新。

明代李梦阳、何景明"前七子",其结论:各种文学的创建之初虽不精致但精神弥满,可谓"高格"。但,只有粗糙,而没有创造性的东西仍然不是高格的。重要的是精神弥满,精致有时候更容易滑向凋萎。尤其是,有些细节做到极致,但是在看不见的什么地方生命力却彻底萎谢了。

黄庭坚《西山碑》中宫收得紧,小字严谨,大字有气势。小字如大字,大字如小字。启发是,短篇可以当成长篇写,长篇可以当成短篇写。蛮多的短篇通常足以构成长篇的事件和人物转折。门罗有些短篇,时间跨度相当于长篇,《声音》,叙述的调子……但当然,长篇短篇的互换,并非那么简单。不是说得容易,甚费思量。

要非常朴素、没有观念地写出自己内心真实的东西,不要任何修辞。

简约而自然,可称"简然"。

晚年的写作要更有解放感和自由感。

年轻的时候有自我戏剧化的倾向,这样不能培育健康的人性。诗人容易情绪伤感,会有意造成一种情绪氛围使自己沉浸其中,然后从假想的自我怜悯中取得满足。这是要特别警惕的。

可能读的和正在读的

《基督的最后诱惑》,购于一九九〇年代初的济南,是同行一位朋友的建议。当时我认为,朋友本人与此书有很大关系。二〇〇〇年我去走黄河,他陪了我黄河入海口那一段,但后来在《枕黄记》里我写的是一个虚构的形象,跟他本人没太大关系。之后他就失联了,二十年无音讯,二〇一九年十月份联系上并见了一面,从中午聊到下午,然后再次失联,微信号也销掉了。下一部长篇很想以他为原型写一写,以《被拯救的威尼斯》拉斐尔为源泉。朋友说他"没被选中",我理解是,这种更高意义上的"被选中",只有殉难可以匹配。

正在读的,是阿兰·布鲁姆"爱欲三部曲"中《爱的设计——卢梭与浪漫派》。大学时很认真地读过卢梭的《爱弥儿》,后来就忘了。现在又一点点想了起来,并重新确认,爱欲是一个需要认真对待的伟大主题。把爱欲解释为性的唯物论的科学,并且缩减为两性关系,于是爱欲天生携带的想象力、神秘感和激情都在越来越快地消失。

还没读完,天越来越热。每年夏天都是,天一热,视力就减弱。于是暂时少看书,改为在喜马拉雅听书。有天早上起得早,一边喝米汤一边听高尔泰写他大姐的标本簿,一边怀想着那本遥远的、并不存在的《江南植物志》,很快,我听到了蓝姐一生的际遇,口中的米汤咽不下去了……那些惊心的文字,再也不能在食时听到。临睡前亦不能。

林白　　著有长篇小说《北流》《北去来辞》《一个人的战争》《说吧,房间》等多部。中篇小说《回廊之椅》等多部;诗集《过程》《母熊》。获第三届北京大学王默人-周安仪世界华文文学奖、华语文学传媒大奖年度小说家奖、老舍文学奖长篇小说奖、人民文学长篇小说双年奖;"花地文学榜"年度长篇小说金奖。荣登《亚洲周刊》2022年度十大小说、《扬子江文学评论》排行榜首、《收获》年度文学排行榜、《南方周末》年度十大好书等众多榜单。

谁为含愁独不见

——郭良蕙和她笔下的女性人生

王　宁

到 2023 年六月，台湾女作家郭良蕙去世十年了。她年轻时独自一人去了台湾，中年时心念家人，却难以回来了。在两岸可以自由往来的那个年代，我通过她的哥哥姐姐认识她，通过她的作品了解她，说来已经是二十多年前的事了。对中国女性共同的理解和怜惜，让我们彼此有了知己的感觉。

郭良蕙的小说最早介绍到大陆来的是《台北的女人》，这本一九八〇年出版的短篇小说集，使大陆的读者看到了台湾的经济发展，人们的生活水平不断提高，台北已经成为一个发达的大城市。但是，台北人，起码是台北的女性并不快乐。城市的发达造成的喧嚣与人们的忙碌产生的人情淡漠，给各阶层的妇女带来种种幽怨和寂寞，使她们无论有资产或无资产都掌握不了自己的命运。从这本书里,我们已经看到了郭良蕙作品的深度。她把眼光从城市的大背景延伸到一个个家庭中,在万家灯火的辉煌里看到了百叶窗内跳动着的一颗颗真实的心。

郭良蕙对女性有深刻的理解与认识,对女性的婚恋及被其影响的命运有着自然而然的关注,这就形成了她对台北、对人生的一个特殊的观察角度。她的作品显示出锐敏的时代感觉,拿她的《台北一九六〇》和《台北的女人》相比,其间相差二十年,已经可以看出两种不同的生活状态——妇女们从封闭的家庭到打开房门走向社会,从为温饱寻找出路到为精神寻找归宿。经济发达了,社会的不合理反而更加凸显。生活的现代化与传统道德习俗不谐调地并存着,给人们的心理带来种种矛盾,并且深刻地影响着各阶层妇女的命运与心态。于是,形形色色的妇女形象,产生在郭良蕙的笔下:有的因追求事业的成功而牺牲了爱情和家庭,造成了终身的寂寞;有的为了爱情和亲情抛弃了事业和舒适的生活,忍受着迷茫与失落;有的被封闭在富贵家庭的高墙里,由于对社会知之甚少而终遭欺骗;也有的在开放的花花世界里醉生梦死,以致失落了自己的前程与清白。贫穷固然带来人生的许多遗憾,豪富也会成为不幸的根源。不懂得把握自己命运的女性自然难免失败,执着地追求既定目标的"女强人"却也时常暗自以泪洗面。懦弱者遭到一次打击便永远倒下,抗争者虽顽强拼搏,最终也会无助地倒在途中……郭良蕙以女性的细腻和柔情,把她的主人公安置在一个个真真切切的环境里,娓娓动听地讲述她们那些真实可信的故事,通过她们不同的命运,展现了半个世纪以来的台北生活。

郭良蕙的心里有许多的愁与怨,因为她体验过社会,也反观过自身,她的作品是批判的,但她只用自己独特的方式来进行批判。她的作品在歌颂道德,歌颂纯情,歌颂关怀与宽容,歌颂求实与奋斗的同时,也在暴露自私、低俗、残忍与欺诈。她并不直接袒露社会表面的、外在的恶,而是通过主人公与外在恶的冲突,去总结人生的经验和教训。她用自己的清醒去触碰人间的不幸,满怀同情地写下那些盲目的欲望冲动、盲目的一厢情愿、盲目的舍近求远和盲目的亲恶远善所酿成的悲剧。她在讲故事,绝不用议论与说教,连借着人物的口来教训读者也极为稀少。她的作品在可读性上很像言情小说,但就观察社会和反映现实的深度而言,又绝非那些编织故事取悦读者的才子佳人小说所能相比。她让人物沿着自己发展的必然逻辑去做自己必然要做的事,从而引出这些做法必然产生的结局,让这些有着浓烈悲剧色彩的结局,去唤起人们的理智,唤起人与人之间的真正理解。读她的故事,你会产生一系列的问号,想明白了,你会得出许多富有人生哲理的结论。

郭良蕙的作品是富于体验的。她对自己人物在不同环境、不同处境下的心态,把握得十分准确细致,她善于表现利己和利他的内心冲突,抒发情感与理智的矛盾,捕捉人产生一念之差的根由,写出人在明知不可为而又不得不为的处境下的痛苦与绝望,更善于描写非常态的婚恋中相聚的欢乐与忐忑、离别的缠绻与惆怅、求的执着与无望、弃的眷恋与失落——种种复杂的心情,在她的笔下轻描重写、忽起忽伏、有放有收,使得有过同样生活体验的读者先是出乎意料,后又正在意中。郭良蕙观察社会细致入微,体验生活独具慧心,她虽把作品的背景设在台北,所反映的却是传统的中华民族,特别是女性——既努力追赶着二十世纪的现代文明,又背负着几千年古老的道德意识的中国女性。这就是她的作品使大陆的读者感到亲切和真实的原因。

郭良蕙的大姐郭良玉，是北师大历史学家何兹全先生的夫人，何先生主张"魏晋封建制"，是这个观点的代表人物，我在北师大求教的历史老师有好几位，何先生也是对我有影响的古代史老师。良玉老师是清华附中的名师，退休后写过几部历史小说和童年的回忆录，她对我们几个晚辈一直很好，我也因她的介绍才读郭良蕙的书，受她的委托才给郭良蕙的小说写评论。郭良蕙的哥哥郭良夫先生，是语言学家、商务印书馆的资深编辑，更是我的同行老师，我们在学术会议上经常能够见面，良夫先生跟我不谈汉语研究，却不断说起在台湾的妹妹郭良蕙。因为他们对小妹的怀念，慷慨地介绍她的书给我，我从一九九〇年开始读她的小说。但我对郭良蕙小说的关注虽从他们二位开始，却并非因此而深入，而是真的被那些小说深深吸引。

一九九二年十二月，郭良蕙从香港来北京，十二月三日，我被邀请参加中国文联出版社举办的郭良蕙作品研讨会，并在会上做主题发言，那是我和郭良蕙的第一次见面。会后，她约我聊天，跟我说了两件事：一件是，要我应允把所写的两篇关于她作品的评论《迷茫中的智识，悲怆后的光明》和《缠绕一生》在香港的《港岛日报》上发表。另一件事，她委托我帮忙留意，再出她的书时，不要把书名改成言情小说的名字。她说："我在大陆出书，委托我的大姐代理，她助我心切，出版社的要求一律应允，好几本书改了书名。"这时我才想起，郭良蕙的小说《团圆》，曾改名为《情恨》，《墙里墙外》曾改名为《墙里佳人》……她笑着说："我如果只写写言情小说、才子佳人，对你这个评论的人也不好呀！总要维护好我们两人的形象才是。"我答应着。看到我的发言稿放在桌上，里面有一段话已经被她圈了出来。那段话是："不过,郭良蕙的作品介绍到大陆来的速度却比较缓慢。当琼瑶的小说在中国大陆产生轰动效应的时候,郭良蕙的名字在大陆上还鲜为人知。甚至在大陆的港台文学研究者写的当代港台文学综述和评论的论著里,还很少被提到。深究其中的原因,恐怕与以下两点有关:其一,是郭良蕙选择了悲剧作为自己作品的基调。她不愿去编织大团圆的结局取悦喜好轻松的读者,而是把客观世界的不合理与主观世界的盲目性所带来的种种无可奈何和盘托出,造成浓烈的悲剧效应,来激发人们去认识生活、增长智慧。大团圆的结局是千篇一律的,而悲剧的人生却各具特色。郭良蕙的作品是丰富的、生动可读的,但因为时常给人们带来沉重感而无法进入娱乐圈。其二,是郭良蕙作品深入的人生体验,必须经历过、观察过、思考过的成年人,才能引起共鸣,少男少女们是难以真正理解的。所以,郭良蕙虽把现代台北女性的内在心理描写得那样淋漓尽致,却一时难以获得大团圆小说那么广的读者。"她循着我的目光,也看着这段话对我笑笑,没有再说什么。

一九九三年,我应台湾训诂学会的邀请,去台北参加台湾训诂学会成立大会及第一届年会,那时她正在台北。散会的那天晚上,台湾师大的同行们请我吃饭,郭良蕙约我饭后去聊天。汽车堵在路上,到她约定的地点已经快十点了,没想到她还耐心地等着,自己已经独酌了小半瓶葡萄酒,因此有点兴奋。她告诉我自己的经历,从自己在台湾"红"起来,到创作的巅峰时期,涉及性爱的《心锁》被禁,她便几乎停笔。她说:"我只是因为观察社会,发现这些生活的角落里也含有值得触发的思想,想不到让有些人费心费力地讨伐。那就好,我再写一本来回应他们。"我知道,她指的是一九七一年出版的最后一部小说《第三性》。

一九九五年我参加世界妇女大会 NGO 论坛的筹备工作，并且组织"女教授和女大学生"论坛，多日住在怀柔。她刚好回北京省亲，我从怀柔回来的那个晚上，她来家里看我。对我说："我推迟了去香港的航班，就是为了见你一面。在《星岛日报》上看到你对我的《线团》那四篇小小说的短评，我知道你读懂我的书，是因为你也关注女性问题，但更想知道你个人的经历。你会满足我的好奇心吗?"她用恳切的目光看着我，时间已经很晚，我只能简略地告诉她我这三十多年经历的一些最要紧的事。她拉住我的手说："你阅历丰富，而且关注女性问题，所以你能理解我。可惜我已经不再写小说了，我想到处走一走，欣赏自然风光和没有温度的玉器。"我说："您不要放弃，您是一位写实的、批判的严肃作家。中国文联出版社的这套书就要出齐了，您的作品读者慢慢减少，却有更多的知音。有心的读者会在您的作品里获得一个真实的郭良蕙。"

郭良蕙最后一次回大陆来是为大姐郭良玉老师奔丧，这是我们最后一次见面了。她十分伤感地说，她已经写无可写，但不愿意停下来，还在做事。她对我说："你因为自己的观察与阅历理解了我的故事，我也因为自己的遭遇理解了你的理解，不知可否也算你的一个知己。中国的女性不论做什么都是不容易的。大姐走后，我不会再回大陆了。我们都好好活着吧!"

听到她去世的消息，我没有说什么和做什么。好几次听她的大姐和兄长说起她学生时代的事，知道她的聪慧和努力，也知道她的反抗与不羁，但她总归是在传统的家庭里长大的。何兹全先生在一次郭良蕙作品座谈会后曾当着我的面对她说："文学应当反映大时代的大主题，小妹文笔那么好，写点大事怎么样?"她只是笑笑,没有回答。我在为她的作品所写的最后一篇评论里,替她回答了这个问题:"有时候,一个普普通通人的文化心态所造成的心理悲剧,恰恰是波澜壮阔历史的一个活生生的侧面。读郭良蕙的一部小说,很难说它反映了历史;而读郭良蕙的全部小说,却能真真实实地从家庭的视角,窥到组成社会的人群心态感情的变化;在那里,你还会发现许许多多被中国的社会和历史操纵着的人的命运,那不正是历史的一个侧面吗?"其实我知道,从女性生活题材的小说,到旅游和风土人情,再到冰冷的玉器,她随性而为不停地努力,虽不甘心,但不祈求,已经躲到小的、更小的社会圈子里蛰伏。曾有喧嚣、热闹,终是冷清、寂寞,如此度过她作为中国女作家的一生。我只能默默地在离她很远的地方,送她远行。

本文刊登于《随笔》2023 年第 4 期

王宁　　1936年生,北京师范大学资深教授,著名语言文字学家。王宁教授长期从事传统语言文字学的研究,是章黄学派重要的继承人。主要专著有《训诂学原理》《〈说文解字〉与汉字学》《汉字构形学讲座》《汉字构形学导论》《汉字与中华文化十讲》《汉字六论》《餐桌上的训诂》等,在《中国社会科学》等刊物上发表语言学、文字学论文及文艺评论文章150多篇。

澡雪春秋

何向阳

　　早我出生十年出版的李长之先生的《孔子的故事》在而立之年读到，竟不能释手，已经是第三遍读它了，这部有着钢蓝底暗淡的封面上站着从儿时记事起就再熟悉不过的形象，那个老人已经有两千五百四十八岁了，却仍是那样矍铄俊彦、清朗澄洁，他站在那里，脸上永远带着世人无法表述而又是对世事了然于心的参悟的微笑，那种兼有正直坦荡之质与凛然威严之气的神貌，即使在兵荒马乱的中原地带行走流浪的那些昼夜兼程的十四年里也没有丝毫的改变。

　　占了这本不足七万字的"小"册子中心篇幅的，是孔子由鲁出走后的在中原诸侯列国的辗转，齐景公的八十名美女、一百二十匹骏马停在曲阜南门外，鲁定公与季桓子的目光便越过了三年前夹谷之会为鲁国赢得三个城池的孔子,而变得模糊起来,孔子并没有等来祭天的祭肉,而在子路催促下上了路,走到鲁国南境屯时,等到的也只是一个送行的师己,而他的到来也仅是为了探探孔子去国的口风罢了。有谁想到了这就是那个遥远的十四年羁旅的开头呢?催促老师出国的子路想到了吗?受到冷淡的孔子想到了吗? 命运倒出的这样一个线头,它的终点又结在哪里,那一同在黄昏时走出国境的有着缓缓影子与清瘦身躯的一行读书人,会想得到这场自我放逐的结局吗?

孔子终于出走。他无法忍受的就决不营苟。无论历史如何记述那个孤单的开始,孔子还是做出了他的选择,无论这选择是在怎样一个被动的境遇里发生的,无论他是否知觉到这选择背后即是对自己的选定进一步地全心意的承诺,对那个知觉到又未详知的将来,对天命所要他接着做的,总之,他上了路。这一年,是公元前497年,这一年孔子五十五岁。此后,是在卫国受到的监视,过匡城的被拘留,晋国边界上的天不济,复回到卫国后的三年滞留,过宋国时遭到的迫害,在陈蔡的绝粮,不辞劳苦行至楚国边缘却逢楚昭王病故,负函的等待成为泡影,返卫而后归鲁,生命里的十四年光阴是由车碾上的尘土做成的。我手上现有的两幅《孔子访问列国诸侯示意图》(见于齐鲁书社1985年3月版的《孔子评传》,匡亚明著;花山文艺出版社1988年12月版的《孔子传》,曹尧德、杨佐仁著),从两幅图上,可以想见只有马、牛和木碾车时代里的那样一种辗转:鲁之曲阜,过大野泽,经郓城到卫之帝丘;至匡折回帝丘到曹之陶丘;经定陶到宋之商丘;向西经睢县到郑之新郑;向东南到陈之淮阳;折向西南到蔡之上蔡;南下至负函(今信阳市);匡氏书中的图这一处已是孔子行迹的最南端,曹、杨的示意图将孔子的行迹向南延展到郢，在汉水以南。回走的路线是由重线标示的，由负函或郢直接到卫，由卫东行至鲁，南下的折线与北上的直线标志着不同的心境，那种向上穿越中原的气魄有一种归心似箭的味道，"归欤！归欤！"的急切语气里当然有天命不遂人愿的不甘。

　　展卷看个人的行走变得如此具有魅力——原来不曾发现，以至我将匡氏书前那幅较为详尽的图复印了放在书桌的玻璃板下，渐渐地，鲁—卫—曹—宋—郑—陈—蔡等国国名，变得不再遥远，而那途经的自远古时就闻名的几大水系——济水、颍水、淮水或者还有汉水，以及流淌其间的睢水、沙水、汝水都变得清晰起来，仿佛它们是一条自东向西横亘中原的河流，可以看见它在阳光下反射出的黄金碎片样的波光粼粼。实际上，孔子不曾到过比负函更南的地方，比如曹、杨两人绘出的当时作为楚国都的郢，那应是汉水流域，现在的湖北境内，《史记》上说到的负函即现在淮水流域的信阳市应是当时孔子足迹的极限了。俯身望着这些中原地名，这些一个五十五岁的老人一步步跋涉到六十九岁的地方，那些折线与直线的来去，心里是曾暗下决心沿着它走上一走的。地点都集中在山东、河南境内，现在又有着大大方便于古时的交通，作为一个生长于中原的后人，没有理由对两千多年前的那次中原的流浪采取漠视旁观的；而且我想，如果走的话，也应该是走的最朴素的方式，用脚丈量，太想知道的是那个藏在一个个地名后的思想秘密了。在春秋那样一个大动荡的时代里，一个人走在诸侯争权、国家裂变、人心游移、一切都不稳定的路上，一个人面对着一个冰上火中的世界——尤其中原小国常常旦存夕逝的世界——那个领着一群弟子在此间到处闯荡寻找出路——不是为自己而是为时代——已然超出了他自己所说的"知天命"年限的人，他想要以那行走寓言的究竟是什么呢？这个谜，或许只有亲身走一走那路才可解开啊。

让我真正看重长之先生这部加了"后记"方满一百一十面书的——现在哪一部儒学传记不是洋洋数十万言，而当时这部小册子才花四角钱即可购到——是它正文前附着的一些墨拓和手绘，图7至图10表现的四个情景，几可视作孔子一生性格的缩写。一幅选于明墨拓孔子世家图，讲孔子和弟子们在宋国树下讲学，宋国司马桓魋叫人来砍树。图右侧三人砍树，中心位置坐着孔子，安然地给恭立于前的弟子们讲课，那神情好像什么事也不曾发生。《史记·孔子世家》中孔子的那句话就是这时说的，面对弟子"可以速矣"，即让其快一点逃离的劝解，孔子脱口而出："天生德于予，桓魋其如予何！"一幅是明崇祯刊圣迹图，内容是孔子在陈国到楚国路上被乱兵包围住，粮食也吃光了，可还照常给弟子们讲学。关于这幅图所描绘的事件，下面我还要涉及。图9仍选自明墨拓孔子世家图，记孔子在楚国的边界上经过，有个好像疯疯癫癫的人，到孔子车子前面唱歌，不赞成孔子各处奔走。《史记》记载的这个楚狂人是出现在长沮、桀溺和荷蓧丈人之后的，孔子答前两者尚有"天下有道，丘不与易也"的自辩与"隐者也"的不予理会，而对这个歌人，他下了车，想与之交谈，那人却趋而去，只留了背影给孔子。图上孔子尚立于车上，抚栏而听，更细部的表情看不分明。图10是明崇祯刊圣迹图，述孔子和弟子们编写《春秋》、整理诗歌和音乐。这已然是归鲁以后的晚年生涯了。图中的孔子正面居于黄金分割位置，前方是一案几，弟子们立侍周围，奇异的是孔子头戴一顶官帽，年纪似乎比流浪时还要小上一些，那副肃然沉着的表情有些不似在途中形象的亲近平易。讲学、行旅与著书构成孔子一生，所以那概括也相当容易做，那结论好像也是现代至今一切知识分子所做和正做的。多多少少，单从这点来看，每个选择了如此生活的知识者身上都打着一些当初孔子的影子。然而深想那行走的目的时，会有一种眩晕，一种目的与初衷相叠的感觉，纠缠不清的是那离开的缓慢却果决，如果没有子路的催促呢？他最终也要离开的，他离开不是因美女与良马而引起的智不如声色犬马的一时委屈，"道不同不相为谋"，这才是他远远走开的原因。他无法忍受的不是这样一个国君，而是自己的祖国竟掌握在这样一个国君手里的事实，他感到窒息。而他精心维护的仁又无法使其采取兵变的形式——虽然他在以后也曾遭遇过这样的机会，但他实际上拒绝叛乱这种方式，他一生都在拒绝着这种方式，是为了为一个时代建立一种稳定的秩序他才不倦奔走的。实际上与其说他是在期待着一个发现他治国才干的明君，不如说他以行走的方式远离着任何当时行盛于世的不义，这层隐衷使那场延宕了十四年的旅行有了一种放弃的色彩，他所积极寻找的和他所一定抛弃的相互纠结，直到三年居停去陈的那份感慨——"归欤！归欤！吾党之小子狂简，进取，不忘其初。"其初又是什么呢？有种警醒在里。十四年的明君之梦，终于被归鲁后的学问生涯代替，也许真正的经世致用不是面向一国一城的，一种秩序的实现恰是覆盖一个时代的。这可能就是楚昭王之死给孔子的绝望中的惊悟，也是他急于要回国却又不为仕的缘由。十四年的行走给出的结论竟如此急骤，有《论语·为政》为证："或谓孔子曰：'子奚不为政？'子曰：'《书》云："孝乎惟孝，友于兄弟，施于有政。"是亦为政，奚其为为政？'"这句话正讲在他由卫返鲁的时候。

是啊。"其初"是什么？先是不愿与一个国君为伍，离开一个具体的地方,再是不愿与一切国君为伍,离开一个现实无法实施的念想。从起初到终论,其间隔着十四年的路程。孔子坚执的仍是他起初坚执的。路途的蹉跎坎坷并未磨去这一点,反而更成就了它。正是将"有为"看成是在更大范围与更长时间里发生作用的事,孔子才在晚年选择了文化,这与"其初"他的进取——教育相一致。孔子曾在路上问子贡:"你以为我是因为多学而认识到这一切的吗?"子贡反问难道说先生不是吗?孔子否定于此,那答案是"予一以贯之"。由是,反观那场颠沛,便已积有一种甘洌在内,有志向在里,也有疑窦在里。

所以他将那一个问题反复地提于弟子面前。

"诗云:'匪兕匪虎,率彼旷野。'吾道非邪?吾何为于此?"——古时诗歌上说,又不是犀牛,又不是老虎,徘徊在旷野,是什么因由?是我们讲的道理不对吗?不然,我们怎么会困在这里呢?

他问子路,得到的回答是:怕是我们的仁德不够?人们才不相信我们;怕是我们的智慧不够?人们才不实行我们的主张吧。他对这个回答的回答是,如果有仁德就会使人相信,为什么伯夷、叔齐会饿死呢?如果有智慧就能行得通,为什么比干的心会被人剜掉呢?

他复问子贡,子贡答道:先生的理想定得太高,所以天下不能容先生。先生能不能把理想降低一些?他对这个回答的回答是,一个好农夫耕种不一定有好收成,一个好工匠做好活不一定正赶上需要,一个想有作为的人有他自己的主张并将它有条理地发表出来不一定人家就接受。你不追求你的正道而只计较别人是否接受,没有远大的志向啊。

他将同一个问题提于颜回。得到的回答是:先生的理想定得高,所以不相容于社会,但先生一直身体力行推行理想的实现,不能相容又有什么关系?不能相容,才可考验出有德人的涵养。拿不出好主张,是我们的可耻,有了好主张而没有人实现,是当权者的可耻。对这样一个答案,他是欣然而笑的。于是那即兴的幽默感——为将来多财了的颜回管账——使其回到了他一贯的乐观。

"吾道非邪? 吾何为于此?"那反复提给弟子而只要一个答案的问题,是不是也是想向自己求个结论呢? 孔子内心是那样的寂寞,不是求而不得不见容于世的落寞,而是同道之中知者寥寥的寂苦。是啊,不是老虎,不是犀牛,徘徊旷野,所为何由?! 孔子是那样的自疑,并只从自疑中确认自信,他问这个问那个,也同时问自己,难道有什么错了吗? 在哪里? 陈蔡之厄发生于从宛丘到负函一段的路上,楚使人聘孔子,而孔子也要前往拜礼的路上,吴、楚交战,陈、蔡怕楚任用孔子而危及两国,便发兵将此一行人围于郊野。几天的绝粮正如上述明崇祯刊圣迹图中刻画的——孔子讲诵弦歌不衰。这一年,史书上记是公元前 489 年。然而,俯读《孔子访问列国诸侯示意图》,这样的地点又在哪里呢? 颍水无言,汝水无言。

那时并不知已有人间歇走过了这样的路途。在不远的十年前,1987 年夏到 1989 年春,一个老年人为写《孔子》,在其写作前后,六次从异国跑到中国访问山东、河南,并沿孔子被逐出鲁后和子路、子贡、颜回等弟子的十四年流浪之路走一遍。一个八十岁的老人这样做是为什么呢? 仅只是写作的需要或吸引,他在序中说自己晚至七十岁才读让之倾倒的《论语》,而成全了旅途之乐的只是那不足两万字的断章片语"深深打动我们这些即将对人生进行总清算的老人的心"——只是这样一个简单的动机。

一个身材修长的人缓缓地走在前头。

这是这部由萬姜做叙述人的小说讲到的孔子的第一次出场。日本作家井上靖写道：整个山丘覆盖着沙子，连一棵树也不长，但山丘与山丘之间，点缀着稀稀拉拉的柳树……一个身材修长的人缓缓地走在前头——多少年来，这个人何尝不一直这么走在前头。在井上靖为写这位老人而奔波于中原路途上时，我相信，他也一直这么翩然着走在作家的前头。于是那座毗邻蔡国的陈国边境的村庄也渐渐地摇近了。"我们仰面躺下，发现头顶上伸展着巨大的桐树枝柯，浅紫色的花朵缀满枝头，在我们这些流亡者看来，显得那么怪诞虚幻又富丽艳美……太阳已经坠落，余晖还在四周荡漾返照……孔子端坐在桐树底下……正用指甲弹拨乐器，琴声悠扬动听。"再没有见过以这样唯美的文笔写陈蔡之厄的文字了。打断了老师的弦歌的，是子路。这就是《史记·孔子世家》中那节著名的记述了，子路几乎是半愠怒地走到孔子面前发问的——牢骚与怨气都已不可遏止——"君子亦有穷乎？"——这无疑是对孔子一向的"仁""信"之教的挑战。孔子是这么回答他的弟子的，他一定是停下了手中的琴，但目光却留在那几根静寂而不发出声响的弦上，他缓缓地说出了使几千年儒学讨论遍生歧义也是儒家立身修德的话："君子固穷，小人穷斯滥矣。"

惯于按剑的子路没有话说，子贡、颜回没有话说。这句话，仿佛概括了他们行走的意义。古籍出版社1958年版《论语译注》中杨伯峻的译文是，君子虽然穷，还是坚持着；若是小人，一到这时候便无所不为了。是君子就不为任何事所动,危难困厄时也不紊乱,能够自己约束自己,坚持自己。这句缓缓脱口而又斩钉截铁的话,使随行的人陷入了沉默。远处围兵的嘈杂,是谁将它放在心上了呢?琴弦止处,连桐花落地的声音都可以听到啊。你以为我只是多学而知道这一点的吗?面对子贡的色变于"难道不是吗"的反问,孔子说,不,我有一种基本观念去贯穿了它。

予一以贯之。

正是有这种贯穿自己的节操,才使得他在那个动乱、分化的春秋时代里变得孤独,也才使他在那个年代里尚以一己之躯保存着他血缘里认定的古殷的标准。"吾从周",誓言般地宣谕了他的不入潮流。虽然经历了十四年的迁徙流浪他才亲证了那个初衷,那个进取的界定。然而失望代替了犹疑,自信又代替了绝望,建立在一以贯之的信念下的从容将那个不是从一时政治出发而必从代代相传理智出发的历史文化秩序确立的初衷磨砺得更加坚定了。这个立场的找回,是在困厄与寂寥中完成的,不知不觉间,叠过的时光舒展开来,一条河似的开敞在他面前。"逝者如斯"的感念里已经包含了立于川上的人获得的俯瞰襟怀。所以,没有圣人,圣人是后人封的,只有在一个时代里做自己天命所赋之事的人。他自觉地意识到那责任,便不再推诿,"知其不可而为之",并在为世人所蔑笑的境遇中,做了他要做的事。对这一点,他再清醒不过。所编《春秋》最后,有着这样的自识:后世知丘者以《春秋》,而罪丘者亦以《春秋》。

李长之早在 1946 年——正好是他写《孔子的故事》的十年前，写过一部《司马迁之人格与风格》的书。我读到的是 1984 年三联版，是这几年我从图书馆里借出率最高的书，多张借阅卡片上不同时期写着同一个名字。李写司马迁在性格上与孔子的契合，独到地发现儒家的真精神是反功利。其中也无一例外地引用了厄于陈蔡的孔子三问，道之不修，是应该苛责于己的，道已大修而不用，则不必责己。"不容，然后见君子！"这句紧扣孔子性格精髓的话，李给出了这样的翻译，"救世是一个最大的诱惑，稍一放松，就容易不择手段，而理论化，而原谅自己了。孔子偏不妥协，偏不受诱惑，他不让他的人格有任何可袭击的污点。司马迁最能体会孔子这伟大的悲剧性格"。反功利，确如李氏所说，对于一个有救世热肠的人更为难得，因为在一个裂变急遽、格局未定的大变革时代，机会太多，一方是寻找，一方是拒斥，孔子失去了许多机会，如楚昭王的死；同时他也主动抛却了许多机遇，如闻赵简子杀贤者便决然放弃入晋，还有公山不狃的诱惑，哪怕他有"为东周"的念想，他还是不能与不道相苟合。所以只是放弃，放弃，离开一个地方，再到一个地方去，直到他走到中原的边界明白了他所找的天国不在地上。那么，归欤，归欤。他的归路走得那么干脆，不抱任何不实的期望，不在任何地点做他以前有所待时的逗留。这就是孔子，这位自知时日无多而归心似箭，一心想往回国以著书而传承"仁""信"精神的人。那方立定的书案就这样诞生于十四年的车辚马啸之后。这就是同样于战争年代颠沛于西南边陲的李长之先生所生出的叠印生命式的有关君子正义的感慨吧——所谓有德，所谓闳览博物，所谓笃行，所谓深中隐厚，所谓内廉行修。

仁远乎哉？我欲仁，斯仁至矣。

　　中国历史上第一个为孔子写传的司马迁在他的破例将世家这一称谓与体例给了孔子的《孔子世家》里，将那十四年的颠沛写得极为简约，是"已而去鲁，斥乎齐，逐乎宋、卫，困于陈蔡之间，于是反鲁"。写他的归鲁也是一笔带过——"孔子之去鲁凡十四岁而反乎鲁。"知天命年后，流浪中原寻找济世的土壤，耳顺年后，由中原归鲁将阐发济世的精神，于是，书传、礼记自孔氏，雅颂各得其所，礼乐自此可得而述，以备王道，成六艺。还有《春秋》。"吾道不行矣，吾何以自见于后世哉？"这句自问是可看作他作《春秋》的动因的，只是为了行道于后世，这番苦志，正如对先生"莫知我夫"的喟叹。子贡有一问："何为其莫知子也？"孔子答："不怨天，不尤人，下学而上达，知我者其天乎！"这部集孔子苦心孤诣的书在它于历史上发挥更大价值之前，确实起到以绳当世的作用，《世家》中记：春秋之义行，则天下乱臣贼子惧焉。这就是那个未说出口的"其初"吗？他用他的遗著为一个乱世提供了它还不能全然理解的"仁""信"，对于那个时代而言，这种思想如此超前，以至颜回会说"夫子之道至大，故天下莫能容"，然而"见容"与否就是一种"道"之是非优劣的标准吗？那转折的语气里含着一种否定的坚定，以至誓言般地重复两次——"不容何病，不容然后见君子"！

　　其实整个春秋的思想界好像就是有一个无形的天平。一方是乱世，一方是孔子，一个人置身于一个大时代的背景下，这种机会并不是每个人都能遭遇和把握它。孔子入周问礼并在临别时得到一段话的那位他所敬慕的老子不想做这天平，他留下一部天书样的《道德经》便骑青牛西去了。1996年12月,还是初冬时节,我站在几经重修的函谷关那烈风拥怀的隘口,看一点点下沉的夕阳染红了遍山的蒿草,苍茫的暮色渐渐合拢,在喉的却不料是那种与时地均不相宜的哽塞,我想说什么呢?为什么在那个山上眺望,我最怀念的却是孔子,最想知道的只是两位老人在入世与出世间做出相异选择的动机呢?如果真有天平的话,孔子是首先放头颅上去的一个。

那么,怎样让那世界平衡,什么又是这架天平的准星?司马迁让那放逐的事件淡出之后,却不放过那于事件中突显的人格,由此对话与自白占着不惜笔墨的篇幅。《史记·孔子世家》写孔子三十岁,只一事件,是齐景公之问政——"秦国小处辟,其霸何也?"孔子对曰:"秦,国虽小,其志大;处虽辟,行中正。身举五羖,爵之大夫,起累绁之中……"后人对孔子议政之事多喜引孔子另次回答景公问的"君君,臣臣,父父,子子"一节而重视他要在乱世建立秩序的一面,却独冷落了上述答问里的"中正"二字。司马迁不愧是孔子的最知心人,他写出了那个纵有治国理想但却以中正为基的人的精神,这是一个哪怕最普通的读书人区分于一个优良政客的关键一点。而鲁昭公二十年时,孔子正处于三十岁年轻气盛的而立之年。血气方刚的孔子没有因辅佐或救世而遗漏这个前提,年轻的他尚不知道中年之后他将为之付出的一切,包括黄河南岸异国国土上心身俱焦的落寞苦寂颠沛流离。对于中正,司马迁当然不是一笔带过,对于那奇异一生描述最后,一声独白越过事件,横空出世——"不降其志,不辱其身,伯夷、叔齐乎!""柳下惠、少连,降志辱身矣。""虞仲、夷逸隐居放言,身中清,废中权。我则异于是,无可无不可。"《论语·微子》这一段似更全一些。讲到柳、少的言中伦与行中虑,《史记》中没有确切说孔子讲这句话时在多少年,但从上下文推，应是鲁哀公十四年与十六年间，这时的孔子有七十岁或七十一岁。七十岁的孔子依然不忘自己的定位——无可无不可的中道，大有为己盖棺论定之意，令人肃然。这话是说在老年的，在此之前，已经有了那场流亡的铺垫。

这是汉代的司马迁为那天平找到的准星。理解了这一层，中正二字，用先人传下的汉文字写下来，有以往不曾发现的好看，所以那事件也迎刃而解了。中原流浪之时，孔子不被卫国所用，便西行欲见赵简子，他带了一行弟子行至黄河，听说赵简子杀了窦鸣犊、舜华两位贤大夫的消息。于是有了那声"临河而叹"，望着黄河水的眼里闪过的警觉是在那为此事的悲恸哀婉之后吗？一阵乌云卷过来，变成他眼中的荫翳，那话一定是含泪说下的——"美哉水，洋洋乎！丘之不济此，命也夫！"一旁立侍的子路走上前问先生为什么不渡河，说这些话又是什么意思呢？孔子为他的感慨下的注是："……丘闻之也，刳胎杀夭则麒麟不至其郊；竭泽涸渔则蛟龙不合阴阳，覆巢破卵则凤凰不翔。何则？君子讳伤其类也。夫鸟兽之于不义也尚知辟之，而况乎丘哉！"这段话与其说是说与子路不如说是说给自己，那经了河水放大的金声玉振之声，再度剖白了一心有为的孔子是有所不为的。他的救世必以义为前提，这一点已然无法更改，所以他放弃了渡河到晋国去的念头，而在这决然的放弃里又有着对天命若此的失意无奈。水流淌得是那样的美，尽收眼底的江山打动着这个一心要建立功业的人，但是彼岸却不可去，那个无道的人在中人以下，不可与君子语。想想看，这番话，是说在过匡时面对匡人之拘弟子之急"天之未丧斯文也，匡人其如予何！"和过宋时面对桓魋的拔树弟子的催促"天生德于予，桓魋其如予何！"的雄志大略后面的。孔子决不趋利忘义的反功利态度，使得春秋时代那么多的以见用为目的的谋士都变得黯然失色了。霸业成就了又如何？孔子自有他不同于世的标准。由此，孔子严格地将他活动的区域限定在黄河之南。以一条河为界，他以不渡完善着"义"的前提。

里仁为美。择不处仁，焉得知？

遗憾的是已经无法考证孔子是站在黄河的哪一段说那些话的了，地图上也没有标示。从卫国出来西行渡黄入晋的话，又是哪一段呢？桑田沧海，黄河已几经改道，如今的地图上已不可能查出那个地点了。心里隐约地有那水脉的影子划过。我知道它不在我去过的风陵渡、太阳渡，也不在陕晋边界的那一段唯一南流隔河即可望见壁立山峦上人家的渡口，这些渡口我都曾跑过，包括去年在去函谷关路上从车窗玻璃可望见的黄河，它在我们的视线里足足流淌了两个小时，整个行程里阳光在上面反射出的光芒灼痛着我。是啊，孔子言天不济他渡河的地点奇异地从版图上消失了，还是现代人的笔画它不出，人们已不惯于或还没有力量承受他于洋洋水边讲下的话？

"太山坏乎！梁柱摧乎！哲人萎乎！"是孔子留给这个一再伤害他的世界的最后的话了，他负杖倚门，歌叹而涕下。"天下无道久矣，莫能宗予"的不甘一生都在咬噬着他，然而他宁愿受这咬噬，也不愿放弃那个"义"，别人只看到了他因志不得的伤感，却有谁看得见他为此付出的疼痛？他是宁愿牺牲了一己——哪怕已满腹治国之经纶，也要成全"仁""义"大道的人。这样的人，在那个根本无法与之比肩的时代，他的生命怎么可能不是一场悲剧？

人能弘道，非道弘人。

对于这一点，孔子何尝意识不到。世上确实需要他这一种人，然而世人却不需要，不义的现实与求仁的理想间的分裂之苦当然写入了《春秋》，《史记·孔子世家》有一句，"鲁终不能用孔子，孔子亦不求仕"，当执射还是执御之论都成往事时，孔子终在案几之上找到了他的位置，正是因了这一点的共鸣吧，《春秋》才那样为司马迁所喜欢，以至成为他的写作理想，成了他著《史记》的精要，那份史的责任、那份对史实当中人之人格的看重不能不说来源于孔子的影响。说得远了。实际上，世人不是不需要孔子，孔子殁后次年，鲁国便开始了大规模的祭奠活动，只不过世人需要的是他最不重要的一部分，是他的礼，他的秩序之说，他的稳定，这恰是孔子的衣袂部分，然而，谁人说过"中正不苟"才是他的骨头?! 后世将之比为圣人，供着他或者把他批倒，借着他说着自己的话，然而，谁人如他起初与最后在料到了天命不济的命运后不惮于自身被湮没的命运而成全大义，"不义而富且贵，于我如浮云"的布衣之节已不单是一种竹简上的理论。

君子之于天下也，无适也，
无莫也，义与之比。

在春秋时代的文字中泅渡，我常常惊异于那个时代的读书人文与人的惊人的叠印，他们的知与行达到了后世须仰视才见的境界，那种叠合，那种相吻，其间简直不留一丝缝隙，他们以身为文的一生简直是给后人看那段历史提供了一种浪漫主义的神话角度，你却知道，它是绝对的真实。怎么可能？怎么可以？进化至此的今人带着某种不信然而又愧然惶然复欣然的心态看着这一切的发生、完成、延展。那时的理论与人是那样不可思议又必然地合一，他就是他的思想，他的理论就是他本人，这可能就是孔子于不幸中的幸，那是一个真正的大时代，出了大的理论，出了巨人，春秋，这个汉词，吟诵起来有一种音乐的调子，是什么，赋予了这个战乱已经开始不义行盛于当世的时代以灵动的乐感的呢？是孔子这样一些后人称之为儒的人吧。对于浊世，他们没有逃开钻到山林里去，而是以清洁之水不断地洗涤它，他们专注于此的样子像是对待自己裸露的身体。生逢乱世，那是真正的澡雪。孔子正是这样的一个人。

所以，对于后世阐释的已成典范的孔子，我习惯于抱着一份敬重的怀疑。孟子表白"愿学孔子"，且将圣人的信念充实为"穷则独善其身，达则兼济天下"的积极理想；司马迁《史记》更是随处征引孔子之言，并专列《孔子世家》而记史明志，那段太史公自述的话让人读之动容："虽不能至，然心向往之。余读孔氏书，想见其为人。适鲁，观仲尼庙堂车服礼器，诸生以时习礼其家，祗回留之不能去云。天下君王至于贤人众矣，当时则荣，没则已焉。孔子布衣，传十余世，学者宗之。自天子王侯，中国言《六艺》者折中于夫子，可谓至圣矣！"《朱子语类》中说孔子已干脆用圣人指代："圣人贤于尧舜处，却在于收拾累代圣人之典章礼乐制度义理以垂于世"（卷三六），而卷九三中朱熹直接感叹："天不生仲尼，万古如长夜。"

近代如五四运动先驱李大钊在其《自然的伦理观与孔子》里仍用了三个"确足"来表述自己对这个文化圣人的态度，他说："孔子于其生存时代之社会，确足为其社会之中枢，确足为其时代之圣哲,其说亦确足以代表其社会时代之道德",在此文中,他还进一步表明了对传统反思的立场是"余之掊击孔子,非掊击孔子之本身,乃掊击孔子为历代君主所雕塑之偶像权威也;非掊击孔子,乃掊击专制政治之灵魂也"。1917年2月4日的《甲寅》月刊自有那段文化事件的历史性,然而李文此语却经起了时间的恒久考验。如此,两千年内,孔子与圣人两个语词可以互换,二者也是互义的。只是那时活着的孔子并不是一个人所推崇的成功者。相反,他是一个于当时代而言的失败者。像堂吉诃德一样,奔走一圈,仍回原地,在路上与风车作战,格格不入于那个时代,却一定要为那个时代提出一种秩序,提供一种理性,一种结构,一种为仁的道义。

因为这个,所以苦找到了他。在他追寻仁的一生里,苦也附体于他,挥之难去。

君子无终食之间违仁,造次必于是,颠沛必于是。

所以他们所说的孔子都是孔子,却必得合起来才是。真正的孔子是所有孔学论者笔下的孔子之和,颜渊的话是后来才品出味道的,有幸与孔子生在一个时代并作为孔子最满意的弟子之一,这位在陋巷亦不改其志的人,喟然叹曰:"仰之弥高,钻之弥坚。瞻之在前,忽焉在后。夫子循循然善诱人,博我以文,约我以礼,欲罢不能。既竭吾才,如有所立卓尔。虽欲从之,未由也已。"连颜回都如是这般,又怎能苛责其他人没有写出孔子的全貌呢。然而,1995年末写下的一篇文章却不能不使我心有所动。李洁非的《说"苟"》一文初发在哪里已经记不得了,那里面讲到的"苟"与"恶"的区分却迫入神经,他讲到苟与不苟在古代是一桩关系人格的大事。可惜他引用到的《荀子·不苟》一文我一直没有找到。他接着说他对"苟"与"恶"比较的观点："依我之见,在一定条件下,'苟'的行为和心理对社会的败坏,是更为内在和不可救药的。就像某些疾病一样,'苟'对社会健康的侵害,不是突然地从表面爆发出来,而是悄悄潜伏在机体内部,销蚀其活力,使其萎靡不振,终至无痛而死。"他说了古贤忧苟甚于防恶的态度后,引用了一段《论语》上的话："道之以政,齐之以刑,民免而无耻。"这是《为政》中的一节,孔子紧接着说的是:"道之以德,齐之以礼,有耻有格。"足见耻的教育、不苟之约即便一时不能普及于社稷却也直接通向着正直勇毅的个体。这种认识于次年1月产生了《心中的夫子》,李氏眼中的孔子是一个远远走在时代前头的"永恒的失败者",像俄底修斯(奥德修斯)那样屡遭困厄,但终身不曾更改志向,并从这一种特别的失败中感受到那存在的价值——"一个真正而纯粹的思想者的独立性和敢于坚持其立场的使命感"——李文称这个是夫子留给中国知识者的最宝贵的财富。

读古史,时常念及春秋时代的人大多都透着一种洒脱,一种来去由己的自由,现在知道那自由源于对一己职责的认定,源于对一己立场的自知,这种职责自知的基础就是"不苟"。凡事都有界限,大事更其如此。小时读书竟不太懂得古时之人为什么说着说着意见不合了就割席而坐,现在懂了他们的标准。在孔子心目中,济世是一个大理想,但比这理想更重要的是节的不能违犯。那时,相统一的不光是人与文,理想的内涵与实现理想的手段也是如此叠合在一起!

君子义以为质，礼以行之，孙以出之，信以成之。君子哉！

1996年深秋，11月，在曲阜我拜谒了与孔子有关的三个圣地——他出生的地方，他安眠的地方，后人祭奠他的地方，三处相距不远。而在那个秋雨湿襟的漫步过程中，有一些当时不易觉察的心惊。那个结庐三年复又三年的子贡庐，那个躲过了焚书季节藏有完好典籍的鲁壁，那棵大成门内石壁东侧的孔子手植桧仍然活着，青苍葱茏，就是明人钟羽正诗中"冰霜剥落操尤坚，雷电凭陵节不改"的那棵树，那个刻有"大成至圣文宣王"的墓碑，走在一个人的生与死间，有一种不甚真实的感觉，你很难认定那人已经不在人间。洙水与泗水，又到哪里去找？惜手头不见崔述的《洙泗考信录》，然而孔子，你怎么就能做到？不光人、文、手段和目的，甚至连生死都不让它有距离。孔子！

在那样一个经了数世修葺扩建堪与故宫媲美的大院子里行走，令人缱绻不去的却是静默不言的杏坛。《庄子·渔父》中载这是孔子"弦歌鼓琴"给弟子讲学的地方，在它面前静默地站立，首先想到的是初中课本中念过的一段，那个孔子让弟子各述其志的故事。回来后，我在《论语·先进》中查到了它的全文，子路、曾皙、冉有、公西华侍坐，各述其志，子路的"千乘之国"、冉有的"礼乐之邦"、公西华的"宗庙之事"均未能打动提问的先生，唯有专注鼓瑟最后发言的曾点得夫子的喟然一叹——"吾与点也！"那让孔子如此动心的志向是什么呢？

——"暮春者，春服既成，冠者五六人，童子六七人，浴乎沂，风乎舞雩，咏而归。"

这才是孔子真心向往的啊。他是那样喜爱音乐，与齐太师语乐闻韶音三月不知肉味，向师襄子学琴竟投入得废寝忘食；也许身居困厄之中能够面对世界的只有一张琴了，也许能够记录述而不作的孔子一生心事与灵魂的也只有一张琴了。他一生弦歌，无论讲学生涯、流亡生涯还是著作生涯，直到生命成为断弦为止。

暮春咏归。从指缝间长出来的是什么样的音乐呢？什么样的音乐才能配得上这样一种怡然与清爽？

那内心的终点！

想一想都让人心疼。

那幅访问列国也是中原流浪的地图没有指示这样的路线。这个世界所能给他的，是一个又一个的困境。孔子一生充满了突围的壮烈与自知的艰苦。然而他是多么希望能有那样一个境界，那个对战乱的春秋而言如梦般神话的世界，如果没有，他是怎样地想受尽辛苦而去创造它出来。

实在是应该马上就背了行李踏着他走过的路一步步走。井上靖走过了它，不足十五万字的《孔子》被称为"从时间的缝隙中窥见历史皱襞里的一个人的足迹"，对应那人波澜壮阔的生涯的，还有比亲身沿着他的道路走更好的方式吗？较晚接触到的李冯的《孔子》截出这一段中原的行程，用了孔子诸弟子交叠叙述的手法，这部以曾参梦境为楔子发表于 1996 年第 4 期《花城》的小说，读来也像是一个梦境，置身其中，那灵魂收集者也是先师承继者曾给他的兄长们讲述的只是一个旅行者的故事，一个对行走、迷失还有放逐痴迷的人群的故事——作者用了一种"后《论语》"的语调加重着对这一行旅事件的记忆，众人的多重叙事，使小说有一种和声的效果——只是这个故事，发生在春秋，孔子与他第一批弟子，是这故事的主人公。与史述不同的是,他们多少都带有些超乎常人的疯狂和对这疯狂的坚定,他们这群人,不倦地走在路上,在那幅天命早已定好的地图上行走。行走,已经不问目的。正如小说中言:

> 那时候,我们与时代有关的浓烈欲望与狭隘的目的都消失了,我们追逐的不再是国王、权力、荣耀,也不是虚无……我们最后给世人留下的,是一次完美、纯粹的旅行。它已不再是一次普通的旅行,已不再简单地附属于我们个人。我们只需要最后完成它,而不需要再与它相互追逐……

我愿从我的意义上去理解它。

然而更远的路上,更苍茫的薄雾中,那个弯腰掬水擦洗马车准备明日启程的人,他今夜的梦里一定已经有着明天的朝霞。

鲁迅先生在1935年底——也即是距他去世半年前出版的《故事新编》里,没有为孔子着一笔墨,在这部奇书里,他写了老子(《出关》)、墨子(《非攻》)、庄子(《起死》),写了作为中华民族文化源头的道与侠(《铸剑》),还有上古时期造人、补天等神话《补天》《奔月》等,一共八篇文字——不仅在中国文人文化里就是在鲁迅本人的写作里也是独立而诡异的——却独独隔过了儒,隔过了正统文化所依于的那个含先生本人所受教育的结构了几世代文人文化的孔子,作为以别样形式写下的《中国小说史略》——我也一直这么将《故事新编》当它的另一理论的文化简易版本读的,然而这一点的发现,曾使我深深地困惑着。是当时文化语境中的反孔与反封建的意义大于对那传统的总结,是先生本人置身其间已遍尝了那文化变异后的吃人实质而感到的每每攫心似的压抑,还是血脉里的那种东西的纠缠与矛盾,那种挥之难去已凝成血块的东西更无可换算为文字的形式?总之,先生对儒的态度达到了嗤斥与不屑的地步,酸儒与腐儒频频被其捉住,不放过的也有底子虚浮的隐士,以至在其笔下,1934年的《且介亭杂文》里干脆以"儒术"为题一并称之,在《且介亭杂文二集·隐士》里也对一味高蹈却无补于世的一群极尽讽刺,直到《二集》中的《在现代中国的孔夫子》讲到孔夫子长期以来被当作一块砖头,其圣人意义早已变质。所以后儒时代的无论登仕与退隐,无论进、退,在鲁迅眼里,均是"喷饭之道"。从1934年5月至1935年5月这一年的文字看,鲁迅似乎在想对自己的思想做一个清理,儒之传统当然是在他理性之外的,是他常常的长矛所指。这个清理,正如同年编就的《故事新编》似的,后者可看作鲁迅对自己长期来所置身的一种文化的清理,这本小册子,八篇小说,竟前后写了十三年,从1922年的《不周山》(《补天》),1926年的《眉间尺》(《铸剑》),到1935年年底赶写似的出手的四篇——竟占全书二分之一篇幅,说明什么呢?查一查那写作年代总会有些很有意思的发现。这可能正是我近年来不自知地迷恋于一种在学问里可能还尚无定位的个人版本学的原因。

所以这里我们不妨看一看《故事新编》的八篇小说和文字后面注明的各自的完成时间:

《补天》《奔月》:1922年、1926年作;

《铸剑》《非攻》:1926年、1934年作;

《理水》《采薇》:1935年11月、12月作;

《出关》《起死》:均于1935年12月作。

从中能否厘清鲁迅的一种思路?刚开始写作时,他并无一定的文化意图,尤其在对文化的清理与检索方面,这在书的序言里,可看得出来,进入 30 年代后,尤其是他写杂文最多的 1934 年、1935 年,许是看惯了太多的文化的看不惯,而自觉感到了一种回溯的必要,才一口气似的写下了《理水》至《起死》四篇吧。当然里面肯定带着时评划过的印痕。那种一贯的调笑与冷峻已经不善于埋得太深。这就是先生序中"不免时有油滑之处"的自嘲吗?风格我真的不想再论,只那两句让我不能放下——"直到一九二六年的秋天,一个人住在厦门的石屋里,对着大海,翻着古书……"另一句是开篇,"这一本很小的集子,从开手写起到编成,经过的日子却可以算得很长久了:足足有十三年"。鲁迅序言亦写于 1935 年 12 月 26 日,与其几近同时,确切说四天后的 30 日,《且介亭杂文》编成、写序。把两部书放在一个时段看,可见鲁迅这一年对自己对文化的同步清理,他要捉住造成了他的《且介亭杂文》所指对象的历史,尽管早有准备,从 1922 年已经开始,然而自觉地探源却仍是这一年,也只有这一点,才可解释他于两个月时间便写下了四篇小说,这个速度超过了一向谨为文学的鲁迅,况且同时他还写有大量的杂文。如果不是一种探寻的激情,一种要把灵魂的那些微渺胚芽赶在它们成果之前做一检索,哪怕重坠它出世前的黑暗,为获取而再做一次深重的沉浸,也是不可推诿的。然而,那序言还是简约到极点,只写书的成因,而避开主旨,只在结尾处写,"……不过并没有将古人写得更死,却也许暂时还有存在的余地罢"。只谈书写至编成的过程,从《补天》到《起死》的十三年——甚至对这起止点两标题的寓意也没有透露一丁点,只一语带过"四近无生人气,心里空空洞洞"的 1926 年秋时的心境,只提《补天》(《不周山》)、《奔月》《眉间尺》(《铸剑》),其余绝口不提。

然而,吸引我的是那样一种选择,在那样一种固定的时段里。八篇的新编"故事"真只是为了填补凭海空洞的心境吗?

这不像鲁迅做的事,先生在楚歌四起的当时也不可能有这样的余闲。那么,问题来了。先生写下这样的文字是想揭出与预示什么呢?什么促使他一手抓握匕首似的杂文去完成时代的批判使命——那是一个现代意义的知识分子必须得完成的,一手又牢牢地不放松史的镢头,或为剖地基或为盖高楼?而在这样的意图下,什么样的事可以称之为"故",什么又称之为"新"呢?先生是太想为之做个结论了,尽管他知道,结论其实不可能有。所以用"新编"这样的方式,那太过曲意的企图已经不能找到一个更好的表述渠道,对于自身已是其间一部分、已是一己身上的零件而言的文化,任何样的检索都不能够将之放在外面,放在对象的位置加以观照,所以没有理论,他放弃了理性论述的形式,如那《中国小说史略》所做的,他没有去写一部类近中国文化精神史略的文著,而只将自己对它的理解放在了这八篇里面。不知这样的选择,先生想没想到他也给现代文学史家留下了一个难解的谜,所以大多数治这一段学问的人是避开它不谈的,或只是在风格上打转转。那是一个较博尔赫斯还要深不可测的迷宫啊,那个书写者的灵魂里有着太多亡魂的回声与纠缠。

但是,新编的故事存在着。它不因别人的噤口而丢掉意蕴,褪失颜色。

从无意到自觉,《故事新编》写了中国文化的四大渊源,《补天》《奔月》两篇是神话,《铸剑》《非攻》两篇为墨侠,这四篇还属无意阶段,可以看作鲁迅气质中本有的东西,他的如《朝花夕拾》中谈《山海经》等的文字,与他《野草》中的文字作为佐证,再好不过地说明了先生人格结构中的这一部分,他的民间性,他的近墨,他的浪漫和认真。其余四篇,从写作时间看,则自觉成分较大,理性掺入其间,《理水》《采薇》两篇,我以为写的是

"儒",《出关》《起死》则明显在写"道",只是写"道"两篇写的是老庄之道,由它的代表直接出来发言,写"儒"的文字却一概发生于儒之前,在一个儒前时代,或前儒时代里,他们能否代表儒,或说正是以此方式成就对原儒的追回亦未可知,总之一切又都带上了某种传说的色彩,这种斑驳,好像又正代表着先生心中对其一贯的矛盾心态。

孔子没有出现,他隐身于文化里面,正像不写他的作者在他的序言中的另种隐身。这个留白值得注意。它使得舞台上有限的聚光灯打在《理水》《采薇》人物所占据的亮点上。

《理水》说的是大禹治水的故事。开篇的一片汪洋,宛若1996年美国电影《未来水世界》里的情境,怪不得后者让人看时觉着眼熟。文化山上的学者们吃着奇肱国飞车空投的粮食,热切而无聊地做着"禹是一条虫"的考据学,小说的写法也是奇,禹到第三节(小说共四节)才出场,这时全篇已进行有二分之一。挥开了卫兵左右交叉的戈的,是那面目黧黑的大汉,真是精彩!更精彩的是他一步跨到席上,并不屈膝而坐,"却伸开两脚,把大脚底对着官员们,又不穿袜子,满脚底都是栗子一般的老茧"。面对着已经旷日持久的"湮"还是"导"的争议,作者写道,"禹一声也不响",最后是,"禹微微一笑";而支撑着他这自信的,是与坐而论道胖得流油汗的官员们绝不同的、站着的那"一排黑瘦的乞丐似的东西",他们"不动,不言,不笑,像铁铸一样"。鲧的儿子大脚的禹与口舌发达的文化山上的学者们的区分,大约就是鲁迅心中真儒与伪儒的边界,在务实与蹈虚之间,济世与玩学问尚清谈之间,先生的边界坚硬到连那功成后的事迹也不放过,结尾禹进京后不重吃喝,做祭祀和法事却阔绰地影射了孔子的"礼"。体制化政府化后的禹后之儒可能正因为这个表面的皮才渐渐丢掉了它起初的,丢失了它的济世责任与百姓意识,而这真可能是儒走向了学(形式)而不是济(实践)的根源也未可知。而那起初,正是先生要恢复的吗?

《采薇》映入眼帘的是秋阳夕照的"两部白胡子"。养老堂台阶上并坐的两位老人是辽西孤竹君的两位世子,均让位而逃,又路遇,便一同来到西伯的养老院,本来他们是可以颐养天年的。可是他们偏不,不是不愿,而是不能,因为心里有一些标准不能放下,武王伐纣的大军面前便多了两个拦道的人——这当然为其最后赴首阳山之途做了铺垫。然而为那绝食做引子的却是作者行文中尽写的"烙好十张饼的工夫","烙好三百五十二张大饼的工夫"以至"烙好一百零三四张饼的工夫"的机智,而"不再吃周家的大饼"却是对史书上"不食周粟"的现代翻译;在"让"与"伐"间比较,两位贤人做了他们的孝、仁要他们做的选择,而且这个"出走"是他们人生里的第二次选择。第一次是不做王,这次是不做他们认为不义的王下的臣民,这亦无可厚非,没有任何人强迫他们这么做,只是他们身受的教育驱动他们必须这么做。而这么做时,他们都已是不能自食其力的老者了。以"两部白胡子"向整个社会宣战,以心内的王道向现实的王道宣战,正如拦在讨伐大军前面的垂垂老人一样的情境,使人读了感到滑稽又心酸。鲁迅的目光却越过于此,他不舍追问的是"不食"形式下的价值的有无。义是什么?是正义之义,还是理念书本上的抽象道义,他要问个究竟,这个究竟就是会伤了这两位老人他也还要追问下去。伯夷、叔齐终于饿死。正如《理水》最后对回京后讲了排场的大禹颇有讥讽一样,《采薇》结尾借了各界的议论也使得首阳山的故事笼罩上颇多疑处。从中可见出儒之道德源头的回溯里先生情、理中的矛盾。

这可能正是他不让孔子在故事中出现的原因。《理水》《采薇》两面谈儒,各有褒贬。禹代表着前儒积极入世的方面,是"有所为","为"的所指是百姓,所以它背后是有百姓支撑的;伯夷、叔齐则是前儒"有所不为"的一方面,"不为"的所指是自身,所以百姓只把他们当圣人看个稀罕,而不怎么站在它那一边。然而我觉得,有为与无为,后来,都已与王道无涉,只不过一个是"行义",一个是"守节","行"是积极的儒,"守"也未尝不是儒道的另一种积极,有种决绝的意味,为了一种自我坚信的念想去守,从而不惜将生命放上去这一点,在一个物质与实惠至上的功利权衡一切的时代里,就不失其照人的光彩。那没让他走上前台的孔子曾说:"不得中行而与之,必也狂狷乎!狂者进取,狷者有所不为也。"先生不写孔子,却写与"中行"不一的两个极端,禹的狂与伯夷、叔齐之狷,难道在寓意着这个吗?然而,那天真里也许真的纠缠有太多的矛盾,以致会以讹传讹,弄得形式总是大于内涵。鲁迅正是担心着这一点,才不惜在任何人事上都放上批判。不仅前儒这两篇,整部《故事新编》都是,标题的起始到最后,"补天"的决心与"起死"的绝望纠缠着他,从那诡异的行文里我们可以感受到他一人所受的双向同时的拉力——这种拉力与他心灵的承受硬度成正比,甚至还可以看见在厦门对着海的一个窗口里面那张怨怒、哀伤到憔悴的脸。1997 年 1 月在北京阜成门鲁迅纪念馆那空寂无人的展厅里,隔着玻璃,我再次看到了先生在厦门面海的山上照下的照片,在"全集"的扉页曾不止一次见过,不解的是为什么一身素衣的他依靠并手扶在一块墓碑上面,与坟合影的墓外的他凝视着,如今我明白了他。

避开孔子,避开尧舜,他选择了禹做儒之道德源头,足见鲁迅心中的儒是近墨的,有侠气,重实践,而这正是国人精神中所乏的。包括《采薇》,也是和《史记·伯夷列传》——司马迁将之作为列传第一——不同的,尽管他承认那是小说的文本来源。备受文化纠缠的先生也是这样实践的,他在1934年9月25日——注意这个时间正是写《且介亭杂文》与《故事新编》的中段——写下的《中国人失掉自信力了吗》公开表明着这一点,那些文段是曾当学生时朗诵过的——"我们自古以来,就有埋头苦干的人,有拼命硬干的人,有为民请命的人,有舍身求法的人……虽是等于为帝王将相作家谱的所谓'正史',也往往掩不住他们的光耀,这是中国的脊梁"。由此推断,先生将之作为他本人小说创作的终篇,就有着些许如《春秋》般的绝笔意味。

士不可以不弘毅,任重而道远。
仁以为己任,不亦重乎?
死而后已,不亦远乎?

《理水》《采薇》就史说,都属前孔子时代,在春秋以前,作为儒之道德源头,作为道统,各有经不住考证的疑问,何况在鲁迅眼中,根基都是动摇的,然而有一点可以肯定,或者根本不需儒之称号,是一有所为,有所不为,这个界限在心,而不在礼,或者理。

所以,在这个意义上,守节也是一种行义。所谓"道不同不相为谋",所谓"君子谋道不谋食",所谓"天下有道则见,无道则隐",所谓"达则兼济天下,穷则独善其身",所谓"圣达节,次守节,下失节",从《论语》至《孟子》到《左传》,总有一个自衡的标准。念及太史公将伯夷、叔齐之事写入列传,且置于列传第一篇,也是有其用意的,更打动我的倒不只是"不食"的史实,而是一向吝墨的史家所发的史外随感,面对"积仁洁行如此而饿死"的善人与"暴戾恣睢""操行不轨"而"竟以寿终"的盗跖,太史公不禁发出"余甚惑焉"的天道是非的质问。在这样一座山上漫步,心境是无法轻快的,轰然于耳边的是司马迁文中对孔子的一句引文:

　　　　岁寒,然后知松柏之后凋也。

　　何晏对它的集解可以背下来:"大寒之岁,众木皆死,然后松柏少凋伤;平岁众木亦有不死者,故须岁寒然后别之。喻凡人处治世,亦能自修整,与君子同,在浊世然后知君子之正不苟容也。"这已是超出了一人一事的议论。对照此后的为儒而儒,将儒作为一件衣服去谋求"饭之道"的伪儒(其中当然不乏读书人)而言,上古时代的两位固执的老人对周食说"不"的精神,也许在抽象意义上大于着它的史实意义。正是这个,赢得孔子"不降其志,不辱其身,伯夷叔齐与"的喟然一叹,引来孟子"伯夷,目不视恶色,耳不听恶声。非其君,不事;非其民,不使。治则进,乱则退……故闻伯夷之风者,顽夫廉,懦夫有立志"并"伯夷,圣之清者也"的议论。毕竟有激烈的壮怀在里,有不负青云之志的决绝在里。因了这个,身居中原,投向西北的目光里,总是含着后来者的敬意。

　　作为生于孔子同时代、小孔子九岁的孔子大弟子,子路以耿直、勇毅见称。《史记·仲尼弟子列传》中称他"好勇力,志伉直"。就是这个有些莽莽撞撞的人,一直跟在孔子身边,并成了他的一面镜子。公山不狃之乱,使人召孔子,孔子竟有些动摇而为"周"的念想"欲往"之时,是子路不高兴地阻止了老师,《史记·孔子世家》里只有一句,是"子路不说,止孔子"。孔子有一些政治抱负的辩白,然而"卒不行"。居停在卫,灵公夫人南子要见孔子,孔子辞谢不得的情况下不得已而见一事也让子路很不高兴,一面是帷中夫人环佩玉声,一面是孔子的北面稽首。《史记·孔子世家》上又一句,"子路不说(悦)"。弄得孔子赶忙辩解"予所否者,天厌之! 天厌之!"足见子路是喜怒俱形于色的人,他不会为了某种虚饰的尊敬而掩盖真情,尤其不会为某种表面的"礼"去代替他学的也是心目中自有的对"义"的那一份看重。

因为"直",所以陈蔡之厄时,面对仍然弦歌不止的孔子,他有些耐不住,走上前半愠怒地问:"君子亦有穷乎?"而在得到孔子"君子固穷,小人穷斯滥矣"的肃然一答后,他便没有话说。先生的凛然大义与其好勇气质有着默然的共识,所以他要到了他自己没有说出的话。正是子路自己当年催促着还惦记着鲁国祭肉的老师赶紧出发离开的,所以在一些事情上,他似乎做得比孔子还要果决和彻底,从而成了孔子的一面镜子。这可能正是孔子如此喜爱和信任他的原因吧。"道不行,乘桴浮于海,从我者,其由与?"孔子是认定子路是跟从他走到底的最后一人的。

长期以来,我一直不解,怎么一个好勇之人,与读书人——儒的形象气质真是相差甚远,却独独得到孔子如此大的信任,从气质上言,无论如何,子路都有些近墨侠,不仅在他成为孔子弟子前的行为与打扮,就是当了弟子后,仍然是剑不离手,动不动就拧着脖子与别人做一番争执,眼里揉不得沙子也罢了,好像有时不免小题大做,让人觉着不怎么讲理。比如,对于孔子的治国首先必得言顺之理，他就一下子敢于顶上，说："子之迂也！"弄得孔子失态大叫："野哉，由也！"比如，子路使门人为臣之事，孔子病重，他就赶紧张罗着安排后事，使得孔子喟叹不止："久矣哉，由之行诈也！"直说到自己毋宁死于二三子之手，不大葬，死于道路，等等。可见子路已冒失得可以，恼人得很，然而可爱。

刚、毅、木、讷近仁。

正是由于这种性格，子路才会在一些大是大非面前挺身而出。而正是深知弟子的为人，孔子才会对他的命运结局有不祥的预感——如《史记》中记载所言"若由也，不得死其然"。古歌里唱，命里的苦要来，谁能躲得开呢？子路根本没有想到要躲，天生的那保全自己的本能在他那里似乎全不存在。他要进城去，可是城门已经关了，况且赶着出了城门的子羔惶惶然地将一切都告知于他，好心地劝他快逃，然而他不肯，趁着使者入城的空，进了城。不知远在百里外的孔子能否看见他硬朗的背影，反正对这一切的发生，孔子是早有预料的，听说卫国出了事，这位已逾古稀之年的人只说一句——"柴(子羔)也其来，由(子路)死矣。"果然，那城门在子路的背后再也没有对他打开。

"方孔悝作乱，子路在外，闻之而驰往。遇子羔出卫城门，谓子路曰：'出公去矣，而门已闭，子可还矣，毋空受其祸。'子路曰：'食其食者不避其难。'子羔卒去。有使者入城，城门开，子路随而入。造蒉聩，蒉聩与孔悝登台。子路曰：'君焉用孔悝？

请得而杀之。'蒉聩弗听。于是子路欲燔台，蒉聩惧，乃下石乞、壶黡攻子路，击断子路之缨。子路曰：'君子死而冠不免。'遂结缨而死。"这是《史记·仲尼弟子列传》中的记载。同一篇文字，还记载了孔子的两句话，一句说于子路殉节事先，是"嗟乎，由死矣！"大意同上。一句是事后的慨叹："自吾得由，恶言不闻于耳。"意指有子路侍卫，侮慢之人不敢有恶言。

结缨而见杀，并被卫兵剁成了肉酱，子路死得好惨，然也死得其所。这个未出先生所料的结局倒使我想到了子路生前与孔子的几番答问。子路问鬼神，孔子答，未知生，焉知死；子路问尚勇，孔子答，君子义以为上。在这一问一答里，在提问者的问题里，是不是已经藏下了子路对自己命运的预感呢？那让他倍感困惑的死与义促使了他去用身体力行的方式找到了他自己的答案。

如今，子路墓仍然在古时卫国的土地上站着，像那结缨而死的君子，保持着它尊严的姿势。1997年6月，我突然想到孔子痛失他后的心情，由是推断孔子内心也是尚勇的，虽则在子路生前他话里话外地一直对好勇做着善意的批判，可是，子路作为孔子唯一一个儒的行动派，血气方刚地实践了对于"义"的诺言，他不侥幸于自己的不在场，而非要"驰往"，他不在意子羔的劝告，非要进入已经关了的城门，他不在乎卫兵的长戈，非要结好象征君子尊严的缨冠。在这一连串放不进利弊得失之权衡空隙的事件里，一切都发展得那么本能与自然。站在子路墓前，有两句话是无法不想起的，"食其食而不避其难"，这句话说在进城之前，是对子羔的，另一句是，"君子死而冠不免"，这句话是说在与卫兵血刃时的，是说给自己的。

孔子听到消息后是让人把家中的酱都倒掉了，他心里苦倒不能看见。

子路就这样准确用生命证实了老师对他的看法。而且，无意间，透露了儒之尚勇的一面。

可以托六尺之孤，可以寄百里之命，
临大节而不可夺也：君子人与？君子人也。

古史大概正在这一点，让人每每披衣挑灯，感泪纵横，夜不能寐。

十三世纪南宋的文天祥可谓少有所成。二十岁初试便中了状元，并得理宗之赞——此天之祥，乃宋之瑞也。本来按照事情的正常发展，文天祥会延展着儒士——一个读书人的仕的道路走下去的，可他偏偏生在一个国家危难、边境日瘦、虽偏安临安亦不保的南宋时代；生在这个时代也罢了，那么多读书人或潜入学理不问政治，或偷安一时觊觎于仕，或隐居求志对朝廷的更迭做消极而清高的不屑而置之，那样中世纪的中国历史上会多一个鸿儒，而少一个先烈；可文天祥不是，他偏偏不走上述道路的一条，不走也就罢了，他偏偏投入得很，对于大节大义，他无法做到旁视罔闻。

整整十五年，文天祥在出仕与罢官间相反复，做了无数个大大小小不同职位等级的官，而那名称也着实让人记不得了，然而文天祥这个名字，却是刻入了历史。文天祥的最后一个官职做到了丞相，然而却是在国家危难到覆灭之时，在那个特别的前夜，铁肩道义，已是责无旁贷，按照一般人的观点，尽职尽忠也就足矣，可他偏要力挽狂澜。在此之前，先是应召组织义军,这时朝廷中的许多大将都弃城而逃了;后是在不知能否被允进入临安的情况下而待命城外,这时竟还有谗臣怀疑他会对大宋起兵,心虚若此,文天祥是早该从中看出江山社稷的结局的,可他偏偏要迎上去。南宋末年,由地方官组织的勤王兵似只有江西这一支逾万的队伍,有人劝他放弃,说元兵长驱直入,足下以乌合之众,前去迎敌,这与驱群羊斗猛虎,有何区别? 他的回答却是:我未尝不知强弱之比。不过国家养育臣民三百多年,一旦有急,征兵天下,没有一人一骑前去。我深恨此事,所以不自量力,决心以身殉国。只望天下忠义之士,闻风而起,人众势大,那么社稷便可保全了。大敌临近,他心里放下的早不再是一己的利害与安全。那个早年曾想在和平年代里隐居,并真的骑马走了江西老家的几座山找一适居之地的儒生文天祥不见了,代之以金戈铁马、沙场点兵、堂堂剑气的武士。"平生读书为谁事? 临难何忧复何惧!"正是这个起意才会产生后来《指南后录》《言志》诗中如此掷地有声的汉语。

所以文天祥总是夹在两间。因为正义,因为有意识地要为儒——平生读书的人一个诠释,一个集解,一个"正义"。所以那个动荡的时代才会把他夹在中间。先是夹在南宋朝内主战还是主降的本国人中间,再是夹在投降派与侵略者中间,夹在元人的劝与南宋的弃之间,夹在生还是死这个亘古来的问题和选择中间。先是他率领的义军如此,后是他一人如此。两间的客观与一人的决意是那么的直线来去,文天祥在大是大非面前做到了毫不犹豫,他最后做的与他起初做的是一件事。他的选择,从身在都城临安的大臣纷纷弃国而逃——上朝官员曾一度只剩下六个人——而他一个文职人员却危机时挺身而出、领兵作战的那一刻起,就已做出了。而他的这个选择,又可以更早在他少年时答卷中寻见发端。那中了状元的《御试策》中写道："今之士大夫之家，有子而教之。方其幼也，则授其句读，择其不戾于时好，不震于有司者，俾熟复焉。及其长也，细书为工，累牍为富。持试于乡校者以是；较艺于科举者发是；取青紫而得车马也以是。父兄之所教诏，师友之所讲明，利而已矣。其能卓然自拔于流俗者几何人哉？"这种与当时"士习"的利欲之风的划界，这种对"利"的批驳，与《孟子》开篇《梁惠王章句上》的开卷相吻合，孟子见梁惠王，梁惠王劈头就问不远千里而来的孟子："将有以利吾国乎？"孟子对答得坦荡而直接："王，何必曰利？亦有仁义而已矣。"可见，中间隔了十几个世纪，儒的义、利之分仍然不浊。而"利之儒"与"义之儒"的区分却也只是到了国家民族生死存亡的关键处才可看得分明。"卓然自拔于流俗者"，这是文天祥给自己的人生定的调子，此后的身体力行，对于一个内心义利泾渭分明的儒士来讲，一切都基于那并不难做的知行相叠上。

后儒时代对于义的阐释多在语言层面，太多的文牍案卷简直要把文人儒士的背都压弯了，纸上的东西弄得学人忙于应付，少有人再对儒之本有的骨头的东西加以关注。自孟子的战国起到汉再到北宋，大师不绝，层出不穷，然而同时学理式儒的方式亦在悄悄走离着春秋时孔子的路。翻读历史，似乎漫长的释义时期只是一个准备似的，直到行动产生，直到有人续写上儒之实践派的断章。

末世争利，维彼奔义。这是《史记·伯夷列传》中的话吗？在一个惊涛骇浪的时代，有着这样的精神背景，文天祥心境若水，去意已定。

于是世上产生了那样一条路线，它纵贯中华版图，我没量过其间的距离,只知道,它正好大致是现今的京广线,还不算水路在内。这条路线,现在在中华书局 1962 年版的一本沈其玮编著的《文天祥》的小册子的书末可以找见。图名全称是《文天祥被俘北上图》,放在《伯颜灭宋进军图》与《文天祥进兵江西图》之后,密密麻麻的地名和实虚双线标出的陆水两程,我仍然记着第一次看到它时的那阵心惊。

路线的开端在崖山的最后一战。五坡岭被俘的文天祥从潮阳到崖山,是被囚禁于元军船中亲见这场战役标志的南宋的覆灭的。一个武将不能参加保卫自己国家的战斗,一个爱国爱到骨头里的义士自杀不遂而不能不亲眼为他所爱的国家送葬,这种痛苦,在南宋,体验到它的,怕只有一个文天祥。1279 年正月十三到二月初六的二十多天里,面对一水相隔海上交锋的两军,尤其二月初六那一整天,从早到晚,我不知道在一片昏暗的海浪里置身,面对宋军战船上纷纷倒下的樯旗,他是怎样把一个宋朝的结局看完的。史册上记载整个崖山外的海面上浮尸逾十万具,陆秀夫背着九岁的宋帝赵昺跳海殉国,已突围出去的张世杰遇飓风,守着自己的战船坚决不肯上岸,以溺死海洋的方式殉国。在大胜的元军的一片鼾声中,只一个人在北舟中面南恸哭,一夜没有合眼。由于崖山,那所有的复兴之梦,江西的组织义军,皋亭山进元营果决的谈判,三年前押送北上路上镇江的走脱,以至重新于南剑州起兵抗元的那所有孤意苦心,都一页页被翻过去了。而构成了文天祥比亲见自己国家灭亡更大痛苦的,是灭了自己国家的竟是宋朝汉军将领张弘范。崖山的悬崖上,张命人刻上了"镇国大将军张弘范灭宋于此",我没有到过崖山,只听说后人在摩崖石刻上加了一个汉字——这个字不过也是重复了张文中的一个字,碑文便成"宋镇国大将军张弘范灭宋于此"；后来查手头的一些与文天祥有关的文卷，上写张刻下的那行字早在明朝时即被御史徐瑁削掉，另刻"宋丞相陆秀夫死于此"。这个信息引得我在地图上找到了这个地点，广东省地图上可能看得更清楚，在斗门与苍山夹着的那一个三角海域里，现名为崖门，在今广东新会县南，西江入海处。据说山在大海中延袤八十余里，地势相当险要。所以那"最后一个"的痛苦不难想见——诸老丹心付流水，孤臣血泪洒南风。这样的痛心引出的仍是国破家亡若此的愤愤——我欲借剑斩佞臣，黄金横带为何人？

其实在崖山之前，文天祥就已抱了殉国的决心。崖山前夜，正月十二，元船过零丁洋，次日崖山开战前夕，张弘范派人劝文天祥写信招降张世杰，文天祥在那纸上写下《过零丁洋》。这首《指南后录》的第一首诗，上过中学的学生都会背——"辛苦遭逢起一经，干戈寥落四周星。山河破碎风飘絮，身世浮沉雨打萍。惶恐滩头说惶恐，零丁洋里叹零丁。人生自古谁无死？留取丹心照汗青。"只是做学生时只感念于那赴死的决绝，没有去注意他的起句与末句在某一点上的对称——起句的"起一经"讲了他的研读经书的出身，是一个读书人的身份；末句讲到"汗青"依然是指竹简，是史，是一个读书人的归宿。这一点，在我循着他的路走得愈远，对它的感慨就愈深。

零丁洋就在崖山附近。地图上没有标示。从艾煊发表于1996年第4期《花城》的《过伶仃洋》一文推断，说是从深圳到珠海之间，在珠江门外。这个提法让我心惊，因为读到此文之前，1997年4月在广州开会，我坐着轮渡从珠海到深圳即走的是这一路线。印象中舷窗外的海江一样的颜色，与友人说话时，并没意识到要往右边——那珠江口外的苍茫中看上一眼——后来友人来信中讲他从深圳到珠海时,一人走到甲板上,我不知道他有没有看到那些个岛屿——后来听深圳人讲有零丁岛无零丁洋,朋友说这话时,我能看见那些零丁(伶仃)的小岛散落在一片汪洋中的样子。珠江门真是一个奇罕的地方,那条去的海路,左舷窗便是林则徐销烟的虎门方向——这也是当时坐在船中的我不知的。

崖山之后,文天祥剩下的便只有诗了。这心内的江山,是,谁也夺不去的。从广州到大都的万里行程是由一系列的诗篇串起的,一步步地行走,神州陆沉,故国黍离,几乎是重演了历史上的《离骚》一幕,困厄中,总出史诗,北征的路洒满着感慨的清泪,从"一样连营火,山同河不同"的《出广州第一宿》到《南安军》的"饥死真吾志,梦中行采薇",到"想男儿慷慨,嚼穿龈血""不愿似天家,金瓯缺"的《满江红》,"金人秋泪,此恨凭谁雪?""睨柱吞嬴,回旗走懿,千古冲冠发"的《念奴娇》,到"文武道不坠,我辈终堂堂"的《白沟河》,几乎一地一首,感念非常,却是步步坚定了肝肠烈烈的初衷,在一首题名"泰和"的诗中,它被表述为——"书生曾拥碧油幢,耻与群儿共竖降",我注意到这里,他仍用了"书生"一词。这样,一面是绝食服毒的死不成,一面是赣江、东阳的两次搭救失败的生不成,文天祥用诗画出了一幅史所未有的北行图。

1997年5月底终于在北京东城府学胡同找到文天祥祠时,正院居中迎面对着我的是今人立下的一座石碑,上书"文丞相信国文忠像",有文天祥身着宋服的阴刻头像,头像上方阳文刻着那首他死前的绝笔自赞,是赴柴市前写在衣带上的,站在那样的字句前,我无法走动。"孔曰成仁,孟曰取义,唯其义尽,所以仁至。读圣贤书,所学何事? 而今而后,庶几无愧。"在柴市刑场,写这话的人问了看刑的人哪面是南,并南向三拜而死。"读圣贤书,所学何事?"书写的人,将他的所学贯彻了个彻底。从《御试策》算起,到"起一经"到"书生"句,再到这句自问的话,文天祥一直以一个读书的儒士而自省,或荣或辱,对这个身份与职责他始终不弃,话里话外,他甚至看重于它超过了一朝丞相的名位。做丞相时,社稷为上,国破家亡,则布衣气节跃出海面。其实这在他,是一切行动实践的人格基点。所以他总是有意无意地提醒着自己,做一个读书人。

祠占地不大,相传正是文天祥当年被囚兵马司的一处土牢,从地图上今天仍然可见这一处的兵马司的地名标志,今祠的窄狭也与他《〈正气歌〉序》中的"空广八尺,深可四寻"相对应,不知可否成为佐证;一面墙上刻着《正气歌》的全文,记述着他以一己承传的古人的"浩然之气"与这个当年土牢的水气、土气、日气、火气、米气、人气、秽气诸七气相敌的气魄,"以一敌七,吾何患焉!况浩然者,乃天地之正气也"。这里,他又提到了孟子。他不弃的仍是儒士定位——当什么都被剥夺去了,连江山在内——那最后不被夺去的、他一直小心保护的是一个读书人的自知:

> 其为气也,至大至刚,以直养而无害,则塞于天地之间。其为气也,配义与道;无是,馁也。是集义所生者,非义袭而取之也。

这里,文天祥所要维护的已不再只是一个宋朝,一种汉姓,甚至一个儒家道统,他殉的不是一君一国,而是一种支撑了他也支撑着历代千万儒烈之士的义,"取义成仁",使得虽假以百龄之寿而不苟生，这种气节不仅使之能够不顾物质生命的消逝，而且能不屑那引动于他治国的大诱惑——元许诺他办教育，并以宰相之位相邀。然而，文天祥更看重那前提，如古人在"苟"前的止步，这个汉子，把儒士的反功利精神发挥到了极致。

一部十七史从何说起？宋代最后一个守住了心内江山的人常常以此扪胸。在此写下的二百首一律五言四句的《集杜诗》做佐证，文天祥仍是一介书生，是一个儒士。然却不同于一般通论意义的儒，不是后人想见的学儒(又包含鸿儒与犬儒)，他是儒的更古时含义的体现者，如果说汉后之儒分化为践学派与践义派的话，文天祥则是典型的践义派。时穷节见，道义为根。引为同道、肝胆相照的人也基于这样一种区分。一部用古体写下的《正气歌》即是一方丹青引：

> 在齐太史简，在晋董狐笔。在秦张良椎，在汉苏武节。为严将军头，为嵇侍中血。为张睢阳齿，为颜常山舌。或为辽东帽，清操历冰雪。或为出师表，鬼神泣壮烈。或为渡江楫，慷慨吞胡羯。或为击贼笏，逆竖头破裂。

居天下之广居，立天下之正位，
行天下之大道；得志，与民由之；不得志，
独行其道。富贵不能淫，贫贱不能移，
威武不能屈，此之谓大丈夫。

古人的凛冽磅礴之气，让人读来有一气贯通之感。

君子不忧不惧，一切都因有"亦知蕺蕺楚囚难，无奈天生一寸丹"的自重。

坐在人影寂寥的享殿门前，对着那棵据说为文天祥亲植、主体树干向南倾斜 45 度角的枣树，宛若面对"臣心一片磁针石，不指南方不肯休"这样朴素的句子，隔一堵墙便是一学校，可以听到学生们在课间熙攘的声音，不知他们的课本里，是否还保留着那篇《指南录后序》，那里面写了那么多的死，那么深重的"痛定思痛"，那么强有力的"复何憾哉""复何憾哉"的叠句，今人朗声读来有一种吟唱的调子。在读书年龄，在这个读的时刻是不必去问许多的，然而与那琅琅书声一墙之隔碑上的那一问，也会在他们成长后的某一时刻遇到的——读圣贤书，所学何事？这是每一以知识为天命的人都必须做出回答的。

在府学胡同寻访时，不经意发现北京燕山出版社也在此胡同内，距文丞相祠不远，印象中几在斜对面，我的行旅里即有它 1995 年版的《论语》与《孟子》，在它 1991 年出版的一本介绍北京文物胜迹的书中，我后来看到了一句让我读之哽咽的话，第 115 页这句话白纸黑字："有传说，享殿石阶，每当下雨，即呈红色，相传为文公被杀时血迹。"

我不睬它是不是后人的附会。当时坐在前殿背面的我，面对着的正是享殿。

故衣犹染碧，后土不怜才。这是宋亡不仕的谢翱的诗《西台哭所思》，作于文公卒后八年，同时，好像还有一篇《登西台恸哭记》的文字，用典甚密，语多隐晦，然而雪夜的西台绝顶，富春江上，毕竟在同时代时听到了纪念。在祠中前殿图片上看到江西吉安文天祥墓，沿山绵延，气魄浩然，1982 年修葺一新，墓前石碑上书，只四个字："为国捐躯"。

志士仁人，无求生以害仁，有杀身以成仁。

四十七岁的文天祥没有像他名字预示的那样享得天年，然却用一己之躯为读书之所学提供了一个答案。"风檐展书读，古道照颜色"，千山以外、文公读过书的白鹭洲书院，不知是否一如这祠边的学校，仍被琅琅书声覆盖着？那正气的诵读里不知是否也有这一种如先人一样、内中清明的声音？

其实这种从道不从势的儒士的烈士传统，自远古至近现代都不曾断绝过。以孔子做一个坐标的话，无论是前儒时代、儒之当时代还是后儒时代，这里我所选择的人物只是以这个意义的儒士或儒者来界定，而不是普遍意义说的儒家。近现代的情况因文化背景的置移而变得较复杂些，但仍能从历史的皱襞中寻见那亮光。"我自横刀向天笑，去留肝胆两昆仑"的谭嗣同，将变法的基点建立于反君主专制上，何尝不是对孔子大义的另一种追回，对等级之先、正统之前、未被纳入一种体制秩序前的儒的追回，其《仁学》复杂地加入了西学佛学成分，但其行动上的持道不屈却是对自孔子起的儒之读书人一以贯之的立人之道的默识心通，冲决网罗、以心力挽劫运的行动，也是中国士之传统——忧患与入世的一种体现。所以在变法失败能走逃时，他拒绝了那一条个人的出路，选择了流血。

鱼，我所欲也，熊掌，亦我所欲也；二者不可得兼，舍鱼而取熊掌者也。生，亦我所欲也，义，亦我所欲也，二者不可得兼，舍生而取义者也。生亦我所欲，所欲有甚于生者，故不为苟得也；死亦我所恶，所恶有甚于死者，故患有所不辟也。

有标准在的，虽然平时看不见它，正如血流在血管里。连那结局都是反功利的，只为一种精神价值，为一种"信"去"自吾身始"的实践。这何尝不一直是读书人最后的选择。"知身为不死之物，虽杀之亦不死，则成仁取义，必无怛怖于其衰"，这种襟怀，谁能不说他是君子。谭嗣同确是被称为"戊戌六君子"之一的，我想在这称谓里已经有着某种对历代来的笃烈之士的肯定成分。当然在现代能举出更多的例子，读现代史，我每每惊讶于读书人在其中的价值，在一个群体中，或者在他们于困厄的斗争中，在某一时刻只剩一个体时，他们总能做到凛然大义，这在世界知识分子史中都是一个奇迹。那种纯粹内实与光辉外在，让我不止一次从他们具体到个人的名字想到君子、大人、士、成人乃至祭司一系列儒之称谓，在那里面，贯穿着的究竟是一种什么样的力量与生气，使得一代代人不惜前赴后继而非要把一件事情做得完善、做得彻底？

而且，在许多时候，这种只知做的人总被夹在两难中间，要么是义利，要么是得失，更甚是生死，但更奇的是，他们的每一次选择都是那么准确，我不知道这其间藏有什么样的秘密，我只知道这其间一定藏着秘密。那种选择几乎是不用选择，是一种近于本能的自然的东西,行动的主体是那样的主体,完全不像后来人们所说的儒的四平八稳毫无生气,正是这些人物使我对一直知之甚少的儒产生了写的兴趣,但我却不知该怎样给他们一个总的名字。

广义意涵的儒士人格也许真的无法作为对象去旁观它,犹如人的四肢与舞蹈者的关系,虽然镜子是必需的,但就是无法将之(四肢)拆开放于对面做一旁视,正如人不能截下自己的血管而又要看血脉的流淌似的,它是我们无法放在镜中的东西,无从肢解,尤须诠释、达诂,只是一种不可言的接近,或者事实的远离。我们已在此中浸泡太久,我们已经长成了它,二者不分彼此,叠印是不足概括的,可以概括的只是以文传唱、以人增其大义的"弘道"方式。

对于乐得其道,对于身体力行,对于在大节大义面前没有两堆干草间踌躇而只是直线选择的天然气质,1995 年我在写着的一本书中曾试图以"圣人—君子—儒士—祭司—成人"的人格"金字塔"给予概括;时隔两年,再翻阅当时的文字,最感念的不是那概括的是否谨严,而是那一英勇的群体曾经若此时至今日还在感动着我的事实。1934 年胡适曾写过一篇《说儒》的论文,长达五万言,此中他提出一个很让儒学研究界吃惊的观点,这一观点到半个世纪后的今天看,仍然是惊人的。他认为儒在孔子之前早已存在而且起码有几百年历史了,儒其实指的是"殷代的遗民"中一个特别的阶层,是殷民族中主持宗教的教士,殷人被周人征服后,这些遗民中的教士,则仍在文化上保持着他们固有的礼仪或者宗教祭典,仍穿戴他们原有的衣冠,仍以他们的治丧、襄礼、教学为业,而以这种方式不仅保存了他们那一族相对发达的文化,并将之自然渗透到当时统治阶层的政治中去。这是孔子以殷人自认的原因吗? 胡适说到的文化反征服斗争不知怎么会在二十世纪末对我有所触动,他说:"在这场斗争中,那战败的殷商遗民,却能通过他们的教士阶级,保存一个宗教和文化整体;这正和犹太人通过他们的祭师,在罗马帝国之内,保存了他们的犹太教一样。由于他们在文化上的优越性,这些殷商遗民反而逐渐征服了——至少是感化了一部分他们原来的征服者。"祭师,或说祭司,就是这样一个意义的实践者,职业的功能渐渐地长成了人格的自觉。他的存在,不仅在传承文化,更在创造神祇和保护信仰,正如殷人中的传教士——儒——在三千年前所勉力做的。

"祭司"之外,还有一个词语让我感念——"成人"。述而不作的孔子仍然没有给出定义式的通用答案,只讲"见利思义,见危授命,久要不忘平生之言"。触动我的是这个词语不同于圣人、君子等所言及的一个境界,"成人"是一个名词,也可解释为一个动词,境界之外,它还代表着修炼。所以对应于圣人君子等高度的概念,它在具备广度同时,还拥有着其他人格范式所不及的长度、标志,提示着修炼的不可绕过。1995 年 5 月,由民间至政府共同组织的以学校为单位的十八岁成人仪式活动在全国范围内全面展开,面对集体宣誓的那个庞大场面,有人问过那仪式后面的职责认定、道义铁肩的传统吗,还有那关于"成人"的深层内涵?

我不清楚为什么在今天我会想到和写下这一切。写下对鲁迅先生在那个特别时代也禁不住以"尽人力以救世乱""孔以柔进取……孔子为'知其不可而为之'的事无大小,均不放松的实行者"如是评价的儒的理解。也许正是为了弄清楚自己为什么写才去写的吧。那个答案,总会有的。那个理想,在书写时,也会清晰;那个一以贯之的"不失其赤子之心"的人格,会显出秩序,又变得活水一般,在它清澈的投影里,我们总能看到自己的影子。波光粼粼中，它依然真实而彻底。

1997年早春，突然就有一个念头，要去看久未好好看的黄河；迎面站在仍有些凉意的风里，脚下是一传说楚汉争雄时古战场的遗迹，我站在那里，从没有以那样一个高俯瞰的角度看过黄河，这条称作民族摇篮的大河，送出去了多少烈士英杰。我仍然记得那浩浩荡荡的水面上，一群精灵般的大鸟擦着水面飞过去的样子，宽阔的河面上那影子一闪而过。也许引不起人注意。但我记住了它，它们，有时会栖落在一个年轻后人的梦里。在那样一面汤汤的川上，也曾站过一个身着长衫的人，从侧影看无法确定他的年纪，但是他的一句话却遥遥穿透了时间：

逝者如斯夫，不舍昼夜。

他是在说水吗，说如水的时光？我怎么觉得他说的，是包含说话人自己在内的一些人，一种精神，一种使春秋得以兴递、使生命生生不息、使信念得以推进的因缘。

《莽原》，1997年第4期

何向阳 诗人、作家、学者。出版有诗集《青衿》《锦瑟》《刹那》《如初》、散文集《思远道》《被选中的人》《澡雪春秋》《无尽山河》、长篇散文《自巴颜喀拉》《镜中水未逝》《万古丹山》、理论集《朝圣的故事或在路上》《夏娃备案》《立虹为记》《彼黍》《似你所见》、专著《人格论》等。作品译为英、俄、韩、西班牙文。获鲁迅文学奖、冯牧文学奖、庄重文文学奖、上海文学奖等。

那场呼啸来去的夜宴

淡巴菰

一

洛杉矶的雨季来了。

十二月的第一天，我正在居所旁边的小树林散步，针尖似的凉意开始飘洒，若有似无，像雨更像雾。

"Emma你在哪儿？公园走路，好，我去。"邻居格兰特低沉的声音隔着手机传过来。从亚美尼亚来美国三十年了，每天对着画架、帆布和电脑，家人和朋友也都是亚美尼亚人，他的英语仍差得像做着美国梦的初来乍到者。

我快步走出树林，穿过过街小桥，来到那足有十英亩大的公园草坪。远远地，看到那个熟悉的日渐矮小的身影正朝我这边走来。他两手揣在夹克口袋里,不急不缓地走在灰色的天空下,像个早起去地里察看秧苗的农人。那正是六十六岁的格兰特。我曾跟他开玩笑,说年长我十几岁的他是我的 old brother(老兄),而他那比我小十几岁的儿子阿瑟则是我的 younger brother(老弟)。听罢,他像个反应延时的旧电脑,愣了几秒,随即露出了那经典的笑——浓眉上扬,额头和眼角现出几道木刻似的纹,黑亮的大眼睛闪着戏谑开心的光芒。

格兰特两年前被查出肠癌晚期,已转移到了肝脏。"好几个医生说不敢给我动手术,否则我的肝脏会像个瑞士奶酪,全是洞……"瘦弱如纸片,他脸色晦暗地对我说。雪上加霜,他的老板跟他解除了合同,还拒付欠他的薪水。那段时间,他们全家个个愁眉不展、奔波于医院和家之间。

格兰特总让我不由自主想到我父亲。他们都为人恩厚、热爱生活,都患了肠癌。我父亲抗争了八年,希望伴着失望,在他六十六岁那年,形销骨立地走了。

正当我为格兰特捏把汗的时候,他竟奇迹般地健壮起来。"大夫说我是 cancer free(无癌细胞)了,至少两三年不用去看他了。"我眼睁睁地看到,他的精神和身体确实都比患病前还好,又开始气定神闲地在照顾花草树木。为了让树型更好看,那株合欢树下还用绳子吊着几块石头。

我为他高兴之余又暗自惊奇:美国的医疗手段果然厉害!我认识好几个美国朋友,或是乳腺癌或是前列腺癌、肺癌,经过治疗或手术后被宣告 cancer free,十几年了还真安然无恙。南加州常年阳光炽烈,许多户外运动爱好者得了皮肤癌,也不过去个小医院切掉补上就没事了。即便没有 cancer free 的,也安稳度日无大碍,好像癌症只是个慢性病。

看到我的讶异,探险家老友史蒂夫很理性,"那好转都只是暂时的表面的。肠癌晚期都转移了,cancer free? 不可能。"七十二岁的他是俄罗斯裔犹太人,笃信科学。

感恩节前我去亚利桑那州自驾一周,最后一天出了车祸。把车拖到阿瑟的修车店去大修。问及他的父亲,他皱眉说很不幸,父亲的癌症又回来了。

果然,再见到格兰特,他的脸色已经和这初冬的天空一样灰暗起来,花白的络腮胡子也不刮了,像一堆霜打过的草蔓生在那儿。

见面打招呼,他毫不掩饰内心的抑郁和失望。我故作轻松安慰他说心态很重要,心情放松,健康饮食和适当锻炼,有些患者能活很多年。我甚至跟他提到我那已长眠地下的父亲,说我是亲眼见证了他当年的挣扎过程的。

二

太阳露出了脸,虚弱得也像个病人。针尖细雨知趣地散了。

我们沿公园一侧的步行小径走着,一侧是独门独院的户户民居,一侧是高低起伏的坡地,路两侧都是灰绿深绿不同的灌木。蜥蜴、松鼠、白短尾巴的野兔不时窸窣出没。偶尔走得太近,我会闻到格兰特呼吸中的浊腐气。他自己也知道,癌细胞已经扩散进了肺和胃。

"谢谢你给我的陪伴,Emma jan!"我和他都穿着运动鞋,并肩走着,我发现他居然比我还矮小了。

"我一直想问你，jan 是什么意思？我平时总听你太太特蕾莎叫我 Emma jan。"我故作轻松地问。

"哈，这是亚美尼亚语，原意是身体。如果我叫你的名字，后面跟着个 jan，意思有点像亲爱的，但比那个还要亲得多。只有最在乎的亲人间、互相视为彼此身体的一部分才这么称呼。"他一下来了兴致，竭力用他有限的英语解释给我听。

忽然，他收住脚步，低头望向路侧灌木丛下，枯叶上有一堆鲜绿的果实，猛一看，像带着绿皮的小核桃。他弯腰捡起一个，好奇地挤开了，露出淡黄色果肉。我也从那灌木上揪下一个，掰开，故作认真地望着他说，"格兰特，听好了，要是我有个好歹，你，立即打 911"。说罢把那果子凑到嘴边。

"哎可别吃！万一中了毒……"格兰特话没说完，自己先乐了。我只是放到鼻子下闻了闻。

他知道我在逗他开心，抬手轻轻在我肩上拍了一下。

"除了亲友的关心，我还庆幸自己有医疗保险，不用有太多经济压力。虽然以前挣得也不多，五千块一个月，现在没工作了，每月只从社保得到七百块。"我知道美国人几乎从不在外人面前谈自己的经济状况，很欣慰他拿我当亲近的人。"我去年和前年都去了欧洲，看那些百年教堂、建筑、油画，你会觉得生而为人很幸福。如果上天让我再活几年，这瘟疫过去了，咱们结伴，先去中国，从那儿到亚美尼亚。我们都来自有着灿烂文明的国家……"

当年在亚美尼亚他曾是大学教授，来美国后迫不得已，靠给珠宝店做设计谋生。那车库改装的画室靠墙摞着五六百张油画，全是他这些年的积累。他家、两个儿子家，甚至亲戚家都成了他的画廊，墙上挂满他的画。除了有几幅曾租给电影公司当道具,没有一幅找到了买主。他不止一次地把那些画抽出来,靠桌子椅子摆好让我看。与那些糖果色的装饰性很强的新画比,我更喜欢他来美国前的作品,中性的暗哑色块,抽象浑厚的线条,粗犷浓重的笔触,很有点凡·高、高更的影子。

客居在美国三十年,他深以他的祖国为自豪。总爱把手机里他回乡时拍的照片一一滑给我看。老教堂、十字架刻石、诺亚方舟停泊的山头、圣湖……

他爱自己的家人和狗们。把他们用电脑合成进他的画里,把全家的老照片扫描进电脑,还用 photoshop 处理得非常完美。

如果,某天,他死了。一想到那一刻,我难过得像再次面临父亲的离世。隔着这小马路,抬头不见低头见,他就像他前院的树木,已经是我生活中的一部分。父亲走时我在美国,遗憾没在现场,也庆幸没目睹那生离死别的悲恸。我是个太脆弱太自私的人。

我们经过草坪,看到一个蓄着大胡子的印度老人,头裹白巾,双手合掌,背对行人跪在一棵大松树下,口中发出呜呜声,像是在祈祷。"我为他高兴。虽然他的主对我没有任何意义。"格兰特很坚定地说着望了我一眼。我没吭声,忽然明白,他其实一直在确认着自己的信仰。

第二天早晨,我接到特蕾莎电话,问我在干吗。我说要做早饭。"Emma jan,你过来,我们一起。"她的英语比丈夫还差十倍。等我做了个蔬菜沙拉、炒了一盘鸡蛋,用纸巾卷了三张薄饼带过去,特蕾莎已煮好了咖啡,摆出好几碟不同的奶酪、刚烤好的面包片。

他们都像猫,吃得很少。我知道与其说是吃早点,他们更喜欢有人陪伴。

饭后他让我跟他进车库，给我看他头天逛二手店买回来的画框和油画。"三五块钱一幅。你看这画框多结实，我自己做也得七八十块。这油画不入眼，都很俗，我可以毁了当画布，比买新画布也便宜得多，还不用自己绷。"

我问他是否去过本城的旧货市场，周二周日都有，很容易找到这类画框画布，远比他开车往返两小时去北好莱坞方便。

他说周日不行，他要去教堂。周二早晨可以同行。

三

我希望把格兰特介绍给史蒂夫，除了他们两个都是好人，我还暗自打着小主意：史蒂夫住在富裕的 Pasadena，万一有熟人刚好想买画呢。史蒂夫很爽快，答应同行。

早晨八点钟，史蒂夫开着那油电混动的雷克萨斯到了，嗡嗡地响着，那鲸灰色的车像个 UFO，只一刻钟，把我们运到了那山脚下的露天市场。

"我从不认为我能从这里买到什么东西，除非必要，我已不往家里添东西了。"史蒂夫跛着一条腿，那是他当年丛林探险的代价。他很注意健身，肩胸肌肉发达，结实得如运动员，两条小腿却细瘦如麻秆，他自嘲说他那是 chicken leg（鸡脚杆）。他晃悠地走着说："人到这个年纪就不该收东西，而是要往外送了。"他家里除了一些来自非洲的夸张木雕、几尊中国佛像，还真没过多的陈设。

"是啊。我也一样。就算看到好的艺术品，买不买回家对我也真没什么意义。你看我那些画，摆在那儿没人分享。所以我好久不画了，没有动力。"格兰特语气沉重，脚步却轻盈，镜片后大眼睛黑亮干净，像一直在思考哲学问题。

那天的摊贩并不多，东西鲜有入眼的。最后我买了三本1960年代的杂志，American heritage（美国遗产），其中一本的书脊绽开了。"小意思，我给你修补好。"格兰特说。他的修理功夫我早见识过，我有两本1920年代出版于伦敦的日本浮士绘画册，轻轻一翻，发黄发脆的纸页就会脱落。他拿过去，片刻工夫，加了色彩淡雅的硬壳书脊，面目一新像整了容。

一个蓝白抽象图案的大瓷盘吸引了我。有裂纹，要价五块。看我拿着打量良久，蹲在地上的摊主，一位中年男子笑着说："我实在是想给它找个好人家。两块钱，你拿走好吗？"我付钱接了放进史蒂夫的布袋里。

"你知道人们为什么羡慕年轻人吗，不是因为他们年轻好看，而是他们遇到喜欢的东西还可以买下留着慢慢看，不用考虑是否来日无多……"看这二位有说有笑，我庆幸促成了他们的相识。

回家路上，我邀请他们去家里吃中式早餐：白萝卜、鸡蛋、韭菜馅儿包子、小米粥、生菜沙拉。

史蒂夫美滋滋地说好。

"我今天还没看到我太太呢。"格兰特笑眯眯地婉谢，并邀请我们一会儿过去喝茶。

我们过去时，麻利的特蕾莎把茶点都已摆好。随后我们去了他的画室。格兰特又是一通忙，把那些画抽出来摆好，展示后再放回去。有些画很高大，他慢吞吞搬来挪去，活动空间越来越小，他便像个小蚂蚁。有些画框显然很重，他不时用袖口拭去额角的汗水。我提出帮忙，被他拒绝。史蒂夫这不懂艺术的人连声赞叹,按自己的理解读着那些抽象色块的意思。"艺术就是这样,不同的人看到不同的意思。"格兰特很开心,好像他的个人画展终于有了参观者。说下次史蒂夫再来,要请他在后院吃烧烤。

"这对夫妻真好!太可惜了。"出来后史蒂夫一脸惋惜,瓮声瓮气地摇了摇秃脑袋。我总感觉他像沙僧,头顶光光,脑后一圈黑发,为人也实在得像块石头。

"你跟画家丹妮澳不错,她认识许多画廊。要不要问问她是否可以介绍几家给格兰特?或者,她要喜欢他的画,说不定可以当代理呢。"史蒂夫坐进车里,像忽然添了心事,隔着车窗说。

我迫不及待给丹妮澳发了信息,一天后才得到她的回复,"我很佩服这个画家同行,可我实在没空。"措辞客气,可看得出那暗含的不悦,好像那样的问题本身就是对她的得罪。

没过几天,我听到敲门,是格兰特,手里拿着他修补好的那本刊物。我沏了碧螺春请他喝,还削了一只韩国梨。之前给他两个,说有利于消炎解毒,他应该多吃,他推让着,只肯收下一个。

"I am in bad mood(我今天不开心)。每次去看医生回来都情绪低沉。我想跟你待会儿,可以吗?"

他蹙着浓黑的眉坐在餐桌旁,眼睛望向那杯茶。"这是植物茶?哦,树的叶子,那我能喝。"

没聊几句,他就掏出手机给我看照片。有着无辜大眼睛的白马脸部特写,全身雪白有着一蓝一灰眼睛的猫,别致的山间古屋……"这不是我拍的,好看,就存下来了。"一个如此热爱美珍爱生命的人,知道自己很快就要被魔鬼挟走,要不情愿地和这一切说再见了。那心情!

我心中一酸,难过得不知说什么好,只是若无其事地附和赞美着。"周五,史蒂夫和两个老朋友一起过来我这儿吃饭。你和特蕾莎也过来吧。我知道特蕾莎除了自己煮的东西都不碰,不过吃什么不重要,主要是人多热闹。他们还可以去看你的画。"我希望这个提议能分散他的不快心情。

"请他们到我家去吧,后院烧烤,那天我都跟史蒂夫承诺了。"吃了块梨,他抬眼望着我说。

我说当然好啊,不过得让我负责采买,尤其是烧烤的肉类,我一直想跟他讨教。

他明白我是不想让他破费,微笑着说既然是去他家烧烤,就全权交给他好了。

"那我带两个中国菜和红酒过去。"我笑着坚持。

"和烧烤不搭,别弄了。酒水我家也有一堆。"

我不再坚持,想了想,决定不告诉他,那天是我的生日。

四

早晨,我睁眼第一件事就是拉开窗帘看天气。地上是湿的,显然昨夜下过雨了。

天气预报是多云,走到外面,才发现仍渐渐沥沥飘着牛毛细雨。不大,却很密。

我思忖着是走路还是开车去花店。自从出了那场车祸,我对出门开车越发慎重或紧张。看天上的云仍灰突突的,雨没有要停的架势,本打算走路去,我犹豫了。来回五英里(八公里),

即使打着伞，也很难确保花不被淋湿。

如果开车，风险有两个。一是和别的车辆甚至行人发生剐蹭和碰撞，二是违章被警察抓开罚单。我有点恨自己那么患得患失瞻前顾后，可既然这天是我的生日，在异国他乡，我真不想有任何闪失。

我心心念念着，一定要给特蕾莎买些很棒的花。我去格兰特家吃过烧烤，知道每次最辛苦的都是这位女主人。

车还在修，租来的那辆白色雪佛兰静静停在路边，像个临时来打短工的伙计。喝了一杯茶，我决定不再等了，把车后视镜的雨珠擦干，格外小心地开车去花店。

才周五，那店里生意已很红火，人们推着车提着篮，开始圣诞采购了。

鲜花也比往日种类多，层层叠叠，玻璃纸罩着，一束束的，立在铅色的小桶里，像五彩缤纷的糖果，又像一群活泼可爱的小囡囡。

本来想买兰花，看到那五只一束的娇艳芍药，我立即改了主意。淡粉、深粉、米黄、牙白，花苞肉乎乎圆滚滚嫩嘟嘟的，像熟睡的婴儿脸，让人想凑上去亲吻。12.9美元一束。不能抗拒，一口气挑了三束，两束送人，一束给自己。

回家路上，想象着递给他们时的情景。我会说，"特蕾莎先挑。淡粉的，还是深粉的？"两人一定欣喜地望着花，笑出一脸好看的纹。

史蒂夫打来电话，说他们已在路上了。"下雨路滑，我们不去了。掉头往回开了哦！除非你桌上有巧克力……"我听到副驾座上的彼埃尔大声笑着嚷着咳着。我刚才还真给这老顽童买了四种不同口味的巧克力。

十二点半。我踱到客厅窗前,望着路边偶尔驶过的车辆。车轮带起的泥水,似乎脏污了好心情。雨仍在下。这样的天吃烧烤?我想象格兰特也在后院廊下立着,不时仰头看天。

一辆灰色轿车驶来,拐进邻居家的车道,旋即又退了出来,它只是借机掉头,缓缓地停在路边。他们到了!

我并未迎上去,而是继续立在窗前看着,像个偷窥者。

先是史蒂夫推开车门下来,径直朝正开启的后备厢走去。副驾座的门开了道缝,我看到里面顶着稀疏白发的彼埃尔,他并没急着下车,而是侧着脸好奇地打量着前院的植物。他也爱植物如命,却心疼水费舍不得给它们浇水,我总打趣说他院里那些活下来的植物不是神仙就是妖怪,几十年来全靠老天下的可怜的雨水活着,这可是在号称从不下雨的南加啊。他身后的门开了,个子娇小的亚裔黑发女子端着一盆黄色兰花走出来,上前替他开了车门,一手扶他下来。那是他的菲佣,或者说看护南茜。"我去哪儿她都得跟着!我当年就是不想被女人掌控才离婚独身。半个世纪过去了,我的天,没想到又落入女人手里。我俩女儿,还有这个南茜,一个比一个 bossy(专横),总下命令,吃这个喝那个。"彼埃尔不止一次跟我们撒娇式地抱怨。

彼埃尔拄着那根黑色手杖,慢吞吞地挪着,雪白的头发像一团被风吹歪了的泡沫,脸和脖子连成了一体,浮肿松弛,一看就是药物副作用。患白血病三年,医生都要放弃他了。看他不甘心才同意给他换一种药试试,却贵得要命,医保不能报销,他不想卖房,开始卖自己的藏品换钱。每周他要付给南茜八百块钱,而他每个月的退休金到手还不足三千块。

"借你生日聚一下吧。很可能这是最后一次了……彼埃尔不知还能挨到什么时候。"史蒂夫是召集人,除了他俩,72 岁的约翰也说好了要来,可他头天去做了头皮激光治疗,癌前病变,疼得一夜没睡,早晨临时道歉取消了。这三位是我在美国最熟悉最亲近的朋友,曾不止一次远足、聚会、喝酒、庆生。可是疫情三年,大家都像雨中的漂萍,即使还在水面上漂着,那苍黄老迈有目共睹。

彼埃尔进门后踮着碎步直奔沙发,一屁股坐下后长舒了口气,似乎他刚跋涉了十万英里。史蒂夫跛着腿,又进出两趟,像个搬运工,把所有礼物都摆在客厅。

彼埃尔送的是个手绘宫廷人物的深瓷盘,产自捷克。说那是五十年前他父亲去世,他回瑞士接受遗物时带回来的。"这是你的生日礼物,说好了,兼圣诞礼物啊,我不知道那之前还能不能看到你。"

我笑着打趣说我明白,新年礼物也是它了。

"这盆兰花也很美!"我说,再次跟他道谢。

"这是我送的哦!"南茜笑着瞥了我一眼。她眼皮很"双",两弯眉毛绣得漆般黑亮。她总是略带难为情地笑,明明很谦卑,却又透着在琢磨人的小心思。

我把托史蒂夫去华人超市买来的葵花籽打开,她很认真地嗑起来,不时耐心帮不得要领的彼埃尔捡拾落在夹克上的瓜子壳。

约翰也让他们捎了礼物来,和以前一样,书:简・奥斯汀的《劝导》,贝蒂・史密斯的《布鲁克林有棵树》。

那盆非洲茉莉当然来自史蒂夫,卵型深绿叶片,牙白色花苞,点缀在弯成环形的枝条上。另外,他还像个管家采买了一瓶粉葡萄酒,一箱韩国梨。那两个胖大的酸面包,来自他家旁边的 bakery,我吃过,确实如他所说,那是全洛杉矶最好的面包。

最后他夸张地搬进屋的是个带轮冷冻箱,掀开盖子,变魔术般,他端出个冰激凌生日蛋糕!

除了南茜,每个人都还写了生日贺卡。望着那风格不同的字迹,读着那一句句或调侃或温馨的话,我像喝了酒一样有些微醺了。

彼埃尔让 Alexa 放爵士音乐,一曲完毕,他再次大声下令,连着报了好几个曲名。那虚拟女人被弄晕了,问了几次都被他粗暴打断,继续下令,人家干脆罢了工不吭声了。"你的话太多了!"史蒂夫清了清嗓子重新下令,classical music! 一曲莫扎特开始悠扬回旋,仿佛那个美少年从宫廷踩着舞步翩然而至。

趁大家七嘴八舌逗趣,我看表,已经过了约好的一点,给格兰特打电话,他说恭候着呢,赶紧来吧。

我把准备带的东西都放在桌上,让大家分别拿上一两件。许是去一个陌生人家里吃饭有些不自在,人人都高兴帮忙,抓一两样东西在手似乎有了点体面和底气。史蒂夫捧着那烤得外脆里糯的酸面包。南茜一手握着葡萄酒瓶,一手拎着那生日蛋糕。彼埃尔拎着一袋梨。

刚要动身,史蒂夫忽然叫停:"等等! 你没告诉格兰特夫妇今天是你生日。这蛋糕不会露馅儿吧?"

我望一眼那纸盒上的"生日快乐",不知如何是好。

南茜说别带了吧,可以回来再吃。

史蒂夫说好在他让蛋糕店把生日快乐写成了中文,估计他们猜不出意思。生日蜡烛不带就是了。

几个人嘀嘀咕咕的结果是,带上。

走到门口了,彼埃尔像个长老,威仪地用手杖地在板上顿了两下道:"千万记住,切和吃蛋糕的时候都不能说 happy birthday!"

南茜睁大眼睛悄声问我:"为什么不让他们知道?"

我还没接话,她的主人朗声道:"我完全理解!Emma 是不想让他们破费。人家给咱们这几个陌生的家伙准备烧烤,已经很让人感激了。对不对?"

我连连点头,抱起那两束芍药,开门。

五

一路之隔,斜对面,狗儿听到动静已经叫了起来。特蕾莎喜气洋洋,说了无数遍欢迎。

我的设想没得逞。整洁的客厅里只有女主人,我没法让二人对着那花端详挑选,只好都递给了特蕾莎。她施了一层粉的脸也乐成了花,忙不迭从柜子里拿出个水晶花瓶和剪刀。

格兰特似乎要隆重登场,等人的说笑问候和凑热闹的狗都消停了,才从二楼下来,格衬衫蓝毛衣,俨然一个艺术教授。他声音洪亮地表达诚挚的欢迎,再为自己糟糕的英语致歉。

"我们搞艺术的就该扎堆儿。谁都知道,交流不靠语言。"彼埃尔的外交辞令自如又体面。

"今天全是地道亚美尼亚食物。"特蕾莎笑着说,继续在厨房灶台前忙活。厨房与客厅间没有墙,等于她是在客厅的一侧忙。南茜角色归位,刚把那花插进花瓶,挽起袖子帮着洗菜切菜。

史蒂夫和格兰特见过一面,以熟人自居,主动去后院给烤架煽风点火。

"我很高兴南茜能融入。你知道,她平时有点内向……"彼埃尔低声跟我说。他独自坐在客厅的白沙发上,爱抚着躺在脚边的小狗罗密欧,望望忙活着的人们,像是自言自语:"我也没闲着。我给小狗当伴儿。"

我推开纱门走进后院,脸上居然没接到雨滴。

"十分钟前还在下。我把碳刚取出来,那雨就停了。"格兰特拿着个电吹风对着那烤架猛吹,火星飞起来,热浪扑在脸上身上,让人感觉心里暖烘烘的。

茄子、西红柿、青椒、长椒,第一批上架。待它们都变成碳色,下架送进厨房。我和南茜开始手撕——把那焦黑的一层剥落。碳化的表皮并不烫,可那下面的蔬菜却极灼手。我们俩的手指尖很快红了,像冻伤了一般。格兰特进来见了,接了一碗水递给我。蘸着那碗冷水,果然,烫伤问题解决了。

我再去后院时,架上已经成了肉林,串在半米长的金属签子上的牛肉块和鸡腿,开始滴油了。

"这签子还是阿瑟十年前回亚美尼亚带回来的。"格兰特利索地抬抬这个,挪挪那个,娴熟得像个DJ。

曾是职业摄像的史蒂夫看乐了,拿出手机来录像。边录边说:"不知你们发现没有,美国人家家后院有烧烤架,有的一年也用不上一回,有的一个星期就烤两回。真有意思。"他说他家就属于一年也不过烤两三回的。我的房东杰伊也有一个烤架,煞有介事立在廊下罩着罩子,我从未见他烤过。

"烧烤是你判断一户人家是不是真的亚美尼亚人的重要指标。"格兰特笑道。有两串牛肉熟了,他移到一边桌上。我正琢磨如何把它们从那灼热的金属签子上撸下来,只见特蕾莎拎过来一袋烙好的lavash(薄饼),都切成手帕大小方形。格兰特拿起几张,裹住肉串轻松一撸,那肉和饼就落进早准备好的保温盆里。

再进屋,长条餐桌已被食物占据。当中一大盘是鲜物,茴香、香葱、紫苏、罗勒,生吃。黄瓜、圆白菜、胡萝卜,都带着点粉色和醉意码在另一盘,是泡菜。小碟子里是特蕾莎自己做的鹰嘴豆酱。烤茄子、椒类、西红柿像陈年的旧物,带着斑驳的炙痕,让人不由得想,咬一口也许就尝到了所谓人间烟火气。最后出场的是滴着汁的烤肉,一层 lavash 一层肉,肉上撒着紫色的洋葱碎。桌子摆满了,酒瓶和酒杯只好被放在旁边另一张带轮的小桌上。从轩尼诗、伏特加、龙舌兰到白、红、粉葡萄酒,一打小绿瓶里是啤酒。

"天哪! 这真让人无从下嘴,从哪儿开始? 哪个都想吃,可胃太小了。"

"我的胃都撑得填不进任何东西了,可心理上还想吃!"

"怎么吃了半天,什么都还像没动过的?"

大家的嘴都累坏了,不停地吃着喝着,还忍不住地赞美着。

壁炉旁那株一人多高的圣诞树上亮起了彩灯,银色的饰物闪闪发光。

"想听什么音乐?"格兰特起身往客厅走去。

"随便!"人们嚷道。

欢快的钢琴曲像跳跃的溪水流淌出来。"这曲子是我孙子谱的。他十八岁了,读大学呢,将来要当音乐家。"格兰特回到座位上,脸上是不动声色的自豪。

史蒂夫站起来致辞:"这像不像电影场景? 两个美国人带着个菲律宾人,来一对亚美尼亚夫妇家里,给一个中国人过生日! 这一刻,我真感受到了活着的美好……这瘟疫一晃三年了！"他忽然有点哽咽了，犹太大鼻子微微皱了一下，望向杯中的酒，顿了顿，他举杯，"感谢格兰特和特蕾莎，感谢每个人。"

彼埃尔接口道："这你们就明白我了——当有人跟我说，你都活了八十二岁，得个白血病也别难过，美国男人的平均寿命不过七十八岁，我特别不爱听！我活过八十岁，就一定要得癌症吗？我不认为我该逆来顺受！既然活着，就应该有活着的样子，而不是病病歪歪地躺在床上等死！"他剧烈咳嗽起来。我发现他说话越来越快，像在嚷，好像不赶快说就没机会了。

屋里很热，他仍穿着厚夹克。南茜看他的袖子总蹭盘子里的食物，就给他挽了起来，露出前臂皮肤上一块块黑斑，像刚才烤在架子上的青椒。

他现在用的新药副作用很大，医生叮嘱说如果受不了就赶紧停。可他不想放弃一丝希望，咬牙说没啥感觉。他那原本立体好看的北欧脸完全变形了，下巴和脖子没了界线，皮松肉坠像只火鸡。我几次举起手机给他拍照都无奈放弃了。

我右手边坐着特蕾莎，她微笑着示范各种食物的吃法。把香菜、香葱、罗勒放在抹了一层酸奶酪的薄饼上，卷起来吃。把烤过的青椒、西红柿和茄子混在一起吃。

"我跟格兰特散步时也聊到生死。我说其实冷静一想，既然人人都有一死，只不过早晚的事情，有什么可恐惧的？"我以为自己这样的言辞很有说服力，很让人视死如归，很能宽慰彼埃尔和格兰特这两位癌症病人。

还没等他们说话，特蕾莎抬了抬抹着淡绿眼影的眼皮，侧脸望着我，很甜美地微笑柔声说，"But Emma jan, life is so wonderful！"

"没错！生活太美好了。"彼埃尔接口道，"这世界上，生不如死的人是极少的吧。有谁真是活够了不怕死了呢？"

说到生死和衰老，气氛变得和桌上的烤肉一样冷了下来。

"有谁喝咖啡谁喝茶?"特蕾莎微笑着进厨房去鼓捣茶点。冰激凌蛋糕被南茜切成小块放进碟子端上来了。大家吃着，似乎没有人意识到那是生日蛋糕。

吃罢茶点，我招呼彼埃尔去车库看画，我知道那是格兰特期待的。"这张你画出了两棵树的灵魂，背景是混沌的黑色，有情绪。"彼埃尔坐在那张黑色皮转椅上一一点评着，像个权威教授。当了一辈子美术老师，他确实是个有品位的艺术家，不仅刻得一手好版画，油画也相当有味道。可我看得出，他在强打精神，只要格兰特摆出一张，他就自觉地赶紧点评几句。可怜的老人！我忽然想起那本记述他十八岁去埃及的书，其中写到一个细节——离开美国前他和母亲去纽约一个酒店听爵士乐，一个妙龄女子约他跳了几曲，被玉树临风、挺拔英俊的他所吸引，邀他去她的房间。"我母亲在旁边正优雅地吸着纸烟，看都不看那个女子，侧脸望着刚吐的烟圈，只说了句：Miss，you can not afford him(小姐，你买不起他)!"

谁能把那风度翩翩的美男子和这老迈浮肿的苟延残喘者画上等号？生命的终点竟如此不堪细看！

史蒂夫平时从不喝酒，许是奔波了一天，他累了。倚着门框立着，两眼发直盯着那些画，看过的和没看过的，都不再作声。他曾跟我说，年过七旬，每天他都在做着散场的打算——"把房子卖了，找些喜欢的地方，这儿住半年三个月，那儿待上一年半载。"

主客互相道谢告别。他们三个又回到我的小屋。

"天哪，这对夫妻真有金子般的心！为我们这样的陌生人，如此周到殷勤。我这辈子从来觉得不欠任何人的。这次，真感觉欠他们的。"彼埃尔仍坐回到沙发一角，喘息着说罢指指我，"你，把他们地址给我一份。不要什么手机号码，我讨厌发信息，就要地址！我要在圣诞节给他们写贺卡。老天爷对格兰特太不公平了。跟他比，我还算是太幸运的！"

我把大家的谢意发信息转达给格兰特。他很平淡地回复："我们是再普通不过的人，只是不做坏事而已。"

待小屋里终于又剩下了我自己，回想这呼啸来去的一行人，回想那如聊斋般不真实的盛筵，我脑子竟只剩空白。

坐到桌前，听着窗外雨声又沙沙响起，落在有叶没叶的树上。

我打开电脑，写下一行字：千万别说 Happy birthday。

猛然想起来，我刚过了一个生日。

淡巴菰　女，本名李冰。曾为媒体人、前驻美外交官，现供职于中国艺术研究院，一级作家。出版散文集《下次你路过》《那时候，彼埃尔还活着》、纪实随笔"洛杉矶三部曲"：《我在洛杉矶遇见的那个人》《逃离洛杉矶，2020》《在洛杉矶等一场雨》等12部图书。在《人民文学》《北京文学》《天涯》等发表小说、散文若干。《上海文学》专栏作家。获第十届冰心散文奖。

对水的畏惧与想象

玉　珍

太平洋

我似乎闻到了海的气味，但在这之后，我们的车还行驶了很长一段时间。当我们来到海边，太平洋海岸，漫长的海岸线消失在雾中。巨大的海就在面前，但看不到全貌，海雾使边界充满无限感，方圆几里的空气都被它的呼吸所影响。那些被制作出来的材质坚硬的巨型蜘蛛趴在那儿，浓雾中仿佛具有生命力，也许突然间它会朝你爬去或纵身一跃进入海中。阴天的雾气湿重、沉默，冒着凝重的寒冷，像一个威严的装置艺术，往上看它是连接天空的，但天空看不见，往下看它是深渊，深渊也看不见。从远处看没有尽头只有雾，而这头，它直达我们内心，我们的内心也深不见底。

一片海大得像能将一切吞噬，它就是个悲痛的奢侈的液体城市。2017年冬天，当我站在海边，在太平洋岸边，巨大的海气弥漫至半空，遮挡了天空，也遮挡了这个城市，它的液态平衡着大陆，像一种庄严使大地稳固起来，一切在它的涌动中被掌握，整个周边城市的喧嚣都不如它的海面，一种无形但强大的存在感，吸收、镇定着一切，使海雾跟着所有人走向全世界，走向街道和他们的家。

就算它一动不动地进入最强宁静期，它的气浪也在影响着岸上的一切，那就像它的磁场在养育和晃动那弱小生存的摇篮，它的庞大使它的咆哮难以靠近。站在阴天黑色的石头上，觉得整个人已经被大海吞没，雾气像大海一样浩瀚、雄壮、悲烈，如果是晴天，强硬的蔚蓝和深蓝会显得更加深邃、明亮且严峻，带着不可靠近的奥义，将人笼罩在那压抑又疯狂的敞开中。那无穷的海面仿佛有巨大的吸力，你光是看着它都觉得要被吸进去。

当你闭上眼睛，海就是一种想象，一个仍在远方的东西，你接近的只是水。凝望是我与它唯一的联系。当它不动时，像块最大的固体，古老的一片水的世界能构成一种气象，而一瓢水可被随意使用，一滴水就会消失，在凛冬它是冰，在阳光下它甚至像火。水与水连接时才产生力量，它是怎么成为那么无穷的一个东西？

当你凝视它，它就移动到你的四周将你包围，但现在大海在我体内。它用难以言喻的感觉使人连接了大地的伟大。现在它又是一种情感。

海是你触摸不到的，你只能触摸到水。当你看到大海，就像你看到了所有你能穷尽的一切，它仿佛也在发散它心灵的力量与内在的影响力。我们在它的皮毛上活着,一艘巨轮看上去庞大坚实得仿佛能碾碎一切,但当它开始远航,就仍像是在海的皮毛上蠕动的小虫子。

而另一种说法是,我们又实打实地破坏过它,深入过它的内心,进入了它的肌体,掌握过它的部分习性,利用过它,游戏过它,浪费过它,甚至残害过它。我们对永远无法完全战胜的对手怀着复杂的心情,这里包含着敬畏与恐惧、爱与赞美,以及背叛、剥夺、臣服……

离开太平洋

我们离开了太平洋,离开这个强势的抽象的液体庞然大物,去附近的饭店吃饭。

当你离开大海背着它而去,与背离任何事物不同,就像背着整个大海的重量和雾气,以及那巨大的眼睛和一张喷出咸味的嘴。就算你已经离很远了,那种海的气场还在压着你的后背。

直到我们走进了一家店。

走进那儿才像走进了人类世界,那儿尽是卖鱼的人们,有嘈杂的说话声,朴素地欢快地交流,热火朝天地吃饭,以及从食堂冒出的闪亮的灶火。到这儿才有些烟火气,有些地气和人气。同时有鱼腥味儿,海产的鲜香与鱼干的咸香。

那些鱼都是从海里面捞上来的,你想象不到那片海里面生活着什么,它的黑暗里简直应有尽有,很多人靠着那片液体的宇宙生存,他们已被大海那庞大的气场熏得麻木了。

坐在一家店的门口,我们等菜,我走出店门,还能看到腾着淡色雾气的遥远的海,看不到海面,但看到海上的气,那雾教它整个地禁锢在那儿,像个庞大慈悲的海神。或者说一种深度将它禁锢在那儿,而它又用那深度往无限的地底下挖掘,从那儿利用白鲸或鲨鱼的力量赋予液体的威风凛凛,暗色深沉,就是在晴天我们也没法看见它的脸,在它的胸怀当中不断激荡出万分之一的波澜。

住在海边的人与住在山里的人是完全不同的,太不同了,一个往前看只能被山挡住和往前看只有无涯海面的人,对风景的理解大有不同,对植被与水的情感也格外不同。我那从大平原嫁到山中来的嫂子第一次进入山中时充满了惊讶,她不知道山中之山无穷无尽,就像大平原一样没完没了。

当我们背海而去,进入喧嚣街市,仿佛从另一个宇宙归来,但我永远没能被那个地方摆脱,永远没法离开太平洋,多年过去,它的面容一直挥之不去,我对海凝视的时刻仿佛仍在持续。

对水的恐惧

海本身携带一种颇具威慑的形态,就像一种文本的语感,一张脸庞的脸色。我想它天生携带一种恐惧,因为它无所不包的巨量心胸,就像一个经历最复杂、最黑暗的时代的巨人,它的目光就是那些东西的总和。

看着海是一种滋味,进入海是另一种滋味,在海上,眩晕的美在蓝色中急着前进,单调的美,保持距离的美。"天涯海角"是一个很难形容的成语,在这儿看去,海存在得极其沉重,它没有边界。

巨大的蓝,液体,而在视线中坚固得仿佛巨鲸,气势上使人生畏,但海只是存在着。

哪怕我坐在安全结实的船上。水那不确定的柔若无骨的摇晃仍会使我害怕。像坐在一个黑暗的、危险的、没有定力和支点的中心上,我怕那摇晃会将我吸进深渊。

当你进入海中,我想象你的感官,那种最初的柔软的清凉逐渐会麻木,而最大的刺激来自视觉,进而来自声音与液体的律动,那是一种不容散乱的挪移,或声音与无声的交替。

让人去征服的是征服欲,大海是人征服不了的。这是在征服一种没有极限的熟悉,想象中的蓝色,一种不存在怀抱的拥抱,而当你想起海的怀抱,你甚至要惊恐起来,哪怕你将之当成沙发一样漂在那恒定的寂静中,那些快乐也让你想起海的陌生与难以交流。

而你确实是在交流,你的身体在与海水交流,进入液体的自由、液体的自身,你成为海的一部分,在它没有发怒的时候海就是你自己,哪怕你周围是几千公里的海水,你也觉得自己是海水本身,也是恐惧本身。

海上的故事

水手的孤独其实就是海的孤独,一个单薄的个体站在巨轮的边上,他离海那么近,在海的面积前,他只有释放灵魂,只有这样的东西能够抵挡虚无。

他们只能看到海,但他们没法与海交流。两个非常独立且不兼容的个体,区别在于,人的情感和需要与海一样深,却是活生生活着,而海不会死。

人会死,这是人身上唯一比海更深的东西。一切问题是死亡问题的开始。

这是种终身要背负其自身的东西。这复杂是与海的面目相似的。很难想象一个水手在孤独时不看一眼大海,或者,不是在看海的时候感觉到孤独。巨大的孤独。

我的朋友曾跟我讲述海员的孤独,他们有的已经习惯,有的再不想看大海一眼,那是一种几乎让人想要呕吐的、熟悉到厌恶的蓝色或黑色,充斥着昼夜的习以为常的海风味道与水的孤独,水与水生物的味道,思乡的孤独,爱的孤独。接着就是阳光、雨、雾,枯燥的自然年复一年。这就是海,将我们所有的一切都打包扔进大海,仍不足以填掉它片刻的空虚。

普鲁斯特

普鲁斯特这个名字在中文中的发音就像是水流声,是一种充满韵律的水流声,同时他的《追忆似水年华》是一种同样伟大的水流声,这些水流的声音构成了时间与这个世界。没有一种命运不是在一种不可反复的时间命运中,一切都是回忆,而水就是一切。

第一滴水从何而来

"第一滴水从何而来"这个问题,比"第一滴血从何而来"还要难以回答。我认为这没法回答，所以我对水充满疑惑。

游泳

我有无数机会去靠近、亲近水，创造我所想象的在水中飞翔的机会，我也有条件去满足对水下世界的好奇，实现梦中的那种"在水中无所不能地舞蹈"的机会，但都被我的恐惧毁坏了，我太怕水了。后来我发现，阻碍我的不仅是恐惧，还有一点，我毫无天赋，并且不够勤奋。我仅有对水下世界的敬畏、好奇与想象，这对实践并没有什么帮助。

水是一种无限的可能，对水的想象扩大并艺术化了那种可能，那种开拓和生命力，是岸上的事物无法比拟的。它更加幽静和不可捉摸。

我羡慕那些会游泳的人，只要条件允许，他们就可以一头扎进水里，那里有一个比陆地更纯净更复杂的世界，他们能扮演一条人鱼。但我仍然怕水。

每次进入水中之前，我的想象总是庞大而奇特，那种奇妙的水的质感没法不让我想象。我脑子里全是瑰丽的想象，以及被遇到危险时该如何救命的想法所控制，我想着在水里可没法拔腿就跑。这两种极端导致我动作跟不上来，手脚不协调，容易混乱和失去平衡，当我在一个不熟悉的领域好高骛远，我就开始失败。有时我进入水中开始较好地游起来，我脑子里就充满奇形怪状的东西，我想我能否开始自由展示我的力量，当我用梦里面那套意念对身体发号施令时，我就已经被呛了一口水，然后一个激灵，我手忙脚乱地抱紧我的游泳圈，快速往岸上爬去。我像一只不小心掉下水的猪,样子滑稽得很。

　　我曾经下定决心,花了很长时间要学会游泳,因为游泳是我最羡慕的一种技能,就像舞蹈和绘画。我的朋友们也不断地指导我,分享给我很多游泳心得,很长一段时间过去后,大家都发现了一个问题,那就是我像一头猪一样,怎么也教不会。不仅是我的平衡感很差,协调感很差,以及我的学习能力、理解能力突然都很差,这应该不能都归于我对水的恐惧,很多小时候在乡下盆地里生活的孩子都会游泳,比如我山村的表哥表妹们,个个下水都像鱼一样。我曾经在河坝上洗衣服掉进了河里,但这也不可以解释和安慰我的这种失败。究其原因,是我想太多或者经常梦见溺水,再或者就是我确实很笨。

　　我总是带着我的游泳圈到水里面扑腾,非常的笨重和不知所措,我不知道为什么在梦里我可以游泳,而且非常厉害,而梦中的那套方法和感觉对我丝毫没用,我在那梦中不仅仅是非常熟练,而且是我想象不出的如鱼得水。

　　有一回,我出去参加一个活动,所住的酒店里有一个很大的浴缸。那段时间正学习游泳,想要泡一下澡,我把浴缸洗干净,放了大半缸的水,然后坐进去,我认为可以好好地泡一泡,但那天非常奇怪,可能是因为我想要在水里面展开一些曾经想象的事情,比方说用什么样的手法能在水里拍出最好看的水花,或者想办法使自己浮起来,练习怎么闭气。当我在做这些练习的时候,我发现我突然间莫名其妙地浮了起来,这种浮法格外不对,不像一只鸭子浮在水面上,而是只有半个身体会浮在上面,半个身体会歪下去,身体里的脏器和水仿佛在游动,怪怪地蠕动,我从没想过我的体内还能产生这样奇怪的重心不稳的感觉。当我的脚抬起来的时候,我的身子就往下沉,脑子就往下歪,当我的脑瓜起来的时候,我的肚子就往下栽,我的腿和我的身子没法像平时一样保持平衡,很长一段时间我就在水里面扑腾,有一刻当我想要站起来的时候,我差点就栽到里面去了,还好我没有磕着碰着,否则的话,就像我后来自己想起的某个新闻那样,有一个人洗澡时就不幸地将自己淹死在很浅的浴缸里。看上去那么浅的一缸水,干净、漂亮,非常温柔,很可能你整个的生命就交代在这了。

我站在那儿望着这一浴缸的水,就好像它有一双不可见的眼睛在望着我。

我的朋友曾跟我讲,如何用一种心理克服恐惧,使自己在水中遇到危险的时候,让自己轻轻松松与水合作,顺流而下,而不被淹没,我当时不知道她在讲什么,我根本做不到与水合作,水也不愿意与我合作。但是我知道,她所讲的全都是对的,就像我跟别的朋友讲我所擅长的某些事那样,因为我已经得心应手、游刃有余,所以我认为极其简单,而很多经验并不是语言可以描述的,需要融会贯通。熟练是一件与心理相接并且可以达到默契的东西,而在不理解的人那儿,这是跟另一个世界交流的事情。

我的朋友中有很多会游泳的,他们对待进入水中和游泳这些事情,简直像吃饭那样寻常,他们有的甚至就躺在水上睡觉,而水就乖巧地托着他们。

我曾经看过一则新闻说,一个人游泳时躺在水上睡着了,就这么顺流漂下去,漂了几公里。我可从没有想过在水上睡觉,这是在什么样的沙发上什么样的睡眠?这得跟水达到怎样契合与神秘的合作呢?在我这里,战胜水就是战胜死亡,但他们说不要去战胜水,而是战胜自己。

我曾经把这件事情写进了我的小说，我写一个水性好的孩子在夏天睡到水上，顺河而下做了一个梦，梦醒就到了家门口。我一直想象自己也像片叶子一样，能浮在水面上，但"浮"有很多种状态。

那次在浴缸里的奇怪感受，使我想到的却是我妈让我去菜市场买的一块猪肺，我想到的是一块特别难看、特别惊悚的猪肺，它浮在水面上。我对老板说，我要这块猪肺。他将那块肺捞起来，就像我一个永远要在陆地上生活的动物站起来那样。我不知为什么会想到它。

《白鲸》之海

读《白鲸》读得非常缓慢，跟我学游泳一样慢，游泳是一件小事，而读这本伟大的书相当于深海潜水。因为记忆和思想处理起来并不容易，有时候需要惊人的气力，其实它也不是能让我一口气读完的东西。最初，我被开始几段诸如"每当我发现自己不由自主地在棺材铺门前驻足流连，遇上一队送葬的行列必尾随其后……"这样的语言所吸引，是基于对一种人生的好奇，然后那些展开的内容几乎就是大海了。对白鲸的想象就是对水的想象，两种很难探究的庞然大物，一种是液体，一种是固体，前者包容后者，后者体现了前者的威严。只有在那样的水中才能诞生鲸鱼这样的庞然大物，只有在鲸鱼这种生物群体的衬托下，海的面目才若隐若现。

我只要想起需要那么漫长的时日在海上漂泊，就恐惧得仿佛一根针悬在太阳穴的上头。有一段时间，我成天琢磨亚哈船长这个疯子,我做梦都梦到上了他的船,想做以实玛利,与他一起找他的仇鲸莫比·迪克报仇。在梦中,我对他这灵魂极固执的人有着强烈的分析欲望。他自己也清楚对手的强大,但那噩梦般的威慑并不只来自白鲸,更深刻的恐怖是大海赋予的。他的仇鲸之所以难以对付,并不仅仅因为其体型庞大,而是海的无穷。因而他头上悬罩的宿命感、悲剧感时刻汹涌澎湃,那是大海阴魂不散的威力。海从来没有对手,而白鲸只是个没感情的载体。他巨大的孤独时刻被海洋吞吐,像个伟大的玩笑被命运垂钓着,他想捕杀鲸鱼,而鲸鱼在钓他,鲸鱼是大海之饵,海才是最终的敌人。他那梦中漂在海上的棺材是仇鲸带来的?不,一切死于大海的,都因为海是死神。它是白鲸广阔的舞台,它也是人的广阔舞台,但在大海上实践一个不可能的复仇计划时,命运就无可厚非地成了海的靶子。

自打开梅尔维尔的《白鲸》之后,白鲸在我眼里彻底被"梅尔维尔"化了,同时大海变得更复杂。它们之间可相互映照对方的灵魂,海是抽象、液体化的白鲸,鲸是肉体或具象化的海,阴魂不散的鲸海组合,焊在古老、阴魂不散的死亡预告中,这几乎是板上钉钉的失败,但又有少许的希望与激动、热血与侥幸,还有复仇者忘我的仇恨理想。一个极端个人主义、精神障碍但绝对一往无前的猛烈复仇者,为了失去的一条腿,热血腾腾地点着了以牙还牙的战斗之心,对一头鲸倾注了极端压抑又极端狂暴的个人情感,而途径却注定没法非常个人化,它涉及的东西太多了。他将仇恨之血带进了整个大海,招来整个大海的惊涛骇浪,但也只有这种性格才敢于去挑战最伟大和根本不可战胜的东西。虽然人可以搞定一条鱼,但人根本杠不过自然与仇恨(或仇恨的命运)。由于他那极端得几乎病态的性格,让自己进入非比寻常的哀伤宿命,但他不在乎。

从他对白鲸的复仇与赞美中存在一种非常病态但强烈的无法抑制的冲动与力量,这使得他将死亡的预言和判断进行英雄化的模糊,他甚至早已在意识的大海中准备了一副棺材,他迫不及待进入这场战斗。这是他生命的意义所在,那种野蛮的自恋和极端的热血给了他营养,在那悲剧的宗教早就准备好了仪式,在大海与白鲸中有他毕生追求的东西,虽然难以企及,但亲切地养大了他的野心与自恋,这最容易让顽固者沉迷其中。那些单纯、卑微、努力、热情、知足的底层船员,在这场斗争中贡献了纯真的热血与勇气,甚至失去了生命。《白鲸》同样有《老人与海》的勇气与坚韧,更疯狂、复杂、深刻。亚哈船长的勇气是熊熊烈火,甚至到了咬牙切齿的程度,他是个必然失败的强者。《老人与海》里的老渔夫圣地亚哥出于劳动与好胜的本能与信念完成了一项壮举,虽然悲壮,但他还活着。亚哈是好斗与极致的,他是历史的某种复杂产物,是跟海一样惊涛骇浪的强势个体。亚哈船长有一个强烈且明确的目标,这个目标不来自纯粹的好胜与英雄主义,他雄心更大、更私人、更黑暗、更不顾一切,他甚至是倾向于自毁的。抱着直奔地狱都不惜的顽固意志力而去,拜命运所赐,他终于解脱。

而莫比·迪克摇尾而去,进入大海,像什么也没发生。

河流

一条足够宽阔深厚的河会用它突然展现的永恒性撼动人类的心,两条河床将它的生命保留在简单的移动中,最简单形式的美,就像一种合作。如果说海的无边使它虚幻,而固定在河床中间的河流就是坚实的,还有什么比这更叫人踏实?它的波纹仿佛天穹星群,它往前,只往前,枯燥而自由。

当你在一个远景影像中看到一条河,它仿佛已经死去,像瘫在那儿蜕皮或冬眠的蛇,仿佛连呼吸和代谢都没有,一切静止了,又不像完全的终结,仿佛这死亡是唯一不腐烂、不消失的,它巨大的胸怀永远在往前、接纳、流动、呼吸,因为最长的里程宣告了这几乎不可能终结的尽头,在这无尽中,无尽便成了恒常和有限,成了日常和永远。

当影像放大,你才能看到河的草岸与液体之光,它的五官从近处长了出来,涟漪、波纹、弯道、光泽、水质、水文、两岸、前方、周遭与天气……不息的奔流将时间频率缩小到无形与无声之中,它永在流淌,永在往前,永在奔涌,日复一日,不断重复,就仿佛从未流淌,从未前进,从未奔涌。河仿佛从未动过,在群山或绿洲之中,在大平原当中进入永恒的梦,而水源只是它呼吸之上的毫毛。

水面照脸

谁是第一个在一面如镜的水上照脸的人?谁发现可饮之水平静时竟出现一张脸?谁是那第一个发现那水中倒影的人?谁在那不经意时刻饮下了第一口泉水?伟大的倒影,伟大的发现,依偎般的凝视与观察让人灵魂出窍,人看着水中的自己,意识到那就是自己。谁是那第一个端详"自己"、认识"自己"的人?

古老的女性在水面照她们的脸,而清风徐来,脸庞破碎,水知道人的一切,但只记录,而不告知。

水与岸

液体之外的一切都无法成为水,水是一个空间,上了岸就不是水。水与万物的代沟在于那个"岸",液体只有在液体中才能做液体,人可以离开人,而水没法脱离水而活着。

水将自己垒高,垒成一个高原,然后慢慢移动、垮塌下去,成为一个平面或盆地,水把一切陆地的形态演示出来,然后变成固体,变得破碎,它成为一切的形态,一切的地形,一切的风貌,一切的颜色。

但它有一个岸,岸是流动结束的地方,但不是水结束的地方。

海边的她

在海边,寒风中,她露出叫人惊悚的美。因为那双眸,那绝望的无所谓,那种无人能敌的忧郁,比海更广阔。但这超脱的美是海带来的,在别的地方不这样。

站立之水

当我蹲在一汪清泉的面前,捧起一捧水,喝下去,就像我突然变形,变成了一头单纯的牛,这在小时候,是常有的事情。放学路上我渴了，就直接蹲在河边喝水，甚至在不远的上游，一头牛就在那吃草。低头看去，水是清澈的，能看到里面的水草，我们也常在水里面玩，捉一些小鱼、小虾，相互炫耀。

我曾在溪水边问祖母，泉水从哪儿来的，她说山上来的，我说山上哪来的河，她说没河，我说没河哪来的水，她说天上的水。天上的水掉下来也可以变成溪水，至于溪是怎么来的，只有山和水知道。水从高处流下，这是理所当然，但后来我发现，更强悍的水是往高处流的。在风中，在海上，在我们还无法完全掌握的地方，海可以流向空中，可以站起来，可以狂飙到比山更高的地方，人有时要在那流速中翻个个儿，直接看到死亡。这是与溪水这样温柔天真的水相反的一种水，这是死亡之水。

水的善变

下水道和死水潭是某种镜子。

沿着水就能看到人，我现在脑海中还保留各种水的气味，水将说话，我怀疑这使人利用水来占卜，利用水寻找到某种拯救，但水总一语不发，这是它的答案。

去触碰时间，触碰那片水，触碰它，就是触碰你自己。因为涟漪由你而来，变化由你而来。

水总在流着，在我身体里，用一种被相信的颜色。而水不可相信，水是善变的。

水在变化，不仅水，水旁边的事物也在变。水构成了更大一片水，波浪推开了旁边的波浪。水是什么？它什么都是，水是无色的，但不常是，因而它又是蓝色、黄色、黑色、绿色、棕色的,它可以是一切颜色,无色包容一切的颜色,无包容有,创造了"有"。

无开始流动的时候就是水,水是语言的幼年。梦就是水,没有痕迹,水流过一切的热度生活,但水是最轻的。

有人从水中开始,在水中结束,但没有感觉到水……

水的疑惑

水使人指向自己,你有罪吗?

有。

你忏悔吗?

不,没有。

水与人一样善变。

水能看见一切,在字行中间,在水的集体中。水知道一切,你的秘密先在水那儿淌向别处,但水是沉默,水是秘密的密码。

人用水做镜子,朝水做的镜子忏悔,人重新认识了眼泪。在镜中,人眼像鱼一样游着,眼睛是泪水中的生物。

水像人一样思考,水不会告知。水像人一样死去,水不会拯救。水像人一样涌来,水不会停止。水在流动,水无动于衷,水在燃烧,水激流如火。

水清洗,不打算终结罪恶;水渗入,不负责非法占领。水伸出双手又收回,在海中是一个国家,而在雨中又只是一滴。水将用善变使一生穷尽舞蹈,没有它不能去的地方。在原始森林,天火让古木渗出汗泡,毕生复杂地开花、跌落又蒸发。水可能并没有思想,在一个非洲孩子嘴边,水是最简单的梦,梦像水那样狡猾，水冲向大海又退回沙漠，冲向人并无视干渴。

水在舞蹈，水为所欲为，在雨中使雨滴消失，在海中使河流消失，水聚合时只是一片水，但分别又使它们成为无数、全部。又变成水滴、水沟，变成河、湖、江、海、污潭。水知道我们的痛苦，但不会带走它们。

水在流，坠落，水在走，用手。水平静，深渊的深处，水滚动，激动地舞蹈。水清洗，水受污，再清洗，再受污。水无处不在，水无处可寻。

水利用消失成为新的水，利用涟漪，水触碰更远的水，爱就是涟漪。但水将永远沉默，保守自身的密码，水已经付出太多。

水的回答

纯洁是污浊的洗涤剂，净水是污浊的圣水，污水是水的终点。

人要在水中清洗他的伤疤，若我们要问，爱造了什么孽要清洗人的罪恶？因为它是爱啊。那么水也是爱，泪水清洗了罪孽。

深渊

水制造世上最深不可测的危险海拔，最善变、最陡峭、最诡异的海拔。水往上生长，疯狂撕裂、吼叫、坚硬而善变，瞬间摧毁一切。一旦极致地往下，又形成最深的深渊，对深渊的底部来说，它是世上海拔最高的，足够容下巨量的水，内部皆是深渊。

无海之鲸

在海洋馆，白鲸像个被机器控制的玩具一样，在水中按固定线路匀速游动，那尾巴，那纯真的脸，那眼睛，看上去是生命，仿佛又不是。我喜欢它，它具有人类孩子的纯真。我想象它在大海中的样子，假设它现在回去，我就要替那份天赋激动，和《白鲸》中自由自在的莫比·迪克相比，一个不被供养且被强大的对手亚哈船长等一船人追杀的同类，眼前的白鲸就是水中金丝雀。我更爱看到它在我们巨轮的不远处突然腾空，露出完美侧身，再优美地进入水中，那是神性的一幕。鲸游在大海，是个几乎完美的场景，是正常生命之一种。完整的生命容纳一切遭遇，但被关在这儿却极其怪异，是生命外的某种东西。这是手段，是完全的剥夺，而它恰好是不幸的那个。好在它有食物，有安全，它不用担心食物与领地，但也因此失去了生存的意义，这就是全部了，全在这装满水的屋子里。从上到下，从左到右，刚好够转个身再游几米。同样的姿势和路线，一生重复多少万次？我为什么要不断地想象和审判这种观赏？如果没有这样的手段，我们永远没法近距离看到它，无法更多地了解它。啊，这是人类的爱吗？爱就是伤害。爱有时是表演与利用，当爱不属于纯粹的爱的时候，就不是温柔的私人情感，而是丑陋的公共事件。我们观赏它，趴在玻璃上欣赏它、爱它、赞美它，朝它送去了飞吻和念念有词的祈祷，满足了这一切之后，我们马上离开。可它知道什么呢？成功者的宠爱，像一个人类被手段更高的物种养在树上。

伟大的夏天，河水里

伟大的夏天，我到外公家过暑假，那种无与伦比的快乐的日子，充满了清香的瓜果、美丽的野花，以及俊美的哥哥姐姐。

他们村有一条宽大的河，河水清澈见底，桥就在外公家门口。我站在桥上看水，看伙伴们一个个接二连三扑进水，头顶着洗发水，去河里边游边洗头，水流很快，很优美，涟漪就像梦，我看呆了，那些洗发水的泡泡很快消失在不远处，从那儿突然冒出个孩子，闭气的天才，在水下没有对手。他们通常要在河里玩半个小时，然后在火烧云下回家。我的两个俊朗的表哥，还有其他十来个小伙伴，无一例外的好水性，就像鱼一样在水里游了起来。我是个胆小鬼，而且我顽固而蠢笨，在游泳这方面，没有适合我的老师，那群孩子里没有能教会我的，我也打死不下水。有一回，我终于按捺不住，将裤腿撩到大腿，开始往水里走，他们太快乐了，我不理解什么天赋能让那帮家伙这么灵活，竟还能从水里给我逮几条鱼上来。我一定要参与这快乐，但到了河的四分之一处，我就不行了，我开始失去平衡，见到我短小的腿肚子的影子在水中扭曲，跟着阳光晃动起来。然后我就栽了，我差点把自己交代给那条河。他们把我送上岸，我没事，很快睁开眼，看到他们不吝啬的嘲讽和关爱。此后我就只在河边玩沙子，给这帮孩子看衣服。我曾经向往过成为那群往水里跳的孩子中的一个，参与到那种热火朝天的单纯快乐中，但我没有做到。以后也永远不可能了。

湘江

我常去湘江边散步,到江边树林里走走,再靠近江水,看运沙船缓慢地经过江水,我喜欢一切大船经过水面的场景,希腊导演西奥·安哲罗普洛斯的电影《尤利西斯的凝视》里有一幕:大船载着几块巨大的列宁雕像从浑蓝色水面缓缓前进,水面宽阔、平静、浑蓝,闪烁着细微变幻的波光,船的移动只能从船尾拉开的涟漪中才能发现,那种旋律般朝向船尾的波纹如此优美、宁静。这两者,平静的固体庞然大物,平静的液体包容万象,在相互抵触和摩擦中推动着前行,这种默契和稳重的动力仿佛将一切凝聚在那股不可动摇和威严气场中,这是纯粹美学的、诗意的威严,一种超越视觉的视觉,一种由水与水上的结构塑造的"尤利西斯的凝视"。我每看到大船从水上经过,就有这种"凝视"感,这是水的灵魂凝聚的魔力,我认为所有体量巨大的水都有"深渊"的性格,而当你望向它,注视就被凝结。

我喜欢在江边看江风吹动水面,看细细的涟漪漾动不止,看江心的水推着前面的水朝我涌来,逐渐变薄,消失在我脚下。然后,我上株洲大桥,站在桥上,有时我背对湘江水让江风吹吹,再转身,突然忘记了是从哪边来的,我随便找个方向走,错了就掉头。在大桥上看的是水,水大多时候平静,波浪小、细腻,年复一年,甚至也看不到流动的迹象,那是种略显沉闷的流动,就像生活,如果你要挑剔你就会感到崩溃。我看了一会儿水,觉得没趣,直看到所有的水都不动,都一样,甚至它下一个涟漪将怎么扩展,我都一清二楚,这时候我就将自己的眼睛从那平常但有韵律的细微的深刻中移开，继续往前走。大桥两边的人行道并没有多少人。因为风太大，老人受不了，路太长，孩子也走不了，我过了桥走上另一座桥，火车站对面的天桥，这一带人最多的地方。那些车不断地涌来，消失在下面，再涌来新的，无休无止，仿佛另一条江水。那是巨大的机器鱼，一种井然有序、雄浑有力的游动，机械且理性的美。产生频繁、巨大，动静参差的波纹与工业生产的韵律，正对着日升日落而游泳。它们的移动代替我走路，我看着，仿佛我也去了远方。

液体的艺术

寂静是液体的，它不干燥，因为它涌动着某些东西，因为它附着皮肤，附着头脑，关键它是记忆，而记忆仿佛是水，将我淹没。有时候我伸出我的头，从那深渊中起来换气，有时我长期潜伏在里头，寂静是液体的、多情的。

音乐也是一种液体，像水流一样进入时间。火也是液体，有时扭动的火焰就像红色的水，我将一页稿纸放上去，它就吃了稿纸。有时漫过石头或玻璃杯的水像一层透明的皮，我想象用这个美妙的东西做皮肤，当它们像雪覆盖全部的世界而不是淹没，就是一种工具，我给它取名为"雨衣"，这是已经存在的词语，但我说的这个"雨衣"不同，它是像皮肤一样的衣服，我们不再用雨衣隔绝雨，而是将雨水穿在身上。如果能够挂在阳台上做窗帘，或隔绝噪音会更好。这是我经常想象的与水的亲近和爱，这种情感不知是因为儿时缺失过什么，我热爱进入水中的感觉，同时对溺水有种无法言喻的惊恐，每个人一生在梦中溺水一次就够了，这一次足够让他认识到水的本性，它荒谬、自私、纯洁、温柔、黑暗、伟大……一种复杂的艺术、庸俗的物体，它从不是简单的东西。

发光的水

她们在水边洗衣服，在井边洗菜、喝水，人何时能离开水？何时都不能。当我们是那个洗衣的人我们就是水，当我们是那个洗菜的人我们是另一种水，水是我们。

小时候，有一段时间每天放学后我去井边挑水。我喜欢从井里舀水出来，一勺一勺，永远不要结束，这个动作非常宁静、踏实，它让人专注。相反但相似的感觉是，使劲抬头看天上的星星，前者是我从黑暗里舀出发光的水，后者是我从液态的光中拉拥着黑暗。

1900

我爱《海上钢琴师》，甚至我认为我理解他，按理说从未在海上生活过的人会对 1900 充满疑惑与遗憾，但我理解他。这里说的是一种生活，但仅从个体的性格来讲，1900 的孤独也是甚于常人的。他极端固执、天赋异禀，海的拥抱始终穿透他的生命。这部电影治愈了我少年时看《泰坦尼克号》时巨型邮轮沉没产生的对海的恐惧。而那艘弗吉尼亚号邮轮是 1900 的一切，它保护了这个孤儿，陪伴这位钢琴大师直到生命的最后一刻，他宁愿与弗吉尼亚号一同毁灭也不下船。他像大海一样纯粹，拥有流动且复杂的质地，只忠于他自身，以至于即将迈出离开大船的那一步，海的幽灵果然开始呼唤他，就像钢琴的幽灵、音乐的幽灵时刻缠绕他的灵魂，已将那身心彻底绑在那儿，他再无法被说服离开甲板。海就是他的一切，他的救赎与生活，他全部的回忆。他认为，那条路代表着复杂与背叛，代表着痛苦与灵魂的死亡。在他眼里，海那么自由、宽广，可以依偎，这是他可以稳固拥有的东西，海是一种保护。

深渊的涤荡

这是个深渊，绿色，有时是蓝绿色，要看气候、季节、水文，以及上游的状况。那一团神秘之蓝，永远在时间的幽静中荡漾。我脑中有一幅关于潭水的油画，那是我的外婆，在绿色的潭水边，蹲在那儿，伸出纤细的双手去洗萝卜缨。绿色的清澈，剔透的、祖母绿的颜色，美妙绝伦。当外婆将鲜嫩的萝卜缨放进水中，轻轻地摇晃后，那液体的晶莹晃出更美的光泽与形态，如梦如幻，吞进菜根的泥巴。我还很小，有时会盯着那幽绿的闪烁看，那是画，或那是摄影。时间在涤荡中，涟漪在涤荡中，而她活得不长，自幼因战争颠沛流离，然后在一个贫穷的地方安下身来，早早嫁人，又死了丈夫，改嫁到这里。生活一直是贫穷的，到境况稍微好了起来，她又一身沉疴，骨瘦如柴，早早离开了人世。这是个苦命人的故事，我总想起她在深渊边洗菜的时辰，夏天水很深，太阳的倒影像狡黠的火球，涟漪扯着那影儿摇曳生姿。冬天就凛冽、苍黄，水上冒着雾气，到处都是枯枝败叶,我坐在旁边,陪着她,就像我幽默的外公陪着她。外公也爱去潭边,有时是垂钓,有时是乘凉,一边在水里放鸭子或在山中放牛。他在潭边跟我讲故事,一些关于他或外婆的经历,论惊险跌宕,都不比书上的逊色。我一边听,一边将脚垂到潭水里,有时盯着水中外公那光头的倒影,看他在涟漪中扭动的五官。你瞧我看到了什么:一个复制的世界,绝对的对称,极其美丽的天空与树冠,比我触摸的世界更美,我几乎要将头凑进去以求看到更多,我幻想伸手从那儿拖出一个一样的世界,当我的鼻尖凑到水面,镜像便碎了。

有一年,过黄海,过日月潭,在天涯海角,我盯着碧绿的水看,发现与儿时的完全不同,我再也看不到任何倒影了,再也无法从里面看到一个温柔、童真的世界,一切都变得厉害和抽象了起来,一切都变得狂放和凶猛,变得不安和复杂,那里是一幅非个体的图景,那是美学和力学的水,不是洗萝卜缨的水,不是坐着讲童话、讲故事的水,不再是那样的倒影和复制,我看着那种绿,那种蓝,那种浓重、庄严的浑浊,猛然意识到某些东西永远地消失了。

洗澡

洗澡是对水最亲切的感受活动之一,因为温柔的覆盖毫无保留,只有它能够迅速且全面地触动一个人身上最敏感的神经,使人感受到自己的脆弱与水的亲切。没有一种覆盖比水对人的包围更完全和抽象,只有爱能与之媲美。

沿着一条河

我们上学的路沿着一条河直到校园,直到山边,直到世界。春天长满水芹,夏天长满红蓼花。我们沿着河去上学,絮絮叨叨说一些好玩的事情。然后,从你想起一个小屁孩趴在河边喝水,到玉树临风地经过河边,中间一秒,二十年。那时候,我所经过的路全都沿着一条河,没有这,我们就没有安全感。五岁,我开始去学前班,一个人沿着河边的一条马路,走到那个还不如养猪场大的小学去。我要经过一条小河,几条小溪、小沟,几块菜地和无数田野,以及两座桥。然后,往相反的方向,也是同样一条河,沿着一条路走到小学去,之后,又朝着之前上学前班的方向,沿着一条河走上初中。再然后,我们出山,沿着另外一条河去上高中。所有的路途旁边都有一条河。现在从我的阳台看去,远远的,那是湘江,它很大很宽,沿着它,我们能走向任何地方,我们将回到大海。

原载于《天涯》2023 年第 5 期

玉珍　　90年代生于南方,主要创作诗歌,部分散文,随笔。作品见《人民文学》《十月》《花城》《作家》《诗刊》《长江文艺》《青年文学》《汉诗》《青年作家》等,出版诗集《数星星的人》《燃烧》。

瓷上事

燕燕燕

一

瓷器上有世间所有美好的事物。在海南学习古瓷鉴定时，主持开班仪式的老先生以此句深情开场，坐在前排的我随即在本子上写下了它。这应是对瓷器的至高称颂了，含着挚爱与力量，此后我再也没有忘记。

培训班的老师是来自各地的瓷器专家，上课时都会携带一只神秘宝箱。讲完某一朝代某一窑口的特点后，便将宝箱打开，里面是多年收藏的瓷片标本，每片都用气泡纸严实包裹着。几个稳重的同学帮忙剥开取出，摆在铺着红丝绒的长桌上。残瓷的釉面依然晶莹，透着温润的光芒，断裂面污暗、参差、尖利处几乎带着狰狞。那是它们的伤口,纵是年深日久,悲愤和委屈仍还在。

我想起在某些博物馆见过的瓷墙,用若干瓷片镶嵌而成。每一片都有自己的前世与真身,有的是青花笔筒,有的是白地黑花双耳瓶,也有五彩盖罐,也有釉里红大鱼盘。它们或曾在王侯贵族墓里陪葬,或曾是公子小姐书房闺阁的摆件,或曾为殷实人家的传家之宝,却在不同时空、因不同缘由破碎,形如战场上的断肢残躯。它们本可能被永久弃置于黑暗的库房,全因做这墙的人有怜惜之意与智慧之光,无数个破碎才聚集起来,重生为一件完整精妙的展品。

而眼前这些流转到专家手里、被用作教学的瓷片,亦是备受宠幸。瓷器历经数代,各个时期胎、釉、彩的样子,即使听过再多的形容词,也无法形成真实感,可平日里哪有机会将诸多器物一一过眼呢,上手更是不敢想。瓷片是最佳的老师,虽是残缺之身,也携带了足够丰富的信息,能摸到已是很好的运气。我初学瓷,尚难摸出手感经验来,不过见大家个个眼睛放光,也赶忙争着把每片都拿来摸一回。人家摸的是胎的厚薄和釉的质地,观察制作工艺的细枝末节,我就只管摩挲着上面的图案出神。一片绿釉瓷上,穿着肚兜的胖男童,向前伸出小手,一只小黑鸟站在他头上,张着大嘴似在唱歌。一片定窑的白瓷,是印花碗的口沿部分,上有回纹装饰,在两组回纹中间,突然出现"李小翁"三字,这可爱的名字属于工匠还是作坊老板?他叫小翁,到底是个小伙子还是个小老头儿?

老师在一旁警惕地盯着我们,防止有人失手。瓷片是他们的心爱之物,有的年代较早的残瓷远比晚期的完整器更宝贵。拿出来时数好数量,不是怕会少,怕的是多。一位老师说有次上课时拿出十六片,收回时成了十七片,脸色大变。实在是心疼啊,那本来就碎过的,怎么忍心见它又碎一次。

学习期间我们还去考察了周边的窑址,是近代无名的民窑,专为百姓家烧造日常器具。昔日烟火弥漫的瓷窑已无影无踪,如今是一处林木茂密、杂草丛生的地带。我先是被一棵波罗蜜树上结着的巨大果实吸引,直到发现更让人陶醉的是地上的瓷片、裂开的匣钵、压在一起烧坏的盘子,以及间隔器物所用的圆形垫饼。捡起半只粗糙的大碗,上面用青花绘了几根竖着的粗线,虽然很不像,但我认为工匠无疑是要表达当地的椰子树。大家采集着喜欢的标本,有人幸运地发现了一盏简易瓷灯,我羡慕极了。很快我也成为别人羡慕的对象,在我脚边泥土里露出半边酱色瓷片,挖出来看时,竟是个小巧喜人的酱釉四系壶。我如获至宝,拿回家后摆在书桌上,时常插几朵花进去,它的模样和颜色,配雏菊十分清雅。

课程结束后,和同学约了去看海,入夜的海边什么也看不清,我们就只在海滩上慢慢走。同学是瓷器从业者,我正想向他请教,他先开口说道,燕同学,我来考考你,北宋时司马光砸缸,砸的是个什么缸?

我当时怀疑这未必是个正经的问题,多半是脑筋急转弯之类的陷阱,以至瞬间想到的不是知识,而是童年故事书的插图,依稀记得上面画的是青花,于是不假思索地回答是青花大缸。他轻声笑着说,北宋时根本烧不出那么大的瓷器,司马光砸的应该是个陶缸,至于青花,那是元代才成熟的,燕同学你的课是怎么学的?

我有些羞愧,又觉得似乎被他捉弄了,心里盘算着怎么扭转局面。思量片刻,我说那我也考你个文学常识吧,接着我向他提了一个关于"初唐四杰"的问题。此后很长时间，他没有再说话，唯有阵阵由远及近的海潮声，雄壮地回荡在我耳边。我想到了课上讲过的青花海水龙纹高足碗，碗上用淡色画出了汹涌澎湃的海浪，又以重色描绘了两条五爪神龙，它们矫健威猛，腾跃于海面之上。那真是一个气势非凡的碗。

二

我在省博物馆研修时，常去瓷器厅，那儿的灯光最柔暗，比起其他类别的文物，瓷器也显得格外沉静，是个能消除燥气与杂念的所在。有一回，展厅里没有其他人，我独自置身于一百六十件明清官窑器中间，屏气凝神，意图接收每一件的信息和能量。我不由得认为它们正是为我而生，此刻我已经全然拥有。这种错觉极其虚妄，又极其美妙。

我在展厅里随心地走，想到哪个便去打个照面。先察看了鲜丽的五彩花卉纹罐，又访问了简洁的白釉盘。起初它们都只是泥土，因比别的土多含了化学元素，耐得高温，被工匠采集，历经多道工序雕琢，再放入日夜不熄的烈焰中淬炼，终于成为光洁致密的器物。瓷器身上的美，注定是层次丰富的。

瓷器有釉色之美。清代一本写瓷的书中罗列了当时流行釉色的名称，仅红色系里就有霁红、积红、醉红、鸡红、宝石红、朱红、大红、鲜红、抹红、珊瑚、胭脂水、胭脂红、粉红、美人祭、豇豆红、桃花浪、桃花片、娃娃脸、美人脸、杨妃色、淡茄、芸豆、柿红、枣红、橘红、矾红、翻红等。单看文字，已觉满目璀璨，扑人眉宇。红色釉最难烧，对窑内温度和气氛要求极高，因而书中还说,如果没烧好,出来的颜色黯败,那就是另外一些名字了:肉红、羊肝、猪肝、驴肝、马肺、乳鼠皮。

现在我面前正有一件雍正年间的霁红釉盘,用"苍郁古艳"来形容它恰如其分。旁边介绍霁红釉的展板上引用了乾隆的《咏宣德霁红瓶》,诗中赞道:"晕如雨后霁霞红,出火还加微炙工。世上朱砂非所拟,西方宝石致难同。插花应使花羞涩,比画翻嗤画是空。"他的诗不乏空洞,好处是易懂。

听过一个关于霁红的传说。明朝的景德镇,皇帝下旨要御器厂烧造一批鲜红颜色的瓷器,眼看工期将至,器物屡烧不成,若延误日期,所有工匠要被治罪。这天,有位老窑工的女儿受高人指点,纵身投入燃烧的窑火中,化为一团光焰。窑工打开窑门,只见整窑瓷器晶莹瑰丽,红光如霁,从此这釉色便被称为"霁红",因是少女以身祭窑而成,又叫"祭红"。

用这般悲壮的故事,来印证一种釉色的美丽和难得,也是想要人们知道古代制瓷的不易。工匠在釉色的研制上可谓用尽心力,穷工极巧。越窑的秘色瓷如"千峰翠色",邢窑的白瓷"类银似雪",还有那著名的天青色,恰若"风过雨霁,云破天青"。"天青色等烟雨,而我在等你",这是《青花瓷》里的歌词,其实天青色与青花瓷无关,它是汝窑瓷特有的颜色。据说五代时,窑官向周世宗请示瓷色,世宗批曰:"雨过天青云破处,这般颜色作将来。"另一个版本是宋徽宗做了个梦,梦见大雨过后,云彩裂开,缝隙中有抹神秘的颜色,醒来便写下那两句诗,向各地传下旨意。最后唯有汝州工匠,揣摩出配釉与火候,烧成了皇帝的梦中之色。

我以前看天青色只会想到鸭蛋壳,难领会妙处。年轻时心性浮躁,对素雅的青瓷白瓷丝毫没有兴趣,青花那么精美贵重,我也嫌它色泽单调，不太理会。那时热爱的是红、蓝、绿、粉这类明艳秾丽的颜色，看到就喜欢得很。如今经历多了，修了些定与静的能力，审美上也有了更广阔的接纳。就像黄釉瓷，之前我总觉得它明晃晃的，太耀眼睛，极不愿看它，此时却对着整排的黄釉碗盘仔细瞧了又瞧。不禁感叹颜色也是有命运的，黄色有福，生来是皇家专属之色，是权力与尊贵的象征。这命运又并非没有道理，试想若将它们拿到民间，给壮妇们用来盛放粗茶淡饭，也真是委屈了。

我又来到一件康熙款的豇豆红太白尊前，釉色用豆子的名字命名，念起来很觉可爱。前面说过，红釉难烧，经常会有失误，若能烧出标准的鲜艳色就是霁红，黯了就是乳鼠皮，而这种釉妙处在于若鲜若黯之间，犹如南方产的豇豆色。原是次品，却惊艳了世人，皇帝见了也喜欢，下令窑厂专门烧造，成了失败之作里的成功之作。豇豆红无大件，太白尊的形状模仿了李白的酒坛，器身半圆形，上面有小口，看上去像个小罩子。它是文房用品中的水盂，匀净莹润，不知曾摆在谁的书桌上，主人每日有它伴着，下笔时大概也平添一股隽永之意。

看罢豇豆红，想到同样创烧于康熙时期的粉彩，于是穿过半个展厅去看光绪粉彩秋操杯。论颜色样貌，厅里当数它最夺目。杯体是一片粉红大花瓣，内外壁又绘出层叠交错的小花瓣。粉彩的颜料有乳浊作用，画出的图案经过渲染，无比粉润，周边空气都被这杯子映衬得粉光融融。杯底绘着黄色花蕊，中间有一小孔，与上部的淡绿色花梗相连。梗是中空的，既是杯柄，还可以当吸管使用。从花梗背部一排竖写的小字得知，它是光绪三十四年为纪念清军秋季军事训练特制的杯子，距今也有百余年了。它奇巧的设计和颇具现代感的配色，使其并不具备文物该有的昔时风韵，见到它的人大多会一眼爱上它，并产生据为己有的愿望。它无法如其他器物那般，与观众保持着较远的心灵距离。

比如那件雍正时期的茶叶末釉三羊瓶，真似茶叶碾成细末掺入釉中制成，浑身苍雅幽穆，像一位刻板的老先生，没人会对它动心思。再如端庄贵气的绿釉暗龙凤纹盘，以及黑如深沉之夜的乌金釉缸，都带着历史的沉重感，让人亲近不得。更不用说青花瓷了，高傲地居住在各自的独立柜中，发着蓝宝石般的幽光，身上纹饰密布，古气盎然。

离开之前，我将目光投向展厅一角的雍正窑变釉螭耳瓶。窑变创制于北宋钧窑，起初只是偶然，窑工按常规烧造，由于窑内含有多种呈色元素，加上其他因素的影响，出窑后器物的纹路、色彩，甚至形体，都发生了意想不到的变化。所谓入窑一色，出窑万彩，原本的单色釉，变成了玫瑰紫、海棠红、月白、天蓝、灰绿、酱、褐等，相互交融，色中有色。火之幻化，不知其理。第一批经历窑变的窑工受到不小的惊吓，认为物反常为妖，曾将其击碎。后来人们又把窑变视为祥瑞，反而刻意去掌握变化的技巧，但这就失去了天然的奇趣。窑变只该是自然无序的，只该是无法捕捉的美。

形如流云，灿若晚霞，这是属于窑变釉的美誉。然而眼前这件螭耳瓶，真不知在窑里遭遇了什么。明明是被送到火里去了，它却仿佛淋了一场大雨，身上的紫釉被雨水冲出许多白道子，又像一个穿着紫衣服的人沾了满身的白灰水，花花搭搭的，实在不太好看。

说完我又向螭耳瓶道歉，请它不要介怀我善意的评价。它应该知晓我对它身上的哲学意味非常欣赏，这样说是因为窑变像极了人的成长。每个人的生命都要经历"窑变"，或是自愿，或是被际遇胁迫，不得不到火里去走一遭。一番炽热的熬煎过后，人也就不再是原来素胎时的模样了，可能变得难以言状，也可能美好得惊人。

三

在我对瓷器茫无所知的时候，买过一个瓷瓶。多年前去北京开会，住潘家园附近，有天进去闲逛，经过瓷器摊，摊主热情招呼，我便停下来随意浏览。这时忽有一老者现身，手里提着个黑包，上前向摊主问好。摊主一愣，说，好久没见您了，最近又收什么好东西了？老者脸上露出此时该有的神秘之色，低声说，真有个好东西，故宫的专家说唐代没青花，那是没见着我这个。说着从包里掏出个用报纸裹着的物件，打开看时，是个白色的瓶，瓶身用青花绘了几枝花叶。摊主双手接过来，将那瓶上下内外认认真真看了一回，大呼，不错不错，是个真东西，您多少钱能出？老者报了一个数字，摊主发自内心地赞道，嗨，还真不贵。

我那时不太清楚唐代是否真有青花，我清楚的是这俩人正在演戏。但当日春光宜人，心情美好，我对这出戏并没有十分反感。当摊主劝我既然有缘遇见宝贝，还不赶快买下时，我已预料到这番经历能写在今后的文章里，所以愿意买下这个素材。也仔细端详了那瓶，样子倒是不俗，瓶底刻一"盈"字，我喜欢这个美丽的字。老者要价六千，杀价后以两位数成交。多年后，我把此事当成笑话讲给一位老师，他并不笑，只告诫我一定要多看好东西,否则会把眼光看坏。我立即意识到自己的愚钝,忘了专家都是有精神洁癖的,见不得这种不入流的事情。

那白瓶被我带回家后,同样是放在案头插花。它的瓶口本就如盛开的花瓣,配一丛火红的郁金香,美艳不可方物。不知何人将它造出,模样仿的是细颈溜肩圆身的花口瓶,这种器型始创于唐代,宋金时期十分流行。

瓷器有器型之美。瓶、罐、壶、碗、盘、杯,都是一代有一代的器型,也有许多器型烧了一代又一代。比如梅瓶,因"口径之小仅与梅之瘦骨相称"而得名,是公认的瓶中美人,从唐代一直烧制到今时。原本是盛酒的实用器,也可用来插梅或只做陈设。南京市博物馆有一件国宝级的元青花梅瓶,景德镇窑烧制,用了进口的苏麻离青料,发色浓艳幽雅,小口丰肩,腰部之下渐收渐直,仿若丰腴性感的女子。此瓶曾是明朝开国大将沐英的陪葬品,相传是朱元璋所赐。它从皇宫进入古墓,五百年后又被盗墓贼带回人间,流落街头售卖,识货之人以五根金条买下,最终捐赠给了国家,命运可谓跌宕。菏泽市博物馆有一件元青花龙纹梅瓶,体态比南京的秀气些。它是从一艘元代沉船里清理出来的,身世不明。两件梅瓶,见过生死,渡了大劫,终是福泽深厚,以完整之身等来了它们的盛世。

瓷器的器型大约有几百种,我能认得清的多是瓶类,它们要么名称悦耳,要么形态别致。如北宋时流行的玉壶春瓶,也是酒器,名字听上去就有清醇甘洌之感,据说是借苏东坡诗中"玉壶先春,冰心可鉴"命的名。玉壶春瓶有喇叭花般的小口、天鹅般的直颈,腰腹部逐渐圆润,到圈足处收直,全身曲线极其柔美,是款气质温婉的瓶子。

杏元瓶的式样模仿了汉代的投壶,瓶体四方形,颈部两侧带贯耳,是一种敦厚规整的器物。之所以叫杏元,是因为腹部前后都做了个凸起的杏核形装饰,这为它平添了几分活泼的美态。杏元瓶自雍正时期流行,其后历代都有烧造。

包袱瓶则是在瓶身上装饰一条凸雕的包袱巾或束带,初见此器型时,止不住惊讶,竟有这样奇特好玩的设计。那是一件憨态喜人的大胖瓶子,身上带着个花包袱,我顿时将它幻想成一位裹着花丝巾的胖姑娘。包袱在我印象里有浓厚的乡土气息,包袱瓶却是清朝皇家御用之物,或许与它的谐音"包福"相关。工匠也着实灵巧,将坚硬的瓷土做出了布料的柔软质感,包袱上的褶皱起伏分明。某私人博物馆里有嘉庆年间的黄釉粉彩包袱瓶,黄地子上绘满了颜色丰富的缠枝花卉,一条宽大的玫红色包袱围在瓶腹处,打了个蝴蝶结扣,华美是真华美,艳俗也是真有点儿艳俗。后来又在书上看到一件道光年间的,瓶体秀丽,豆青色的瓶身上分布着青花绘的小皮球花,脖颈处围了一根细细的青花束带,在胸前垂下,挽了个长长的结。这等配色,这般造型,娴雅至极,百看不厌。

乾隆时期风行过双联瓶,又称合欢瓶,其实早在新石器时代就有过此类的陶器。将两只同样的瓶子腹部粘连在一起,也有从瓶口到瓶底通体都相连的。这种瓶,如果两只都有完整的身体,连接起来倒也自然和谐,但很多是两只半身瓶的结合,像共用部分器官的连体婴。除了双联瓶,还有三联瓶、四联瓶,最多可达九只瓶,中间一只,外面八只,互相连着,围合成一个圆,若是在每只瓶内都插上花,一团锦簇,想来确实别致。

好看的花器还有胆瓶,最适宜插单枝长茎的花。纳兰词中有"急雪乍翻香阁絮,轻风吹到胆瓶梅,心字已成灰"句,意境极为凄清。在我浮想的画面中,词里的那只胆瓶,不应是青花或掐丝珐琅的，它们的纹饰过于繁杂，容易模糊了花，也不能是白釉和青釉，那会使场景更显清冷，我希望它是浓郁的松石绿釉。柳絮如白雪飘舞，忧郁的人独立暮色中，身后，一枝红梅斜倚在绿瓶里，这油画般的色调，可成为万物萧索时一点儿从容的生机。

胆瓶由于腹部形如悬胆，故称胆瓶。器物的命名大多如此，冬瓜瓶像冬瓜，橄榄瓶像橄榄，灯笼瓶像灯笼，棒槌瓶像棒槌，蒜头瓶的瓶头像一头蒜。石榴尊是石榴的样子，荸荠瓶和葫芦瓶是荸荠和葫芦的样子，凤尾尊如凤凰之尾，抱月瓶圆形的扁腹如一轮满月，清丽圆融。不过这只是简称，古代瓷器的全称里要依次体现出年代、品种或窑口、纹饰、器型，譬如宋耀州窑凤纹提梁壶，明永乐甜白釉刻花缠枝莲纹梅瓶，清雍正粉彩过枝春花盘，等等。我经常拿一本瓷器图册，玩"看名猜物"的游戏。从目录里挑个名字看两遍，脑海里描画出实物，再翻到图片来对照，若是恰好分毫不差，便是快事一桩。

然而如果看到的是"清乾隆官窑外蓝釉金彩如意云纹内牙雕粉彩清乾隆帝行围图转旋瓶"这样一个名字，我是万万猜不中的。那年参观南京博物院，见它独自待在名为"镇院之宝"的大展厅里，顿觉来头不小。展牌中介绍它由盖、颈、外瓶、内胆、夹层和底盘六部分构成，采用了珐琅、绘画、青铜、玉石、牙雕、小木作、机械技巧等数种工艺手法。它如此繁缛，让我疲惫，不愿再过多描述。景德镇的工匠用了十三年制造它，其间产生无数实验品。依照官窑的规矩，不完美的就要打碎深埋，绝不让片瓷流入民间。一瓷成，万瓷碎，恰如一将功成万骨枯。

失败的代价是巨大的，制瓷之人最常面对的就是失败，他们需要一位神祇来安顿饱历折磨的心灵。在景德镇，历代瓷人都供奉着窑神。窑神的经历与霁红的传说极为相似。万历年间，景德镇御器厂奉旨制造青花大龙缸，无奈器大难成，督陶官对窑工施行了严酷的责罚。有位把桩的年轻人童宾愤而投窑，以示抗议。正如同类故事该有的结果那样，第二天人们开窑看时，龙缸已经烧成。童宾的自焚引发了暴动，窑工们捣毁御器厂，赶走了督陶官。朝廷为了平息风波，为童宾修建了佑陶灵祠，将他奉为窑神。

都说瓷是土与火的相遇，在这样的故事中，泥土若想成为佳器，还要掺上骨肉膏血。故事亦是对现实的隐喻，今日瓷人虽不必以肉身做薪，但这项事业所需的专注、刻苦、无怨无悔的精神，何尝不是另外一种献身。

四

瓷胎洁白细腻，如上好的宣纸。画工渲染勾描，创造出人们想要的一切。日月山峦、祥禽瑞兽、奇花异草、神仙名士、美人童子，是为瓷器的纹饰之美。

官窑纹饰自不必说，精美严谨，缤纷多彩。且看明嘉靖八年景德镇画工接到的纹饰清单便知，上面写着赶珠龙、一秤金、娃娃、升降戏龙、凤穿花、满地娇、云雀、万岁藤、抢珠龙、八仙过海、狮子滚绣球、鲭鲌鲤鳜、水藻、巴山楚水……篇幅所限，不能多举。在纹饰的世界中，这只是冰山一角。

若将瓷器比人体，胎是骨肉，釉是肌肤，纹饰则如衣裳。漂亮是首要的，同时也要寄托情感，承载愿望，可以深沉委婉，也可以直白天真。例如西瓜葫芦代表瓜瓞绵绵，云彩蝙蝠是流云百福,五个柿子和海棠象征五世同堂,鹭和鹌鹑是一路平安。烟台博物馆有一件青花大罐,画的是一个人用手指着天上的太阳,旁边站了个手捧官服官帽的仆从。不用费疑猜,寓意就是"指日高升"。

在山东博物馆的清康熙青花牡丹凤纹尊上,一只优美的凤凰占据了大半个器身。它舒展着长长的尾羽,昂首穿行于牡丹花叶间,高贵的仪态令人倾倒。这件器物充满了盛世气象。同时代还有一件罕见的青花万寿纹尊,是御窑厂为庆贺康熙六十大寿烧制的。尊上以文字为饰,不厌其烦地写了一万个不同书体的寿字,曲折的笔画,密集的排列,多看一会儿眼睛就要发花。乾隆时期更是以繁复为美,代表作有一件粉彩葫芦瓶,它从上至下被各色花卉填满,构图密不透风,没有半丝空隙。这种纹饰叫"万花不露地",有欣欣向荣的寓意。

官窑的瓷画并不是单独一人完成,大家各有分工。画工也许终身只画一种纹饰,画草叶的专画草叶,画云纹的专画云纹。这样可以提升质量,也好达到统一标准。画面越繁密,需要的画工越多。所以无论后人欣赏与否,那满满当当的装饰风格,的确是在国力鼎盛时才会出现。

以人物故事做纹饰的,知名的莫过于南京市博物馆的元青花梅瓶。瓶腹部是萧何月下追韩信的主题纹饰,借用山石分隔为三个场景:一是萧何扬鞭策马,疾驰间,身体被颠簸得稍稍离开了马鞍,他的胡须和马的尾巴同时飞扬在空中;二是犹豫不定的韩信牵马驻足,呆呆地站在河边,不知何去何从;三是河面上相貌如异族人的艄公,持桨立在船头等待。瓶的肩部与颈部绘有杂宝覆莲纹、缠枝莲花纹、卷草纹、仰莲纹、宝相花纹的辅助装饰。画面空白处以苍松翠竹和梅花芭蕉点缀。宛如一幅饱满的大画在瓶上徐徐展开，元气淋漓，不乱不杂。

　　湖北省博物馆的元青花四爱图梅瓶，也是人物纹饰的经典之作。瓶的四面勾勒出四个海棠花瓣形的边框，里面分别画着陶渊明爱菊、林和靖爱梅鹤、周敦颐爱莲、王羲之爱兰。这种技法称为开光，灵感来源于古建筑的窗子。那年我在展厅里围着它走了数圈，犹如观看一盏走马花灯，物转景移间，不同的篇章有了流动的意趣。

　　这些年我看过很多瓷器，遗憾的是总是隔着玻璃看，要么就是在书页上看，未曾与瓷器有过亲密接触。某天机缘忽然来了，我和同事接到任务，要将文物商店积压的瓷器重新整理归类。在一间堆满了各式瓷器的库房里，我们穿着卡其色工作服，戴上白手套，时蹲时起，挑选搬运。装箱前，同事一件件念着编号，我坐在一只小号塑料箱上，面前摆一只大号塑料箱当工作台，伏在上面记录。

　　工作不轻松，条件也简陋，但人还是很愉快的。这一批瓷器全部出自清末民初的民窑，一点儿也不精美珍贵，毕生难登大雅之堂。但迷人之处也正在于此，民间工匠的创作不受束缚，那股率真活泼的气息，在官窑器物上是看不到的。我爱极了那些寻常生活使用的小物件，瓷猫枕、脂粉盒、瓷烟嘴、鸟食碗、蛐蛐罐、写着"卧龙丹"的青花小药瓶，样样乖巧可亲。有一天忽生一念，遂在箱上辟出个角落，从地上拣了件青花山水笔筒，端正地陈设其上。多么风雅的案头清供，塑料箱的气质立时得到了提升，同事看了也欢喜拍手。从此每天不重样地摆，兴致高时，同时摆好几件也是有的。有一回选了咸丰时的婴戏图盖碗，拿了同治年间的五子登科粉盒，同事又呈上民国粉彩花鸟海棠盆。——摆上，埋头工作，偶尔抬眼看看，止不住就要笑出来,感觉生活称得上骄奢了。

　　闲下来时,桌上地下逐个拿起,细观上面的纹饰。同事喜爱的是花卉瓜果和狮鸟虫鱼,遇到这类就呼我一起赏玩。我的注意力则在人物身上,想要从中观察百余年前的社会风貌。粉盒是女子的陪嫁之物,扁圆形状,盒内有一层隔板,上面用朱笔写着之子于归、一品夫人、莲生桂子、夫妇画眉之类的吉语。盒盖上多描画人物,五子登科是常见的图案。五个男孩,皆粗头大脑,立于中间的年龄大些,身穿紫袍,头系绒球,手举一顶乌纱帽或一枝莲花。其余四个小童,穿得红红绿绿,拿着花草,吹着乐器,围在他身边,面上洋溢着庆祝的喜色。

　　此外还有许多仕女图,场景大多是假山竹石、梅桃荷柳,女子或独坐托腮沉思,或与女伴促膝谈心,或陪婴孩嬉戏。只是民间画师的笔法和见识有限,画不出古典仕女娴静的美感,画不出她们眉眼间该有的幽幽惆怅。这些女子容貌平平,有的甚至歪脸,八字眉、三角眼,头发稀疏。单是丑些也无妨,还有更不可思议的事情。有个粉盒上画了位红裙姑娘,捧书坐在芭蕉树下,她倒是生着很美的鹅蛋脸,左眼也是标准的杏核眼,可怜的是,画师没有给她的右眼画眼仁,她只好用一只眼睛看书。另一个盒上,花园中有一对男女,我猜测是宝黛。因为男子胸前戴着通灵宝玉,头上顶着红绒球,正是后来越剧里宝玉的模样。他背着手、弓着腰,面向坐在大石上的黛玉,而她的坐姿像在跷着二郎腿,手拿黄花向宝玉递过去。两人全身细节俱全,唯独没有脸,头发悬在空中,与脖子之间是一片空白。

　　景德镇陶瓷考古所有一件明成化青花盘,是用出土碎片粘成。当年它之所以被打碎,是因为画师将一只龙爪的五爪画成了六爪。相比之下,民窑的质检实在太宽松了。不过后来听说那个时期的确有这种不画脸和不点眼仁的画法,没有再去进一步考证。

又一日,案头换上了一瓶两罐。瓶是筒瓶,绘着张敞画眉图。夫人乖巧地坐着,脸上是羞涩又愉快的表情,眉毛只有淡淡半截,确实需要画一画了。她的夫君含着笑站在她面前,握着一支又粗又长的笔,怎么看都不像画眉所用,他的姿势也像是要在壁上题诗一般,但真的是极甜蜜的闺房小景。两罐里一个是糖罐,上面坐着两个相貌不错的女子,一个穿蓝裙,一个穿黄裙,眼皮上都涂了橘色眼影。蓝裙女神情忧伤,垂着眼睛,黄裙女把头贴近她,揽着她的肩,似在安慰。她们身后有一树怒放的红梅。另一罐是茶叶罐,也是两女,坐在假山下,都是冷冷的瘦长脸。绿裙女斜着眼睛,伸出食指指向紫裙女,紫裙女瞪着她,手里捏着一根树枝,眼看就要撕扯起来了。我这个在画外看热闹的人,看得真是饶有趣味。

月余,工作结束。最后拿起的是一件青花首饰盒,盒身绘着缠枝菊花纹。缠枝是古老的纹饰,瓷器上随处可见。它似藤蔓、如卷草,回环往复,延绵不断,在小小的盒子上无限延伸、交织、穿插、缠绕。初看无章可循,细究自有节奏秩序。我凝视良久,深觉生命的力量和宇宙之道都藏于其间。

窗外已是深秋,落叶被风吹到半空,飞舞如蝶。南宋时,江西吉州窑烧造黑釉木叶盏,便是以天然树叶为纹饰。取桑叶或菩提叶放在盏内,以特殊工序处理后,送入窑内烧制。出窑时,淡黄的叶子筋脉分明,琥珀一样凝固在盏心。木叶盏静寂如禅,细看时又动人心魄。

五

"君生我未生，我生君已老。恨不生同时，日日与君好。"这首缠绵悱恻的小诗，出自一把唐代长沙窑的执壶。我一直以为壶的背后有个凄美的爱情故事，后来看到资料，说它是蓄妓的酒家为了逗引客人消费专门订制的。不知说法是否准确，但原本以为的痴情证物，突然沦为轻薄的道具，有一点点扫兴。

在考古发现的上万件长沙窑瓷器中，很多都写有诗文。长沙窑开创了在瓷器上写诗的先河，是奇思妙想，也是顺应时势。诗不再只滋养上层雅士的灵魂，亦在粗笨的酒壶杯盏上传播，推送到民间各处，让普通人家的生活也亲近了诗意。

去湖南省博物馆时只为两个展览，看完马王堆汉墓文物，直奔长沙窑的诗文瓷器。青釉褐彩执壶样貌古朴沉稳，诗写在壶嘴下方的壶腹上，倒酒时恰好映入客人眼帘，情感即刻产生共鸣，酒兴就引发出来了。而当数十件执壶在展厅里齐整摆成一排时，放眼望去，腹部的诗文就像是从它们嘴里吐出来的声音。有的在劝酒："春水春池满，春时春草生。春人饮春酒，春鸟啭春声。"有的在抒情："一别行千里，来时未有期。月中三十日，无夜不相思。"有的没钱又爱面子："去岁无田种，今春乏酒财。从他花鸟笑，俜醉卧池台。"有的夹杂着错别字："主人不相识，独坐对林全（泉）。莫慢（谩）愁酤（沽）酒，怀（囊）中自有钱。"有的去过边塞："一日三场战，离家数十年。将军马上坐，将士雪中眠。"有的耽于浪漫："一双青鸟子，飞来五两头。借问船轻重，寄信到扬州。"

执壶们说的话都是好听的、善意的,唯独夹在中间的一件盏,它的发言听起来不像什么好话。盏上写的是:"岭上平看月,山头坐唆风。心中一片气,不与女人同。"大约是个不得志的男人,一会儿跑到岭上,一会儿爬到山头,装模作样地看看月亮、吹吹清风,自以为胸中波澜壮阔、豪气干云。这也不要紧,但为何最后一句突然要贬损女人,着实令人不解。

也许他正是做这盏的人,受过女人的折磨,满腔怨愤倾注到了作品当中。当时会有落第的文人到窑厂工作,他们能作些诗,字也写得清秀。那些识字不多的窑工,就将流行诗文誊写到瓷器上,字体歪扭,常有错误。因此瓷上的诗文品质高低不等,原创与引用并行。长沙博物馆有一件青釉褐彩碟,碟上抄了刘长卿的两联诗:"鸟向平无(芜)远近,人随流水东西。白云千里万里,明月前溪后溪。"这几句里有声音、有画面,诗里的人与物都在流动,与古代的时间一起,缓慢又迅疾。好诗读来如临其境,心中涌动起美妙的惆怅。窑工潦草的笔迹没有消减诗句的清婉,碟子因而有了意蕴。我设想着唐代的一户人家曾用它来装菜肴,平日里并没有留心过上面的诗句,某一天主人出门,抬头打量天气时,嘴里不知怎么就念出一句"白云千里万里",随后自己也诧异起来。人与诗常常会以这样不经意的方式相遇。

长沙窑衰落于五代时期,其后河北的磁州窑传承了诗文装饰风格。磁州窑在宋代以前生产白瓷和青瓷,宋以后是白釉黑花瓷,瓷枕是主要器型。唐传奇里有篇《枕中记》,故事就发生在磁州窑的故乡邯郸,说的是卢生在道士吕翁赠送的青瓷枕上,做了一场黄粱美梦。毋庸置疑,那只神奇的枕头一定是磁州窑的产品。邯郸有个镇子叫黄粱梦镇,为了这个名字,我专程去走了一趟。随后又参观了周边的几个博物馆,看到满眼的白地黑花诗文瓷枕，如铺开的小幅水墨，不知曾装点过多少古人的梦境。

一只北宋的豆形枕上，不见多余纹饰，以粗浓的黑墨写着"欲作高堂（唐）梦，须凭妙枕欹"。昔日楚襄王游高唐，梦遇巫山神女。这只枕头以此为自己设计广告语，暗示客人只要把它带回家，便能送君一场美梦。

一只金代的如意形枕，送出的是清新的田园梦。枕上是"一架青黄瓜，满园白黑豆"，四壁又绘了卷草纹，梦里应当也有青草的香气，这才是利于养生安神的妙枕。另一只八角形枕上，窑工抄了苏舜钦的两句诗："山蝉带响穿疏户，野蔓盘青入破窗。"这就更加幽静空寂了，要读过一点儿书的人才能喜欢。

"水风轻，蘋花渐老。月露冷，梧叶飘黄。"有井水处有柳词，柳词也被写在一只少见的绿釉黑花枕上。它鲜翠清冷的韵致，让我想到李清照的"玉枕纱厨，半夜凉初透"。很想把这只金代的瓷枕，扔到南宋给女词人玩一玩，却差点儿忘了她曾评价柳词"词语尘下"，是断然不会接受的。

宋金两代瓷枕较为小巧，式样多种，元代时去除各种造型，统一变为阔大的长方体。这个阶段，因政治打压，更多文人墨客隐逸在磁州窑里，以瓷为纸，施展才情。他们在瓷枕上创作戏曲故事、人物山水和诗词曲赋，把"睡眠"营造得热闹隆重。看着那些绘着《李逵负荆图》《吕布怒闯太师府图》《火烧博望坡图》的瓷枕，不禁担忧它们的主人会时常做些激烈的梦。

广州西汉南越王墓博物馆里的那只，更是鸿篇巨制。枕上洋洋洒洒地写了两百多字的《枕赋》，叙述瓷枕的发明制作和用途，列举其令珊瑚琥珀都失色、拿玉璧和万金都不换的诸多好处，结尾处引用了"圆木警枕"和"曲肱而枕"的典故，将瓷枕的意义进一步升华。此枕堪称枕中之王。

不过依我看来，元代瓷枕上最适宜只抄一首散曲。曲在枕中，枕在曲中，疏朗有致，气韵相应，笔墨多了反倒容易错乱。曾见过一只"内心冲突"的牡丹瓷枕，四个枕角分别画四朵小黑牡丹，旁边写着高、枕、无、忧四字，可以理解为是它送出的美好祝愿。中间的菱形开光里却写了一首况味悲凉的散曲："牡丹初放安排谢，朋友才交准备别。人生一世半痴呆，如梦蝶，不觉日西斜。"主人白日辛劳奔波，夜晚歇息时又看到这曲子，岂不是要万念俱灰。这只矛盾的枕啊，明明愿人无忧，句句说的偏都是忧。

风景、闲情、羁旅、避世、论史，磁州窑瓷枕上的文字各有情怀，每人都能挑到与心境契合之物。用惯了软枕的现代人见到瓷枕时，无不质疑它的硬和凉，可是千年来古人的确在用它入睡，而且"明目益睛，至老可读书"。倘若我生在古时，一定会为自己买下两只瓷枕，一只是写着"细草烟深暮雨收，牧童归去倒骑牛"的椭圆枕，它虽素面无图画，一幅闲逸的春晚归牛图已清晰呈现；另一只是写了"有客问浮世，无言指落花"的叶形枕，我想抱它入梦，睡前将这两句诗反复低吟。

瓷器之上除了诗歌，还常写一类警醒世人的句子。长沙窑上所见的有"富从升合起，贫从不计来""悬钓之鱼悔不忍饥，罗网之鸟悔不高飞""仁义只从贫处断""有钱冰亦热，无钱火亦寒""屋漏不盖，损失梁柱"等。金元时期许多红绿彩小碗上都写着一个"忍"字。瓷枕上亦有"众中少语，无事早归""为争三寸气，白了少年头""过桥须下马，有路莫行船。未晚先寻宿，鸡鸣早看天"之类的告诫。这些是当时人们在艰难世道中谋生时寻求出的一道道处世箴言，如此智慧，又如此辛酸。

六

游蓬莱阁时，顺路步入登州博物馆，邂逅一件面貌模糊的器物。它被海泥和各种海洋生物密密包裹着，还有几枚贝壳附在身上，壳内闪着幽微的珠光。展牌上标注的是"明朝双系罐"，我很佩服有人竟能看出它的双系。其他沿海城市的博物馆里，也有许多带着大海印记的瓷器，它们在出国途中沉入海底，忍受着海水的侵蚀、生物的渗入，以及其他多余的馈赠。这些瓷器经历了大航海时代的繁华，又沉埋于深海之中，直至千百年后机缘成熟，被打捞出水重见天日，故此称为海捞瓷。

对一艘沉船的打捞发掘，往往需要数十年来完成，水下考古的难度，行业外的人不可想象。二十世纪八十年代发现"南海一号"沉船时，中国没有专业的水下考古人员。于是一批年轻的考古队员去学习了潜水，这要比让潜水员去学考古更省时省力，之后就有了第一支水下考古队。这份工作极度危险，同时又奥妙无穷。有一次从纪录片中看到一个人在深海里捧起一只带有字迹的青花碗，我激动得几乎流泪。还记得有个镜头拍摄的是一摞摞码放整齐的碗盘，它们就这样躺在海底，日日夜夜，寂然无声。这时，几条白色大鱼带领一群小鱼游过来，灵活地从碗盘间穿过。瓷器和鱼本不该相遇，更加不该在这里相遇，那一刻的交集有哀伤到极致的美感。

唐宋以来，大量瓷器远销海外各国，遇难的商船难以计数。那些精心准备的满载着瓷器、金器、铁器、茶叶的大船，船上有船员、外国商人、中国商户，他们怀着同样的财富梦想，行驶在喜怒无常的大海上。一旦遇到风暴暗礁,顷刻之间,一切都葬身海底。

"华光礁一号"是一艘南宋中期的沉船,当年从泉州港启航,途经海南,驶向东南亚地区,在西沙群岛华光礁环礁内沉没。出水文物陈列于海南省博物馆,瓷器里有好多景德镇青白釉粉盒,盒盖上印着浅浅的花纹。如果不曾遇难,它们将会抵达炎热多雨的国度,见识异国风情,再被那些深色皮肤的女子看中买走,完成自己作为"物"的使命。想到这里,不免感怀。粉盒旁边是青黄釉碗,碗底刻着的"大吉"二字,反而像在诉说天不遂人愿的不幸遭遇,看着更为心酸。

一艘船悄无声息地消失了,岸上还有等船靠岸的人,他们的盼望、呼喊、流泪,曾惊扰着海底的亡灵,最终也消失在日复一日的潮涨潮落中。今天的参观者赞叹着科技考古的伟大,欣赏着海中取出的绚丽宝藏,但很少会去想这是古人用异常惨烈的方式遗留下来的。每一件物的背后,都有一个或无数个活生生的人。

古代的出海贸易看似只为获得巨大利益,其实也在为人类文明的传播做着贡献。众多国家和地区在中国瓷器传入之前,饮食用的是陶器、竹木器、金属器。东南亚的一些小国家,甚至以葵叶为碗,用手掬水喝。瓷器改变了太多人的生活方式。欧洲人对瓷器最是痴迷,将青花瓷奉为圣器,认为它可以清除食物中的毒素,即使碎了,粉末还能治病。为了能拥有瓷器,他们不惜做出不体面的举动。明朝的一次宫廷宴会上,人们发现桌上的景德镇官窑青花餐具不断减少,原来是外国使臣偷偷藏在身上准备带走。

欧洲人每年要花费无数钱财购买中国瓷器,他们苦苦追寻制瓷技术,试图自己生产,很多年都不成功。康熙年间,法国传教士殷弘绪获得了皇帝的好感,得以居住在景德镇,出入大小作坊,以传教为名刺探瓷艺的秘密,或者说在刺探秘密之余传教。殷弘绪聪明细致,好奇心强,文笔流畅,是个不让人讨厌的瓷器间谍。他一边"拯救"当地人的灵魂,一边记述制瓷的方法。两年后,一份报告寄回欧洲,引起轰动。之后的百年中,世界瓷业的格局发生了重大改变。

对于十八世纪的欧洲,景德镇是遥远的地名,对于现在的我,似乎也是如此。我知道那里千年窑火不熄,知道那里的路灯杆是瓷做的青花釉里红。我知道景德镇很多事情,却从未去过。在瓷都亲手做一件瓷器、观看开窑的奇观,这想了许久的愿望,总是不能成真。某天逛商场时,路过一家陶瓷手工坊,以前对这种地方是视而不见的,这次却莫名走了进去。店员迎上前,我说想做个大花瓶,她指指货架上花花绿绿的小杯子小碗,说这里只能做小东西。我兴致失去大半,但还是选择留下做个杯子。付完钱,系上卡通图案的围裙,坐在拉坯机前。店员撕开一袋瓷土,加水揉成泥团,要我用力拍打,然后她把泥拿到转盘上,把手放在我的手上带领我拉坯。两分钟后我开始单独操作,不停地把滑腻腻的泥团拉高再按扁。过程中我很想问她些什么,又似乎无从问起。她问我想要一个什么样的杯子,大概因为根本不想要杯子,我一时不能作答。她扶着我的两根手指从泥的中心往里按,旋涡渐渐向外扩展,最后我手中出现了一个矮胖的大嘴杯。

这时我被告知活动结束,《天工开物》中说制瓷有七十二道工序,我委实有点儿不甘心。于是她提议给杯子加点儿造型,简单探讨后,她拿着我的手指沿杯口依次按了五个褶,大嘴杯变成了花口大嘴杯，显得不伦不类。坐在我旁边的顾客是个小女孩，也有个店员拿着她的手做了个杯子，看上去比我的要好看。女孩三岁或者四岁，我们的眼神偶尔碰到一起，彼此都有点儿茫然。

来之前我刚读完一本书，作者是英国的陶瓷大师，他在书中说："当你用瓷泥制作器物，你就存在于此时此刻。"或许正是因为这句话我才迈进了这家店，毕竟天人合一的境界值得人们为之踏上寻找之路。

店员让我选个釉色，过几天她们会给杯子上釉。红色没有了，我随意选了豆青。她告诉我一个月后可以烧好，到时会打电话通知我来取。说这话时她的头转向一边，声音低低的，像是知道不会再见面。

燕燕燕　　姓燕，名燕燕。毕业于南京大学中文学系，现从事文博工作。中国作家协会会员，作品见于《人民文学》《天涯》《山花》等刊，曾获孙犁文学奖。著有散文集《梦里燃灯人》。

最热的午后

阿微木依萝

如果我伯父还能流利说话,他一定会对我伯母说,你个烂婆娘,你做事一点儿谱都没有了。

在最热的午后,他还裹着一条厚毯子,还挥着手表示自己很冷。他大概想拒绝所有人在这儿围着看他,或者也是另一种心思:怎么还有人不来看他,这个时候不是都应该来看望吗?

可惜啊,他任凭一张嘴歪着,眼睛一只饱满另一只几乎瞎掉,鼻子歪了,半张脸向右眼的方向扯着,一只手肌无力,拳头肿得像山包那样大,废品似的搁在一条干枯的腿上,另一只手勉强还能拿勺子吃饭,但也颤抖,筛糠似的,他像个刚学会抓拿东西的幼儿。就这么一个人,整天蹲在轮椅上发脾气。

如果他还能表现出极大的脾气,没有因中风瘫痪而失去语言能力,那就很可怕了。但是他发不出脾气来也很麻烦,也能让人感到害怕并且无能为力地一阵悲哀,也许他已经时刻感受到,自己快要死了,却又不能一下子死去,就是这种死亡的恐惧或者死亡的拖延,令他非常烦躁。当他要发泄脾气,起码从言语表达上无法满足这个愿望时,就尤其摆出一张难看的脸。直到他终于攒足了力气,某个瞬间,也许病痛稍微松懈,让他恢复了说话的能力时,他便喋喋不休。而多数时间他很沉默,用干瞪着的两只眼睛来表达愤怒,当我伯母从他身前走过去,他正好很生气,就会瞪着她。这种态度很让人窒息,没有一刻令人精神轻松,只令人委屈甚至气恼,都不知道该怎么安慰,或者也不想忍受了。"凭什么呢!"你会抱怨,又不是你让他生了病,你也想干脆跟这个病人对着干,也对他发一通脾气。

"啊哈哈哈……"我伯母一定在心里苦闷地长笑了很多回,对于伯父给她的烂脾气,如果她想好了要这么报复一下的话,她就会这么干。她年轻时是个开朗爱笑的人,到现在,她在表面上做出了开朗的样子。虽然家里有了一个病人,维持亲人体面的尊严使她丝毫不畏惧,并且,她也不流露出扛不起事情的态度。她表现出了一个年迈女主人的尊严,但凡有人来探望病人,她都耐心客气地接待,并且抽时间跟探望者说明病人的情况,用她剩下几颗牙齿的关不住风的嘴,说明病情。探望者离开之后,她才会有时间整理情绪。她比生病的伯父更需要被关心,但是,她没有这些待遇了,只好尽可能地做一个极有耐心的女人。她甚至开始给伯父讲笑话,回忆往事,或者告诉他,庄稼是否茂盛,牲畜是否健壮。她觉得,他可能还想关心一下五谷杂粮,她也尽量让他关心。人或许只有还关心外界的时候,生命才有延续的可能。当然,她很老啦,能承担的东西也越来少,原先肥胖的身材也似乎瘦了一点(只能从精神上分析她可能瘦了一点,实际上,她还是很胖的)。她的坚毅和勇敢,谁知道能支撑到什么时候呢?有时候我会担心,但是,我又不能说:"您实在不行的话,就干脆哭一场吧。"我不能这样说。作为她的侄女,我最应该说的是,病人会好起来,只要他好了,到那个时候所有人都会过得舒坦。可我也不会这么说。我是个悲观主义者,甚至是个可笑的悲观主义者。如果我感冒了,我立刻会觉得,我也许会死在一次小小的感冒上。如果我手指受了伤,要是流血的话,我会晕血。我天生就晕血,等我从眩晕中醒来我就会觉得,要完蛋了,手指的伤口可能会感染发炎,会使我伤残,我会成为一个没有手指头的怪人。多数时候我都杞人忧天,我提醒自己不能成为这样一个令人讨厌的家伙,便故意在日常生活和与人交流中锻炼自己,说一些非常高昂和挺拔的话。面对一些让人产生挫败感的事情,我就抱着积极的态度,也会"冲在前面",令所有人听了都觉得,我就是个乐观主义者,是个很有出息、能挑大事的人,是个天塌下来我还顶得住的人。真实的我随时都会把自己给吓死。我战战兢兢,为了克服这种毛病(只有我知道),就得"转过身"生活,向死而生。我也摸出了这样一些生存的道理,有些时候,还真的精神饱满。可是这时候,我伯父这个样子,的确令我灰心丧气,我都想直接告诉他,算了吧,您可能真的熬不过这个冬天了,要不,您想吃点儿什么东西,我去给您买,您吃好喝好,该走的时候就走吧,别留恋也别怨恨,跟我伯母说一声"再见吧,老家伙"就得了。可我不能说。我伯母的眼神里还藏着某些期望。她还指望这个已经明摆着废了的老男人能站起来呢。所以,她在包容和理解病人,看样子,如果我真说什么大逆不道的话,她会当场把我拍死。

但她在崩溃的边缘,每天重复着同一种或不同的悲哀的情绪,然后,肯定又暗自下了狠心:一定要撑住。一个没有生病的人是不能有理由倒下去的,不能有理由被什么事情击溃。她要像一条发胖的河流,把途经的暴风雨、枯枝败叶泥沙俱下地包裹着向前去,一定要向前去,并且两眼不眨地看着前方,给自己画一个又一个的大饼,告诉自己,很快很快地,那些幸福的日子就会像不要钱似的冲她涌来。她就是这么坚持着,只要有人细心观察,就会触摸到她内心那碎末一样的情感。我眼睁睁地瞧着这位相当于是我母亲的老妇人在与她自己的坏心情抗衡。她不能被人安慰,甚至不能被同情和理解,也许她也不需要同情和理解。她需要的是挺直了腰板,像个女王。

而我伯父,他的困难可就大了。一个自尊心很强的人瘫痪在床,是很令自己烦恼的。但除了发脾气还有什么出路呢?没有。所以他发脾气,发得他自己都厌烦了。可还是只能发脾气。只有努力发脾气的时候,他可能才会觉得自己还有那么一点用,总算还是个活人。

很多时候他在寻死,发现他的这种心思当然来自细节的观察和揣摩,但是他又怕死。他想跌下床去摔死自己。他想喝毒药毒死自己。当他要寻死那会儿,他希望床是高楼大厦,摔下去尸骨无存,可他真正滚落到床下,发现自己还活着,又费了很大力气在那儿挣扎着要爬到床上,却无论如何爬都爬不到床上,他瘫在床边,身体扭曲而颤抖,眼泪糊了一脸。就是这样,我伯母一次次挨骂的原因多数就在于,他跌下床去,她竟然不知道跑到哪儿忙去了,竟然想让他摔死?他可能就是这么揣度的,所以他又骂上了……两只眼睛死死瞪着。

探望他的人隔三岔五就来，但时间长了，渐渐地，没有那么多人来看他了。有时候他们悄悄地来，不亲自去床前，只稍坐片刻，就会找个合适的理由告辞。不知是病理性还是真的伤心，他总是流泪，一会儿哭，一会儿又哭，一张生病的脸，哭相不会好看。谁也无法长时间有耐心和勇气面对一个生病流泪的老人，他把人的心情都哭灰了。

他需要多喝一些牛奶。如果他愿意喝的话，我会帮忙给他插入吸管，把牛奶盒子递给他。我心里已经安排好了，却没有这么做。早上的牛奶是我伯母硬挤到他嘴里的，他不吞，硬闭着嘴巴，像是有人要给他灌毒药一样。他不想死，也不想活，他不知道该怎么办，只气狠狠地。

在他对面的板凳上，我已经枯坐了半个时辰。我陪着他晒太阳，晒夏天的太阳。早上，伯母和堂哥以及另一位亲戚把他搬到院子里，他就在那儿一会儿哭一会儿哭的，也不说话，我也不说话。我在院子里坐着，哥哥们暂时去忙事情了，伯母在厨房里做饭。可我哪里会照料病人呢？即使我也"一把年纪"了，可我内心从未觉得自己能担当重任，我觉得自己也就十来岁吧。他们希望我给他讲故事吗？安慰他吗？那我该说点儿什么呢？

我们就这么面对面坐着，他一会儿认识我，喊出我的乳名，一会儿不认识，目光呆滞。

我觉得我该逃走。

太阳晒着我们两个。一个在他头顶，另一个在我头顶，我觉得天上已经是两个太阳了。

有一会儿他睡着了，仰靠在轮椅上，张着嘴巴，像是要把太阳吃掉。

我就正好可以观察他了：

两条细腿,跟蚂蚱一样,如果还有蹦的力气,应该可以跳得很高并且很远。但蚂蚱并不只有两条腿,所以呢?啊,完了。

两只脚掌肿了,套着厚袜子,鼓鼓囊囊地塞在一双布鞋中。

两只手也没啥作用。垮塌。

一颗脑袋也没啥……可以这么说……没啥作用了。更多的时候是昏睡。

"怎么办呢?"我就想说,"这还是过去那个跟我父亲打架斗殴到天明的人吗?"

如果我有他们所说的,从我们吉克家族那里继承下来的某种神力,如果给我继承,那我现在是可以解救他的。我需要桃弓柳剑,需要白色雄鸡,需要一根拴住太阳脚板心的绳子,还需要一个震慑用的大铜铃,需要法帽,需要披毡,需要签筒,还需要一面镇山鼓,需要一只山羊,需要一册经卷——我有这一切,再加上一个勇敢壮硕的灵魂,我就可以解救他了吧。可我除了勇敢壮硕的灵魂,其他的一样都没有。我是个一无所有的女婴,是个一无所有的女娃,是个一无所有的女人,是个精神花园时常遭窃或者压根儿就没有继承到精神遗产的穷光蛋。

那他继承了什么呢?

"来,站起来试试,也许您继承了什么!"我应该这样说着刺激他一下。听说,有些人自己都不知道自己有什么能力,受到格外严重的刺激时,他们就伸出翅膀飞走了。

他有翅膀——我要他站起来,就必须坚信他那隐藏的翅膀和非凡的能力,这样才能有必要和信心去刺激他。

农村空巢老人健康状况普遍较差,体弱多病,医疗保障程度低,大多数老人都患有疾病,有的还存在生活不能自理等问题,但他们迫于高额的医药费而选择简单的治疗方式,这无益于老人的身体健康。据调查，很多老人都担心自己生病后无法承担巨额的医药费用，因此病痛若在自身可承受范围之内，就坚决不去医院进行治疗。

"嗨……"我跟他打招呼，用手在他眼前划拉几下，以便引起他的注意。我像个昨天刚从大街上染了黄头发，并且在手背上文了一条蜈蚣回来的二杆子，说话没有一点儿尊老爱幼的礼貌，语气松活得像是和跟我的平辈的人说话。

他当然听不见，耳朵早在很年轻的时候就聋了一边，现在大概两边都是聋的。

他张着嘴吞太阳光。有鼾声从脖子那里拱出来了，也许，如果他真的吞下了阳光，茂盛的阳光就肯定会有一部分堵塞在喉咙，他的喉咙里咕咕咕的鼾声，有时候就像一些低微的鸟鸣。

伯母做完饭出来，看见睡着了的病人，执意要将他搬回床上，免得感冒。

天哪，感冒？

不能靠他太近，他呼出的气体味道太大。有些内在的东西在腐败了，势不可挡，不，是大势已去。一个人的生命状态进入秋天之后，他必须接受自己一点点腐败的进程和事实。但我们不能告诉他，就像他自己也只能装糊涂。我们所有的亲人和朋友，都要一起假装病人的身体是有香气的，就像玫瑰花那样有着艳红的生命力的香气。

狗突然又哭了起来。那是他养大的狗。最近这一年，从年初它就开始冒出哭声。他很烦它，还能勉强走路那会儿，他用棍子去收拾它，只要它哭，他就一瘸一拐地去打它，扬言要将它打死了扔到河里。现在打不动了。正在我们搬他回床上休息的时候，狗又哭了。他醒来，瞪着两只眼睛，非常悲伤又气恼，也非常无助。

他这会儿心情不好，窗门紧闭。厨房里在炖鸡，再过一会儿，我伯母就会笑嘻嘻地端着一碗鸡汤来哄他喝掉。他脾气真大。他的裤子都被自己攒够了力气那会儿撕烂了，从裤脚那里开撕，撕到完全失去力气。没有一条裤子是好的，衣服的袖子也一样，只要能撕的布料，没有一块完整。尤其是他刚刚瘫痪那会儿，一只手还有力气，撕烂的东西就更多了。他有时也用嘴咬着撕。他的床脚堆了好几件坏掉的衣服。

看吧，我就应该承认，他什么都没有继承到，没有翅膀，没有什么特殊能力，也不可能飞走。他也可能继承到了一些，当他一个人安静地待在房间，一点儿声音都没有发出来，就仿佛追踪到了祖上的足迹，在被指明的道路上漫步和沉思。伯母进去撞见他的样子，她说，他闭着眼睛，居然面带微笑，好像梦中去了什么好地方。只有那个时候，伯母会想要他干脆就这么去吧，趁着沐浴在幸福之中时，不用醒来了。

刚从院子里搬入房间，他无法立刻进入睡眠。狗也还在哭，他就更睡不着了。为了逃避他那双愤怒的眼睛，而且是马上就要哭的眼睛，我们逃离了他的房间。

在院子里，一丛丛去年冬天被大雪压垮的竹林里冒出的新竹笋和竹叶，像是要茂盛起来了。

伯母笑嘻嘻地端着一碗鸡汤进了伯父的房间，她是在厨房里便准备好了这样一张笑脸，那种仿佛特意洗了一把脸后的干净笑容，这笑容都有点超过我们平常能接受的范围了。她自己也有所察觉吧，到了快跨入那道门时，又重新抹掉先前的，重新整理了一张她自己认为终于是自然、舒适的笑脸，走进了房间。

越悲哀的事情，越要笑着去面对。这是我那死去的奶奶说的话。

那我们就笑呗，就像去年，不，是去年的去年，我们的一位女性长辈去世的那天晚上，在殡仪馆守夜，百无聊赖，又不想让哀伤的情绪击溃，一群人便在灵堂门口打起了麻将。那麻将是临时借来的，子儿够大的，都快赶上一个成年女人的拳头那么大了，几圈麻将下来，众人的情绪果然就快乐起来了，都开始笑哈哈的。起先我们都还紧绷着神经，不肯露出笑脸，长辈们还劝说让我们应该笑一笑，孝子孝子，就是要笑，就算图一个谐音，我们也应该笑，这样才能显得我们就是孝子，死者才会高兴。他们不希望我们总是流眼泪，他们害怕亲人的眼泪，对于死者而言，那就是远行路上的大雨，会把亡者的魂魄浇湿。

可是，伯父还活着呢。

但如果我们总是丧着脸被他发现，他会觉得自己快完蛋了，绝不能让他感受到，仿佛所有人都已经提前给他哭丧，要是这样，他会认为我们诅咒他快点儿"走人"。

那就开心一点，说说笑笑是最好的。我父亲，也就是他那位排行第二的兄弟，年轻时候经常跟他打架的兄弟，就让我们放轻松，在这位"尊贵的、不好惹的"病人跟前别小心翼翼得像一群鸭子，我们应该大胆地从病人跟前走过去，如果我们真的希望伯父能好起来（心理健康），就不要总是把他看作一个病人。我就依照了父亲的建议，当我从伯父的窗户跟前走过的时候，居然没头没脑地朝着窗户里面问了一句："您需要喝水吗？有可乐。"当然，问完我就跑开了。我根本做不到把他当成一个"完好"的人。我终于理解，终于明白了，许多病人可能真的不是死于疾病，而是死于他人的同情或怜悯。

"一定要笑得像是很平常的高兴，对于他的毛病，就是一件小事情，很快就好了。如果你们有什么高兴的事儿，或者在外面找到一份什么好工作，都可以跟他说。他喜欢听这些，我敢肯定。他也应该听到一些好消息。"伯母说，"如果你们要跟他笑着说，他的病很快就好起来了，那就一定要小心，笑得不能让他觉得是假的，让他看到笑脸的时候，不觉得是在欺骗和安慰才行。他虽然不能说话，但是心里并不时常糊涂，他有时候可精明得很呀！"她教我们如何讨取病人的欢心，以及如何做才不冒犯他。

煮好了鸡汤，哥哥们也忙完了事情，都坐在院子里等着吃饭。伯母从房间里出来说："吃起来吧，都吃吧，赶紧吃。"她笑出声音，像是在安排什么喜宴，教我们如何正确地笑出声，如果需要笑出声音的话，就不能引起房间里的病人猜疑。

我们吃起来了。

我们现在最好要这样：假装病人不是病人，他只是在最热的午后打盹儿了，进房间小睡一会儿了，我们要拿出好酒喝起来，热闹起来，碗筷声和笑声都要响起来。病人会很满意院子里的热闹，就仿佛秋收了，院子里堆满了新收的稻谷，有人到河沟里摸了鱼，有人送来了酒，都是他的后辈儿孙，他会听到笑声后跟着笑起来，然后，打了一个满意的嗝儿。

就是这样，顶着高高的太阳，我们要笑得像一朵精神抖擞的向日葵，而不可表现出半点儿被晒昏头的样子。生活里遭遇了不幸时如果需要谐音，孝子孝子，就要笑，就能使人忘忧，那我们就张开嘴巴，像青蛙一样吐泡泡。

阿微木依萝　　彝族，1982年生。四川省凉山彝族自治州人。自由撰稿人。巴金文学院签约作家。作品见《钟山》《天涯》《作家》等刊。已出版中短篇小说集六部，散文集三部。曾获第十届广东省鲁迅文学艺术奖（文学类）中短篇小说奖，第十二届全国少数民族文学创作骏马奖等奖项。

远游

去读她的书吧

赵 玫

一个美丽的女人和她美丽的精神生活。读着她,心中便会充满一种欢乐。那是唯有她能给予你的。记住她,弗吉尼亚·伍尔芙。

美丽的伍尔芙是一个作家,不单单写小说,还写了很多批评的文字。像伍尔芙般在小说和评论中都取得辉煌成就的,古今中外,凤毛麟角。所以伍尔芙才堪称知识分子。那种真正意义上的知识女性。她才能穿越时空地流传下来。她的生活看似平静。而安宁的下面,又总是深不可测。

伍尔芙出身书香门第,父亲为出色的散文家。但她未曾受过正规教育,幸亏家中藏书丰富,孩提时代开始博览群书。从第一部小说问世,便被书评家称作天才。

她一生与疾病抗争，情绪时常紊乱，但她的笔下，写到的事物总是清晰的，涉及的氛围总是真切的，触及的情绪总是妥帖的。她的奇特在于，能留给读者许多猜想，再让猜想张开延伸的翅膀。

她爱好演说，但不喜欢荣誉，对多所名校颁赠的学位，一概拒绝。终日除了生病，便是工作，她的勤快令人惊叹，创作之外，仅信札便有四千多封，逝后出版书信集六部。她曾在信中开导中国作家凌叔华："痛苦烦闷的唯一解脱就是工作。"这显然是她自身的切肤之感。但她本人却终究没能"解脱"，五十九岁，即在我出生之前十三年（1941年3月），投河自尽。人们将伍尔芙打捞上岸，从她外套口袋里，掏出塞满的石块，可见她弃别尘世的决绝。

伍尔芙无疑是运用意识流写作的最伟大的作家之一。在她看来，生活就是纷纷坠落的意识的碎片。那么如果真正地忠实于生活，也许小说就该具有"流动"的节奏。很奇怪第一次阅读伍尔芙不是她的小说，而是她关于小说的理论。不知道如果颠倒过来，她还会不会成为我的明灯。或者我就是在她小说理论的照耀下开始创作的。那时候我对小说充满了恐惧，是伍尔芙给了我勇气。只是当年的卡片今天早已不知去向。但我知道其实它们并没有丢失，而是深藏在了心中的某个地方，让我源源不断地索取思维的财富。

在一个蓝色的夏季，我写了《再度抵达》。至今以为那是我的一个值得纪念的中篇小说，因为写了海，和海边的故事。许多对往事的记忆，还有在海边的那种无以言说的感觉。还有尝试。那种字体、时空、意识的转换，以及对明天包含着无限惆怅的追求。那是我今天已经无法拥有的境界。那么忧郁的，为大海的正在变成灰色而伤痛。还有,在黑夜中游泳,向着灯塔。在残酷的爱情中成长。似乎始终都有伍尔芙的指教。

然而我要说的并不是伍尔芙的小说,而是这个女人的思想和理论。她很艰辛,每天都有崭新的思考和表述。是伍尔芙让我意识到,有时候做一个小说家并不难,他只要拥有对生活的敏锐和构置故事的语言能力。但拥有思想和理论就不仅仅是庸才所能够企及。那是思维的一个创造性的冶炼和涅槃的过程。

总说理论是灰色的。灰色的意旨可想而知。理论当然如灰色般枯燥且乏味。男人做这样的思想者尚嫌疲惫,何况伍尔芙是个女人。而且她还不仅仅是个女人,她还是个漂亮的富有的女人。一个如此幸运的女人为什么还要苦苦思索?

当然那是伍尔芙自愿选择的一种生活。她一定是觉得她的美丽和富有并不重要,或者,不足以使她的生命闪烁出夺目的光彩。她不想用她的美丽去取悦于男人,亦不想被她富有的生活所禁锢。如果她不能挣脱那个宿命般的牢笼,周而复始的生活还有什么意义?从"结识"她,便开始思念她。很庆幸读到了伍尔芙的理论。那显然是一种有点功利的索取,因为当时,我正在批评的职业中奋力行走着,时而写一些印象式的评论。所以感谢伍尔芙那些充满了知性色彩的文字,她给了我工作的启迪和乐趣。

这就是后来我为什么会在写小说的同时,始终坚持着写一些批评或者随笔。并且能够在那种近乎灰色的写作中,感受到一种思维的欢乐。我知道批评的文字是无可替代的,而唯有被那样的活力不停地滋养着,也许才能保持住小说创作中的激情和深度。

想不到我最初读到的伍尔芙的书是那本《论小说与小说家》，而不是《海浪》，不是《到灯塔去》，也不是《达洛威夫人》。那是一本纯粹理论的书籍，但读时的感觉却绝不艰辛甚至愉悦至极。到今天，那本书已经被我读过了很多遍。很多遍之后，它才能总是那么远远近近、不离不弃地滋养着我。而当有刊物要我推荐"世纪经典"的时候，我第一个想到的便是这本书。

这本书的译者瞿世镜先生告诉我们：如果我们要研究伍尔芙，那么除了她的小说之外，还必须兼顾她的理论，因为她不仅是有成就的小说家，还是《泰晤士报文学副刊》《耶鲁评论》《纽约先驱论坛报》《大西洋月刊》等重要报刊的特约撰稿人。她一生中共写过三百五十多篇论文、随笔和书评。

在现代文学史中，被公认的意识流小说代表人物有普鲁斯特、乔伊斯、伍尔芙和福克纳。普鲁斯特比伍尔芙早生了十一年，又早死了十九年。即是说当普鲁斯特在法国去世时，英国的伍尔芙已经四十岁了。尽管他们不曾相识，但他们在欧洲的不同角落，一定共享了西方现代主义的空气。普鲁斯特的《追忆逝水年华》始终是伍尔芙最为欣赏的作品。作者混乱的思维刚好是伍尔芙意识流小说理论的最好注解。她并不认为那是普鲁斯特因致命的肺病所导致的患者的呓语，而恰恰是他有悖于那个时代其他作家们正常表述方式的偏执和大胆创新。还可能是他们惺惺相惜。因为他们的身体都不够强健。伍尔芙患有神经病，她一生几乎都是在与精神失常做斗争中度过，就如同普鲁斯特住过多家疗养院一样。

而乔伊斯和伍尔芙几乎是同一代人。他们甚至是同一年出生，又同一年谢世。但是伍尔芙却宁愿把乔伊斯说成是年轻人，是那个时代青年作家中的佼佼者。尽管伍尔芙对这个有着无限颠覆勇气的《尤利西斯》的作者多少持一点保留的态度,甚至批评过他的思想贫乏,和写作方式上的某种做作。但是基于彼此对意识流小说这种流派的共同追求,伍尔芙仍旧满怀热忱地赞赏了这位与她同龄的"青年作家"。和我们称之为物质主义者的那些人相反,乔伊斯先生是精神主义者。他不惜任何代价来揭示内心火焰的闪光,甚至不惜抛弃一般小说家所遵循的大部分常规,将那些按照原子纷纷坠落到人们心灵上的顺序把它们记录下来。而依照这种模式,每一个情景和细节都会在人的意识中留下痕迹。毫无疑问,这将更接近于内心活动的本质。

稍晚的意识流小说代表人物是美国的福克纳。在艺术的表现方面,他无疑是更具探索精神的尝试者。《喧哗与骚动》堪称福克纳意识流小说的登峰造极之作。而他的意识流显然又有了新的拓展。他似乎已经不再满足于那种线性的意识的流动,而是让来自四面八方的不同人物的不同思绪不停地跳跃和转换。那是一种环绕着的流动的声音,复杂的,模糊的,多元的,由此便造成了他小说中的那种非常独特的立体的感觉。这无疑也更为接近生活的原生态。可惜伍尔芙也许根本就没有读到过福克纳的作品,否则,她一定会说,福克纳是美国乃至世界当之无愧的那个最伟大的作家。

是的,普鲁斯特、乔伊斯和福克纳都写出过最优秀的意识流小说。但是他们却不曾有过对这种写作方式的详尽、系统,而又精辟的论述。而伍尔芙不同。伍尔芙写作,并且阐述。她希望她的理论和创作并行。因为她的思考的深度,以及她也拥有那种表达的能力。所以,她在写着《海浪》、写着《到灯塔去》的时候,就不能不对这种崭新的写作方式进行剖析和总结。

让我们跟随着《论小说与小说家》，跟随着伍尔芙的眼睛，去解读那些不朽的作品与作者。她读了那么多，又写了那么多。而不论她写谁，都会在行云流水的文字中，闪烁出独特的智慧。

伍尔芙从《简·爱》《呼啸山庄》，读到勃朗特姐妹那样充满诗人情感的作家，其气质与生俱来。然后，你听她又在满怀敬意地谈论着前辈哈代。她曾经在1926年夏季的某一天专程去探望了这位作家，然后，便以无比诗意的语言描述了哈代的小说。哈代比许多小说家都更能把物质世界的感觉带到我们面前，让我们感受到生存前途被一种自然景色所包围。这景色独立存在，然而又对哈代的人生戏剧赋予一种深沉而庄严的美。那黑色的低地，埋有尸骨的古冢和牧羊人的茅舍。它和苍穹相颉颃，像海面上的波纹一般光滑，但又坚实而永恒，向一望无际的远方延伸过去，在它的皱褶中隐藏着幽静的村落，炊烟在白天袅袅上升，灯光在夜晚的黑暗中闪耀。哈代让伍尔芙觉出了大自然宁静的力量，又让她听到了那种拉丁化的响亮音调。还有，哈代告诉我们，人类是在一种不均衡的对抗中支撑着人性的。这大概便是哈代的永恒主题。而这一要旨就这样被聪慧的伍尔芙所洞穿。

伍尔芙又说到了劳伦斯，那个她同时代的作家。那个写了《儿子和情人》，写了《查泰莱夫人的情人》的作家。那个曾经被英国政府查禁甚而抛弃的男人。她在1932年的日记中，说她怎样带着常有的挫折感去读劳伦斯的作品。她觉得她与劳伦斯有着太多的相似之处，他们都想走自己的路，因而忍受着同样的压力。所以她在读着劳伦斯的时候没有逃避，希望能从他的作品中找到一种从另一个世界中摆脱出来的路径。但是劳伦斯的沉闷与闭塞又让她失望和沮丧。因为劳伦斯到底是一个矿工的儿子,他永远不能像普鲁斯特那样真正地发出天籁一般的声音。然而,阅读劳伦斯终究让她获得了深入解读这个男人灵魂深处的机会。于是,在劳伦斯去世一年之后,她写出了那篇满怀热情又入木三分的文章……

劳伦斯、普鲁斯特等人,在伍尔芙笔下,不断出现,成为诱惑她的一个个迷人的陷阱。当离开了个人,伍尔芙又把她评论的欲望,转向了英国以外的那些杰出的作家群体。而在所有的国度中,最令伍尔芙震撼的,大概就是俄国文学了。在阅读了大量俄国文学之后,伍尔芙终于发现:俄国小说中的基调,就是"灵魂"。灵魂是几乎所有俄国作家都要探究的问题。然后,她为了支撑自己的观点,说到了契诃夫、陀思妥耶夫斯基、托尔斯泰。

当告别了沉重的俄罗斯文学,伍尔芙的目光又犀利地扫描了美国文坛的弄潮儿们。接下来我最想说的,就是伍尔芙对她所处的那个时代的文学所采取的那种辩证而宽容的立场。也许是因为她那种发自内心深处的对本时代文学的关切与支持。所以她不满意那些对现代文学总是苛责批评的评论家们。当然她并不否认她所处时代的英国文学不够出色。她反复说,这是个支离破碎的时代,很荒芜,以至于没有任何一个姓名能够鹤立鸡群,也没有一位老师傅的工坊,可以使年轻人在那儿当学徒而引以为荣。那么文学就更是如此。在有着司各特、华兹华斯、拜伦、奥斯汀、济慈以及雪莱的那个天才时代之后,英国文学所余的似乎就只有几节诗,几页书,这一章那一篇,这部小说的开端和那部小说的结尾了。

这就是这个女人每日读书、每日思考的结果。可以为她的这些理论做注脚的,还有她的日记选。这位被思想所困的女人投河自尽之后,由她的丈夫编选。每天很累的写作。精神的劳累。与灵魂的抗争。不,我不是想说伍尔芙是在用怎样的方式来写她的日记,我只是想说读了她的日记才会更了解这个女人。

于是便要说到杜拉。杜拉的小说更多地是来自物质的世界。杜拉的思想顶多算一种感觉。她甚至无须读书,无须费力地去思考什么,也无须一定要成为一个理论家。

大概因为有了杜拉斯做比较,伍尔芙才显得更为理性。她总是被纠缠在思考和读书中。她因此而不会放纵自己,不会像杜拉斯那样去酗酒,把生活弄得一团糟。伍尔芙是智者。哪怕是在最最痛苦和无望的时刻,在自己的精神彻底崩溃的时刻,在不能读书也不能思想的时刻,伍尔芙也只是让纯净的河水淹没自己的烦恼,从此结束那沉重的智慧和美丽,结束那不能再延续下去的岁月。你看,就是死,伍尔芙也选择了得体的方式。

去读伍尔芙的书吧。那一定是阅读人生中最深沉的享受。

刊于《文学自由谈》2023 年第 3 期
(2022 年 5 月 27 日出版),有改动

赵玫　　创作一级。第四届天津市作家协会主席。第十届、十一届全国人大代表,第十二届、十三届全国政协委员。天津文史研究馆馆员。已出版各类文学作品八十余部,千余万字。曾获两届全国少数民族文学奖。1998年获全国首届鲁迅文学奖。

横断浪途

七堇年

序幕

一

折多山。

上坡时,海拔渐高,每台发动机都燃烧不足,动力迟滞。满荷运载的大卡车喘着粗气,以自行车的速度慢慢爬行,后面积压着一大串小轿车,跃跃欲试探出一寸车头,想超又不敢超;只有老司机才敢抓住时机,一脚地板油,有惊无险地飙过去。

到了下坡时,大卡车的鼓刹不断被淋水冷却,蒸发滚滚白烟。它们挂着一挡,惊心动魄地一步一挪,像一群非洲大象试着下楼梯。无尽的发夹弯过后,突然间,一城灯火,恍如火山爆发后的滚烫岩浆,壅积在狭窄黑暗的山谷:那就是康定城了。我更喜欢它过去的名字:打箭炉。

如果用手遮住视野的下半,你将只看到巍峨的五色山系,峭拔耸峙,云雾横陈;山巅似一座座黑色金字塔,海市蜃楼般飘浮在雾中,一切看上去无关人间。可是,一旦放开遮挡的手,康定城灯火烂漫,红尘熙攘,人间就在脚下,在眼前。难以想象在这样逼仄的深山中,一千零一夜似的,坐落着一座古老的城市:传教士、探险家、殖民者、商人、土司、各个民族的人们……走马灯般随时间沉浮,历史上的打箭炉无愧于一座传奇的熔炉。

折多山是从川西盆地向高原攀升的第一道关头。已经记不清有多少次来来回回翻过这座山,但每次的天气、季节、方向不同,每次都如初见。穿过折多山这道结界,川西大地豁然开朗的那一刻,我总会在心底对自己说:这个世界很大,你的心也要这样。

二

"你还好吗? 看起来不舒服?"我问小伊。她坐在副驾驶座位上,至少沉默了半小时,一声不吭。

"头痛,不过没事。"她摸了摸自己额头的温度,又试了试我的,"应该没发烧,就是特别冷。"

大概是白天她在雪山上顶着大风拍素材,受了寒。此刻她双手冰冷,沉默地坐着,凝视窗外连绵山景,时不时低头查看卫星地图,分辨着一座座山峰的名字,以此转移注意力,默默克服不适。我帮她调高了暖风温度。

有时候希望疼痛能像背包那样,轮流互相分担。可惜世界上有很多无法分担的负重:第一个就是病痛,爱恨或许也是。是否能成为最好的旅伴,不仅是取决于壮丽和酣畅的时刻能否同甘,更取决于这些不适、不顺、不如意的时刻,能否共苦。毕竟一旦踏上旅途,人与人之间 $7×24\,h$ 的相处密度,将是一种严峻的考验,如果不能互为"天堂",那么就会变成一座字面意义上的"他人即地狱"。

三

抵达康定,我们汇入晚高峰的堵车大军。这座古城的街道太窄了,当年的建城者大概无法想到,一百年后车辆会拥挤到这个地步。在小巷里七弯八绕,终于找到了那家排名第一的羊肉粉小馆子。

店面狭小,但是干净;在二楼角落,我们狼吞虎咽干掉了两大碗热乎乎的羊肉粉。小伊像是喝了回魂汤一般,终于浑身热乎起来了——好多了,她说。

"您真是羊肉汤治百病。"我笑道。

借着一碗羊肉汤的温暖,我们乘着夜色继续赶路回城。车内空间是一座微型的电影院。在那个封闭的小盒子里,我们如同仅有的观众,固定在并排的座位上,动辄长达四五个小时的交谈,配上音乐、流动的风景:仿佛身处一沓尚未被剪辑的影像素材之中。过去两年来,许多最深刻的对话,都发生在长途行车中。那些争论、疑惑、独白……成为旅途中的另一层风景,与山川湖海同样壮丽。

因此我想写下这本书,记录这些珍贵的旅程。愿因此,这些双重风景能与日常生活互嵌,大理石纹路般隐秘交织。

四

疫情期间,不论封闭还是出门,都更需要额外的意志和勇气,直面额外的不确定性。每一次计划都不确定能不能真的出发;出发了又会不会突然被拦在半路,拦在半路了到底什么时候能回家。

当日常琐事都变得麻烦的时候,可想而知出行会何等烦琐:比如在偏远山区,要严格计算着脚程与核酸的节奏,一不小心就要被卡在半路。有时候都分不清这到底是在旅行,还是在一场闯关游戏中练习"打怪升级"。

更有意思的是,我们经常被路人问到,"就你们两个吗?"或者,"就你自己吗?"

在我们回答"是的"之后,对方的回应则含混不清,"可以啊……你们两个姑娘家……"

这听起来似乎是赞许,又似乎不是。我常常会想:如果我们是两位小伙子,他们还会问同样的话吗? 难道路途、探索、风景、偏远之地,只能属于某种性别、某种族群? 如今人们对"姑娘家"的刻板印象,仍然是乖乖待在家里?

所以,这也是关于勇气、信任与陪伴的旅程。有句谚语是,"如果你希望走得快,你就一个人走;如果你希望走得远,那你就需要和他人一起走"，无比感激小伊这位最好的"领航员"，感激我们并肩出发，一步步探索更远的天地。若不是有这样难得的同伴，我恐怕仍对壮美绝伦的西南山地知之甚少。

五

和小伊的第一次见面，是在2019年秋天。因为一见如故，我们聊到凌晨三点仍然话头正旺。店员明显焦虑，又不好说什么，反复擦拭杯子，收拾周围的桌椅，传达关门打烊的意思。

她用伤感的口吻，提起2018年瑞士驻留项目的记忆：一个人住在小镇上，过着最简单的生活。偶然在一次爬山的时候，她看见了树林中一块巨大的冰川漂砾，深深为此着迷。后来她特意选择在晨曦或暮色的微光中，一次次爬山，一次次去拍摄这块漂砾，创作出了一系列作品。

她说，这是"时间的容载，阿尔卑斯冰川的纪念碑"。

我非常喜欢那组作品：展厅的光线按照呼吸的节奏，明暗起伏。那块漂砾安睡在一片幽暗的森林中，似乎暗藏着一个坚固的梦。它也许是宇宙中，第一块梦见了另一块石头的漂砾。在它周围，树叶以几乎不可见的尺度轻微颤抖，一种临界的静态：时间被抽取一空。文明是尚未开始，还是已走到了尽头？此刻是黎明，还是黄昏？那幅影像传达的永恒感，让我联想到某种毁灭性的寂静。人类似乎已经藏到了地下深处去，地表上的物质都被放射性尘埃覆盖。铀-238的半衰期——45亿年，与地球的年龄大致相同；钍-232的半衰期——140亿年，或许可与宇宙的年龄比肩。亿年以计，却要一秒一秒、一代一代地蛰伏等待……我甚至联想到位于极北之地的世界种子库,号称能抵挡核武器打击,为地球末日保存生命的火种;但因气候变暖导致永久冻土融化,种子库的建筑结构在巨大应力下,产生变形,已经有渗水的迹象……

人类建造永恒坚固之物,足以抵挡核武器打击,却无法抵挡时间的拥抱,水滴的亲吻。但这些漂砾,在我们全都消失之后,或许依然存在如初。它们是时间的骸骨,呼吸着,吞吐着,流动着——只不过,以人类看不见的幅度,或尺度。

正是因为凝视这些作品,我猜想和它背后的创作者会成为很好的旅伴:相处起来会像空气那样自在,又不可或缺。我们大概都会热衷于小路、岩石、山川、星空。会热衷于人间之外的宇宙,某些亘古所在。

但未曾想到,这个猜想要足足等到一年之后,才能被验证。毕竟,与小伊第一次见面之后,疫情就来临了。如同正在高考现场,苦苦思索"应当如何正当地生活"这道压轴大题的时候,监考老师忽然一把抽走试卷,说,不用想了,考试取消了,都回去吧。

从此,一轮又一轮的疫情反复打乱计划,不仅出行受限,连日常琐事都成了问题。有人用 glocalization 一词来形容这种"全球地区化"逆势。静默或隔离的状态下,天亮了又黑,黑了又亮,我游魂般穿梭在冰箱、书桌和床之间,彻底成了没有影子的人。消化不良,缺乏运动,总是因为莫名的焦虑而迫切想往嘴里塞点什么,又不敢多吃,于是只能蹲在阳台上啃指甲,傻盯着洗衣机滚筒旋转,出神;偶尔茫然地刷刷手机,半小时就过去了。

一天,一个月,一个季节,就这么过去了。

六

与小伊再次见面,已是 2020 年 4 月。我们像蛰居的小鼠般探出头,瞄一眼春天匆匆而过的脚踝。没有任何店面开门,我们躲在城市公园的角落,望着风和日丽、花草树木,感觉一切仿佛《楚门的世界》电影布景,几乎怀疑其真实性。就连每一口呼吸,似乎都是偷来的。

那一刻我想:从前年少的时候,"远方"这个词自带诗意,远方的意义大于风景本身。而近在身边的事物,仿佛就因为切近,而失去某种诱惑力——好比住在北京,从来没去过北海公园;住在成都,从来没有去过武侯祠。

某种意义上,要感谢被上帝关上了一扇门,我们才试着去打开那扇从没注意过的窗。三年来,每当时机允许,我们就敦促彼此抓紧窗口期,进山、上路,一步步深入横断山脉。每次出发、归来,都接近一种重生。我对壮美的西南山地产生了无比的眷恋,渐渐意识到,家乡与远方,也可以是一组镜像。而诗意,与远方无关,是境由心生的。

七

"横断山"概念最早出现在京师学堂邹代钧于 1900—1901 年编写的《中国地理讲义》中:"……迤南为岷山、为雪岭、为云岭,皆成自北而南之山脉,是谓横断山脉。"

到了当代,横断山脉又有了广义和狭义的区分,按照维基百科的介绍:

> 广义的横断山脉位于青藏高原东南部(介于北纬 22°～32°05′,东经 97°～103°之间),为四川省西部、云南省西北部和西藏自治区东部南北向山脉的总称,是青藏高原的边缘山系。
>
> 它东起邛崃山,西抵伯舒拉岭—高黎贡山,北达昌都、甘孜至马尔康一线,南抵中缅边境的山区,面积 60 余万平方公里,是中国最长、最宽和最典型的南北向山系。

狭义的横断山脉指三江并流地区的四条山脉,即沙鲁里山、芒康山—云岭、他念他翁山—怒山及伯舒拉岭—高黎贡山。

这些山系水系的名字,咒语般令人神往。而小伊的家乡,恰好位于横断山脉的北段东缘,是华西雨屏的核心地带。

就以这里为起点,我们的旅途像地图那样徐徐展开。

结界之桥

一

"不觉得我们很幸运吗?"她摇下车窗,风吹乱刘海,"几百公里之外,就是另一重天,另一个世界。"

"是啊,世界上没有几个城市能像成都这样,几个小时的车程之外,就是壮丽的山野。"

因为雅康高速的贯通，从成都到康定如今只需三个多小时。这是一条桥隧比高达82%的高速公路，一条通往异世界的时空隧道。行车其中，隧道和音乐包裹我们，漫过闲谈，漫过时间，不知不觉，华西雨屏就被抛在了身后。

很难想象，仅仅不到一百年前，这里还是茶马古道的核心路段，往来雅安与拉萨的背夫们，用脚步将石板路摩擦得如同皮革般光滑。背夫中最强壮的，一次能背200斤重的茶叶，几乎是两匹骡马的负重量。除了茶包，他们还自带十几天的干粮，和一小块盐，用来拌在豆花饭里。背夫胸前通常挂着一个圆形的竹篾圈，用于刮汗水。茶包太重，无法轻易卸下，休息时，背夫就将茶包下面的那根拐棍往地上一杵，原地站着喘息；天长日久，石板路上竟被杵出许多坑洞。

1939年，俄国人顾·彼得（Pote Gullard）为了避开沦陷区的战乱，探索"伟大的中国西部"，从上海绕香港、海防、昆明、重庆，抵达康定。在藏彝地区，他写下一系列见闻记录，我读过其中《彝人首领》一书，其中有一段，描写从雅安到打箭炉（今康定）的背夫——

他们十分可怜，褴褛的衣服遮不住身体，焦黄的面孔有些发青，茫然无神的眼睛和消瘦的身躯好像行尸走肉一般。做这种没完没了的工作，他们的动力完全来源于鸦片烟，没有鸦片烟他们简直没法活下去。他们每到一个正规一点的驿站——肮脏的小吃店便开始用餐，一般是一碗清清的白菜汤或是蔓菁的汤，一点豆腐或是大量的红辣椒，然后退到卧房，躺到脏兮兮的草席上掏出一根烟枪或是借一根烟枪来抽大烟，我常常听到小店幽暗的房间里连续不断地传出的抽吸声,并伴随着一股甜甜的树脂味。

他们悠然自得、忘却一切地躺在那里,羊皮纸一样的脸在黑暗中闪现。如果有月光的话,他们又继续上路,沉闷的脚步声在寂静的空气中上下回响,不管阴雨绵绵还是阳光灿烂,风霜雪冻,成百上千的背茶者就这样日复一日,年复一年地来往于雅安和打箭炉之间。

当死亡来临之时,他们只是往路边一躺,然后悲惨地死去,没有人会关心他们的死活,这样的事周而复始,没有人会因此而掉泪。由于过度的疲劳,他们在休息时已经累得说不出话来,沿途的一切景物对于他们来说都毫无兴趣,他们像机器人一样机械地拖着步伐从一块石板迈向另外一块石板,他们仿佛是些异类,你无法安慰或是帮助他们,他们似乎已经脱离了人类的情感,比骡子和马匹还更加沉默。当背负着重重的货物行走时,他们唯一能发出的声音便是粗重的呼吸声。[①]

二

历史上,大渡河两岸的物资转运全靠渡船或溜索,穿梭其中的惊险,"同时身在天堂与地狱之间"。公元 1705 年,清康熙皇帝下令在大渡河上修建一座铁索桥,取名泸定桥,举全国之力推进这项工程。据说当时的西南并不产铁,每一块建桥的

---

① 〔俄〕顾彼得:《彝人首领》,和锊字译,四川文艺出版社,2004 年第 1 版,第 5—7 页。

铁,是从陕西等地千里迢迢运来的。桥身 13 条铁链,总重 40 吨,12164 个环环相扣的铁环上,刻着铸环工匠的标记,保证任何一个铁环出现问题,都有迹可循,有责可追。

如此沉重的铁链,是如何从此岸架上彼岸的?我想象着当时的工匠们用溜索、竹筒,一块一块将铁材从二郎山一岸运到海子山一岸,喊着震天的号子反反复复拉起……血汗如雨滴那样坠入奔腾的大河。

三

仅仅一百年过去,世界完全变了。历史仿佛有了加速度。道路轻快平滑似某种轨道,人们的感知也被这种加速度彻底改变。

我们不约而同地把手放在了车窗的按钮上,悬着,准备着什么。快了,快了——某一刻,摇下车窗,调大音乐,莫西子诗的《越过群山》歌声被一阵横风突然吹散,飘过二郎山的重峦,大渡河的清涛,我们放肆地随风呼喊起来,感受轮胎碾压钢板的声音和震动,像是驶上了一块巨大的甲板——标志性的"兴康大桥"到了:鲜红色的双塔桥墩刺向天空,挑起钢缆,酷似几架巨大的竖琴,横陈峡谷。

这阵剧烈的横风穿桥而过,几乎能感觉到车身都被摇动,窗缝发出啸叫:峡谷的瞬间风速可达 32.6 米/秒,相当于 12 级台风。这一带是高烈度地震区,两岸陡峭的边坡结构和复杂的风环境,对任何工程来说都是巨大挑战。兴康特大桥因其出色的设计,获得过 2019 年国际桥梁大会(IBC)Gustav Lindenthal

金奖。

在所有的人类建筑中，我最喜欢塔与桥。若说"建筑是凝固的音乐"，那么垂直的塔是复调音乐的极致；而水平的桥则是主调音乐的极致。

在一篇关于桥梁设计史的资料中，我第一次了解到"预应力钢筋混凝土"这一术语，当即被这个迷人的设计所折服——简单说，将钢筋充分拉伸，就像一根拉伸后的橡皮筋那样，埋入混凝土中，使整个结构自带收缩性，能有效地抵消外荷载所引起的拉应力，推迟混凝土开裂。兴康特大桥的引桥部分，也采用了类似的设计。

在足够大的尺度上，钢筋也不过是一条橡皮筋。山脉、岩石，也不过像一块蛋糕。兴康特大桥则像是一座结界之桥，时间与空间，城市与自然，因这座桥而贯通。

桥，不仅是凝固的音乐，也是凝固的血汗、智慧，凝固的眺望与穿行。

四

在西班牙语中，"桥"是阳性单词；而在德语中，"桥"是阴性单词。斯坦福大学认知心理学科学家 Lera Boroditsky 研究发现，西班牙语使用者更容易将桥与壮观、雄伟等形容词相联系；而德语使用者，则以美丽、优雅等女性化的感觉来描述桥梁。她在一次 Ted 演讲中说："每天世界上的 70 多亿人说着 7000 多种不同的语言，这意味着每天有 7000 多种不同的思维方式在涌动。"

中文词汇没有阳性单词和阴性单词区别，因此桥梁在我心中，既优雅，又雄伟，是双性同体的。人类是一个被自己的语言系统所塑造的物种——就连方言，也能折射不同的人格。一位能讲多种方言的老友就曾感慨，说广东话的时候，感觉自己犀利、务实；说成都话的时候，幽默、松弛；说上海话的时候，绵里藏刀；说普通话的时候，则是一种完全中立、中性的工作状态。

有谚语说，"学一门新语言，获得一个新灵魂。"语言的边界有多大，你的世界便有多大。语言，即人类的桥梁。

视线穿过鲜红色的钢缆，望着桥下奔涌的大渡河，我想起刚读完的那本《彝人首领》，对小伊说："顾·彼得有一句神来之笔，形容大渡河'像一条青色的巨蟒，在峡谷底下缓缓蠕动'。"

她听了，轻声惊叹着，转头看向大渡河，拍下了从桥上俯瞰河谷的照片。大渡河、金沙江、澜沧江、怒江……这些优美的名字，银河般引人神往。行过了这座桥，康定的阳光在等待我们，真正的川西大地也将徐徐展开。

时间之碑

一

不可能被错过：远远地就能看见那一对耸立的双碉楼，棕色的双子塔，像在山腰上插了两把刀。那是一个明亮的傍晚，还有一个多小时就将抵达新都桥，行车之困被它的身姿一把抹去，我们突然都精神起来。还没等我发问，小伊已经在卫星地图上锁定了它的位置："这是在朋布西乡……噢！肯定就是那对碉楼了！就在前面,过桥,上山,进村,应该就能到了。"说着,她已经重新规划了导航,放在手机架上。我常常会为这种默契感激涕零——因为方向感极差,我不喜欢找路;恰好小伊擅长做领航员,总是对路线和方向有着极好的直觉。

这一带的古碉楼始建于元代,已有上千年历史,是冷兵器时代的防御建筑,得以完整保留下来的并不多见。多年前在爱尔兰的乡间旅行,沿途也有不少城堡,大都坍圮得所剩无几,只是废墟。每每路过那些城堡,我总是想起川西大地的碉楼,想起某些人类共通的集体无意识。世界各地的祖先们都曾建高塔,用以和天空对话,在大地上战斗,或献祭神圣,或镇压鬼怪。它们都是时间凝冻而成的塔,一想到那些活生生的人们——在此生活、战斗、饮食、祈福的人们——都已化为尘土,就仿佛看到了一张张历史的负片,故事只剩轮廓,与真相的色彩互补。这些高高的碉楼是时间的无字碑,默默伫立,一言不发,只引发想象。

村落安静得几乎没有人。大约因为松茸季,所有人都上山去了。在一棵大槐树下,两头牛在半推半就地搏斗,犄角勾连,像筋疲力尽的拳击手那样纠缠在一起。为了不惊动它们,我们远远停下车,绕道步行,爬梯,朝着双碉而去。

近了,近了。我能用手触摸那黑色的砖石,看见塔身上错落有致的瞭望孔、射击孔。它们简直就是两截垂直竖置的长城,至少十五层楼那么高。陡峭的压迫感,让人感觉自己像一只蚂蚁趴在纪念碑下面。当我试着用广角来拍摄它们的时候,沮丧地发现,双碉太高了……画面出现了严重的镜头畸变:垂直的陡壁,就像鱼眼的视觉效果那样,完全弯曲。

站在双碉的中间,抬头一仰望,帽子就掉了。整片天空都被那一对八角顶切割成完美对称的两半,像正在裂变的万花筒,又像《指环王》中的神界守护塔,跨过它就是另一重时空。几只乌鸦突然从碉楼高处蹿出来,发出凄厉叫声,惊得我们面面相觑,又扑哧笑出声来。"太美了……"小伊说。

我不由得想象着,到了夜晚,在川西高原的漫天银华之下,双碉与月色相吻的画面。希望时间能立刻跳跃到那黑暗中去,现在,马上。

但浓稠的黄昏久久没有散去,像倾了一杯浓茶,漫在桌上。在张亚东《雾》的单曲循环中,我们下山,离开。来时缠斗的两头牛,不知何时已不见了。只留下老槐树独自站在那里,树干上的红绸子,在晚风中彼此轻轻擦拭。

二

抵达高尔寺垭口,已经没有信号。达明放下手机,摇下车窗,感受了一下外面的温度。这一趟,他专程飞来加入我们的旅行,一路有点高反,隐隐头疼。我们按照提前下载好的路书,左拐,继续上山,行至铺装路面尽头。草甸上散布着混乱交织的车辙印。一道水土流失造成的巨大沟壑,迫使我们下车步行。

刚刚下车没走几步,小伊就一脚踩进稀泥里,再拔出来的时候,已经没有鞋。达明见了,哈哈大笑,第一时间掏出手机拍照留念。小伊自己也哭笑不得,捡起鞋来说要擦一擦,让我们先走着,不用等她。

天空怅然地晴着,细雨在低空织了一张网,兜住摇摇欲坠的云朵。它们一坨坨沉得好像随时都会破网而落。

海拔不低了，我和达明喘着气，走得很慢，打着伞。他的伞歪在一边，似乎也没有真的遮住雨，或者太阳。他只是喜欢这把伞，绿色的伞。我们终于来到垭口边缘，再往前就没路了。目及之处，贡嘎群峰在厚厚的乌云层下，浪花般泛起一条白色波浪线。

那段时间刚刚重映了《情书》，达明和小伊都去看过了，说是哭到不行。结尾处，博子对着雪山大喊的场景，我当然记得：

　　　　お～～～元気ですか？
　　　　……私は～～～元気です。①

达明就这样大声喊着，对着遥远的雪山。那段时间他好像心事很重，有些低落。和我一样，他的月亮落在天秤座，饱受犹豫之苦：人如何才能做到，站在河畔，凝视水中的月影，却不纵身一跃呢？

小伊迟迟没有跟上来，我有些担心，对达明说一起回去看看。往回走没多久，远远地见她换好了鞋，正朝我们走来。因为彻底的逆光，她的身影完全化作了一个字面意义上的焦点。在那焦平面前后，天空出奇地、出奇地高远……形成一种洪荒般的景深：仿佛是人间的天空之外，还叠加了万物的天空，众神的天空。一个人，就自那洪荒般的天空中走来，渺小得……走了很久仿佛仍在原地。"天若有情天亦老"说的就是这样的瞬间吧，一种旷阔的感伤击中了我，难以言喻。

————————————

① 日语：你好吗？我很好。

最终，我们三个人并肩坐在垭口，沉默不语地眺望那连绵雪山。如果云朵也有上帝视角，它们应该能俯瞰到三个渺小的人类，在地球的这个角落，此时此刻，坐在一起。各怀心事，各有过去和未来。

三

"黑石城"是一片遗迹，坐落在附近的山顶上。为了赶在落日时刻前去看看，我们又回到车上，沿着繁乱的车辙印四处寻找，可一直没有找到。高山灌丛如此脆弱，我不想碾压草地；而那些已有的车辙，并没有把我们带到正确的方向。黑石城仿佛仍藏在传说中，故意不对我们现身。天色渐晚，达明有些焦虑。为了安全起见，我们只好下山了。

下次吧。小伊说。

我也没有犹豫，掉头下山。已经很习惯于这种遗憾，它甚至让我感到安心：旅行和生活一样，从来不该心想事成。太顺利的时候，反而会令我不安。常常是因为有遗憾，才会始终念念不忘，也因此更加记得那里。

下山的路上，再次经过高尔寺垭口。谁也没想到，不经意间回头一看，赤橙色的光芒几乎要将一对后视镜点燃了：上帝啊，火烧云。

只有 Derek Walcott 的诗能描述那一幕——

在这个橙色时刻

光读起来像但丁

三行一节,对称的张力

从《天堂篇》漾出的安静的节拍

像一条无篷小船用它的桨划出

韵律稀疏的诗行,我们,如此

着迷,几乎不能说话,此刻

此刻:天空陷入一片熊熊火海。那光芒烧毁了所有的云,连同"一生中后悔的事",都付之一炬。奇迹般的是,那光芒底部还显现一道彩虹,从熊熊火海底下探出了一段七彩金刚之身……仿佛是天空的舍利子,炼自宇宙的焰温。

眼前是康德所定义的壮美(sublime),我们被这种力量钉在了那里,仿佛化成了几块石头,等着被雕刻成像,殉葬给这个时刻。一定是命运在奖赏我们对遗憾的拥抱:若非及时下山,都不知道自己将错过什么。

因为这一刻,确信神是爱着我们的。

时间零

一

卡尔维诺有个"时间零"的理论:想象一个猎人在森林中遭遇一头狮子,猎人弯弓放箭,狮子也一跃而起的那一瞬间——让剪辑师把这一帧画面暂停,目光悬置在这里——接下来会有什么结果呢? 中箭的狮子狂怒,一口咬死了猎人;又或者猎人射中要害,再补上几箭,把狮子干掉了。

但无论结果如何,都是时间零以后的事,是时间一、时间二、时间三……就像小学数学课上的线段那样,以那个悬置的瞬间为零,往前是时间负一、负二、负三……

卡尔维诺认为,古往今来的叙事都忽略了这个时间零,太注重从时间负三、负二、负一,到描述时间一、时间二、时间三……但真正重要的是这个时间零。在这个时间零上,所有的可能性都没有展开,所有的想象都还是胚胎。那是一个由于可能性无限,而炫丽无比的瞬间。

对我来说,这瞬间属于2021年8月的某天,属于我们在雅江县一个偏僻村落里遇到的那个藏族小男孩,他的名字叫土敦。

二

正值晴朗无云的夏日,天空毫无心事,一览无余的蓝与白。我们前往格西沟保护区,拜访几位巡护员。其中有一位年轻人叫丁真,汉语很好,对我们的每个提问都耐心回答。我很快注意到,他在每句话的开头和结尾频繁说"噢呀,噢呀",我猜那是"对啊,是的"的意思——好听极了:噢呀,噢呀。

"噢呀,这峡谷,看到了吗? 左边,我们小时候夏天在这儿游泳,天天游,噢呀";"这条路,小时候过年走亲戚的时候,要走一整天"……

"一整天?"

"噢呀,早上五点走到天黑。噢呀。"

"丁真这个名字很普遍吗？怎么来的？"

"活佛取的名字，我们这片的都叫丁真，相当于一个姓；那个网红帅哥理塘丁真，你们知道他的吧？差不多也是一样的意思。"

"那你就是雅江丁真。"

"噢呀！"

丁真大笑不止，看得出心情愉快。他指着每一个拐弯、每一片河滩，为我们细数童年记忆，说到兴起，决定带我们走访他的老家：一座古老的藏族村寨——并不特别顺路，但他坚持要去。

在村口的大槐树下，我们停车。进村的小路很窄，丁真走在前面，低头穿过一棵大树浓郁的阴凉，又路过了一口井。"这就是我小时候每天早上牵马来喝水的井，小时候我特别特别爱我那匹小马，早上起来了，第一件事不是刷牙洗脸，而是先牵马喝水，回去才是刷牙洗脸，吃饭。"

"那你的小马叫什么名字？"

"呃……没有名字……"

我们都笑了。或许与城市里的人不同，他们爱一匹马，但也并不给它取名。马不是他们的宠物，也不是什么家庭成员，马就是马，一个生命对另一个生命的，朴素而平等的喜欢。

丁真有种衣锦还乡的骄傲，跟路上遇见的每一个老邻居大声打招呼。我听见他打完招呼后，一个人低声喃喃自语："全是回忆，全是回忆，全是回忆……"

他家的老房子曾是整个村落里最壮观的豪宅。废弃 20 年后，粗壮的房梁色黑如炭，土夯石墙明显倾斜。人去楼空，黑暗中散落着积灰的旧物件：柜子，硬如铁色的牛皮袋，一条猎装腰带,一份命令搬迁的文件。

我们攀上二楼,眺望青翠的山谷。河边有一棵巨大的核桃树,亭亭如盖,让人一眼就可以联想到夏日在树下嬉戏、河边玩耍的童年。河流绕山谷淙淙作响,阳光在河面洒下碎金。丁真叹了一口气,说,好多年没有回来了。

这时我们才知道,这个房子本身,也是有名字的。藏族人一般没有姓氏,但有些人会拥有类似姓氏的家族名——也就是祖屋、庄园或房子的名字(房名)。

离开老宅子,丁真带我们去隔壁亲戚家喝茶,等他哥哥采松茸菌回来,顺路捎回县城。百无聊赖中,土敦就这样出现了——一双黑曜石般的大眼睛,一身被太阳深吻过的光洁皮肤。他黝黑,健康,漂亮得像一只小金丝猴;前额正中央有一小撮儿纯白色的头发,像是最时髦的挑染,非常醒目。

丁真告诉我们,家里无比宠爱这个孩子。这个孩子快出生时,家里特意把母子送去西南最好的华西医院妇产科住院生产。"这——小撮儿白发,是华西(医院)的标志呢。"

土敦在家门口玩耍,抱着他心爱的小牛,像是逗一条大狗。他的弟弟也来了,但十分害羞。见到我们,兄弟俩露出羞涩的笑容,踢着一只瘪了气的皮球,从我们跟前绕过,又跑掉。

我们到屋顶上闲坐,吃冰棒。主人家料想我们喝不惯酥油茶,体贴地给我们倒了绿茶。屋顶上阳光刚烈,在地上切出一块块边界分明的阴影。我已经很久没有这么惬意地对待一场漫长的、无所事事的等待。谁都不知丁真的哥哥什么时候才能回来,但谁都不着急。在这个被世界遗忘的山谷里,我感觉自己跌入了某条平行世界的"时间零",整个人都被悬置了。时间负三、负二、负一……已不知去向;未来的时间一和时间二也迷了路,暂时不会降临。箭就这么凝固在空气中,狮子如雕塑般停滞在跃起的姿势……在时间零的刻度上,在这个古老的村子里,我们就这么坐在屋顶,吃着冰棍,喝着茶,晒着太阳,看着土敦和他弟弟玩耍。

屋顶的大梁上有两条粗绳子系成的简易秋千,小小两兄弟活泼如幼猿,踩在绳子上摇来荡去,有惊无险地上上下下。换作在城市里,家长恐怕早就惊恐地扑过去大叫"危险! 快下来!"了。但这里不会。一切都是这么的自然、舒缓、不慌不忙,没有任何要紧的事。在这里,童年就是童年,活着就是活着,老去就是老去。

土敦和弟弟在秋千上攀荡,两兄弟笑得咯咯作响,那是来自遥远的童年下午的声响,令我突然间泪如雨至,陷入猝不及防的感伤。这是两张真真正正的白纸,没有折痕,没有污点,没有任何笔迹:白纸般的童年。这是他们人生的"时间零"。从此往后,无数的时间一、时间二、时间三……将在命运的线段上等着他们。多年以后,长大成人、结婚生子的土敦,是否会记得,在某个遥远的无所事事的下午,他曾经这样的纯洁、简单、开心过——那是命运线段上,时间负二十,或者负二十三的那一刻。

卡尔维诺当然是叙事炫技的大师,时间零的概念也绝妙无比,但除非是在文学里……现实中的时间零,不曾有任何一丝耐心等着我们享用。

箭就在弦断的那一刻射出,猎人就在狮子跃起的那一刻倒下,人间的一切都太快了。这是为何我们需要文学和艺术。它们是成年人的滑梯,顺着它,溜去遥远的童年,去寻找一只弹弓,击中一个梦。

三

正值繁忙的松茸季，整个雅江的男女老少都进山挖菌子了。"今年的松茸特别少，干旱，没什么雨……松茸少了，特别贵。"老巡护员李八斤一边说，一边点了牛肉汤锅，坚持要加一盘最新鲜的松茸菌，"你们必须尝尝鲜"。

我的确从来没有吃过松茸，只知道这东西很贵，非常过意不去。盛情难却，只能一遍又一遍说谢谢。丁真打断我们的客套，撮起一片雪白的生松茸片，蘸了辣椒，放进嘴里，说："像这样，生吃是最好的。"

我和小伊学着他的吃法，也撮起一片生松茸，刚刚凑到鼻尖，就闻见清香。放进嘴里，口感清爽，像与森林接吻。但说实在的，松茸对我来说就像葡萄酒，只要不是味道太跳脱的，其实都差不多，纯属暴殄天物。我放下了筷子。与松茸相比，我更愿意听李八斤讲他的故事。

山水自然保护中心与雅江格西沟保护区有着十多年的合作历史。来这里之前，山水的前辈就告诉我："你一定要见见八斤哥，藏族人，出生的时候八斤重，得名李八斤。喜欢唱歌跳舞，做事儿也踏实，人特好。"

1998 年以前，八斤哥是雅江县林场工人，工作就是伐木。那一年的特大洪水带来全国性的惨痛损失，催生了长江中上游天然林保护禁伐令，史称"天保"。1998 年后，雅江的林场纷纷转产。李八斤不再是林场工人，转而担任雅江县第一支专业扑火队队长，主要从事森林扑火和植被恢复工作。

"现在的条件，太好了……有了吉普车。想当年，我们每人每天，不停在山上巡逻，全靠走路，徒步。扑火的时候，是人一趟一趟背水上山的……喝了水，包在嘴里，喷出来……"李八斤说起当年做扑火队长的记忆，一直在摇头，"你一个人陷在密密匝匝的林子里，根本看不见自己在哪里，也看不见火在哪里，有时候火都逼近这边了，距离只有几公里了，你都根本不知道……大火在你面前爆燃，真的，那种恐怖……"

爆炸性燃烧，是所有消防队员的噩梦。在天然森林中，地面植被和林下堆积的腐殖层——比如落叶残渣等，薄则没入脚踝，厚则深及大腿。雨季，它们会像海绵那样吸收大量水分，阻挡水土流失，发挥森林涵养水源的作用。但一枚硬币总有两面：这些腐殖层会因为堆积、腐烂，变成易燃物，产生大量可燃气体——活生生的火药桶。一旦天气干燥，温度升高，很容易被点燃，甚至自燃。

当火灾发生，这些林下可燃物很有可能会突然间爆炸性燃烧，轰然形成巨大的火球，蘑菇云，同时产生极高的温度。如果加上特殊的地形条件——比如鞍部、单口山谷、沟壑等较为封闭的环境——情况就更糟了：蔓延而至的林火使这些地形中的可燃物获得预热，会加剧燃烧，很难扑灭。

在扑火的过程中，指挥尤其关键。瞭望员会始终保持在高处，以便指挥救火队员保持在上风向；但是一旦风向改变，灾难就降临了。2019年3月末的一个傍晚，木里县雅砻江镇立尔村一处海拔3800米的山坡发生森林火灾，689名消防员前去灭火，因为风向突然改变，烈火转向了他们所在的方位……在那场灾难中，30人牺牲。其中27名为消防队员，还有3名是地方干部或群众。

身为扑火队长,每年 10 月至次年 5 月,都是李八斤神经紧张的日子。日常巡逻的任务之一,就是不断清理林下堆积物,防止堆积太多。但偌大的森林,岂是一小队人员能清理得干净的,这简直让我联想到"抵挡太平洋的堤坝"。李八斤说:"所以挖松茸也是有好处的,相当于夏天很多人上山,清了一遍林子。"

李八斤和他的队员们,不过是平凡普通人,在山水的角落里,过着植物般清爽宁静的日子。很难想象这样平静的一生中,有过如此壮烈往事:2000 年 2 月 25 日,一场山火蔓延多时,逼近了村庄附近的林区。李八斤召集 800 人上山扑火。前线队员们被困在高大密实的森林中,视野低矮,无法判断自己的方向,完全依赖指挥员的瞭望和指令。李八斤负责的山头位于北面,凌晨 5 点,他们跨过峡谷,切入火场,扑救了五个小时,筋疲力尽。然而不知何时风向已大变,大火随之转向,像"城墙一样"正朝着他们这边倾倒而来……对讲机里的指令大叫:不到一公里了! 快撤快撤!

这一公里的距离对于森林烈火来说,简直就是一步之遥,李八斤下令所有人赶紧撤,大伙儿根本来不及用脚跑下坡,一个个直接沿着七八十度的陡峭山坡,连滚带爬,翻下来,总算撤回安全地带……在那种生死情急之下,皮伤肉破根本不足为意,一回望刚才的山脊,早已陷入烟林火海。

逃过一劫,众人惊魂未定。李八斤赶紧清点人数,赫然发现原本 800 人的队伍,只有 764 人,足足少了 36 人。他当时"眼前一黑",简直站不稳。整整 36 人,几乎每个弟兄和他们的家人都是熟面孔,无法想象这要如何交代……李八斤跌跌撞撞又往回跑,不停呼喊队友们的名字,没有任何回应。他感觉心脏被卷进了绞肉机。没有办法，只能原地等待奇迹发生。漫长的煎熬开始了，每一分钟过去，绞肉机的利齿就把五脏六腑搅拌上一圈：在那一个世纪般漫长的等待里，李八斤体验到一种几乎要呕吐的紧张，他几乎宁愿没回来的是自己。

终于，终于，奇迹般地，开始听到隐约人声，6个队员累得没了人形，互相搀扶着慢慢出现。李八斤扑过去迎接，追问剩下的人如何了，这才得知，都在后面，应该不远了。

很幸运，30位落下的队员们全部安全返回，无人牺牲。他们的迷彩服磨得褴褛，浑身是伤，是炭，是泥，是血，面庞已经糊得黢黑，所有人抱头痛哭。

"根本没办法，那种热气噢……呼啦一下……"李八斤朝着天上比画了一个蘑菇云一样的姿势，"烫得噢……"他说着，一直摇头。我努力想象着一座摩天大厦般的火炉，燃烧着，轰然倒塌的情形；浓烟如滚烫的棺盖那样，扣下来。

这样的记忆本该就着一碗烈酒一口干掉，但李八斤显得平静而克制，只是举起一小杯啤酒，非常客气地对我们说："随意啊随意，不用勉强。"

四

在格西沟保护区的第二天，李八斤专门拨出时间，和丁真一起，带我们上山。沿着废弃的老国道登上剪子弯垭口，一条壮观的经幡横挂在路中央，猎猎作响，似在呐喊着什么。

荒荒油云，寥寥长风。山的那边，就是理塘了。而山的这边，我望见雅江的"三区两园"：格西沟国家级自然保护区、神仙山省级自然保护区、亿比措湿地省级自然保护区;庆达沟省级森林公园和那溪措省级湿地公园。正是眼前这些山山林林,耗费了这个男人的大半生。

天然林禁伐令后,政府号召补植种树。拨款给雅江保护区购买种子的经费是 800 元,等于那时候李八斤四个月的工资。第一批种下去,全都没有存活,李八斤深感挫败,心有不甘。他很清楚,问题的原因是缺乏专业知识。为此,他开始努力邀请国内外环保机构和专家们来做科研,给大家做技术培训。"白天上班,晚上去听专家讲座,回来,还要把自己学到的再普及给村民。"种种努力过后,人工补植的存活率达到 80% 以上。当年那些被剃光的山头,渐渐又葱葱郁郁起来。

也许是时间太久远,李八斤说起这些的时候,各种周折辛苦总是一笔带过,轻描淡写。又或许,他是那种真正的实干家,做得多,说得少。

下山后,李八斤和丁真带着我们走进一处保护区的科研基地,迎面而来是座巨大的暖棚苗圃,建设经费是他上下奔走好不容易才筹来的。一位工人正在浇水,看见李八斤来了,彼此用藏语寒暄起来。

李八斤指着几块试验田,对我们说,这是高山杜鹃。

可是一眼望去,我几乎怀疑自己瞎了——地上完全看不见有任何绿苗。

走近,蹲下,仔细看,才发现有比绿豆还小的小嫩苗,战战兢兢生长着,简直让人担心它们能不能熬过下个冬天。"这里寒冷,海拔高,它们长得很慢,很慢。"李八斤指着旁边的几块试验田,对我们介绍,"这块田里的,是三年的;这些,是六年的……"

我得蹲下来仔细看，才能从一片土色中分辨出那些"幼儿园"的小杜鹃：两片小叶子还不及小指甲盖那么大，茎干似两根棉签，脆弱得经不起任何人踩上一脚。而"小学一年级"的杜鹃，也不到一肘高。难以想象还要经过多么漫长的时间，它们才能长大成林。我蹲在那里，抬起头，仰视李八斤的面容，为这真正的"长期主义者"而震惊。

　　走出暖棚，路过家属区。有位老同志坐在坝子里清理松茸，见到李八斤，彼此随意寒暄。这是一个松弛的时刻，我们停下来喝了一杯水，问起李八斤退休后的愿望。他说："退休后，想和爱人一起去旅行，多去看看山……去西藏再看看……"

　　小伊追问："石渠你去过吗？"

　　"去过啊，太美了，遍地都是野生动物，不像我们这里，林子太密了，看不见，你们要去吗？"

　　"要去，下次就去。"

　　短暂地休息之后，李八斤带着我们走向另一片露天试验田。角落里，有一株一人多高的小树，叶红如火，丰姿摇曳。"这是五小叶槭，濒危树种，整个雅江野生的也就只有 260 多株了，我们收集种子来培育，现在有上万株存活了。"他凝视着五小叶槭，像看着自己的孩子。接着李八斤又走向旁边另一株矮矮的小针叶树，像介绍另一个孩子似的，对我们说："这是康定云杉。之前，整个雅江恐怕就只剩这最后一棵康定云杉了；我们采集了它的种子，育苗，现在存活了 300 多株了。"

　　我们在这一株小小的康定云杉前合了影。照片上，李八斤表情很放松，没有笑，也没有不笑。他亲切地站在他精心培育的植物前，像站在自己的亲人旁边。"已识乾坤大，犹怜草木青"，说的就是这样一位跋山涉水、火海逃生的英雄吧。

回去的路要经过一大段国道,李八斤突然让我们停车。下车后他翻过围栏,走进一片不起眼的空地,招手示意我们过来。他说:"这些也是杜鹃,从基地育苗存活后,就移栽到这里来。等它们慢慢长大。"

我看那些匍匐在地上,毫不起眼的小杜鹃苗,几乎叹了口气。这一小片地就在国道旁边,车来车往,无人驻足,除了李八斤他们自己,有谁知道这些小小的苗子意味着什么呢。

人们对哺乳动物有明显的偏爱:红外相机里的雪豹、小熊猫、川金丝猴……可爱的,萌萌的,毛茸茸的,好像才值得我们"保护",甚至被冠以"明星物种""伞物种"的称呼。而植物,从来都是最被忽视的生命。当你去山里游玩,你从来不知道你脚下踩坏的那一株植物,那一片苔藓,多么脆弱,生长了多少年,凝聚了多少人的心血。

离开雅江的那天早晨,我们在镇上偶然碰到李八斤和他的爱人。一对朴素、平凡的夫妻,手上拎着塑料袋,肩并肩靠得很紧。我记得他爱人身体并不好,在李八斤拼命工作,经常无法回家的那几年,她有一阵子病得很重,全身浮肿,也不敢告诉丈夫。在纪录片访谈里,李八斤数次提到"最对不起的就是家人,该多陪陪他们"。现在终于快退休了,夫妻大概终于能弥补一些相处与陪伴。匆匆错肩过后,夫妻俩对我们挥手道别:"再见啊,再见,下次再来啊。"我们来不及回答什么,就看不见他们了。

有那么一刻,想起瑞典作家弗雷德里克·巴克曼的《熊镇》,中译本封面有句话是:"你即你所守护的。"

五

在雅江的最后一个下午，小伊提议顺路去看看日库寺。这是一座建于 1270 年的古老寺庙，属萨迦教派，相当有名。我们按照导航，很快从大路上切下来，拐上小径。道旁不时可见玛尼堆，薄薄的页岩石片大小不一，布满精美的雕刻。一个多小时后，周围越来越静，入山越来越深，人世已显得无比遥远。终于望见寺庙金色的屋顶，我们提前停车，步行前往日库寺。

有少年喇嘛从小卖部里走出来，好奇地打量我们。耳畔传来隐约的法会声音，本以为是广播，没想到刚走上寺庙的前广场，乐声大作，法号齐鸣，我们目瞪口呆地发现，意外走进了一场金刚舞的排练现场。

大殿前的阶梯上有一块平台，几位高僧高高盘坐，中间的两位敲着铙、钹，金属感的高亢、激奋，控制着整场节奏；高台最边上的那位，举着细长的鼓槌，敲打一面巨大的双面柄鼓；鼓声低沉、黯淡，像从很远的地方传来。甲铃的声音类似唢呐，仓皇凄切，像刀片切割天空。伴着奏乐，喇嘛们变换队形，舞动长袍，挥洒彩带和刀盾、法器，除了没有戴面具，其余装束已经与正式的金刚舞不相上下。

广场周围坐着附近的居民，正襟危坐，手里摇着转经筒。我和小伊摸索到一个角落悄悄坐下，观赏他们排练。一个多小时过去了，落日跌跌撞撞从金色的屋顶坠下，排练也刚好接近尾声。幽深的山谷回荡着宗教之声，宛如一场海市蜃楼。我看着那些面带笑容的少年喇嘛们，不由得想到他们的一生……草木般安宁、纯然,也许从来都没有走出这个村庄。他们看起来不需要也不在意外面的世界。

此时此刻,外面的世界在做什么呢?上班族带着倦容走进地铁,安安静静低头刷起手机;放学的孩子被家长接走,钻进汽车,把头靠在玻璃上,怅然地看着拥堵的车流;股民为连日大跌而微微焦虑,走到便利店角落,独自点了一根烟;改了排气的跑车肆意炸街,噪音像炮弹滚过马路。

与此同时,千里之外的山中,回荡着一场无人知晓的金刚舞。落日是缓缓流动的蜂蜜,红墙寂静,法乐怆然,人们面带笑容,平静而耐心地围在一起,缓慢跳着、舞着,或者仅仅是坐着、看着……没有歌词,没有旋律,超越悲喜、遗憾或梦想。他们活着。只是活着。没有人纠结此生枉然,或担心一事无成。一山之隔,好像就有许多个完全不同的世界。而我,常常觉得自己像个走错了教室的孩子。想起土敦、丁真、李八斤,就想起诗人韩东说的那句,"剥离了目的的人生,剩下的就是一个有所作为的过程"。

六

金刚舞的排练结束后,众僧纷纷散去。我们舍不得离开,徘徊在寺庙周围参观。僧舍附近,少年喇嘛们抱着零食,用吸管吮着牛奶,像下课后的少年,与我们错肩而过。

瞻仰了一座幽暗而倾颓的钟塔。与画壁画的师父交谈。接着,一位堪布带着我们走进寺庙的内部。在大殿的一个角落,发现一枚白海螺摆放在高处:镶着黄铜,缀着银边,精美至极，是一只"镶翅法螺"。白海螺是西藏各教派寺院中广为使用的乐器，螺号象征佛法之音，通常在法会及仪式活动中使用。因为深深痴迷于这种古老的法器，小伊后来又专门单独去了一次日库寺，去录下法会的奏乐，和白海螺的声音。

一次偶然的机会，小伊用收音器为我播放那段原始音频。当时我们正在一座废弃的矿山深处勘探，眼前一片浓雾，像《寂静岭》。戴上耳机的一瞬间，寺庙的法乐丰沛，饱满，轰鸣，一场声音的海啸，拔地而起。我闭上眼，幻见经幡飘扬，金色的寺庙屋顶上，落日正垂垂而下。白海螺的微弱声音在轰鸣中被完全湮没，但我能感觉到它在轻轻提醒我，亿万年前，人间也不过是一片海底。

也许再过亿万年，地球第六次灭绝后才能证明，我们整个人类，作为一个宇宙间曾经存在的物种，最终也不过"落了片白茫茫大地真干净"。尽管当时看起来，我们的存在曾经那么盛大，那么眼花缭乱，像一场金刚舞。

七堇年　　1986年生。已出版《大地之灯》《平生欢》《无梦之境》等12部作品，数次获国内奖项。另有短篇陆续发表于《当代》《人民文学》《收获》等刊。近年涉及编剧、翻译等领域。写作之外，热爱户外探险，登山。2022年赴美国爱荷华加入国际写作交流计划（IWP），完成最新旅行文集《横断浪途》，记录近年来深入中国西部横断山脉的探索。

山河沉醉

安　宁

一

临近新年的一个夜晚，天冷得出奇。大地冻成巨大的冰坨。风横扫过山野，发出古老尖锐的声响。

在鲁西南山城的小酒馆里，三个散落在天南海北的山东人，偶然间相聚在这里。酒在杯子里满满漾着，肉在火上咕咚咕咚作响，菜热气腾腾地暖着人的肠胃。一粒漂泊异乡的种子，回到故土，抖抖风尘仆仆的身体，微醺中开始抽枝展叶，迸发出生命原始的激情。

此刻，我的童年在一百八十公里外的泰山脚下葳蕤丛生。风横贯千里，从广袤的内蒙古高原上呼啸而来，带着扫荡整个世界的凌厉和狂野。风也激荡着我的身体，并借助狂欢的酒神，搅起万千波澜。

酒馆外的世界，依然是人们习以为常的鸡零狗碎，抑或醉生梦死。车水马龙中，欲望裹挟着欲望，人群碰撞着人群。高原上吹来的烈烈大风，也未能阻挡摩肩接踵的人们，朝着功名利禄，朝着喧哗奢靡，在连接生死的大道上狂奔。银河系中的亿万颗恒星，正穿越十几万光年的距离，在夜空中散发璀璨光芒。这永恒的星空，与我们所居住的星球遥遥相望。或许，四十六亿年以来，它们彼此从未改变过这样深情又互不打扰的对视。只有栖息在这片大地上的人类，以金戈铁马的征战、刀光剑影的厮杀，书写着残酷的种族生存史。

我的兄弟姐妹和父母亲朋，他们在我已经陌生的故乡，正鸡飞狗跳地忙着生活。裹挟了我整个少年时光的急躁与怨怒，争吵与攻讦，化作顽固的病毒，即便我辗转千里，读研考博，成为体面的大学教授，它们也未曾从我的生命中彻底消失。当我在与故乡毗邻的山城里喝酒，那些潜伏几十年的病毒再一次肆虐。它们穿越百里，抵达窗外，化作猛虎，在氤氲的热气中凶猛地嗅着沉重肉体的气息。

风紧贴着沉睡的大地，呼呼地刮着。夜色包裹住寂静的星球，万物在睡梦中发出神秘的呓语。失眠的人在孤独中大睁着眼，一头雄狮于森林中机警地一瞥。世界在人与野兽的注视中，微微晃动一下，随即又沉入浩瀚无边的梦境。只有风，这夜晚的守卫者与征服者，刮过五亿平方公里的星球，掠过一百三十亿光年距离的遥远星系，最后，在万家灯火中寻到热气腾腾的一盏，沿着冷飕飕的墙根，好奇地逡巡着。

大胖老板娘扯着煎饼味道的大嗓门，在自家一亩三分地里王者般威风地来回穿梭。她还是一头母狮,随时准备伺机而动,收缴某个食客挑剔的肠胃。年轻白净的男服务生利索地在"羊肠小道"间游走,并以一脚跨过整个酒馆的豪迈气势,源源不断地输送着酒肉饭食。年迈的阿姨以缓慢的生命,慢慢擦拭着桌椅,收拾满地的狼藉,对吃饱喝足后离去的食客,报以沉默的微笑。一帘之隔的厨房里,传来锅铲碰撞的热烈声响。滴水的鱼肉倒入沸腾的油锅,瞬间滋滋作响。火焰舔舐着锅底,以大地拥抱万千生命的热情,唤醒新鲜的食材,散发诱人清香。这是夜色隐匿下人间的一角,火热生活的一角。

东北大拌菜、麻汁黄瓜、糖醋花生、丸子汤、凉拌猪耳、猪肉饺子和砂锅牛肉,满满挤了一桌,全是家常菜。它们没有载入美食史册的声名,却慰藉了无数普通人的肠胃。千里迢迢相聚,或许人生中仅此一次放纵豪饮,所以菜可以寂寂无名,酒却一定要是好酒。为这一场不知会不会再有重逢的相聚,朋友竹拿出珍藏十几年的茅台,每人斟满一杯。今夜,我们不醉不归。

肉身是什么,功名是什么,人间世俗是什么,阿谀奉承与尔虞我诈又是什么?此刻都不重要。美酒让我们只剩下可爱轻盈的灵魂。冯跟竹一起长大,亲如兄弟,读书时都曾将热血青春奉献给文学女神。而今,他们中的一个穿了干净熨帖的中山装,在山城酒店大厅迎来送往,另一个混迹于京城媒体,为一场场人间事故记录是非曲直。命运将我们随意地洒落于齐鲁大地,又在长大成人后,任性地吹离这片土地。冯离开村庄,抵达山城,做一份可以养家糊口的工作,却将心沉醉于篆刻。竹更换了十余份工作,却从未放弃过对于文学的热爱。而我,凭借读书,一路北上,在北疆的烈烈大风中,安心于教书写作。文学像一盆火,用微弱但从未熄灭过的热与力,鼓舞着我们,也引领着我们,抵达远方,再汇聚于山城。

　　青春的激情早已逝去,但一杯醇香的美酒再次点燃了它。冬日的大风猛烈撞击着窗户,以扫荡一切的威力试图破门而入。有人呼朋引伴走入酒馆,全身裹挟着冷风。热气很快将冷风击退,人们脸上重现红润的光泽。等到一杯酒下肚,寒冷便荡然无存,满屋热气升腾,仿佛春天悄然抵达。

　　这奇妙的液体,在封闭的瓶中沉睡了几千个日夜,只等某个夜晚的解封,它们化作精灵,翩然溅入酒杯。我们已经说了太多的话,又似乎说得还远远不够。或许,我们什么都不必说,只需端起酒杯;人生的欢乐与哀愁,迁徙的艰难与疼痛,聚散的无常与梦幻,都在这一杯绵软悠长的酒里,并经由被世俗生活千百次锤炼锻打的凡胎肉体,抵达灵魂栖息的寂静丛林。

　　在这片丛林中,大风后退三千公里,严冬被春日取代,繁花铺满千沟万壑,树木向着漆黑的天空,伸出无数深情的手臂。飞鸟偶尔划过,惊落草尖露珠。就在洒满月光的林中空地上,我的灵魂犹如脱壳的金蝉,飞离沉重的肉身,在山间溪水的叮咚声中,永无休止地起舞……

　　我想亲吻整个世界,我想爱抚每一片草叶,我要敲击洪荒深处的晨钟暮鼓,拥抱所有与我的生命擦肩而过的人。我的心里奔涌着洪水一样席卷一切的欲望,我要与酒神共舞、狂欢。就让所有的悲悯包裹起邪恶,所有的美好覆盖住阴暗,所有的善良长驱直入,驻扎纷乱的人间。

　　而我,愿沉醉这片月光下的丛林,犹如一片树叶,轻轻坠落在明净的湖面。

　　我想我醉了。

二

　　酷暑,蝉鸣聒噪,夜色不安,我站在千佛山脚下一个面目模糊的公园里,仰望星空。在我们栖息的城市,星空总是朦胧不清,仿佛每一颗星辰,生来都对人类这种世俗的物种,保持警醒的距离。人类是一面巨大的镜子,让亿万颗星星照见它们的纯净与永恒,也照见尘世的浑浊喧嚣和从未休止的争战。浩荡的风从宇宙深处席卷而来,穿越苍茫的大西洋、印度洋、太平洋、东海、黄海,飞过高耸入云、或许有神仙出没的泰山,抵达千佛山脚下,而后贴着热气腾腾的地表,缓慢停滞。

　　这个三面环山的城市,即便在万物沉寂的夜晚,依然被躁动裹挟。空气黏滞沉重,氧气稀薄,人们在睡梦中发出的鼾声和呓语,也蒸腾着暑气。回忆的通道在星空下变得拥堵、混沌。我努力地擦拭罩住十年前一小段光阴的玻璃外壳,试图看清被我埋葬的生活的细枝末节:我如何在这里相爱,生恨,争吵,离去,而后义无反顾奔赴内蒙古高原。时光厚重的尘埃黏附在记忆的表层,原本鲜活生动的人生切片,变得暧昧不清。我甚至怀疑我是否在这座公园旁边生活过。那个在咯吱作响的木地板上,奔来走去为朋友烹制晚餐的我,是真的还是假的? 为买下这间老旧房子,与男友走遍整个城市的女孩,她是此刻已在塞外生儿育女的我吗? 那个在朋友家高高的阁楼上,一边喝酒一边听着一墙之隔的动物园里狼吼虎啸的我,那活泼盎然的肉身,又去了哪里? 是金蝉一样在某个神秘莫测的夜晚脱的蜕,留在一棵枝繁叶茂的梧桐树上了吗? 那么此刻的我,还是不是过去的我？而灵魂是否也跟着肉身一起衰朽，不复过去的欲望勃发？

一切都在燥热的夜晚蠢蠢欲动，却又一言不发。风越过草木疯长的地表，掠过密不透风的树林，在近乎凝滞的空气中发出疲惫的钝响。玉兰美而肥硕的树叶相拥而眠，梦境中依然不忘亲密私语。黄栌蓄力以待，等待尚在途中的秋天，意欲将一身浓郁的绿，换取满树燃烧的红。丁香放任自我，香气无孔不入，侵蚀着每一个夜色包裹的角落。只有木槿，隐匿于暗处，悄然绽放。它们的影子落在高大的白杨树上，低矮的灌木丛里，爬满蔷薇的灰暗水泥墙上；有风吹过，便婆娑摇动，将夜晚晃出无数细碎的涟漪。

就在夜色笼罩的公园里，我看到十年前朝气蓬勃的我，像一只优雅矫健的小鹿，奔跑在黢黑的树影中。由法国梧桐油松、圆柏、女贞、黄杨构筑而成的茂密丛林，击退城市的喧哗，将马路上一浪浪袭来的声响，化作夜晚海面上暗涌的波涛，或沿园林围墙逡巡低吼的野兽。幽静的跑道上空荡荡的，偶尔会在一株侧柏的后面，看到一个男人在夜色掩映下解开文明的衣裤。

公园一侧的高楼，与十年前毫无二致。仿佛那些灯在漫长的时日里，一直以渴睡的面容无声无息地亮着。楼房的主人或许从未更换，他们只是被灯光照得鬓角白了一些，面容干枯了一些，动作迟缓了一些。只有遮掩后窗的树木愈发的粗壮，似乎它们的年轮，代替这座楼房里健忘的人们，将他们的衰老与悲欢一一记下。我旧日的爱情，就隐匿在这些落满尘埃的窗户后面。我甚至确信，那个陪我一起度过七年人生的恋人，与楼房里进出的陌生人一样尚未离去。他依然在我们一起粉刷过的房子里,生儿育女,上班下班。K93路公交每日从门前摇摇晃晃经过,他上车前会按部就班地先送女儿去幼儿园,而后回返,重新走到站牌下,在烈日炙烤中夹着公文包,等待下一班公交抵达。

昏暗的路灯下,一对恋人正背靠着一丛灌木热烈地亲吻。他们水乳交融般的忘我姿势,犹如此刻隐匿在静寂草叶下交合的蜗牛,或者像水边朝生暮死却依然飞蛾扑火般坠入爱河的蜉蝣。恋人的身体湿漉漉的,鼻翼闪烁着让人心旌摇荡的汗珠,蚊子们循着爱情诱人的气息,列队前来寻找猎物。虫子们被搅缠的舌头蛊惑着,在暧昧的光影里发出动人心魄的鸣叫,仿佛为这段即将抵达高潮的亲吻,举行盛大的庆祝仪式。只有夜晚绕公园慢跑的人,习惯了树丛背后的秘密,漫不经心地瞥上一眼,便继续漫长的奔跑。

我——走过夜色掩映下的丛林、草坪、竹园、池塘,用已近中年的躯体,唤醒葬于此处的青春。我小心翼翼、亦步亦趋地跟着十年前的自己,怕打扰惊吓到她,或者触怒了她,让她转身对我质问,我是如何不顾一切地抛下一个旧人、奔赴新的爱人的?人又是怎样一种喜新厌旧的动物,可以跟一个人亲如一家,转身又形同陌路、相忘于江湖?你忘记的究竟是一个人,还是一段生命,抑或是过去的自己?难道你所怨恨憎恶的,不是你人生的一个部分?

我不知如何回答这些质问,于是只能诚惶诚恐地低头走着,并在公园门口劈面而来的庞大的高架桥下,和无数被灯火点亮的迷宫一样的"蜂巢"面前,迷失了方向——我已经完全认不出过去生活的痕迹。小区门口卖煎饼果子的,开中药铺的,售五金的,炸油条的,清洗油烟机的,收购旧家电的,统统从我的记忆中消失，仿佛他们从未在这片喧闹的居民区出现过，所有弥漫着烟火气息的生活片段，都是我自以为是的幻觉。连同过去的我，也是一段醒来便消失无痕的梦境。

　　我只是途经这个燥热的城市，被空气中充塞的熟悉的方言突然间触动，于是下车，拖着行李，沿着黄昏的公园，寻找被我埋葬的爱情的印记。我走遍了东西南北四条大道和交错纵横的曲折小巷，与一个个面目模糊的路人擦肩而过，他们有着千篇一律的面容，仿佛汇入汪洋的水滴，转眼就被人忘记。我走进一个老旧小区，看到陌生的老人、孩子、猫狗、衣着笔挺的职员，因为夜色，他们的表情松弛舒缓。斑驳的防盗门将车水马龙阻挡在滚烫的马路上，生活在门窗之后回归自然本色，犹如坚硬的大米化为柔软黏稠的粥饭。我从一个小区走进另一个小区，我看到每一个角落，都如显微镜下排列有序的细胞，充满让人惊讶的相似之美。

　　就在我从一扇已经不能合拢的单元门口经过，决定放弃寻找的时候，我看到一个头发灰白的女人，沿着昏睡的路灯，神情愉悦地向我所在的位置走来。像是被一股奇异的飓风击中，我在一瞬间认出那个苍老的女人，是曾经的恋人的姐姐！他一定有了第二个孩子，而且是刚刚满月的宝宝，因为姐姐的手中提着一篮新鲜的鸡蛋，还有一大袋初生婴儿所用的尿不湿……

　　我迅速转身，逃至隔壁单元门口，背对着她，假装正借着昏暗的灯光认真辨认门口的物业缴费通知单。一只蝉像从梦中惊醒，急遽地鸣叫一阵，随即偃旗息鼓。我听着脚步声越来越近，而后在距离我几米远的地方，拐进黑暗的楼道，慢慢向半空走去，最后完全消失，夜色倏然合拢。

　　遥远的天边隐约有鼓声大作，或许那是我的心跳，因坠入时间隧道，受到惊吓而擂出的鼓声。我在奇特的穿越幻觉中，快步离开小区。汇入人流的瞬间，我转身，看到黑暗中小区破败的门牌上，一个"洪"字在夜晚摇摇欲坠。记忆终于破窗而入，那是小区名字中的一个字。所有逝去的一切，重新植入我的生命。

我按着胸口平复剧烈的心跳，知道可以将这个事故突发的夜晚抛入洪流，而后转身上路。

三

神仙们途经重庆的上空，探头看到云雾缭绕、江水浩荡的山城，一定会毫不犹豫地选择隐居于此。四季弥漫的大雾，自会让他们在天上人间逍遥来去，丝毫不被俗世的喧哗打扰。地上的人们挥汗如雨地吃着火锅，吸溜着小面和酸辣粉，在巴山夜雨中扭亮了灯盏，呼朋唤友地去茶馆里吃茶，将琐碎的家常天长地久地絮叨下去。身轻如燕的神仙们，则在半空中自由穿梭，风雨无阻。高大遒劲的黄桷树，是他们抚琴弄弦最好的去处。地上的人只闻仙乐飘飘，并不知神仙们隐身何处。人间与仙境，被浓雾隔开，互不干扰。一个真实可触，热气腾腾；另一个虚幻缥缈，无影无踪。烟波浩渺的长江直通天际，地上的人和天上的仙，时空相隔，却又水乳交融。

我当然做不了腾云驾雾的神仙。就在黄昏抵达之前，我错过了中转飞机，眼睁睁看着它神秘地消失在云气低沉的天空，于是只能叹口气，拖着行李，任由司机载着我，在初冬湿冷的黄昏，沿着蜿蜒盘旋的山路忽上忽下，忽左忽右。直到朦胧的雾气被闪烁的霓虹慢慢推开，整个山城陷入梦境般的灯火世界。

这是南方的冬天，满眼依然郁郁葱葱，绿色犹如江河，沿着马路倾泻而下。只是这苍郁的绿稍显凝滞，仿佛秋天过去，一切流动的生命都在冷风中关闭了门窗。昔日生机勃勃的万物，隔了磨砂的玻璃看过去，便缓慢下来，不复盛夏的激情。此时，遥远的内蒙古高原上大风呼啸，草木凋零，满目萧瑟，世界裸露出瘦削的骨骼，不过是一场大雪，这清癯的骨骼也被覆盖，一切化为虚空圣洁的白。

但这里是重庆，交错纵横的江河是大地上奔腾不息的血液，浩浩荡荡，日夜不休。这涌动的千军万马，破开试图冻住一切的寒冷的冰。绵延不绝的大山，更是将长驱直入的风雪毫不客气地拦阻。随处可见的火锅店，让舒缓沉静的冬天，变得更温暖了一些。老板娘大敞着门，坐在门口的长条凳上，边嗑着瓜子，边注视着门外纷纷扬扬的银杏树叶，在细雨中永无休止地飘落。也只有这梦幻般飞舞的色彩，让人能够感觉到冬天并未忘记这个城市。有时一阵风沿街吹过，满地落叶飞旋，仿佛千万只蝴蝶翩翩起舞，又像无数精灵在人间追寻着什么。倚门而望的女人，等待红灯的司机，匆匆行走的路人，蹒跚而过的老人，都会被这倏然而起的奇异之美吸引，出神地凝视片刻，侧耳倾听万千树叶追逐时发出的亲密私语，仿佛他们的一生也化为静美的落叶，在南方的冬日午后，呈现动人心魄的金黄色泽。这色泽如此迷人，蕴蓄着生命的慈悲，一言不发，却包容万物。

就在这场决绝的凋零中，我还瞥见人间的一小片寂静之处，它隐匿在我暂居的高楼背后。高楼的旁边，是一座横跨南北的过街天桥，天桥上人来人往，天桥下车水马龙。隔着紧闭的窗户，我听见整个城市的噪声蜂拥而来。人们的喊叫声，车轮的摩擦声，小贩的叫卖声，轮船的鸣笛声，江水的拍岸声，孩子的哭闹声，商场的广告声，地铁的呼啸声，交融在一起，又化为巨浪，无孔不入地灌入我的双耳。我没有打开行李，只在窗边站了片刻，确定如果在此休憩一晚，我会被巨大的噪声完全吞噬，于是转身出门，去前台调换房间。推门而入，看到水汽朦胧的窗外，那栋在细雨中静默无声的老旧居民楼时，确信这里才是我想抵达的人间。

这是一栋长满绿色花树和果树的老楼。三角梅铺满楼顶，又从半空中高高垂落，将裸露的水泥变成蓬勃的绿色丛林。这时节它们收起红的、粉的、黄的、紫的、橙的、白的花朵，只用绿色装点着清冷的冬日。几棵盆栽的瘦削的橘子树，一边在冷风里眺望着远处缓慢前行的江水，一边思考着行将逝去的一年，有多少果实沉甸甸地挂满过枝头。一株长至两米多高的白兰，将夏日所有洁白的清香全部忘记，只优雅地探出身去，注视着此刻薄雾缭绕的人间。不远的阁楼上，一群静默无声的鸽子，被突然间响起的汽笛惊飞，在半空中自由地盘旋片刻，随即落回人间，化作休止的音符。

这栋建于二十世纪八十年代的老楼，有着简单干净的红砖墙面，遒劲茂盛的黄桷树环绕四周，让它更显古朴沧桑。午后，黄昏还未抵达，一切都悄无声息。孩子们尚未从学校归来，老人们则在躺椅上昏睡。完全敞开的阳台上，衣服湿漉漉的，带着主人双手的余温。这一小片空地，是世俗生活从客厅向窗外的诗意延伸，一览无余地呈示着家家户户私密的一个部分。四楼三户的人家，守旧而且节俭，锈迹斑斑的老式脸盆架上，放着传统印花的红色双喜搪瓷盆。秋衣秋裤宽松肥大，软塌塌的，不甚讲究,却有着慵懒的舒适。一双鞋子随意地摆放在水泥台上,一只朝着昏暗的客厅,另一只向着隔壁人家瘦高的木槿。拖把斜倚在栏杆一侧,青苔沿着拖把长年积下的水渍,爬满红砖的缝隙,又流到石棉瓦材质的雨搭上。隔壁人家的生活里,似乎只剩下花朵。他们将狭窄的露台变成空中花园。棕榈、蒲葵、绿萝、三角梅、扶桑、多肉植物、橡树,密密匝匝地拥挤在一起,仿佛在开一场临近岁末的盛大演唱会。一阵风吹过,枝叶婆婆起舞,彼此热烈地爱抚着。它们充满了这片小小的天地,也隔断了外人看向主人更为隐秘生活的视线。我捧着一杯茶看了许久,直到茶水凉了,这片花园始终没有人出现,大约种花的人早已将繁茂的花草忘记。倒是五楼右边的人家,空空荡荡的阳台上,总有一个穿着珊瑚绒睡衣的女人进进出出,门也随之开开合合,发出低沉沙哑的声响。空旷的天井里,一个老人轻咳着走过,不过片刻,世界又重陷寂静。

这是日常生活趋向永恒的一个切片,隐匿在千家万户的阳台上,远离城市冷硬的写字楼,让人头晕目眩的商场,气息浑浊的酒吧,人流蜂拥的步行街。一切喧哗流淌到这里,都被小巧的空中花园阻挡、过滤,最后化为虚空。风在半空中弹唱,鸟在枝杈间鸣叫,花朵消隐为无,五谷杂粮穿肠而过,消解万千人间哀愁。

走出这片时光静止的居所,就在细雨飘落的大街小巷,临街的茶馆和火锅店里,人们正举杯碰盏,谈笑风生,用另一种热烈的方式,消解着人生烦恼。肥肠鱼店丰满圆润的老板娘,菜上桌前先将一盘满满的瓜子端上来,让食客们说着闲话慢慢地嗑。长凳有些凉,一圈人坐上一会儿,喝酒聊上半天,鲜美的鱼肉吃上几大碗,门外涌入的冷飕飕的空气也就热了。再喝上一壶热茶,棉服就可以脱了,高高地堆在凳子上,任其吸附着饭馆里的高谈阔论和麻辣鲜香。

隔壁猪肉店的案板上,膀大腰圆的老板正麻利地剁着猪排。割完肉的老太太,提着三斤精肉、两斤小排、一包猪耳,背着手,缓缓走出店铺。门口地上两个摆在纸箱上的硕大猪头,正眯着眼,仰着鼻,竖着毛发,支棱着双耳,看向昏黄的天空。老太太走出两步,突然停下来,回头盯着沾满血迹的猪头看上一会儿,微微一笑,继续前行。

我沿着山坡慢慢向上走,银杏树叶一片片飞落到脚下,又亦步亦趋地跟我走上一程。人们把自己裹在衣服里,沿街嗅着饭馆飘出的香味,去猎取一天中最后的吃食。我走了许久,最后在一个拐角处停下。多年未曾相见的朋友,正在热气腾腾的火锅店里,等待我的到来。

别来无恙。我们没有表达彼此绵长的思念,也未曾许诺未来的相聚。仿佛多年之前的相见,不过刚刚结束;未来某日的重逢,也会自然抵达。面前沸腾的火锅,足以代替一切冗长啰嗦的解释。一杯甘润柔和的诗仙太白酒,也纳括了漫长的时光。毛肚、鹅肠、肥牛、黄喉、郡花、腰片、鸭血、豆花、儿菜、魔芋……一片片放入滚烫的锅里,等着色泽变暖,从火红的热汤里捞出来,在蒜泥和蚝油中轻轻打个滚,再将它们全部送入肠胃。此刻,什么喜怒哀乐、爱恨情仇,全都可以忽略,我只要酒肉穿肠,风月无边。

微醺中扭头看向窗外,只见落叶飞舞,满城金黄。

四

一壶茶已经喝得淡了，太阳还没有晒完。

这是内蒙古高原的冬天。从暖气充足的房间向外看去，阳光耀眼，世界空旷。侧耳倾听，一群狼发出苍凉的嗥叫，那是每日都席卷高原的风。坐在阳光下，每粒尘埃都被照亮，紧闭了门窗，风的怒吼更是可以忽略不计。这一次次要将整个世界撕成碎片的风，从远处吹来，又被肃穆的森林、起伏的山脉、冰封的河流层层过滤，最终抵达人们的窗前。世界在舒缓的风声中，万籁俱寂。

太阳似乎将所有的光都慷慨地洒在了这片广袤的高原上。我与朋友面对面坐着，彼此沉默，只抬头注视着让人沉醉的天空，那里有洁净的蓝和深邃的空。我的额头有些发烫，脸颊红通通的，头发像燃烧一般，从毛囊深处发出细微的声响。老去的皮肤在阳光下绽开、死去，新鲜的肌肤裸露在外。身体沐浴在饱满的阳光里，慵懒，自由，每一个细胞都悄然张开，发出幸福的咏叹。这一刻，如果我的生命消失，也没有什么。不管我的肉身被人葬于奢华的墓地还是寂寥的荒野，最后腐烂和泥土融为一体，无人知晓，都不重要。仅有这溢满房间的光，就足以让我和朋友觉得，这一场千里迢迢的相聚，是此刻生命存活于世的全部意义。即便此后我们回归琐碎日常，永不相见，它依然会照亮我们漫长单调的岁月。

茶水已经凉了，清淡中映出窗外一小块深蓝的天空。剩在碟中的驼奶酪慢慢变软，泛着即将消融的淡淡的哀愁。一对年轻的情侣牵着手,从楼下说说笑笑走过。一株落光了叶片的木棉树,站在覆着薄薄积雪的湖边,满身鲜艳的粉红果实化作一簇簇火焰,在背阴处噼啪作响。金银木和火炬树站在阳光下,向着深蓝的天空发出快乐的尖叫。一个孩子摔倒在雪地里,却耍赖似的趴着不肯起身,只昂起圆滚滚的小脑袋,对着妈妈哇的一声咧开嘴,发出委屈的哭喊声。散落在枝杈间的积雪,受了惊吓,纷纷扬扬地飘落,并借此完成生命中最后一次自由的起舞。阳光包裹着的大地,晶莹剔透,在午后泛着白亮轻盈的光。

越过重重的树木和楼房,会看到远山如黛,横亘天际。那是绵延起伏的阴山。此刻,山顶积雪皑皑,犹如圣洁的哈达,飘逸千里。群山在凛冽中,现出脉脉深情。

就在大风呼啸的高原上,我和朋友坐在窗边,饮完了绿茶,又喝奶茶;吃完了奶酪,又嚼牛肉干,还有米嘎达和黄油酥饼。窗外天寒地冻,房间里却暖意融融。我们沐浴了几个小时充足的阳光,说了许多细碎的话,又似乎什么也没有说,只是安静地坐着,享受这稍纵即逝的美好。

也只有在这样千里冰封的冬日,从遥远的南方飞抵北方的人,落地后横穿整个城市,从阴山脚下行至昭君墓前,再一脚踏进热气腾腾的房间,脱下笨重的棉衣,坐在窗下喝完一杯阳光煮沸的滚烫奶茶后,才能真正地理解生活在内蒙古高原上的人们深入骨髓的热烈是怎样来的。

我究竟是如何被命运的大风偶然间吹抵这片广阔大地的呢?就像秋天在戈壁荒原上追着大风奔跑的沙蓬草,它们一生的命运,神秘莫测,动荡不安。挂在灌木丛中,就在灌木丛中繁衍生息;跌落砂石瓦砾,就在砂石瓦砾间争抢阳光雨露;逢着肥沃良田,就在肥沃良田间蓬勃向上;落在车辙印里,就在车辙印里躲避倾轧。命运裹挟着它们,随意潦草地安置它们,却从未改变它们漫山遍野落地生根,又在秋天的大风中,义无反顾奔赴新的家园的浪漫基因。

一切都是偶然,一切也都是必然。所有不可预测的神秘"此刻",都是承载我们命运之河浩荡途经的"必然"。这无数的"点",组成辽阔的生命的"面"。我们行走一生,也无法知晓将在哪里停驻、靠岸或者抵达。唯一明了的是所有生命的航程都从出生开始,在死亡处终结。就像长江从青藏高原出发,最后注入东海;黄河从巴颜喀拉山出发,最终抵达渤海。它们漫长的一生,行经无数的"点",冲击出大大小小的湖泊,但从未改变过起点与终点。人的一生,也不过是像江河一般,蜿蜒曲折,却又浩浩荡荡地向着死亡,一往无前。

或许,当朋友在酷寒的北国大道上走过,看到厚厚冰层下汩汩涌动的泉水,辽远的天空上空无一物,风席卷了一切,却并未改变大地上的事物。山河依旧,日月永恒。衰朽的生命行将消亡,新鲜的生命蓬勃向上。这个时刻,朋友将会理解我为何选择顺从命运,一路北上,最终在苍茫的草原上,化为一株大地上日夜流浪的沙蓬草。

就在这座树木稀少、终日大风的边疆城市,我寻到了灵魂的自由。我可以长久地坐在窗边,沐浴着日光,沉入孤独,又在这块小小的方寸之地上,心骛八极,神游万仞。一切喧哗都被阻挡在窗外,被大风撕扯成无数的碎片,而后化为尘埃。树木在长达半年的冬日里,裸露着枝干,将本质直指天空,那里是同样裸露的空。有时,我会出门走走,避开拥挤的闹市,去阴山脚下听一听树叶从半空簌簌落下的声响,看一看每棵树在古老的时空中如何缓慢地生长。飞鸟与野兽隐匿在山的深处，发出遥远的呼唤。芒草在夕阳下摇曳，冷硬的山石呈现出醉人的光泽。我在崎岖的路上走着，或许这样一直走，就可以抵达山后那片永恒的蓝。即便无法抵达，也没有什么，我将在这样的行走中，化为途中的白桦、油松、山丹、格桑或者寂寂无名的野草。生与死都无人关注，也不需关注。我就这样站立在大地上，安静地度过漫长又短暂的一生。

当我离去，我什么也不带走。我所历经的爱与风景，皆化为饱满的种子。我将像沙蓬草一样在大地上流浪和歌唱，将那些种子散落在每一个可以让爱重生的地方，比如河流、沃野、山川、戈壁、森林……而后，我会像一只临终的野兽，在无人的旷野里缓缓停下脚步，化为泥土，消泯于无尽的空。

那时，请不要为我哀伤。我饮下最后的一杯茶，对朋友说。

安宁　　生于八十年代，山东人。在《人民文学》《十月》等发表作品400余万字，已出版作品30部，代表作：《迁徙记》《寂静人间》《草原十年》《万物相爱》。荣获华语青年作家奖、茅盾新人奖提名奖、冰心散文奖、丁玲文学奖、叶圣陶教师文学奖、三毛散文奖、内蒙古索龙嘎文学奖、广西文学奖、山东文学奖、草原文学奖等多种奖项。现为内蒙古大学教授，一级作家，内蒙古作家协会副主席，中国作家协会第十届全委会委员。

大风吹

鱼 禾

一

　　大风到来的时候竟然是无声的。我看见那顶深蓝色帐篷被连根拔起，向着悬崖方向翻滚。有几个孩子试图去阻止。但是显然，要在山顶阻止一顶被大风旋起的帐篷是危险的，也几乎是不可能的。那座孤峰，峰顶只有很小一块平地。他们意识到了，很快松手躲开。深蓝色帐篷犹如受伤的大熊，在地上四脚朝天舞动了几下，然后连续翻滚，坠下悬崖。

　　我看见的不过是手机屏幕上的无声景象。因为一直在会上，手机总是要静音，上午的会议结束后忘了调回振铃。春天一来就开始开会，开各种会，差不多每年都会开到春天结束的时候。我放开音量。海啸般的风声便从山顶传来,夹杂着那几个孩子的惊呼。回放的时候我发现了帐篷里的白色人影。帐篷是一瞬间被大风连根拔起的。那个小小的人影羽毛似的翻了几个跟斗,落地,被旋转的帐篷挡在后面。镜头一直跟着帐篷,看不到那个白色人影的下落。

那座山被这个城市的影视制作者作为外景地已经很多年了。它被反反复复地拍摄,各个角落都被用得差不多了。所以,他们今年找到了这座处于风口位置的孤峰——那里还没有被使用过。

京华的微信也在这时候到了:我在帐篷里看视频,差点被吹到山下去了。

我的天,那个白色人影是你吗?

怎么可能,那不过是个道具。

当心点,不要为个镜头就去冒险。

猜猜我们在哪儿?

不猜。

你就一点儿不好奇?

不好奇。

事实上,我一眼就认出了那座孤峰。若干年前我曾经去过那里。当时我还有极好的体力,身形矫健,四肢灵活,像只猴子一样善于攀爬跳跃,醉心于远行和冒险。有大约十来年时间,我跟着一拨同样有着极好的体力、醉心于远行和冒险的家伙,先是爬了许多位于第二和第三地理阶梯交界带的低山,然后开始往西部高原上跑,去爬那些有名无名的雪山。对雪山的种种印象里最深刻的就是大风。雪山上不时刮起的大风仿佛有魂魄,会死死地揪着人的衣襟,把人往某个方向拉扯。尖叫着的大风会让人的呼吸越来越艰苦。如果不是那些飘浮在空中的细密的雪粒不断扑到脸上，我常会觉得什么也呼吸不到，仿佛空气也会被大风卷走，大风给我们剩下了一个真空。几乎每一次中途下山都是大风引起的。反正，我和我的同行者都不是立志要征服高山的疯子，因而都会相机行事。偶尔会听到雪崩的声音，虽然不曾有机会亲眼看见，但是，那样广阔、沉闷、澎湃的崩塌声，不是雪崩，又能是什么造成的呢？后来，在某个冬天，因为出现强烈高反，我从奔赴贡嘎雪山的车队里中途退出。回家以后，右膝关节开始剧烈疼痛。接着是左膝，疼得更厉害。有一段时间我只得老老实实待在家里，不敢再四处乱跑。我一遍遍想起撤回途中贡嘎雪山上的傍晚，切诺基前方丹红与灰蓝浑融的天色，那时候似乎也有大风劲吹，因为大切右前部经过改装而高高昂起的车灯杆上，那面已经看不出颜色的小旗猎猎翻卷，隔着挡风玻璃都能听到密集的"噗噗"声。因膝关节疼痛而不得不退出所有高强度活动以后，我开始变胖，脾气也越来越暴躁，乃至于在许多时候难以按捺自己的愤怒，会像个机关枪似的对着某个不幸惹到了我的家伙开火。对我而言，那样待在一个城市许久不动是异常状态，近乎某种迫不得已的堕落。贡嘎雪山上最后一次看到的傍晚让我想念得心中惶惶。在那样一段不可救药地坠入肥胖和惶恐的时日里，许多平时根本注意不到的匪夷所思的人和事迎面涌来，我不得不花大量的气力去忍耐。就那样过了半年，膝盖貌似养好了。那个夏天我不暇挑剔天气炎热，应邀加入一个短途采风团，随队走了走鲁山。在我的判断系统里，那简直不能称为爬山。但是，就是那么随意走了走，我的双膝便同时疼痛发作且持久不愈，以至于不得不住院理疗。我在那所朋友特意安排的小单间病房里，看着红外线照耀下的膝盖第一次感到了绝望。我无比沮丧地承认,远足和爬山将永远成为回忆;而鲁山,那个几乎不能被称作山的小丘陵,说起来真是滑稽,看来它就是我这一生去过的最后一座山了。

　　与所有高山上的风不同,那座第一次被京华作为外景地的孤峰上的大风有一种类似海水的质感。那样的大风经过的时候曾让我生出溺水般的幻觉。大风的声音犹如海啸,带着咸涩海水特有的压力,十面围合,持续不断,不像别处的风声是线性的,嗖一下就过去了。如果我事先知道他们选中的外景地是那里,我可能会建议他们换个地方。几年前京华带队在晋豫峡谷取景时,曾发生过摄影师不慎一脚踩空跌下悬崖的事故。万分侥幸的是,年轻的摄影师被半山石缝中长出的一棵老树挂住,他眼疾手快,迅速攀住了两根粗壮的树枝。摄影师经过艰苦救援终得脱险。那件事让京华有相当长一段时间不敢带队上山。不敢不是因为他自己胆怯,而是一想起那个年轻孩子倒栽着跌下悬崖的情境,他就禁不住心惊胆战。心惊胆战他也可以克服,但是在现场,注意力如果这么分散,手下就出不来像样的镜头了。这几年京华手下一直没有出过像样的纪录片,是不是跟那次事故有关系,我也不好判断。不过现在,敢把团队拉到这样的险地,看起来那件事留下的心理阴影已经消除了。

　　那座孤峰,我在春天去过,秋天去过,冬天去过。如果不是因为受不了过分的烈日和可能突然降临的雷电,我夏天也会去。那样我就可以断定,那座山上是不是一年四季都在刮风,刮大风。与其说那座孤峰上风力强劲,不如说在那一小块处于群山垭口的山巅,空气流速很快。经过那里的空气犹如经过逼仄峡谷的大河洪流,会陡然变得拥挤、湍急。大风吹过山顶的过程犹如水漫金山。有一天午后,我正在那样的大风里跟站在对面凸岩上的胥江聊天,突然感到了恐惧。我想我是看见了旋风,它正在迫近,像是长着蜈蚣般密集的细腿。胥江貌似毫无感觉。他脚下那块小小的平地与我和众人所在的山顶平地之间隔着一道垂直裂隙。那道状如斧辟的裂隙虽然只有七八十厘米的样子,却由于它的深不见底让人望而生畏。胥江每一次上来都要越过这令人胆寒的裂隙到那边的凸岩上去。尽管胥江越过裂隙的动作像只雪豹一般轻捷,我却总是免不了看着裂隙之下的垂直岩壁提心吊胆。在有着恐高症的我看来,胥江一次又一次越过裂隙的行为纯属轻浮——事实上,每一种毫无必要的冒险在我看来都有点轻浮。胥江对这样的高度貌似毫不在意。胥江皱着眉头笑道,这点距离,有什么好紧张的。在裂隙对面的凸岩上,胥江像只豹子似的踩着悬崖的边缘左顾右盼。是的,如果不是令人生畏的高度,跨过顶多有八十厘米宽的裂隙,以及站到某个边缘保持平稳,都是极其平常的事。让我不敢直视的危险都是垂直距离引起的。有一次我随着一个参观团下到一处已经废弃的煤矿采矿区——它那时已经成为煤矿博物馆,采矿区照明充足、气流通畅、道路平坦。而七百米的深度依然让我在一刻钟的参观时间里备受煎熬。到后来我感到心脏沉闷、简直有点透不过气来。那时我才明白在恐高症之外,我还有严重的幽闭恐惧症。乘着缆车出井到达地面的那一瞬间,我下定决心再也不加入这种需要深入地面以下的参观了。七百米,在平地上还不够一次轻松散步的距离,一旦竖立起来就能令人毛骨悚然。让无数攀登者向往的珠峰八千八百多米,也就不到九公里的距离,但因为这个距离直立着,便有了令人惊悚的效果。我跟胥江的交谈随着我的注意力转移陡然悬停。正在经过的旋风里仿佛有语言，有方阵般的嘈嘈切切，却不容辨认。那时候我竟然想起了妖风之类的无稽之谈。小时候从大人们的闲谈里听到，平地上每一股旋风都是一个鬼魂。当时深信不疑。因为，显而易见，每个在地上"行走"的旋风都是竖立的，高度和体量正像一个透明的人；而旋风经过时发出的响动，实在又太像呜咽。所以，我被大人们的鬼话骗得服服帖帖。及至后来明白了旋风形成的原理，怕旋风却早已成了一种心理上的条件反射。那天的大风一改往日那种洪水漫流的风格，陡然变得凌厉、撕扯。我看见山顶上的枯叶碎草渐渐形成涡旋，竖起来，越来越高，像长了脚似的向我扑过来。我瞬间失控，发出了狼嚎般的喊声。同行的人不知就里，也随着我大声喊叫。他们是喊着玩儿，没有人知道旋风会让我恐惧。我至今记得胥江一个箭步从对面凸岩蹿到我身旁的情景。怎么了？你怎么了？他扑在我眼前的空地上连声地问。我们俩互相被对方吓住了。从他突然跳过来的那一刻起我的心就悬到了半空。一个不小心，或者起跳力度不够跨越这个间隙，结果就是跌下去。跌下去啊，而下面在哪里，看都看不见。那时我一定是面如死灰的状态。胥江也是。他脸上的惊恐我从来没有见过。在扑倒的一瞬间他的手竟然一把攥住了我的左脚踝。我就是在那一刻才意识到的。在我和胥江之间潜伏许久的东西豁然显现。我无法用准确的名词去概括那种感觉，被滥用过度的名词早已让人懒于使用。事实上我一直觉得它就是一种在两个人之间传染的瘟疫——极其罕见，极其偶然，但传染也不过是一场昙花开放。胥江的眼神正是发热病人特有的眼神，昏迷，专注，其中有着无限的深意，仿佛是怜悯，又仿佛是冤屈。那样耀眼的病态，在你这里有多强烈，在对方那里也就有多强烈。但它会很快衰竭,所以也用不着担惊。我以为我已经充分见识过它的性状,其实不然。我只是达克效应里那一群驻足于愚昧高峰上的家伙里的一个,不知道自己一直被蒙在鼓里。而那个瞬间,当山顶上的大风突然变得凌厉、撕扯,当胥江在我猝不及防的时刻来了一次奋不顾身的跳跃,我一下子就从那个概念中的高峰上跌落,就像从眼前凸岩上滚落到裂隙中的一粒石子。我想我在那一刻才算是看见了事情的真相。我待在那一场忽然变得零乱的大风里,想到曾经的遇见竟不过是一些浮皮潦草的误解,一时便觉荒唐至极,有一种想仰天长啸的冲动。如果不是周围的喊叫已经停止,如果不是他们被胥江突如其来的危险跳跃吸引,纷纷围过来问我怎么了,我不知道自己会不会顺势痛哭一场。在两个人之间传染的瘟疫犹如凝聚了密集能量的闪电,璀璨而短促。仿佛这种闪电般的显现天然带有不胜悲切的气质,在我这里,它的显现总是伴随着一场又一场领认溃败的痛哭。我只得抬头向天,用力深吸气,再把肺腑中的惊愕重重吐尽。那时我才感到了如释重负。我看着胥江。发热病人般的专注在他眼中迅速稀释。你没事吧?他又问了一句,握在我脚踝上的右手松开,收回去揉搓自己的额头,语调与神情一起松弛下来。我说没事,是因为旋风。我记得我最后一次登上那座人迹罕至的孤峰,我在那里的最后一句话就是这样:是因为旋风。

看着手机屏幕上那顶在旋风里翻滚扑向悬崖的深蓝色帐篷,我决定去外景地探班。我还是有点看不透京华。他的纪录片刚刚拿到了被同行业多少人视为纪录片最高成就的国际大奖,但他一点也没有春风得意的样子。可能是这些年太劳神的缘故,他看上去有几分未老先衰——几年前笔挺的脊背显得有点佝偻,脸上的肉多了一圈,额上的头发则有趋向于谢顶的疏落。拿到大奖以后的京华仿佛对自己的未老先衰终于释然。他不再努力遮掩自己的谢顶,也不再掩饰在日常交道里发生的林林总总的碰壁。这让他身上那种容易让人同情的气质更增强了几分——只要交道建立起来,你的注意力就会慢慢撇开对于他的理性判断,而转移到他的想法、他的喜好和风格上去,并且忍不住想要推波助澜。这真是挺奇怪的。我的膝关节问题已经严重到上楼都有问题,不可能再爬上那座孤峰了。去探班,得等他们转场以后。

二

转场后的外景地在河阴黄河滩涂。那片滩涂在广武原西北边缘,飞龙顶正北,是黄河右岸在这一带向北凸出最多的河滩。它的东西方位在伊城以西两座跨河高速之间,南北方位在邙山头—三皇山—飞龙顶构成的东西向带状低山丘陵北麓,与人烟稠密的城区之间隔着不易通行的飞龙顶,是一处距闹市很近的荒寂之地。河阴一带的黄河右岸因为丘陵阻挡因而没有支流,但是每逢雨季,从飞龙顶通向黄河的沟壑里都装满了泥水。在每一场暴雨到来的时候,从飞龙顶西端到三皇山不过十公里的黄河右岸,奔腾入黄的泥水沟有二十几道:石槽沟,宋沟,池沟,堂沟,北马沟,杨树沟,草帽沟,寨沟,哑巴沟,木门沟,大丈沟,小丈沟,骨头峪,西沟,东沟,刘沟,陈沟,冯沟,西张沟,东张沟,鸿沟,薛沟,桃花峪。所以,黄河在这里形成一个格外凸出的黄泥岬角——或称河滩,是自然而然的事。

开阔而荒寂的河阴黄河滩仍保留着地老天荒的原始风格，是相当理想而又不必付费的外景地。京华要让司机来接我，他认为那地方不太容易找到。他不知道那么个偏僻地方我也去过。我说不用，荥阳原上就没有我找不到的地方。在沿黄快速路与河阴黄河滩之间，大大小小的"顶"与无数条枝丫状伸展的"沟"，构成了一片与黄土高原酷似的碎巧克力般的地貌。那一带的村庄也多以"顶"和"沟"为名。穿越飞龙顶的道路有许多条，每一条都需要经过被雨水侵蚀得支离破碎的"顶"。从伊城市区出发最近便的一条，是沿着盘桓深入飞龙顶腹地的兴榴大道东端向北，转上南北方向垂直穿越飞龙顶的富民大道。这条路线虽近，但是在两条大道中转之间必须经过一段坡陡弯急的盘肠道。较为平坦的通道需要绕行飞龙顶西侧，从沿黄快速通道与 001 乡道交叉口右转，沿乡道向西，穿过杨树沟与草帽沟之间的黄家台向北直到临黄公路，再右转沿河东行，便到了那一片开阔的黄河滩。如果贪图平坦而不怕绕远，还可以再向西，经过兴阳线之后，由沿黄快速通道通向临黄公路便有多条平坦的乡道——经过堂沟的 014 乡道，经过石槽沟的 016 乡道，等等。我总是选择近道。进入黄河滩的道路就修在曲曲弯弯的沟壑边缘，看上去惊险万状。这些因雨水常年冲刷黄土平面而形成的沟壑，在这一片黄土堆积层不过百米的地方并不算规模巨大，然而对于行路造成的障碍却已足够。我了解道路下面的黄土层有多脆弱。在雨季，道路边缘被雨水濡湿的黄土层根本经不起车辆的碾压，它们随时有可能塌垮。冬季还好，经过持续几个月干燥的泥土变得坚硬，有了相当大的承托力。不过这样的承托并不牢靠，因为大大小小的泥土单元之间往往有着看不见的裂隙，如果承受的压力太大，它们有可能崩塌。

我曾经以为自己天生就是四体不勤的懒人,但是,当我在放弃登山之后又被远远近近、大大小小的丘陵所吸引,一趟趟外出而乐此不疲时,我就知道,我并不是不好动,而只是缺少足够的动机。正如一场大风的形成需要足够的气压差,能驱动我的四肢的不是斗室之内的杂务,或者像退休老干部一样的散步,或者像许多年龄不详的女人们那样在每一片城市空地上跳起的广场舞,不是,都不是。这些都构不成我的动机。驱动我的总是些不切实际的事。自从膝关节出现问题以后,我难以避免地跌回杂草丛生的生活,便养成了懒惰的劣习。我知道我应该散步、骑车或者每天跳舞,我给自己写了块醒目的运动时间提示牌,但我每天都会忘记。我的任性总是对需要凭借意志力才能完成的事情构成腐蚀。我希望自己具有喜爱那些事情的气力,但是很遗憾,没有,一直都没有。就这样,我想起了河流。在许多次从高山上下来的恢复期,我会开车到某一条河流岸边去,沿着水路慢慢游逛。在膝关节已经不能承受爬山的强度以后,我又一次想到了河流。这一次我想去的是尽人皆知的黄河。唯有体量庞大的黄河才能抵消膝关节问题带来的窸窸窣窣的不快。

年复一年的雨季使飞龙顶上的黄土不断被带到这一片河滩上,使这个岬角不断向北凸出,也使这一段黄河河水不断向北侵蚀。这使我想起了两千六百多年前从这里折向东北的禹贡河。《尚书·禹贡》以"东过洛汭,至于大伾"描述黄河在这一带的流向。其中洛汭即指洛水入黄口的三角洲,古时正在这一处岬角以西的洛口;而在洛口与这一处岬角之间,在汜水入黄口西侧,至今还有一截不为人知的大伾山的山尾——据说这座山与豫北那座名闻遐迩的大伾山原本是一体,山体左侧是古黄河,只是后来黄河向右偏转,大伾山便被蚀断。那么,在大禹治水之后安澜一千六百余年的古黄河在此地折转向北,就是因为大伾山的阻挡了。今日飞龙顶一带绵延至邙山头的黄土低丘,有没有可能也曾是大伾山的一部分?氾水入黄口西侧的大伾山我还是十几年前去的,我至今记得那一片坦荡如砥的山顶草甸。如今想来,那也是一片残留的黄土塬,与眼前的飞龙顶一样,都是典型的雨水侵蚀黄土地貌。

我自己开车的时候,车轮匝地的感觉与肢体总是相通的,仿佛我与地面之间没有间隔,我是赤足走在路面上。地面是平滑还是有微微的毛糙,是严格的水平还是略有倾斜,是僵硬还是含有弹性,是结结实实还是潜伏着某种看不见的裂隙,车轮传导的感觉分毫不差。经过两条大道转换之间那段著名的盘肠路时,越野车轮胎激起烟雾般蓬勃的尘埃。这是干燥而未经硬化的黄土地上特有的"溏土",有着像面粉一样轻逸的质地。如果不连续使用雨刷推刮,飘浮的细土很快便会在挡风玻璃上形成一道土白色帘幕。黄土质地的道路经不起一场哪怕不大的雨水。雨一来这些粉末般的表土便化为不堪承重的软泥。雨后经过的车辆在路上碾出了深深浅浅的车辙。车辙上沿突出于地面之上,经太阳暴晒几日便成为坚硬的泥块,随时会在车辆底盘上刮出嘶嘶的声响。毋庸置疑,这样的道路不仅脚感极差,而且让任何一种车辆都很难保持像样的速度。我到达那里的时候已是夕阳西下。

绕过最北的弯道便能一眼望到宽阔的河滩。这个位置的黄河已经出了峡谷,右岸足以阻挡河水的黄土低丘从洛阳盆地北缘一直延伸到伊城北郊,左岸则是太行山南端的低地。河阴黄河滩对岸,是黄河下游左岸唯一的支流沁河的入黄口,也是黄河出山以后第一个有着密集的决口记录的地点。受地形影响的黄河在对面形成一个巨大的凹岸，而河滩上依然被惜地的农人一片片垦殖，种上了冬小麦。河水绕过这个岬角以后将一路向东直达兰考东坝头。这一段的河道位于岬角左侧，黄色的河水呈西南—东北流向。冬天的黄河水量极小，即便在主河槽也出现了大大小小的沙洲。阳光从一片灰雾般的云层缝隙里斜铺过来，让这一片本就荒寂的河滩笼罩了一层几近失真的土黄之色，颇有些宇宙洪荒的意思。作为某个以华夏文明源头期为背景的电视片的外景地，这无疑是绝佳的天然布景。

京华他们搭起的深蓝色帐篷在土黄的河滩上比在山顶醒目得多了。在距离深蓝帐篷百米开外更靠近水面的地方有临时布景和几堆篝火。又是茅檐草舍，又是宽袍大袖峨冠博带，又是溜光水滑的发髻加上两绺虾须似的垂鬓。我觉得连我都能感觉到的问题，京华不会毫无感觉。但他似乎也只能忍耐。就像清末的人们只知道有中国和外国两个国家，在本地有能力撑起的影视片里至今也只有现代人和古人两类人。我记得前几年曾有个哥们儿给某个地方做诗经主题的壁画，草稿图出来，所有的人一律宽袍大袖。我说那么整不对，建议他看看沈从文的中国服饰史。那哥们儿胸有成竹地一笑，说，草稿改了几回了，不这么弄，他们会觉得不像"古人"。眼前，古人们在冬日下午四点三刻的光线里忙碌。这里有一场打斗和结盟仪式。有个镜头出了些问题，于是结盟之后又补了一场打斗。两个年轻的古人飒爽英姿地对打，动作斩截优美。在这片外景地上展开的一切，都有着无可挑剔的仪式感。显然有点套路性的腔调，并没有沉入影像所要展现的生活现场而只是停留在脚本的囚笼里。这腔调会瞬间打消我对于一部影像故事所有的好奇。

每当这样的时刻,我总是尽量按捺自己的疑惑,避免去对人指手画脚。能修正的都是细节;而前提性的问题,到拍摄现场再说就来不及了。我不打算说什么。他们又不是不知道。我要是在现场胡说八道,京华肯定会来一句,说得好,我也想这么干,钱呢? 于是,许多事情都因为别无选择而一路将就下去,有时候是困在找不到十分合适的人,有时候是困在找不到恰如其分的道具,有时候甚至会困在一台发电机忽然爆出的噪音上。总之,事情由于那个无可改变的理由而一再陷入困境,就像一滴水脱离河流来到了岸上,除了被蒸发,不可能有别的结果。开始我以为京华是有点小虚荣的,因为他不喜欢批评,他会为自己的团队找到许多确凿的理由以证明批评意见根本就是无知。到后来我才醒悟到他只是出于维护仪式感的习惯。他是个极度迷恋仪式感的家伙,他会毫不迟疑地维护那个预设中的完美,哪怕是仅仅建构在推理之上也在所不惜。他常常说着说着就滑进了剧情,声音里有某种台词般的悲壮和恳切。这让我恍惚觉得正在陈述想法的京华像个正在歃血为盟的古人头领。每当那个时候我便心软下来。像我这样不切实际的人,根本不忍心看着一桩对于完美的热望被生生磨灭。这个习惯于纸上谈兵的家伙总是让我的想法变得模棱两可。有什么必要为了某些根本不可能弥补的缺陷去打击一个喜欢完美的人呢? 毫无必要。

三

京华对于"考"有着无与伦比的自信,而对于任何形式的

"评"深怀忐忑。他认为唯有供需不见面的"考"能够让注意力落到事情本身的质量比较上去;而"评",难免渗透着林林总总的诗外工夫,简直就是程序化的作弊。每当京华毫无顾忌地坦承他的看法,周围的搭档们便露出不以为然的笑容。不过,这一点我却和京华有着同样迂腐的感受。我对于仅仅在某个空格里画钩便能表态的"评"一直抱有偏见。最早经历的"评"是高校的评教。二十世纪末我在高校教书的时候还没有网络,电脑也没有普及,所有的课堂展示全凭黑板和粉笔。我记得有一阵子,教研室要求带同头课的老师必须统一大纲、统一进度、统一教案、统一板书。当时我所在的教研室已经有十来个同事,除了开美学和书法课的李文,大家都需要分头保持"四统一"。李文不必跟别人保持统一,因为没人跟她开同门课。李文比我大十来岁,是从外地一家文艺单位调到那所高校的,擅书法,又擅小提琴,对文史和美学均有钻研。李文的书法课能讲到让学生不想离开教室的程度。在教研室的同事里面,她是唯一让我意识到自己孤陋寡闻的人。我于是一有空便跑去听她的课。但是评教开始以后,李文的得分却总是不靠前。给她的评语里有两条,一条是"课程容量太小",另一条是"随意跑题,偏离课程设置目标"。每一次评分连带着诸如此类的评语发到教研室,李文都会耸肩一笑,从鼻子里哼一声,转身,用一块湿毛巾把教研室西墙的黑板擦得漆黑而湿润,然后捏起几支卷在另一块湿毛巾里的粉笔,在黑板上发狠地写字——二十年后当我调入文艺系统工作,才知道那样的写法叫"背帖"。王羲之的《兰亭集序》被李文一遍又一遍写在黑板上,以至于整个教研室的人都对那篇文字烂熟于心。若干年后来到文联系统,我前后见过许多人临摹的《兰亭集序》,但从来没见过哪个人能用粉笔把

《兰亭集序》临摹得那样惟妙惟肖。李文手里仿佛捏着一支白色的毛笔，而她用来写字的黑板则是柔软的黑色宣纸。李文总是把"永和九年岁在癸丑暮春之初会于会稽山阴之兰亭修禊事也群贤毕至少长咸集此地有峻岭茂林修竹又有清流激湍映带左右引以为流觞曲水列坐其次虽无丝竹管弦之盛一觞一咏亦足以畅叙幽情"一气呵成之后，再在"峻"字旁侧加添"崇山"两个小字，然后再写"是日也天朗气清惠风和畅仰观宇宙之大俯察品类之盛所以游目骋怀足以极视听之娱信可乐也夫人之相与俯仰一世或取诸怀抱悟言一室之内或因寄所托放浪形骸之外虽趣舍万殊静躁不同当其欣于所遇暂得于己快然自足不知老之将至"。写到那里黑板用尽，她便将手中的几颗粉笔头远远朝墙角的垃圾篓一扔，然后用湿毛巾擦净手指上的白色，坐在我对面开始看书，脸色平和如也。我根本不在意那些评分，继续去听她的课。后来我和李文先后离开那所高校，我调进伊城市直机关，李文考博去了京城。我跟她再见面已在分别二十多年之后，彼时她已经成为本地一所知名高校的博导，我们碰巧在文艺系统的一次选举中分别获得了期待中的兼职。再见面时，她大约与我一样早已明白了"老之将至"是个什么情状，我们只是握了握手，彼此问了句"需要祝贺你吗"，便禁不住相对大笑。

　　就是这样，二十年后再见面的时候我们相逢一笑，便看到彼此经过了些什么样的日子。当年在教研室看李文临摹《兰亭集序》的时候，我当然想不到有一天我们都会离开，我由于那次调动而进入的工作系统将成为一些人趋之若鹜的所在。她大约也想不到她获得的博士学位将成为许多年轻人趋之若鹜的学历目标。我更想不到有那么一天，让我俩都有点发怵的"评"

会成为针对我的矛头。事情已经过去五年了。一切都源于厌恶。那是一种与生俱来的挑剔，不由自主。谁会因为一个人总是一坐下来就不停地抖腿并且在一切公共场合两个字两个字卡带似的说话而厌恶他？我会。每当他为着一点鸡毛蒜皮两个字两个字地无端找茬，我便会在众人缩着脑袋不置可否的时候，把那些匪夷所思的"找茬"怼回去。就这样，事情到了戊戌年夏，我的放肆终于给自己带来了十分不利的"评"。我低估了这种人的能耐，他们在败坏的时候往往有着异常的精明。十面埋伏从夏天延续到冬天。在那些被恶意围困的时日里，每一次迎面遭逢都会让我觉得厌恶胀满了肺腑，忍不住要呕吐。那时候我跟京华喝过许多场酒。京华说，现在你懂古人的那句告诫了吧？他们之所以倾向于避开小人，不是因为惧怕小人的坏，而是因为小人能驾轻就熟地把任何一个对手变成恶名加身的人。我说你错了，我并不在乎什么美名恶名，问题是，我觉得我正在朝同样的方向滑落，我几乎管不住自己了。京华看着我，好像被噎住了。过了好一会儿他才端起酒杯与我相碰。"你不至于"，他说，"不至于。"

　　若干年后，当我和李文在一个会议上偶然遇见，我们见面的第一秒便从彼此身上闻到了那种特有的暮气。李文像年轻时一样相貌堂堂，然而气焰早已没了。我能够想象我在她眼里是个什么德行——肥胖，松懈，不修边幅，见了谁都是一脸格式化的微笑。在被形形色色的"评"一路敲打着年过半百，总算对这个匪夷所思的动作后面的动机分布一目了然的时候，参评的热情也早已漏尽。我们老了，老得如此温良恭俭让如此寒碜，这真是一件值得号啕大哭的事。我们经过了二十年时光里许许多多无可避免的锈蚀，到最后才看见，原来我们自己也早已成了某种具有锈蚀力的东西。而有着轻微社恐症的京华从来弄不清楚什么事情将会由什么样的人画钩,画钩的过程又有哪些必然会参照的关节。总是到事后他才看见,原来给事情打钩的人里又有一些不待见他的家伙。京华说,问题是我都不知道他们为什么不待见我,要不是主持人介绍他们的情况,我都不记得什么时候跟他们打过交道。尽管如此,他依然保持着参评的踊跃。这一点韧性让我很是佩服。总得弄钱养活这些人啊,他说,都是玩命干活的,总得给他们一个交代。京华手里唯一能够左右打钩的力道,在于他前些年埋头苦干拿到的两个奖。在这个地区,还没有人能够在同专业里靠近这种级别的奖项。这当然是能够被看见的。所有能够为这个地方带来声誉进而带来效益的东西都会被看见。这一点,京华明白。所以京华总会在关节点上恰到好处地讨价还价,把他认为重要的部分坚持到底,免得事情到最后被弄得一塌糊涂。即便如此,来自各方的批评他也不得不打起精神一一对付。我快疯了,京华不止一次对我抱怨。京华常常把酒杯重重地蹾在桌子上,开始他的十万个为什么。有一次京华把酒杯的高脚蹾碎了,杯底的玻璃碴儿拉破了他的手指。醉醺醺的京华把那只没了脚的杯子紧紧攥在手里,怎么抠都抠不出来。那时候我才相信京华是练过功夫的。他说他最早干的是武龙套,干了三年零十七天。我以为他在炫经历。现在看来,他是真的干过三年零十七天的武龙套。

那天夜里,我们一直等到京华在醉意里昏昏睡去才把带着锋利玻璃毛碴儿的残杯从他手里拿掉。小十蹲在地上,小心翼翼地摊开他的手,给他消毒包扎。跟着京华打了三四年下手的小十刚刚跟他领了证。单身多年、已经奔五的京华在这件事上很是木然。京华说，我是不是有病啊，要不然怎么对谁都不动心呢？小十来了以后，看上去他好像动了心，可还是迟迟不见动静。京华说，不是那种动心啊，只是觉得这孩子可怜。后来还是小十主动开的口，当然这是小十告诉我的。有一天小十问他，现在有没有让你动心的人啊？京华说，没有。小十说，我也没有。京华说，我可能是有毛病，你小小年纪可不要这样。小十说，那可能我也有病呗。小十说，既然都有病，咱俩就凑个堆儿吧，都省心了。京华说，那行吧。两人去民政局领了个证。小十把碘酒抹到伤口上的时候京华的手痉挛了一下。小可怜儿，京华咕哝了一句。小十拿出医用纱布贴着那只手缠绕，一直绕到那点纱布用尽，然后用布胶带绕着缠了两圈。算起来小十如今也是三十好几的人了，不过看上去很小，像个学生。这小可怜儿托着京华的手，就那么可怜巴巴地蹲在地上，头靠着膝盖一言不发。这个学电影的孩子大学毕业就来到了这个城市，参加过许多场考试，干过许多貌似跟电影有关的事，辗转数年，最后在京华这里落了脚。小十说，他事业不大，可是人靠谱，再难都不会为难下属。小可怜儿，京华又咕哝了一句，你不知道还有个金玉其外败絮其中啊。小十说，败絮怎么了，败絮也是棉花，好着呢。

　　事情拖到了现在，连京华这种慢性子也觉得耐心不够用了。起初是那边催活儿，他嚷嚷着时间太紧张，要求延后再延后。等到一场罕见的暴雨从天而降，等到一波又一波的疫情轮番袭来，方方面面斗转星移，他的成片交上去，那边反而不急了。经过两剪的片子已经报上去一年有余，之前催活儿的人总也没时间给这件事画句号，只是说缓缓，再缓缓，目前这个情况，太难了。个中的种种不得已，京华也明白。京华通过视频

-375-

跟大家约酒。铁皮罐装黄花鱼,瓶装兴盛德酥花生,真空塑封哈尔滨红肠,袋装泡椒桔梗,一一拆了装碟,再开一瓶酱老头。这几样东西美味易携,是外景地常备的消遣物,每个人手头都有。京华说,酒一样,菜一样,跟在一起喝也没多大区别。众人说,可不么,没啥区别。京华举杯说,都别泄气啊。众人干了,说不泄气。京华说,趁这个时候琢磨点正事儿。众人说,把你嘴碎的,记着呢。京华说,咱们还是老样子,每周一九点碰个头。众人说,准确点,是线上碰个头。京华说,线上碰头也得把自个儿捯饬好,别灰头土脸的给我塌气。众人说,就冲咱小十,必须捯饬。京华说,一个苦孩子,老欺负她干吗。众人说,欺负你也没啥意思吧。

四

　　向东的大玻璃窗外能看见那个车辆稀少但有红绿灯日夜值守的三岔路口,以及路口对面一派暗绿的贾鲁河西区公园。已经拓宽的贾鲁河就在那一派树木掩映之下,跨河廊桥层叠的飞檐和对岸高坡上的京水亭隐约可见。在好容易养成的走路习惯不得不中断下来的两个月里,每天一早一晚,就在阳台上那株巨大的龟背竹旁边,看着远处的廊桥和京水亭做几遍八段锦。这项在室内便可施展的运动更像是静止的,是植物生长一样的看不见的"动"。时间犹如停下来的流水,让人随之安定下来。深呼吸,肺腑便缓缓张开。身体内藏匿最深的那一小块方寸之地,那一处被称为丹田的人体的重心所在,那个三维的黄金分割点,也在缓缓张开。它几乎总是在注意力之外。但是在每个承受恐惧的时刻,那一处隐匿在意识晦暗区的所在总会遭遇戕害。在恐惧迎面袭来的时刻,被坚强的幻觉所麻痹,我们自以为毫发无伤,然而身体的敏感度并没有减弱。恐惧每一次袭扰都会让这个方寸之地陡然收缩,让位于更深处的肾脏也会承受挤压因而丧失一部分最活跃的细胞。在时光的漫长蹉跎中,我们浑然不知老之将至,而身体都是知道的。情绪的挤压一番番到达,没有一次会放过脏腑深处这一寸小小的空间。这么下去,总有一天我们会外强中干。我想象着空气。那就让空气来吧,让貌似不存在的空气沿着眼睛看不见的通道涌入,让那个被无数人数念的方寸之地慢慢伸张、充盈。新鲜空气犹如小十手里的白药,在被恐惧的玻璃碴儿划伤的口子上慢慢敷洒。我两手交叉,沿着身体慢慢上升,掌心翻转向上,向天空的方向拉伸。身体抻长,想象中新鲜空气正在开始它们的营救。有些无形的绑缚正在崩解。解脱正是从躯壳里开始的。我感到了前所未有的松弛,我感到全部的身心变得空空荡荡,仿佛经历了大风扫荡的旷野。之后呢？我还看不清那将是什么样的改变,它还没有完全进入我的视野。我也不急于看清楚。远处的树梢黄绿参差。在眼下这个季节,绿的大约是杨树,黄的大约是梧桐。在跨河廊桥东南方向的弧形河岸上,绿的则是女贞,黄的是金柳。那些有着阳光一样灿烂颜色的金柳让我记得特别清楚,它们被栽在那一段弧形河岸上,犹如灯盏让傍晚的河岸显得明亮。岸边的草坡上新种了金盏菊和粉黛乱子草。这个时节,金盏菊必定已经凋谢了,而乱子草云雾般的轻粉色应该还铺在斜坡上。在那个河段疏浚完成以后的初夏,我曾一个人坐在还没有泛出粉色的乱子草旁边喝酒。盛夏到来的时候,我会为了出汗而在每天傍晚步行到那个地方,坐在那里抽支烟。我也曾和几个朋友在那里喝到夜深,喝到河对岸海棠公园里此起彼伏的歌声全部消停。如果不是因为连续的时光里有这样一段特殊的岁月横亘,我可能永远也感觉不到时间里还有异质性的存在,也意识不到寻常时间里潜藏着的滋味与自由。寻常日子离开我们已经很久了。如今想起来它就像一座中药柜子,拉开每一个抽屉,里面都有一种具有特殊疗效的药草在里面散发着香气。身体经过用力的抻拉拧转之后才会改变它紧张的常态而暂且放松下来,然后,它会回到绷紧的状态,除非再次经过抻拉拧转。远处廊桥和亭子的飞檐仿佛在我身上也唤醒了同样的轻逸。这是一种与苍鹰在空中滑翔类似的悬停,借助了看不见的巨大气流与来自内部的惯性。

和京华在线上干杯的时候我又一次想起了许久未见的李文。前不久她开始了自己向往中的单身生活。李文说,其实我们这样的人是不适合进入婚姻的。显然,这一点已经不需要再强调。我对维持任何人际关系都缺乏足够的耐心,却偏偏心肠太软。在某种相处中也许会一再迁就,而一旦退过某个界限便会陡生厌倦、断然罢手。这样难免显得无情无义,我偶尔回想,总是心生愧疚。人究竟是怎么一回事呢?这里里外外、个个雷同的生物体之内,怎么就生出了千差万别、毫无逻辑的喜悦与厌憎、热爱与冷漠?我从来解释不了我对于一个人待着的固执需要,但我也从来不觉得我需要对什么人解释。无边的虚空像空气和水一样不可或缺,乃至于我在人群里待的时间稍长便会有强烈的枯燥与窒息感。我就是热爱那种大风扫过旷野般的空荡与巨动若止。

京华的剧本梗概发给我的时候,由同样的故事改编成的电视剧已经开始在南方一家炙手可热的影视平台开播。每晚黄金档准时播出的故事里虽然充满了逻辑脆弱的细节，但是完全没有影响收视率。子弹般密集的弹幕让我眼花缭乱。故事显然又一次落入了俗套。他们总是把注意力转向人和人的角力。一个本来如大河般辽阔深沉、缠绵悱恻的故事，又一次向人与人的角力投降。似乎不踢来踢去就难以推动情节的进展。似乎河流这样古老广大的事物在讲述的意义上乏善可陈。不断出现的硬伤让我一再跌出故事。准确地说，我根本就无法进入，因为我不得不一再提醒自己：这只是个布景，这只是个移植的细节，这只是为了方便衔接，这只是为了省钱为了藏拙。我一边看一边忍不住通过微信跟京华吐槽。京华说，现在你懂了吧？我故意的，我就是要拍个一模一样的故事。我笑他天真。我指出一处细节让他估算完成这个场景的造价。京华在屏幕里挠了挠毛发日渐疏落的头顶，把嘴抿成了"一"字。这个无比烧钱的行当每每让这位老英雄气短。京华说问题是别人家的钱是从哪里来的？他们怎就这么舍得烧呢？我看着墙上的屏幕说，那大约是有个不这么天真的制片呗。我原来是相当迷信演员的左右力的，往往一部编剧弱爆的烂本子能被几个好演员飙出烟花来。后来我又迷信导演。看来都不对。我还是太容易想当然了。在经过了一系列形形色色的事件之后，单因论的劣习已经在我这里消失。京华手上存的这个本子其实若干年前就有了，只可惜当时京华还不知道干成这样的事情关键何在，人家运作资金调用了许多人情，只不过想要挂个编剧，却出乎意料地被京华一口回绝。经过了这么些年，本子被三番五次挖墙脚，如今要再起炉灶，也是一桩极其艰难的事。

京华请我看本子是在大约三个月后。我记得那天正是今年第四场雪来的时候。这个干旱的北方城市很少有哪个冬天能下四场雪。这场雪到来的时候已经在立春之后。尽管离桃花开放还有一段时间，人们还是把这样的一场雪称为桃花雪。那是一场罕见的桃花雪，和着呼啸的北风，雪片巨大、松软、迅猛而悠扬，在空中造成了烂漫的美景。我坐在工作室的落地窗前，读剧本读得忘乎所以。京华的修改让我从中看到了热气腾腾的、活着的、仿佛有了人格的伊城。京华手下终于有了泥水滚荡的世俗百相了。这并不稀奇，任何一个被时光揉搓的人到后来都会明白。但是这样一副慈悲心肠又是从何时起头的呢？它让我蓦然想起我自己三十多年前来到这里的时候大街上的公交车碾起漫天灰尘的样子，仿佛这城市也成了让我心疼的一个活物。我合上笔记本的时候，特别想去雪中大哭一场。我抓起羽绒服就出门了。

桃花雪几乎是暖和的。我仿佛被温柔的雪花洗濯了一遍，变得又清醒又雀跃。我对京华说，哥们儿，我打赌你爱上小十了。京华说，谁知道会是这样啊，这么娇贵的东西，竟然是从蹉跎里来的。

大风就是从贾鲁河岸边的黄色树梢开始的。那天阳光饱满，我的八段锦正做到第二遍。向外翻转手臂的动作让我感觉无比熨帖。从庚子年冬天开始，我经过反复治疗从医院出来以后，右臂至今没能从手术造成的影响里完全复原。曾经阻断的筋脉在术后锻炼中缓慢地恢复，但我不经意间发现自己在更多地使用左手。因为本来就是左撇子，我对这一点迟迟没有觉察。现在，我发现我会把任何需要用力拎起的重物放到左手里，也会侧身用左手拿起右手旁边的东西——只要那个东西不太好掌握，左手便会自动伸过去代劳。唯有在敲打键盘的时候，右手在一如既往地担任主角，因为敲打键盘不需要多么大的力量,已经敲打了二十多年的手指也不需要再练习技巧。而此时,我站在一棵巨大的龟背竹旁边,看见大风把贾鲁河岸边大片大片的树梢化为黄色的绿色的波涛,感觉到手臂拧转时右臂上每一道筋脉里滋生的令人陶醉的酸麻和每一处关节传来的闷闷的咯咯声,我想,它们也是需要抚慰的。抻拉带来的酸麻和响动犹如它们终于喊出口的呼叫。从遭受重创到现在,这些筋脉蜷缩了多久了?也快有三年了。我记得我住院的时间侥幸赶在第一波疫情稍歇的间隙。我听着右臂关节处传来的咯咯声。这些小可怜儿啊,它们被我的懒惰压制了一千多个日日夜夜。也是因为我侥幸把这样的双臂翻转坚持到了现在,侥幸正在练习着的招式里面还有这么一式能够触及这些蜷缩着的筋脉,我总算把这样一处几乎被自己完全忽略的冤枉翻检了出来。两只手臂呈 180 度张开,尽量向内侧拧转到极限,再向外侧拧转到极限。仿佛每一条筋脉都在生长,它们沿着皮肤下面的隐形道路,沿着手指,向外生长。我感觉身体也被卷入了一场大风。大风由内而外,鼓动着无限的空气与尘埃,在远处树梢上形成越来越汹涌的波涛,从黄色到绿色,从绿色到粉黛,无声无息,无穷无尽。

鱼禾　　　毕业于复旦大学中文系,河南省作家协会副主席。散文作品曾获"十月文学奖""人民文学奖"。

山中芝兰

叶浅韵

　　每一次听闻她要来我们家,母亲总是很不喜欢。可母亲又不敢说,不要她来。我却是很喜欢她来,她的嘴里装着另一个世界,那些神秘的已知的和未知的故事,从她的舌头上悄悄滑落下来,落在我的手掌心和奶奶眼眉梢那颗黑痣上。

　　昨晚吃饭时,才听说她要来,母亲的两条眉毛顿时就挤在一起,戚戚促促的,像几条忧伤的小虫子堆在一起。然而,我的思绪早飘荡到她的小篾篮子里了,她一定背着荞面吧。一想起荞面粑粑,我就饿极了。我奶奶说,好端端的白米饭不吃,你要端去换人家的荞面粑粑,人家是因为没有白米,才吃荞面的。我可不管,我就是爱吃。

　　上一次,她从遥远的山路上背来的东西,是我们的土地上没有的，花生、葵花、核桃、梨干什么的，装满了小篾篮子。这大概是两年前的事了。她跟我奶奶在缝缝补补时，我听见隔壁的锅响、油香，就跑过去蹲在人家墙角，看大妈全家人吃荞面粑粑，盯眼巴巴地看着。大妈掰了一小块递给我，外面是荞面做的皮，里面是酸菜做的馅，我一口吞下，又眼巴巴地看向锅里。她进门来拉起我的手回家，并跟我奶奶说，认得这姑娘喜欢吃这个，我应该从家里背些来。奶奶说，这家里都有二三年没种荞麦了，见人家有的，就嘴馋，别说荞麦，就连这葵花籽都几年没种了，她妈嫌这些东西扯了地肥，怕影响下一拨庄稼的生长。

她来了，头上顶着一块洗得发白的蓝头巾，像是天空想晴又不想晴时的纠结，蓝得不畅快，白又白不过白云，还自带着几丝长辈的威严。吃饭时坐在最上首的席位，母亲早已收起她心中的不喜欢，为她夹菜，陪她吃酒。吃完饭，全家人又坐在一起摆些闲白，母亲一会儿问她要喝茶水不，一会儿又问她要煮个糖水鸡蛋不。但凡给人添麻烦的，她都赶紧摆摆手。她拉着我的左手和右手，翻过来看，翻过去看，又闭上眼睛，嘴里细细碎碎蠕动着。

外面下着小雨，冰凌凌的冷风从门缝塞进来，她把我的手放在手心里来回摸索，连手指甲也是那般重视。我感受到一种从地心深处生发的吸附力，跟大山一样沉稳，又像流水一样清净。忽然，她的眼里闪过一团光芒，对我母亲说，你这姑娘将来要有大出息的。我母亲差不多是啐了我一口，又以一副想笑掉大牙的口气说，老外婆呀，咋个可能，她能有什么出息，只怕将来不要嫁到哪里，贴陪娘老子让人家骂就行了。你说，这上村下铺的姑娘，能有什么出息呀？

我奶奶用她背来的荞面，做了许多粑粑，吃第一个的时候,我巴不得赶紧吞下,第二个开始细咽,第三个就嫌弃了。此后,我再不觉得荞面粑粑是好吃的食物。我母亲恶狠狠地瞪了我几眼后,就听见她刚才说的那番话。母亲的眼睛里闪过几丝欢喜,又在她充满疑问的话语中暗淡下去。上一次,我听她跟我奶奶说到什么命运的事,她指着我奶奶眼眉梢的黑痣,在我奶奶耳朵边耳语了好一阵。我奶奶的眼睛一红,就说,命啊,命啊。像是我奶奶被她猜中的伤心过往中,暗藏着某种玄机。

　　这个被我母亲叫作老外婆的人,我叫她老祖。面对母亲的机关枪,她沉默了好一会儿。屋里,刚生了火,火上放着一壶水。我们都把手心向火,想获取一些有限的温暖。我看看我的左手,又看看我的右手,看不到我与别人有什么不同。其实我很想问一问老祖,这会是真的吗?我看了母亲一眼,把想问的话又收回去了。后来,还是母亲忍不住了,她说,老外婆,你是怎么看出来的呢?老祖又抓起我的两只手,她说,她手里有棵大树,枝繁叶茂,有很多人在下面乘凉,你们不信,我就乱丢下一句,以后你们家大大小小的事情都要靠着她呢。一家人瞪大了眼睛找寻我手里的大树,没有人看见,除了老祖。我仔细地找寻那些乘凉的人,我的手掌心这么小,能容下很多人吗?难道他们都像吃菌子中毒后看到的小人人?许多小人人在一个小盘子里跳舞,这是村子里有人看见过的。我什么也看不清,却平生出几分害怕,此后,我要带着这些小人人走路、吃饭、睡觉,天啊,太可怕了。紧接着,她又补充一句,我在这山间乡邻看了那么多年的手相,还没见过她这样的呢。

　　这一次,老祖走后,我们家的猪又生病了,死了。像是老祖身上带着一股什么邪气,不利于六畜兴旺的邪气。那几头猪可是我们家的重要财产,是我们的学费和营养品呀。母亲很难过,可她又不能说、不敢说。更或者说,把这些联系在一起,都有一种罪恶感。可是,一次次雷同的结果,还是让母亲在外婆面前嘀咕了一下。外婆像是做了错事的人,脸上顿时灰秃秃的。一边是与自己情深义重的老娘亲,另一边是失去重要财产的女儿,外婆不知道这心肝该往哪里安放才对。

那一回,从街市上回来的外婆,送了我一面小镜子。村子里的小伙伴们都没有,这大概是我记忆中存在的第一件礼物,十分珍贵。我不懂母亲的悲伤,不懂外婆的哀愁,整天拿着那一面小镜子,照自己做鬼脸,照阳光,等它反射出一个光斑,我向着光斑飞跑,它一会儿在土墙上,一会儿在大树上。一天天,我都没点女娃子的样子,我活在被母亲定义的诸相里,早忘了老祖说过的话。其实,根本不用我母亲一次次地强调,你老祖说的都是鬼话。人话与鬼话,哪有好吃和好玩重要呢?

中学毕业的母亲,总怀疑老祖在土地之外所做的事,是装神弄鬼,而且还一厢情愿地认为做这些事会伤及牛马猪牲口和后辈子孙的福报。老祖其实是知道母亲的性子的,她说,你可以不信,但不能乱说。奶奶可不会乱说,她说楼上有供桌,要戒口。在奶奶的嘴里,老祖是"你外婆认的那一个老妈",在我妈的嘴里,老祖是"叠绿的老外婆"。加了地域和人称标志的定语后面,站着一个遥远的亲人。有时,她又离我们那么近,迫使我们承认她的身份的合法性。不需要血缘的确证,只需要情义的认定就足够了。可有时,这种认定,又带着几分玄幻,一则是对她所从事职业的恍惚,另一则是对她忽然走入我们的生活的不确定性。然而,在外婆这里却是笃定的,就连叫那一声"妈"也那么自然,让我们觉得她们就是一对亲生的母女。

有人说,她是司娘婆、女巫、算命的、请神的。然而,我们无法确证她这些个奇怪的身份,却又总是在蛛丝马迹中寻找这些存在过的证据,并愿意顺应她那些意念的指向,在一些结果导向中明确她只是一个好人,是我们的亲人。事实上,她一生都在为乡邻们排忧解难,谁家有个困难、不如意,去问东西南北,总能从她那里得到一个说法。一些灵验,另一些被风吹走了。那些来来往往进出她家里的人,他们能作证,灵验的物事,说一声好,不灵验的,说一声瞎。人们在好好瞎瞎中,过了一桩又一桩糟心事,过了一天又一年。有一次,我忽然就想,难不成外婆心里也有许多过不去的事,需要有人替她圆了心上的场子?可是,我不敢说,我看着她们像寻常的母女,说话、做事、干活、吃饭,像风和流水那么自然。慢慢地,这种合法性在时间的流度中被默许,直抵血脉和心肺。

其实,在我还很小的时候就知道,在很遥远很遥远的地方,我们家有这样一个亲人。要翻过多少座山,要蹚过多少条水,只有外婆数得清楚。外婆总是说,等你长脚力了,我带你去赶叠绿街子。那些年,外婆为了一家 12 口人的生计,熟悉方圆团转的山峦之间的所有小街市。她农忙时在地里,秋收后在街市。从初一到十五,从鼠街赶到龙街。乡间的街市,以十二生肖为名姓,牛街马街羊街,龙场虎场鸡场。这些街市散布在大山深处村寨相对集中的地方,供山里人家进行生活必需品的小型贸易。为几分钱、几毛钱的利益,外婆翻山越岭,去得最远的地方,大概就是外婆的老娘亲家附近的小街市了。

我奶奶在按住她的好奇心一百次以后,终于还是忍不住问了外婆,这老干娘的由来。外婆伸出她 36 码的大脚,与奶奶的三寸金莲一比,顿时就有了几分"好男儿走四方"的豪情。奶奶说,我只能在四个火塘石边转,你这双解放脚真好呀,脚大江山稳,脚小遍地滚。外婆把目光转到我的脚上,比比我已经快跟她一般大小的脚。说一句,哎哟喂,要是在从前么,嫁不出去喽。两个老亲家一说一笑,就把晚饭做熟了。

饭桌上,有一盘老火腿,我要拣着精肉吃,外婆说,憨了,要肥瘦相间的才好吃呀。母亲说,她吃折了,你们可还记得,我抱着她去别人家串门子,看见别人家煮肉,就死活哄不睡,直到把肉看着煮熟了吃下去才肯睡。一吃,还就吃多了,从此不再吃肥肉。这个故事我听母亲讲过五十遍以上了,每一遍她都讲得兴致勃勃。好像我就是馋和贪的代名词。当然,后来我才明白这个话题也是下饭的菜。

在外婆轻描淡写地诉说中,她与老祖结下母女情缘的关键词是:歇脚、喝水、吃饭。另外的关键词是:良心好。我看着外面绵延的青山,看不到老祖家的山路十八弯。人远地疏的天外世界,不知道外婆是受了什么蛊惑,她背着篾篮子,篮子里装着蒜头、线头、鸡蛋这些不易腐烂的东西,今儿卖不出去,还有明儿、后儿。外婆说,它们不会问我要东西吃,但它们可以换来我想吃的东西。为了全家人吃饱,外婆耗尽了一生的精力,这大概是外婆在土地之外热衷于小买卖的最可靠理由。篮子里必定还装着一架手摇小纺车,在没有其他事情的时候,外婆总是拿着她的小纺车,摇啊,摇啊,从不浪费一点时间。装化肥的蛇皮口袋上的线丝,像是外婆的天然宝库。她不知何时发现了它们的妙用,一根根抽下来,通过纺车做成编烤烟的线。这种种植烤烟的人家都需要的线头,一分钱一根,两分钱一根,三分钱一根,五分钱一根,外婆都卖过。在我的童年深处那抽也抽不完的线啊,我们就像一个个刚学会吐丝的蚕。

许多地方，一天一个来回也就够了。可是去了这个叫叠绿的地方，一天是回不来的。层层叠叠的山峦，层层叠叠的绿色，堆积了一个叫叠绿的地方。天色渐渐暗下来，黑色包裹了绿色，外婆一次次地翻过同一座山，却怎么也找不到回程的路。近处传来狗叫声，外婆像是突然清醒了过来，她需要寻找一个可以歇脚的地方。推开一道门，一盏昏黄的灯下，坐着一家人。一个母亲，四个半大的儿子。一口热饭，一碗热水，和一些故事。外婆跟我们转述这些事情的时候，她一定是省略了她的恐惧。或者说时间的流散，让所有的恐惧隐匿了，只剩下一种亲情，延绵不断。我猜想外婆必定是心怀一种巨大的恩情，才认下这个干娘的。

那一夜，外婆是踩上了迷魂草。传说中，山上有一种迷魂草，人踩上去之后，神志迷乱于一个小小的场域，总也走不出那个圈子。灯下的夜晚，男主人的灵位在沉默，四个大大小小的孩子相继睡去，她们却还有讲不完的话。虽然是第一次相见，却像是一直在等待这一段情缘。她说，大清早起来，就记得清明清醒的梦境，绿油油的菜畦，清晃晃的水，中午吃茶，又见一茶人，走走歇歇，歇歇走走，我就想着今天家里要来亲人了。可是黑了晚了还是没见人来，原来是你呀，是你呀，山中的绿眼睛怪物，可吓到你了。说着她就起身去找东西，她要用她的方式拴住外婆的魂。在她念念叨叨之后，一根蓝线拴在外婆的手腕上。那一夜，外婆睡得很安稳。

她们究竟是在什么状况下相认为母女，有些什么样的细节，都被她们带到了另一个世界。两个苦命的女人在惺惺相惜之间，情动处，念起时，一切就自然生发了。在这个山高路陡的地方，在这一间破败的小屋里，曾收纳过外婆多少辛酸，已无从知晓。我没见过外婆的亲娘,她很早就去世了。外婆把她对母亲的爱移情到这里,她为她做鞋子、做衣裳,做尽一个女儿的本分。她挂牵她的来路与归期,她想念与她有关的一切,做尽一个母亲的职责。在乡间,出嫁的女儿大多是当一条路来走的,那些没有女儿的人家在悲伤难过时就觉得自己无路可走了。有女儿的人家,嫁出去后,就有了一个可以暂时逃越的地方,安置一些过不去的日子。外婆是上天赏赐给她的女儿,是她做了许多好事之后,感动了上天的结果。她很多次这样说。骨肉的血缘与情义的血缘,到了她们这里,已经模糊了边界。她们都是彼此的唯一。从此,一个没有母亲的女儿和一个没有女儿的母亲,开启了她们一生漫长的亲情之旅。

儿多母苦,外婆是最典型的。生养存活的八个子孙,要上学的,要革命的,残缺的,抛弃的,点点滴滴,都疼在外婆的心尖上,还有那些没养活的,生生死死都是外婆身上的痛。它们时时发作,生长在门里门外。开门,关门,一张张嘴,在等待喂养。多年以后,我终于明白,外婆为什么会在生下小姨后,忍心抛弃,又决绝地与外公分居,她这是在了为了生存,斩断自己的欲念啊。一个女人为了养家糊口,狠心地舍弃自己和孩子,这需要多么大的勇气,也许只有在绝望中生存过的人才能体会。小姨是被抱养,长大后有长舌的邻居告知真相,年少的小姨无法承受自己曾被母亲抛弃的事实,便怨恨不止,一直在被遗弃的阴影中超度自己。或许在她尝尽生活艰辛之后,会懂得外婆的苦。

一分钱、两分钱、五分钱、一角钱,这些微末的数字,成了外婆的向山、向地、向河讨要的日子。山上的罗汉松根、箐树叶、香黄花,外婆率领着大大小小的孩子们弄回家来,晒干,研粉,搓成一炷炷清香,再拿到街市上去卖。因制作的工艺复杂,得到的利益很小,外婆没日没夜的劳作也只能换来一点点微薄的收入。但就是这一点点微薄的收入,外婆也从未放弃过。因为,外婆是母亲。还因为,外婆还有一个老母亲。不管这个老母亲,她何时降临于外婆的生活,她都是能施于外婆母爱的人。一个身上披裹着母爱光辉的人,一定会拥有在大地上闪闪发亮的能力。

有一回,外婆从山上带回一种像菌类,又不是菌类的物什,有好几朵,表面像被油漆漆过的,闻上去有清香,她说是在高山上的櫧子树桩上采摘的。外公说,这是灵芝,在医书上有妙用,可是怎么个妙用,外公也说不清。在乡间,对于新鲜事物的认知总是很有限,除了极少的书籍,就是口口相传。对那些生长在田间、山上的植物的命名,也显得粗糙,人们凭着对具象事物的感知力,随口一叫,就连叫自己亲生的孩子,也是大毛二狗的胡乱叫着,有一个辨识的方法就足够了。灵芝可以吃吗?怎么吃?吃了又会怎么样?这些,没有人知道。外婆就把它们舂细了,当成香面与其他的东西拌在一起搓,专门留着自己家在初一、十五时点香用,还说,这一大包要留着给老祖用。老祖常年与香火、纸钱打交道,在她燃起香火的那一刻,阴与阳的世界就混沌了,老祖努力看清另一个世界的物相,并试图说清它们,给在困顿和困难中的人带去另一种希望。

外婆站在供桌前,虔诚地点香、祈祷,那香味儿,像是沾染了四野四季的空旷,辽阔无边,奇香妙然,说不清是一种什么味道。那是外婆第一次遇见灵芝,草草了了对待,却又像是认认真真地爱了它一回。当时,外婆是为了谋生,后来我想起时,却又觉得算是乡间生活中最浪漫的一种:制香。去年夏天,我想念外婆了，就兴致盎然地找来那些原材料，想要拾起她的手艺，在家里弄点自己喜欢的香气。香是制好了，看上去还像那么回事儿，只可惜一点燃它，要么是不容易点火，要么是白烟袅袅的呛味儿。我就特别后悔小时候为什么不好好跟外婆学习手艺，再打电话逐一问妈问姨们，她们居然也说不太清楚细节。我又捣鼓了几次，有所改进，但还是算失败，再无甚兴趣。

后来，我曾在山上见过无数次灵芝，每每就想起外婆制香的那一种味道，也会想起外婆的名字"爱芝"。外婆不识字，她恐怕一生也没有把她的名字与灵芝联系在一起。在乡间，芝跟草，它们没有什么不一样。散居山上山下这些十里八村的人家，生下的女儿们，随口就叫小花小草小芝小香，不过是一种称谓的辨识罢了。

我读的小学就在外婆家附近，母亲嘱咐我遇见不好的天气，就去外婆家吃饭。可我总像一只尖嘴抹馋的猴子，只要揭开锅盖一看是苞谷饭，就立起尾巴往家里跑。这些话是母亲形容我的。我最不爱那苞谷饭，吃在嘴巴里满嘴跑，要是没有汤，我简直没法把它们好生咽下去。可是，老祖和奶奶却觉得它们太好吃了，奶奶说这白苞谷饭白生生的，像米饭一样白。老祖说，这黄苞谷饭，黄澄澄的，像金子一样黄。吃下去，安逸得很。我可不安逸，我宁可吃奶奶在火里烧熟的大洋芋。

我只要不好好吃饭，嫌这吃不下，嫌那吃不下，母亲准会说，要是让你跟老祖去她家，那可是连菜也没得吃的。叠绿的海拔高，气候相对冷凉，没有太丰富的物产。有了比较的日子，让外婆和母亲觉得，眼前这日子还不算清苦。所以，我总是听见外婆与母亲说，这苏子、这豆子、这面条，要留着送点去叠绿。

按照我母亲最朴素的辩证唯物观，如果老祖的法术真能通向另一个世界，那她还不能让自己的生活好一些吗？是啊，她还过得那么艰难。我们从未听她说过自己年纪轻轻就失去的丈夫，多少悲痛，她都自己咽了，她要带着她的儿子们，一直往前走着。这不，走着走着，老天就赏赐给她一个女儿。这个满面尘灰烟火色的女儿，日子也过得很清苦，但她是她前世遗失的珠宝，定然是她做了太多善良的事情，老天对她格外开恩，才让她有了一条可走的路。这些话，我听过多次。而"缘分"这样的词，在她们的词典里却是从未出现过。

　　我一直在想，如果那些年能有个电话就好了，她们不需要用脚丈量那么多山水，就可以把自己的声音送到对方的耳朵里，然后把那些像黄连般的苦一五一十倾诉出来。有些话，一定当得良药。吃下去，生活的苦就少一些了。老祖就是用那些话哄着外婆的日子，也哄着周围需要她的人的日子，一天天、一年年，就这么过来了。

　　外婆在风里来，雨里去，仰仗着老天给她的一对大脚，连生病的时间都不曾有过。因为有老祖的存在，日渐衰老的外婆也还是一个有母亲的人。这一份穿越山水的爱，支撑着外婆走过一坡又一坡的沟沟坎坎。有一年，外婆生日，老祖走不动太远的山路了，就派他的儿子们来贺。贺礼也很简单，干菜咸菜，红糖白糖，还有自己种的一点红米。回礼也很简单，母亲亲手种的麦子，亲手擀的面条，背了满满一篮子，只因老祖说过最喜欢，山梁子上的五黄六月，没有菜吃，面条可以当菜。问问彼此的身体，还能吃几碗饭，还能背几斤面，耳朵还听得见吗？眼睛还看得见吗？哪个儿子的儿子结婚了，找了个什么样的人家，哪个儿子家的女儿嫁出去不安生了。在没有现代通信的年代，有有无无的生活，全靠脚来传递。她们，把这一条山路，走成了心中最平坦的路。

我记得老祖最后一次来我家，还带来了她的小孙女。那一年，母亲的双手手腕骨折了，老祖到来的第一件事情就是帮我们洗衣服。那一盆一盆的衣服呀，在老祖瘦弱的双手中一一归顺。母亲最着急的当然是圈里的猪。除此，还操心小鬼头们在一起，会不会吵架、打架。母亲说，一群猪里，刚放进一只陌生的猪，吵吵打打是必然的事情。其实，她是怕我们欺负那个小姑娘。当然，不愉快的事情，还是发生了，不知是我们中的谁发现了那小姑娘上厕所不擦屁屁的秘密，我们耳朵对着耳朵，就所有人都知道了。然后大家一起嫌弃她、不理她。为此，我母亲恨不能让两只手迅速解放，好让我们吃些跳脚米线。她严厉地批评了我们，老祖却在一边护着我们，护着大家。

那一次，老祖在我们家待了半个月，她走后，也没有发生母亲担心的事情，我们家的猪越长越肥壮。母亲说，怪了，怪了，难道是我错怪老外婆了。弟弟狡黠地说，你早该让老祖把我们家的猪身上都拴上线，叫个魂。母亲一副哭笑不得的样子。不过，像是我弟弟的话，提醒了母亲。往后许多年，但凡猪们有点不安生的时刻，母亲总是用老祖的方法，祈祷一遍。管它是有枣的还是无枣的，先打上一竿子，好让自己心安。

有一年，外婆突然就病倒了，中风。操劳一生的外婆，终于有时间停歇下来，却是粘在病床上，让她比操心劳累还活得痛苦一万倍。伤心的外婆，却还在记挂着她的老干娘，她让儿女们不要告诉她。可是，纵然是远离千山万水，风还是把消息传递给了老祖。老祖派儿子们来探望过几次，一次不如一次好的身体，宣告着外婆留在世间的日子不长了。年老的老祖已经不能承受翻山越岭的路途跋涉，她的眼泪只能流在深夜里。她必定也用尽她的法术,想要解脱外婆的痛苦,可是这人间的病痛,又哪里是什么法术能抵达的呢?

外婆说,有生之年,她大概不能再走一回那些山路了,嘱咐我们一定要去看看。我跟三姨坐着班车,进城,又从城里转车,在七拐八绕的山路上,花了比外婆用脚力还长的时间,好不容易才找到。我真不明白外婆当年是怎么在这绕山绕水的地方,认下这一门亲戚,还一走就是一生。

老祖已经很老了,脑门上的皱褶子像雕刻过一样,她住在一间又矮又小的烤房里,正在帮人捻线。捻线,是她的法术之一。她说,对门村子里有一家姑娘,在薅苞谷的时候,锄头把子伤到下体,大流血,已送进医院,她家里的人来找,说怕活不得了,让我在线上看看,烧点纸钱,叫叫魂魄。我看了,人是活得的,但婚姻上要扯点嘴。我和三姨坐在她的脚边,看她捻线,她干瘪的嘴里在碎碎念什么,我一句也没听清。像是她薄薄的上嘴唇和下嘴唇之间,吐出一丝丝气,又凝成一根根线。她用手拃过去又拃过来,说,来了来了。我的后背起了一丝凉意,我们都看不见是谁来了。她说,这姑娘的三魂七魄叫回来了,叫回来了,好不容易才叫回的。

然后,老祖要在我和三姨的手上都拴一根线,我有点犹豫,三姨早把手伸过去了。老祖说,我的小宝,我先前说的话应验了不是,你将来还会更好的,三月打马入朝堂,九月穿戴好风光,一样也少不了的。我在她这些术语中,坚定地伸出了左手,那一时刻我真就相信了她拥有无边的法力。只是,我的庙堂和我的江湖究竟在哪里呢?在老祖的心里,一个农村孩子能端个国家的铁饭碗,这已经是最好的衣禄,那是她口中的朝堂,更是浑身的穿戴。

她的神情专注于通达另一个世界，而我却在环顾左右，眼前的这些让我心酸。这个一生只求他人安好的老人，她的生活像是从来没有安好过。一间黑黑的小屋子，黑箱子、黑板凳、黑锅、黑灶，坐着一个黑黑的老祖。她一边轻声念叨着咒语，一边把一根细细的蓝色丝线捻来捻去，捻好后就拴在我的手腕上，像是来自另一个世界的神秘镯子。她笑盈盈地说，好了，好了，你吃得下，睡得着了。见我的眼睛一直在屋子的角落里移动，她像是看穿了我的心思，她说，四个儿子都有自己的房子，我不想跟他们任何人家吃，是我自己要来这里的，我一个人自在。

傍晚，有人来，是对门那姑娘的家人，说姑娘没事了，要给老祖6块6角钱的买命钱，还带来了半袋子干核桃。来人说，那姑娘的准婆家人听说进医院了，慌忙去看，一看是妇产科，就说丢人，要退婚。整明白后，又来求和。老祖说，好啦好啦，这回就好啦。她说完这些带着"好"字的连叠句子后，像是在场的人都接收到了心安的信息。

故乡的一条小街上，有一些盲人集聚在一起，把这门古老的营生坚持到现在。没有人知道疗效，但它既然一直存在，就必然有存在的理由。我从小街上经过无数次，见过泪流满面的人，见过愁苦不堪的脸，他们往那家摊子上一坐，就把家里的悲伤一一卸载，等待一条不是出路的出路。收费不高，通常遂了人的心性，8元、16元、18元不等。小城还没有心理咨询师这种职业，我常常有种幻觉，这条小巷子里的这些人，他们一直在充当着最朴素的心理咨询师。

云南有数不清的山川大谷，交通不方便时，这山与那山的距离远得仿佛相隔一辈子。它们严重隔断了各个族群之间的交流以及向外的发展,在离社会中心遥远的地方,许多事情只能向天向神讨要结果。人在遇到困难时,经常需要一个倾诉的对象。久而久之,这类人就成了一种职业,既然是职业,就得有职业的术语或是吃饭的工具。一些真真假假的事情,就成为生活的另一种参照,在一定程度上给人们心灵的抚慰。

我曾问过老祖,你是怎么知道那些事情的?老祖说,许多时候话到嘴边,像关不住的口水,就这么滑出去了,也不知道自己说了些啥。我相信老祖说的是真话。但凡把事物向着好的方向引导的时候,就会产生一种积极的磁场。老祖一生引以为傲的事情,就是很多地方的人,从遥远的山路上来找她。那时,她就像一尊救苦救难的观世音菩萨,被上锁的生活在等着她递上开启的钥匙。她用她有限的认知和精力,尽心尽力地去做了。而我,更像是最大的受益者,因为她在我的童年就早给我的生命另一种启示。这些启示就像种子一样,种在我的身体和精神的土壤中。借着这样那样的力量,总有一些花朵就被催开了。

外婆走时,她的四个干弟弟好一拨人齐刷刷地来了,娘家人的礼数盖过了外婆的亲弟弟们。其实,外婆活着的时候,亲与不亲之间,在心里早已经有了个分辨。那些我们一直误以为血浓于水的情分,却常常像是假的。倒是在水乳交融中培育的情谊,却显得更加珍贵。在山遥水远之间,她们曾给彼此制造各种惊喜。我戴过她亲手做的老虎帽,睡过她编的草帘子,吃过她做的咸菜干果。她们在贫乏的物质条件下,尽可能地为彼此制造更多的美好,延续着深厚的情分。

随着交通和通讯的发展,这门亲戚之间的走动倒是越来越少了。更多是因为外婆去世了,这根两个人之间拉着的线,断了一头,另一头就渐渐萎缩了。在外婆和老祖那里,这是她们生命中重要的一部分。到了她们的下一代,这种情感就被稀释了。偶尔,还会听见母亲和姨、舅们在念叨他们的外婆。也偶尔会去看一下。只是,相比外婆在世时的频繁走动,已经是疏离了很多。再到我们这一辈,大概也只有我会记起来了。

有一次,小姨给我打电话,说老祖来到城里,在她的家里,让我赶紧去一趟。已经96岁高龄的老祖,被孙子带进城来,说要请我办一件事。一个又黑又小的老祖紧紧地拉着我的手,生怕我在她眼前飞了似的,她的牙齿已经掉光了,接近于孩童的那种笑让我生发出从头到脚的欢喜。她说,我的小宝呀,那些年我说的话应验了吧,连老祖家的事都要来投靠你。如果不是老祖又说起,我也像是忘记了这些陈芝麻烂谷子了。我唯一知道的是,老祖交代的事情,就是天上下刀子,我也得办好。临走的时候,她又说,我的小宝啊,你要不要草帘子呢? 老祖说,趁着我还能动。在她眼里,我还是那个喜欢睡新草帘子,喜欢闻稻草香味的毛孩子。她咧着一颗牙齿也没有的嘴巴,笑得开心,这一回有一点点想要讨好我的意思,这感觉让我很心酸,我抱了抱她。小姨说,她现在睡席梦思了。席梦思,老祖喃喃了几遍,像是她被亲人们嫌弃了一回。

后来,我跟姨们都叨念过几次,要去看看老祖。却是几年未动身,直到传来她去世的消息。足足一百岁的老祖,就这样走完了她蹉跎的一生。灵位上,我看见她的名字中有一个"兰"字,才想起外婆的名字中带着一个"芝"。她们,或许就是高山深林中的芝兰吧,遇见,归去,寂于山谷,终会相见。

这个秋天,我在山谷里徒步,遇见兰花,遇见灵芝,我总是想着,它们是她们的灵魂附着物。我走近、亲吻它们,甚至很想带它们回家，伸手过去，却又不敢，想着，它们就是她们。人间那么多苦难，她们早已摆渡了自己和别人。它们就应该静静地生活在这里，在无人的地方，各自美丽、芬芳。

发表于《北京文学》2023 年第 6 期

叶浅韵　　云南宣威人。中国作家协会会员，中国自然资源作家协会第六届主席团成员。作品发表于《人民文学》《十月》《中国作家》《北京文学》《散文海外版》等，获《十月》文学奖、《收获》无界文学奖、冰心散文奖、云南文学艺术奖、《安徽》文学奖等，多篇文章收录进中高考现代阅读试题及各种文学选本。已出版个人文集7部，代表作:《生生之门》。

今天的太阳

雍　措

　　她向我说起今天的太阳。

　　她说起太阳的时候，全身正冒着一股热热的气，像是从蒸笼里刚逃出来。她用袖子擦额头上的汗，刚擦完没一会儿，豆大的汗珠又从皮肤下面冒出来，她又擦。她有些不好意思地说:"今天不知道怎么了，感觉身体里有把火在烤自己。"说着，她用右手去拍那只短了几年的左手。那只手藏在长长的袖子里，让人很容易忽视它。见我在看她那只手，她索性把它举起来伸向我:"就是这只手经常在我身体上作怪。"说完，她又拍了一下那只手，她拍那只手用的力气不轻不重，有种又爱又恨的情感在里面。那只手没有立马从我眼前收回去，她像是故意想把它摆在我面前，好让我一次性看个够。我不知道怎样形容那只手。它比她的右手短了三分之二,五个小手指细细小小的,像谁一个不小心,把几粒发黄的豌豆落在她的手上。她动了动几个小指头,小指头们突然前后左右摇摆起来。

"是不是很怪?"她看着我,哈哈笑起来,一股热气从她笑着的嘴里钻出来,轻飘飘地,一下就散了。我没回答她。她头上的汗还在冒,一颗颗圆滚滚的。她停住笑,用已经湿透的袖子再去擦:"这把火在我身子里越燃越旺了。"她把左手收了回去,长长的衣袖遮住了它。

"你看过今天的太阳吗?"她问我。我摇摇头,并不想对她说什么。今天我很忙,割了小半天的青稞,拔了两箩筐萝卜,锄了一分地的爬地草,就再没时间在外面做其他的了。一年到头我都很忙,忙着照顾十几亩地的青稞,忙着二十多头牲畜的嘴,忙着夏天挖虫草,秋天捡松茸,以贴补家用……我每天都把自己陷在忙中,无心关心其他。

"我在今天的太阳里看见了自己。"她说。

我怀里放着一张牛皮褂子,牛皮褂子肩膀上磨出了一个大窟窿,她来时我正坐在院坝里绞尽脑汁地想怎么修补好它。

"你不信?"她接着说。

我先把有窟窿的那面皮抹了几层厚厚的酥油,再用大力气一次次揉搓,直到牛皮在我的揉搓中越变越软,然后从今年割下来的一张新羊羔皮上,剪下一小块儿大小合适的皮,准备贴在上面缝补。这张牛皮褂子是阿爸留下的,据说来自一头活了十七年的老牦牛,我舍不得扔掉它。

我还是无法回答她,我忙着手里的事,假装没有听见她说的话。

"是呀,这样的事说给谁听都不会相信的。"她又用右手去拍左手,这次她拍得很重,仿佛想彻底废掉它。

她住在村子最南边,是从北村嫁过来的媳妇。我是在六岁里的某一天认识她的。那天村子里的人为了迎接她,早早地就开始忙了。打茶的,做饭的,煨桑的,念吉祥经的,到处热热闹闹。我一觉醒来,家里一个人也没有了。我在床上哭了好一会儿,我常常这样哭,我的家人只要听见我的哭声,总会放下手里正在做的事,来到我的身边,边帮我穿衣服,边唠叨:又犯童子了,造孽呀,造孽。我从小就知道自己犯过童子,这个童子就是哭童。只要犯过哭童的娃,都十分爱哭,不分时间地哭,想哭就哭。民间有种说法,犯过哭童的娃,如果不及时制止他的哭,他会把肚子里的肠子哭出来,肺哭出来,心哭出来,最后哭死自己。因此,只要听见我的哭声,家人都会慌忙丢下手中的事,先把我的哭声止住,再去忙活。那时我就知道,我的家人怕失去我这个最小的娃。所以,只要我遇见不如意的事,我就拿哭声来达到我想达到的目的。

那天早上我在床上哭了好一阵子,没人理我。我朝堂屋里哭,没人理我,我把脖子伸出窗外哭,还是没人理我。这种情况从来没有发生过。但我没有放弃我的哭,我把嗓门扯得长长的,唱着哭,粗声粗气地哭。这些年,自从知道哭可以达到我的目的,我学会了很多种哭法。我用哭声喊我的家人,用哭声述说自己脑子里的想法。那天我哭了很久,堂屋里,厨房里安安静静的,没一个人因为我的哭,把门推开安慰我。我知道,那天我的家人肯定因什么重要的事情离开了我。我还想朝深处哭,突然想到会把肠子、肺、心哭出来,一下不敢哭了。我虽然才在这个世界上待了六年,却隐隐有些怕死了。死那时在我心里是一样怪东西,黑乎乎,拉着一副长脸,耳朵大大的,随时会伸出长牙咬我。我从床上爬起来，自己穿好衣服，从屋子里走出去，看见了一村子忙碌的人。

村子已经好久没这样有生气过了。

有几年，村子里总是热热闹闹的，隔三岔五就有谁家生了娃办满月酒的，隔三岔五就有谁家办结婚喜宴的，隔三岔五就有谁家因死了一个人而办丧事的，还有隔三岔五就有谁家猪呀牛呀马呀下崽拿出来四处炫耀的。前两年，村子里似乎一直在隔三岔五地发生着很多新鲜事情，人们在这些事中忙忙碌碌，生活过得生机勃勃。但那几年过去之后，村子一下安静了下来。村里没有一个新出生的娃，没有一件喜酒、丧事要办，本该下崽的牲畜肚子扁扁的，没有一丝要生产的迹象。那两年过去，地里的庄稼遭遇过一次干旱，那次干旱让土地在人的脚下裂开，庄稼长着长着就把自己烧起来了。还有两座荒废在东面的房子，有天夜里突然稳不住脚，"轰隆"一声倒下了。

遇见干旱的那一年，有几条以前被茂密荆棘遮挡着的野路，宽宽大大地从村子西边裸露了出来，头也不回地向西面理直气壮地延伸出去。有几个好奇的人，冒着酷热去走那几条突然多出来的野路，他们想看看几条被埋没了多年的野路，到底会把自己带到哪里去。他们分头在那几条野路上走了三天，野路还没有尽头，他们不敢再往前走了，再往前走他们说就把自己彻底走出去了。他们一个个垂头丧气地回来，在岔口相互遇见，点点头就各自往家走了。

那几年过去之后，村里人嘴里的话少了——有些话正想被说出来，却又被身体里的什么东西拽了回去。他们使劲想把那句话说出来，脸挣得红红的，脖子上的青筋挣得鼓鼓的，可还是说不出那句话。那段时间，他们经常看见一个人或者几个人，走着走着就在路上用拳头捶自己的胸膛。他们恨身体里多出了一个自己控制不了的怪东西。他们把自己的胸膛捶得"空空"响,像一面牛皮鼓敲在夜里,让他们越听越陌生,越听越觉得那声音来自遥远的地方。他们有些慌了,开始怀疑活在这个世界上的人,还是不是自己。村里的动物也和他们一样,好几天才能叫出一声,那些叫声干巴巴的,硬生生的,像是自己在叫,又不像自己在叫。动物不敢叫了,它们把嘴闭得紧紧的,牙齿咬得紧紧的。

整个村子闷气得很。是她的到来打破了村子里所有的闷气。她和洛呷的婚礼,是那几年过后村子里操办的第一场喜事。人们在这场喜事中表现得异常兴奋和积极,他们早十五天就找各种理由从家里走出去,从一场正干着的活里走出去,在一个不想睡觉的夜里走出去,在某次放牛上山的路上把自己走出去……他们的理由都是去商量商量洛呷婚礼的事。很多活因为他们把自己置身在别人的婚礼中被耽搁了下来。那段时间,人们似乎什么都不在乎,他们就想往人多的地方挤,在人多的地方说几句不咸不淡的话,或陪一大群人尴尬地笑上两声,心里也觉得欢喜得很。他们在闷气中待的时间太久了,想利用这场婚礼把心中闷了很久的气,通过各种方式顺畅地舒出来。他们把这场喜事的每个细节商量了又商量,比如婚礼那天,桌子上该摆什么菜,荤菜用什么碗装,素菜用什么碗装,哪个菜先上哪个菜后上,屋里要放几盏灯,夜里烧几笼暖背的火,等等。他们还让洛呷把要穿的长衫试穿了七八次,他们有时觉得长衫太宽了,有时又觉得腰带不是很绿。他们只要觉得长衫哪里不合适,就让村子里的李裁缝修正。外地上门来的李裁缝,以前傲气得很,那段时间也一改以前傲气的样子,脸上堆着笑,他们说改哪里就改哪里,他们说腰带不够绿就重新给洛呷换一根更绿的。他们什么都准备好了,就等她来。

她要嫁的人洛呷,曾经是个傻子。洛呷好多年前就傻了,村里人说他小时候候乖巧得很,眼睛大大的,皮肤白白的,后来有天回家看见两条红蛇缠在一起,就傻了。村里人不知道是洛呷自己让自己傻掉的,还是缠在一起的两条红蛇让洛呷傻掉的,总之,洛呷说傻就傻了。洛呷常常围着村子白天夜里地跑。最开始,洛呷的家人看见他跑,便在后面追,如果追不上,就请村里人一起追。洛呷好像多长了四条腿,跑的速度比一匹马还快,让人很难追上。有几次,村里人好不容易抓住了洛呷,他却口吐白沫,倒在地上。洛呷的阿爸阿妈为了守住他,从山上挖来一个粗壮的大木墩,白天他们出去干活,锁上门,把大木墩堵在木门外面,夜里他们又把大木墩挪进屋,堵住关闭的木门。但无论他们怎么做,洛呷都想往外跑。洛呷从屋里跑不出去时,就用手不停地掏家里的土墙,洛呷的阿爸阿妈不知道洛呷在掏家里的墙,直到有天夜里,家人正睡在一场梦里,东面靠羊圈的一堵泥巴墙"轰隆"一声垮了,家人惊慌失措地从床上爬起来往外跑,却看见洛呷站在垮塌的墙外,傻傻地笑,他们这才知道洛呷背着他们干的事。他们气得去抓洛呷,可他如一匹矫健的马,朝夜里奔去了。从此,洛呷的阿爸阿妈不想管洛呷了,他们明白再这样把洛呷关在泥巴房里,不知道他还会干出什么事。第二天,他们把那个大木墩用大刀七下八下地砍成了柴火,在院坝里一口气烧了个尽。村里人说看见洛呷阿爸阿妈烧柴火的那天,眼里的泪一直流,洛呷站在那堆熊熊燃烧的篝火旁,一个劲儿地对着火喊:"天燃了,夜燃了,我燃了。"从那时起,洛呷的阿爸阿妈再不管他了。村里人有时在夜里遇见奔跑着的洛呷,也不躲闪他。他们说洛呷像是在飞,脚步轻盈,身子轻盈,从他们身边跑过,像一阵小风从身边刮过,他们还没来得及反应过来,洛呷已经消失了。

洛呷有时会在村子里消失好几天,村里人不知道他去了哪里,他的阿爸阿妈也不知道。洛呷每次回来,总是累得不行,他一进门,就躺在床上,无论阿爸阿妈怎么喊他,他都睡得沉沉的,嘴里说着一串谁都听不懂的话。那时的洛呷虽然身在村子里,心却不知道在哪里游荡。洛呷的阿妈天天哭天天哭,有一天哭着哭着一只眼珠子突然从眼眶里滚了出来。洛呷的阿妈吓得瘫软在了泥巴地上。洛呷见状,冲过去捡起阿妈的眼珠子,二话不说就跑远了。那一次,洛呷又在村子里消失了好几天。等洛呷再回来,家里的大门敞开着,窗户和牛圈也敞开着,屋里静静的,没有一丝声息。洛呷第一次在屋里一个劲儿地喊阿爸阿妈,却无人应答。他掀翻堂屋里的桌子找阿爸阿妈,钻进狗窝找阿爸阿妈,跑进羊圈里找阿爸阿妈,实在找不到,他把阿爸阿妈平时吃饭的大瓷碗,左一个右一个拿在手里,朝碗底喊。他喊完就把大瓷碗放在耳边听,他想阿爸阿妈会不会藏在碗底。

一个过路的人看见洛呷一直朝两个碗底喊阿爸阿妈,嗓子都哑了,走过去对他说:"洛呷,别喊了,你阿爸阿妈去镇上看那只空眼眶的病,马骑得急,走到岗卡掉下悬崖,死了。"说的人认为面对一个傻子,有些话再拐弯抹角,就没有意思了。没想到洛呷听后,拿在手里的两个大瓷碗"哐啷"一声掉在地上,身子重重地向地上栽去,口吐白沫,四肢抽搐。那个人吓坏了,急忙喊来村里其他人帮忙,可他们围着洛呷,也不知该怎么办。他们想洛呷这回可能快死了,叹息着说:"死了也对,免得在这世上无亲无故。"他们团团围着洛呷，洛呷四脚朝天，嘴张得大大的，像要一口吃掉这世间的什么。最终，洛呷活了过来，而且把自己活成了一个好人。他从围着他的人中间站起来，挨个喊出那几个人的名字，然后从他们中间走出去，像什么事也没有发生过一样，扛着锄头下地干活去了。那几个认为洛呷要死的人，瞪着大眼睛，惊得不知道说什么，眼鼓鼓地看着洛呷从他们眼前走向了地里。他们说那一刻的洛呷，仿佛一头年轻的壮牛，浑身上下冒着一股使不完的劲儿。

洛呷什么都好起来了，好心的人还希望他更好，就托人帮他说了这门亲事。去说亲的人，说了一箩筐洛呷的好话，最后也没把洛呷曾经是傻子的事掩了，人说："洛呷虽然现在不傻了，但谁也不敢保证以后还会不会傻掉，不过人活着都是走一步看一步的，别说洛呷，就是我们都不知道，以后会有什么事情发生在自己身上，人的命，癫子的病，要摊上怎么都躲不过。我是来给洛呷说媒的，希望你能和洛呷成亲，但不能为了促成这门婚事，就昧着良心把他的那段经历给掩了。我说透了洛呷，你自己也好生掂量掂量，人生没几件必要的大事要做，结婚算一件。"说媒的人把该说的话说完了，闷着头抽烟叶。说实话，说媒人去之前没抱多大希望，他想的是不管成不成都去试试，成当然是最好的结果，不成也算自己修了阴功，阴功的界定不在成与不成上面，而在做与没做。令媒人万万没想到的是，这次媒一说就成了。她只问说媒人："洛呷除了以前傻过，还有其他的什么毛病没有？"说媒人连连摇头，说："没有了，没有了。"她说："我嫁。"说媒人说了那么多次媒，第一次遇见这样干脆利落的人，一时没缓过来，愣了好一会儿，才从嘴里冒出几个暖乎乎的字：好，好，好。说媒人最懂趁热打铁的道理，接着说："既然姑娘不是个拖泥带水的人，我也大着胆子问一句，今天能不能把办事日子定下来？我来一趟北村不容易，要翻三座山，骑十多个小时的马，如果姑娘能心疼我一个说媒人的话，感激不尽。"她想了想，答应了。说媒人连连说着感谢的话，很快把日子定了下来。那时已经是下午了，说媒人起身骑着马就要走，她看看西落的太阳，也没留说媒人吃饭，她知道说媒人回到自己的村子，还有一段长长的路要赶。

她是自己把自己嫁到我们村的，她也只能自己嫁自己。她没有家人，一个也没有。她结过两次婚，一个男人跑了，一个男人死了。她和两个男人都没有娃，有人说生不出娃的女人是阴阳人。她心里难过，想到过死。她暗暗自杀过几回，喝敌敌畏、跳河、上吊，但可能终究还是和这个世界有不解的缘分，每次都没有把自己杀死。她想既然上天不让自己死，就好好往下活。她按自己的想法去做了，她把自己一个人住的泥巴房子打理得好好的，把几块够自己吃的土地打理得好好的，她还养了三匹马，两头产奶的牛。她一个人过日子嘴巴憋得慌时，就对着这三匹马和两头奶牛说话，有时马和牛不在身边，她就对着自家的一地青稞、一棵树说话。她想只要是自己家的东西，是会懂自己的。她最怕的是夜，夜太长，夜里人除了睡觉，别的事都不好干。夜里很多自家的东西仿佛都很忙，她朝夜说话，厚厚的夜把她说出去的话又重新还给她。那些还回来的话，又冷又硬，直直地落到她的心上，让她的心在夜里更加疼。夜里她需要一个男人，她明白这一点。但每当这种想法出现在她脑海里，还是着实吓了她一跳。她不知道这辈子自己和男人还有没有缘分，她不敢想。所以那天当媒人把她的大门敲开，她几乎没怎么考虑就答应了这门亲事。她想把自己嫁出去，她不想再过这种黑夜漫漫的日子了。

于是在我六岁的某一天，我认识了她。那天，村子里到处都是人，我已经好久没有遇见过这么多兴高采烈的人了。他们个个热情十足地说着话，三三两两地忙着手里的事。他们见到我，高兴地喊我的名字，摸我的脑袋。我尽量避开那些喊我名字、想摸我脑袋的人，我不太习惯这个闷气了很久的村庄一下热闹起来的样子。我穿梭在人群里，一次次把头仰起来看比我高很多的大人，我第一次觉得那些平时熟悉的人，从下往上看他们，他们像怪物一样长在我的上方。他们的腿长长的，往下看我的眼睛鼓鼓的，他们的话从我头上落下来，带着一股难闻的土腥味。那一天，我突然恐惧起人。我在一次次的穿梭中哭了出来，我说过我是一个犯过哭瘾的娃，随时随地都可以哭出来。那天，我的哭声刚钻出口，就被兴高采烈的人的说话声、笑声淹没了。我有些绝望，我知道他们不是我的阿爸阿妈，他们不会像我阿爸阿妈那样，一听到我的哭声就把手里正做的事放下来，大老远地跑回来管我。我开始讨厌这种突然热闹起来的村子，我觉得这种不真实感像一场梦，而每个人都把自己活在梦中，不能自拔。六岁的我，想从人群中逃出来。我一个劲儿地跑，没有方向地跑，我不在乎自己跑向哪里，我只想离开人群。好多双脚在我眼前划过，好几声喊我名字的声音，从头顶落进我的耳朵。我继续跑，眼中的泪汩汩地往外冒，这一次，我没有把哭声敞亮地放出来，不过这一次，我是真心在哭自己。

我一头撞进了她的怀里，这是我第一次遇见她。她穿着一件红毛衣，背上背着一个大牛仔包。后来我才知道，那个从荒路上走来的她，那个满脸对我堆着笑的她，那天是在自己嫁自己。她蹲下身子，问我叫什么名字。我满脸泪水，整个身子因为难过而抽搐着，我没有告诉她我叫什么名字。她用一只手擦我脸上的泪，我永远记得她那天擦我眼泪的那只手，触摸我脸颊的感觉，暖暖的，让我更想哭。那只手后来变成了那天她伸向我的左手。她说她要走了，再不走就赶不上了。她问我是不是这个村子的娃，我含着泪点点头。她说让我和她一起回村子去，说着站起身子要牵我走。我一动不动，我不想和她一起回村子，确切地说，那天我不想那么快回那个一下热闹起来的村子。她再一次对我说，她要走了，再不走就赶不上了。我看着她向前走，在她拐过一堵土墙时，我"哇"地哭出了声。我是哭给自己听的，她却从土墙后面退回来告诉我，她是从北村来的西卓，以后会一直待在这个村子里。她说完这句话，又把自己拐到土墙后面去了。她说她是从北村来的西卓时，眼里泪光闪烁。没过多久，我听见村子里响起了鞭炮声。

那一天，我的阿爸阿妈彻底把我忘记了。那一天，我看见了一个自己把自己嫁出去的人的全部孤独。

"可惜你没看今天的太阳。"她再次说。

她说这句话，距我第一次见她已经过去二十多年了，她仿佛变成了另外的一个人。只是现在的她，无论在生活中遭遇什么，灰蒙蒙的双眼里，再没有泪。我把手里正在缝补的牛皮褂子放在地上，我不想再缝补这张老牛皮了，即使再一次缝补好，它也会在未来的哪一天，重新把自己坏掉。一张老牛皮已经过完了它应该过的一辈子，就像我的阿爸阿妈已经过完了他们应该过的一辈子。世间万事万物都该有个过完自己一辈子的时候，无论长与短，无论悲与喜，无论伤与痛，都该有个结束。

"你在太阳里是怎么样的？"我抬起头问她。她有些惊慌，可能从最开始她就没有想过我会对她说些什么，她只是一个想对外界倾诉自己的人。

她没有很快地回答我，而是动了动站久了的双脚，随后才说："我看见自己穿着一件蓝色的藏袍，坐在一棵叫不出名字的大树下，四周开着五颜六色的狼毒花，鲜艳的花朵一会儿落在我的藏袍上，一会儿飞到叫不出名字的大树上。我的头顶有一轮白白的月亮，月亮毛茸茸的，像狐狸的尾巴。不远处，有一条红色的河流从远处流来，河里有黑的、绿的、白的鱼，河水流过的声音，好像是南无寺喇嘛们集体诵经的声音，不过有时又像是马头琴发出的声音……"

她埋着头，沉浸在那幅画面中。她的头发全白了，额头上的皮肤一层层地垒着往下掉。她那只短了三分之二的左手，藏在空荡荡的衣袖里，跟没长一样。她额头上的汗珠还在一颗颗地往外冒，她的身体像是水做的。

"今天的太阳真是好呀。"她把埋着的头抬起来，边擦额头上的汗边笑着对我说。她的牙齿很白，让我想到折多河里一种白得发亮的白火石。她望着远处雪山顶上慢慢升起的月牙儿，告诉我她要回家了，再不回家，就看不清回去的路了。

"你知道吗？有些路会故意在你要走上它的时候，和你玩一场躲猫猫的游戏。它让你眼睁睁地看着它在你面前消失，留下一个不知往哪儿走的你，重新找一条从来没有走过的路去走。"她说着，从我家木门走了出去。我不知道，今天走回家的她，是否有一条熟路等着她。

如今，她的家里又只剩下她一个人了，她的洛呷在她嫁过去的第八年，又把自己傻掉了。傻掉后的洛呷，十天没有回村子，二十天没有回村子，一年没有回村子……这一次，洛呷把自己消失干净了。洛呷消失后，她傻傻地、不分昼夜地在地里干了七天七夜的重活,人们看见她坐在长满荒草的地坎上望着远处。后来,她就再没有在别人面前提起过自己的丈夫洛呷,也再没有人在她面前说起傻子洛呷。洛呷这个人消失在了人们的话语里,风里,雨里,暗下去的夜里……

她每天忙着自己,她想要在日子里更好地活好自己。她的左手在做重活时把一条筋挣断了。从那天起,她的那只手就一天一天地往身体里缩,越缩越短,越缩越细……她曾经告诉过我,她感觉自己越来越回到自己了。

今天的太阳明晃晃地照在大地上,可惜我却没时间抬头看它一眼。

雍措　　藏族,四川康定人,发表小说、散文作品一百多万字,作品散见于《十月》《花城》《中国作家》《民族文学》《天涯》等期刊,出版散文集《凹村》《风过凹村》,获第十一届全国少数民族文学创作"骏马奖"、四川文学"特别奖"、三毛散文奖等奖项。

季节之书

钱红莉

雨水帖

雨水过后,阳光变得明亮起来,眼前仿佛晃动着无数锡箔。风也起了变化,吹在脸上细细茸茸,宛如温柔抚摸,不比寒风那么急切扫脸。

眼界里,一切都是澄明的……

枝头鸟雀喧喧,唯有斑鸠的鸣叫喑哑低回,如若中提琴的音质,伤感荒寂,听得久了,叫人起了远意,总会想起空山淡薄,古寺倾圮……

洗菜时,自来水不再寒凉,水流哗啦哗啦,如一路小跑着唱歌,一切都欣欣然的。连冷藏于冰箱的青菜,也显出生命无穷的蓬勃来,它们悄悄躲在食品袋里抽薹,掰开层层叶片,菜心鹅黄粉嫩。每一棵青菜皆举着一秆细小的薹,顶端是珍珠一样的花骨朵,细如鱼子。这些青菜,纵然脱离了泥土,却也不愿枯萎,这份锐意进取的好强之心,想必是基因自带的——窗外春光无限,它们当真感应到了呢,就算被囚禁于逼仄漆黑的冰箱,也要加入抽薹的起义之中……

谁都不辜负这明晃晃的早春。

露台上一株月季,是一夜间冒出的芽尖尖,乌紫紫的,在风里抖动着,仿佛可以掐来吃。

喜欢在小区里逡巡,查看黑铁一般的各样果树有无萌发。

杏,李,桃,星辰一样密集的花骨朵,同样是一夜间生发出来的,令人惊奇,仿佛一场暴动。

樱桃树上,遍布花蕾,一日日地鼓胀起来了。

碧桃,永远是矮壮的树种,满枝蓓蕾大如黄豆,吹弹欲破——昨夜略微一场微雨,今晨仿佛"砰砰砰"一声声,所有花苞齐簇簇就把自己敞开来了。碧桃开起花来,向来一股痴气,好比一个胖子睡得太沉而鼾声四起,一声迭一声盖过黑夜,连春天也都招架不住了。确乎没有哪样花像碧桃开得如此高歌猛进,简直万花怒绽,隔着几里,似可听闻声响。由深红而浅红,似初盛的春潮,一波一波涌动,也像过年时爆竹被点燃,噼噼啪啪,满地碎屑……一年年周而复始,有亘古如斯的热闹。

同样一场微雨,辛夷顶破毛茸茸的外壳,举出一小群白花来,浮在春夜里,像一盏盏静谧的河灯。

辛夷开在深山,开在水边,俱好。

每日骑车经过一片湖的西岸。每一年春上,湖畔那几株玉兰,最先开出浅粉的花,细细淡淡的,于水波的一送一递间,恍如中国山水画的皴皱技法，倒映着浅粉花影，惹人流连，这里面深藏一份急速飞逝的美。

春水曾被称为桃花水，并非荡漾，也非潋滟，倒比较接近日本古寺门前的枯山水意境——春风柔细如发，一点点爬梳着湛蓝的湖面，纵然逼窄，却也叫人望见了海洋的浩渺无垠。

早春的风，始终萧萧霏霏的，一刻不停地吹，湖面随着风势，变幻万端，一忽儿雨点皴，一忽儿披麻皴，一忽儿又是卷云皴了。

一个人在早春的湖边，可以坐很久很久，独自欣赏风行湖面的画意。这眼前一切，似乎来自旧时代的画，是马远、夏圭的，也是黄公望、陈洪绶的，也可能是沈周、石涛的。

偶尔，春风吹得急些，湖面呈现的便是大斧皴、小斧皴了，一如八大的山势，似可将春天的一切席卷了去。慢慢地，春风渐止，湖面有了平畴野畈的广阔，春水一如和田玉般碧绿，仿佛新生。

总归是到了春天，自然万物一齐活泛过来，板结了一冬的泥土，渐已苏醒，兀自松散；人的筋骨，也不再僵硬，总喜欢出去走走，宛若初生，眼界里的一切都是新奇的。

距家不远，有一小河，河畔无数春梅。年年早春，云蒸霞蔚……整座城市的人，似乎一齐拥来了，颇为喧闹。我不太喜欢。

看花，最好一个人。

白梅最美，美在雅淡。

元人胡奎有一句诗：分明一片黄昏月，留向禅床伴寂寥。

对，白梅美就美在寂寥上，避开人世喧闹，与黄昏的月一起沉入深夜之中。

春夜的月，同样寂寥，像波格莱里奇弹奏的钢琴小品，孤清无比。

春夜的月，也似龚贤的画，一人一石一树，眼前的山河流云,俱为萧瑟。

春夜的月,望得久了,到底是寒凉的,偶尔裹一层光晕,并非松花黄,而是枯黄。王维写:月出惊山鸟,时鸣春涧中。诗人所真正表达的,并非鸟的心境,而是指一个深山久居的人太过孤独,忽为月光所惊。

人只有寂寥之时,方能觉知四时节候的变化。人只有孤独之时,才能眺望繁星孤月,领略星挪辰移的奥秘……

去荒坡,闲走,一片枯草地上,匍匐三两蒲公英。隔几日,再去,忽然撑起一把把小黄伞,颇似幼童调皮的眼,骨碌碌于风里转。

开成一片宝石蓝的,永远是阿拉伯婆婆纳。野豌豆、菟丝子们始终收敛着腰身开花,一如沉思,一如低吟……

小区池塘边,柳树七八株。前阵,明明一派暗淡的褐灰。近日,春风细拂,柳泛酥色,一霎时生动起来了,是杨万里的诗——柳条百尺拂银塘,且莫深青只浅黄。

早春的柳色,适宜远看,那一缕缕深青浅黄,如雾如烟,如一册纸页泛黄的《金刚经》,如梦幻泡影,如露亦如电……

世间芳菲万种,我独喜杏花。喜欢它"浓绿万枝红一点"的素淡,不比"高烧银烛照红妆"的海棠那般浓烈。

杏花,蓓蕾绛红,花开而白,像故人——他一颗心,被风雨洗礼,慢慢淡下来了。

三年前,在河北太行山中偶遇一位大姐,她与我说起,北方杏花四月才开,到时还会下雪。说着,大姐将手机屏保滑开,给我品赏自己私藏的十余幅"雪中杏花图卷"——是茫茫白雪中那一点点红,当真是"一汀烟雨杏花寒"。

如此,一直难忘。

惊蛰帖

惊蛰后，气温骤升，摄氏二十五度，可穿短袖。这样的高温，让人一时适应不了。地球是否被什么神秘的星系吸引着稍微脱离了既定轨道？予人转速加剧的错觉。

往年三月，气温爬升缓慢，可以让人从容感受自然万物的细微变化，不比今年如此猝不及防。

自雨水以来，我每日都要对小区的一株杏树进行一番体察：从枝条僵硬，到慢慢柔软，再到花芽一夜萌出，只小米粒那么点儿大，渐而大米粒，渐而黄豆般……昨日晨，积蓄至一个节点，一树七分之一蓓蕾敞开花朵。今晨，再看，竟然花开满树了。叫人且喜又叹——太快了，花要慢慢开啊，将春光拖长些，再长些。

我没什么事情做，兀自坐在杏树对面柳荫下，静对一树杏花发呆。天湛蓝，过了无数遍滤镜一般地失真。近旁，干涸池塘底部，石上生草，蒲公英自水泥夹缝间蹿出，举一朵七瓣黄花。沉沉垂坠的柳枝，被风细细梳过，风吹得人几欲昏睡……柳芽愈盛，斑鸠声声，如在深山。

凌晨五点，第一声鸟鸣划破春夜寂静。前后窗洞开，可分辨林间各样鸟鸣，画眉婉转，云雀急速，麻雀始终一惊一乍的——趁人不备，忽然"叽"一声，你要问它什么事吧，它又说不出所以然，末了，又趁势"叽"一声，听得久了，也颇无趣。

喜鹊偏爱正午阳光，拖着巨大尾羽俯冲而下，一边喳喳叫，一边大步流星，停驻于枯草丛中，啄食草籽，忽而扶摇直上了……

比起杏树来，李树性子憨些，只零星开三两朵花，害羞似的，开一朵，静一静，再偷瞄一眼四周，等春风暂歇，再绽开一朵。三三两两渺小细淡的花朵，凑近了闻，沁香馥郁。上弦月挂在西天。

沿屋后步道，骑车缓行，顺便查看沟渠芦苇、香蒲、千屈菜是否萌芽。清晨湿漉漉的空气，裹挟不知名的花香、青草香，叫人一霎时将整个身心融入自然之中了。

荒坡遍布钻天杨、法国梧桐以及水杉和杨柳。三月的柳，当真好看，有远意，与俗世隔了一层的，柔柔糯糯的，叫人迷离沉醉，同林风眠笔下的江南如出一辙，那份浅绿鹅黄，萧萧逸逸的，如画如梦，令人颓废，不能奋发进取。

一路走一路看，有些不知身在何处的茫然。如此，春天相当置人失智。

合肥是一座干燥粗哑的城市。

这个时候的江南，又该是别一番情境了——江水涣涣，菜花明黄，荠麦青青，群山嵯峨……小鸡雏、小鸭、小鹅茸茸出壳来，用胡兰成的话讲，天地都是这样的贞亲。

一路走，一路想着不可抵达的江南，到底无法远行，就更加迷茫些。

一走，又到了小河边。

大量年轻人跑步，那一张张因运动而红扑扑的脸，可真是令人羡慕的啊。那年轻的身躯，起伏的线条，灵动的马尾，跳脱地从我旁边飞逝而过了，而河畔春梅尚未凋敝，一样地如梦如烟。

我的身体大不如前了，几乎急速衰落，连跑步也殊难，但我喜欢坐在河畔看年轻人奔跑，他们的身体里仿佛搁着我的灵魂,带着我一起飞。

坐在河边,随便拔一根青草闻嗅,也是香的,根须带着泥土的簇新,这份簇新里也杂糅着一份腥气,湿漉漉的,像一个人的来处,深藏自然的奥秘。

春阳融融,晒得后背酥麻麻的,也还不早了。起身,往菜市去。

马兰头一夜间登场,顺便带来自然的气息,那紫红的茎青绿的叶。水芹瘦高纤细,苜蓿青翠粉嫩,春笋胖壮乳黄……各样植物生得可歌可泣的,简直可以对着它们画出一张张素描,随便一张,堪比《诗经名物新证》中的插图。

前阵,有人约写"诗经风物",颇无兴趣。早已摒弃掉这种文艺腔的以虚见虚的创作手法,我们要回到自然中去,世间万物,可看可触可感,俯拾皆是,带着体温,有着活气的。

迷茫地在菜市打转转,水芹的药香,马兰头的清香,香椿的浓香,依次将鼻腔洗礼一番。末了,买点儿黄鳝、蒜薹、鸭血、猪肝、肉糜、鸡毛菜。慢腾腾回家,将这些什物往厨房一撂……忽然不想做饭了。

不行,得出去转转。

并非耐不住寂寞,而是万物起身的召唤更能吸引人。

将小区的杏花、李花、玉兰依次拍了一遍。山墙转角处,几丛芭蕉,老桩枯萎,新芽初绽,年年如此,新旧交迭,不曾更改。茶梅开花,有一些奋不顾身的顽强。一株灌木,百朵之众,猩红繁复奢靡,永远开不败,与生俱来地强悍。若是白花茶梅,则清雅得多,甚或比白牡丹、白芍药,都美。素色花朵,一贯予人接纳感,是敞开的怀抱,永无攻击力,也是一直往里收着的绽放。这里的"里",指代精神领域,缺乏直观感,颇有千人各面的歧义。

掐两枝李花回来插瓶。李树枝条繁密,该疏疏了——酒斟半满,树得萧疏,方好。

回家取出一只冰纹陶瓶,古拙憨直,储满水,插上花枝,随便搁于鞋柜,都是美的。

蓓蕾未放,有含蓄收敛的低沉,配着陶瓶汝窑的淡青,看得人说不出来地好。这样的好,是什么呢? 没有雕饰,原生态,纯天然,大道至简,大智若愚? 你就是把中国所有的哲学书搬出来,都找不到一个词来形容这李花的好。它的好,好在自然,一如亘古即在的星月。

也是这样的春夜,好比你一人户外散步,漆黑的苍穹深处,忽现一弯新月,你什么也说不出,唯有与美同在,低头走路……

黄昏,沿天鹅湖东岸骑行,夕阳穿林而来,三分橙黄七分暖黄,湖水粼粼……人行其中,如置身画里。

沿岸一株株玉兰,花开葳蕤:望春玉兰,红里氤氲着一点紫,天然的旧色;白玉兰整个树冠汇聚了无数白鸽,星光一样圣洁繁密。

渐晚,暮色四合,花朵愈发洁白,有黑夜飞行的悬浮幻觉,似乎一年都开不败的,永生永世。

一个年轻人边骑行边将手机开着录抖音,嘴中念念有词……是真快乐,一如婴儿初涉人世的纯粹,将我这个一贯颓唐厌世的人都感染了。

深夜,闲翻恽寿平画册,是花卉系列。尤喜他笔下杏花,有种形容不出的淡雅,唯有默默感受,看了又看,是舍不得放手的珍惜。设色浅灰,大片留白,只略略横出一枝,斜斜地,将倒欲倒,看着心疼,本能地想去扶,又怕造次,还是缩回了手。末了,还又总是担心她。是虚无里横空出世的,流淌着的静气……看旧画，如见故人，人始终惘惘的，如读李商隐无题诗，就是那种"深知身在情长在，怅望江头江水声"的怅惘之情。

心有起伏，何以如此喜爱杏花呢？你看陈洪绶的老树病梅何等地有风骨，一派凛寒独自，自成宇宙。然而，杏花既静且闹，始终有一口活气在，总是给予我这个颓丧之人蓬勃的生命力。

一树杏花，开在一日里的昏暝时刻，最美，有一点点旧气，亦如故人，亲切又疏离，伸手可触，却到底不能了。恽寿平笔下杏花，氤氲了文人的气质，同样又杂糅些人间的热气，叫人看了一遍又一遍，是值得珍惜的。

何止杏花呢？整个春天都值得我们珍惜。

活在春天里的人们，被花包围，被风吹拂，似乎一切都是混沌的，犹如天地初开。

大暑帖

被高温连续炙烤数日，终于有了一场雨。

黄昏时分，骑行于湖畔，迎面而来的风，一阵撵一阵，忽有深山溪水的凉润，让人精神为之一振，一霎时有了秋天的幻觉。

每一十字路口，两两相对，分别植有十数株一人高的木本月季，就都一齐开了红的花，粉的花，白的花，黄的花……一派拂绿穿红丽日长的盛景。这一朵朵大而绮丽的花，实在可观。实则，这些齐头并进的繁复之花，前几日早开了的，我们不过是被太阳的烈焰晒傻了，一个个低头急急赶路，不曾注意到它们罢了。

每年最为酷热的大暑时节，当所有绿树的叶子逐渐委顿而耷拉下来时，唯有紫薇开得最为热烈浓艳。路上，小区里，公园湖畔,均见紫薇花影。似乎天气越热,它们开得越好——玫红、深紫、浅紫、浅粉、纯白,开着开着,便开成了瀑布状态,简直要飞流直下了。一拗一拗的花球,直将枝条压弯,宛如菩萨低眉,又好比石涛的山水,有高山坠石的气势。

我家门前一丛紫茉莉,整个白日始终恹恹奄奄的,但,每至薄暮时分,便格棱棱活泛过来了,无尽的绿叶捧出浓紫小花,如珍如惜,小喇叭一样的滴滴滴吹着,吹亮了天上几粒星子。

吴其濬在《植物名实图考》中说紫茉莉"处处有之,极易繁衍"。陈淏子在《花镜》里说它"清晨放花,午后即敛,其艳不久,而香亦不及茉莉,故不为世重"。

陈淏子的说法不甚确切。紫茉莉不仅清晨开花,黄昏时亦开。在民间,它还另有一个更形象的小名——"洗澡花",晚饭过后人们洗澡时,正是紫茉莉开花时分。汪曾祺在《晚饭花集》里写它:因为是在黄昏时开花,晚饭前后开得最为热闹,故又名晚饭花。

《红楼梦》里,妇女之友贾宝玉也曾安慰平儿,并拈了一根棒儿递与她道:这不是铅粉,这是紫茉莉花种研碎了,兑上料制的。平儿倒在掌上看时,果见轻白红香,四样俱美,扑在面上也容易匀净,且能润泽,不像别的粉涩滞。

虽说紫茉莉的香气似有若无,但暑热中走出家门,一见着它们,原本一颗烦躁嚣嚷的心,忽然变得静谧。

心一静,世间便起了凉意。

小区底楼人家,均植有几丛紫茉莉,大多紫花品种,间有黄花、白花色系——每当暗夜来临,就着路灯的微光,白花茉莉的那一点点白,沁着玉一样的温润色泽,到底是迷人的。

不怕暑热的花,想必天生有着韧劲,花期久长——除了紫茉莉,金银花也在绵绵不绝地开,原本沁人的香气一经高温笼罩,逐渐地变得清淡起来了,淡淡浅浅,丝丝缕缕,又飘飘忽忽,如若一个刚刚学步的幼童,盘旋着,迟疑着,延宕着,一直不肯走远。

暑气渐盛,花气必然清淡,不比春花那么浓烈袭人了。

所有酷暑中的花,都在收敛着性情,白花夹竹桃尤盛,渐次是我家屋后荒坡上的一年蓬、野芫荽花……站远了眺望,坡上犹如覆着浅浅一层雪。

沟渠里生长着各样植物:千屈菜长得高耸,独立一条枝,四周铺展四五片巨大的绿叶子,共同捧出顶端一秆紫花,天堂鸟一样展翅欲飞;香蒲愈发茂盛浓碧,即将抽棒;野蓼丛丛簇簇,近日起了米粒大花苞,到底距离秋风起不远了。

每当黄昏,我总喜欢往荒坡沟渠间逡巡一番。水杉树上的蝉鸣不绝于耳,草丛中纺织娘的吱吱唧唧声响成一片,间或芦苇丛里冒出一两声低沉宏厚如男中音般的蟾鸣。经仔细观察,马尾松原也是盛夏开花,毛茸茸的花球越滚越大,起先是绿的,不几日,渐变至赤黄,趁人不备,结出一个个塔状小果子,隐在深绿的针叶丛中……整个植株散发出松科树种特有的芳香,人已远离,那香气却尾随一路,孩子样地跟脚呢,也像童年的炊烟,平铺直叙而沉沉低垂,为风所牵绊,袅袅腾腾的,到末了,又仿佛起了回音,绝响一样,实在好闻。

水杉的香气也是粘人的。盛夏所有树种的香气,大抵是被夜色浸染出的,一如月光,一如星空。

除了这些植物,酷暑里值得看上一看的,莫非大风走云的气势。黄昏,在布满浓荫的甬道散步,原本晴空万里,忽闻北面的天起了隐隐雷声,一阵旋风紧跟着闪电即起即停,乌云不知从哪里火速滚来,是积雨云,浅灰色系,火山喷发一般聚拢,全砌,愈积愈多,越压越低,直至快要碰到对面高楼的屋顶,实在宏大壮观,引人驻足良久。

更多的时候,是太阳衔山而去了,暑气渐收,玫瑰色晚霞铺满西天,银河一样横亘天庭,有众神驾到的肃穆庄严,渐渐地,寂色笼罩,夜色来临。酷暑天的黄昏,漫而长,小号一样吱吱吱地吹,是维瓦尔第的《四季》了,一年年地,时光漫漫涣涣,世间一切都在,什么都不曾改变过,除了湿热和流汗。

有一年出差贺州,见识众多酿菜,苦瓜酿、瓠子酿、秋葵酿、辣椒酿、藕酿……还有南瓜花酿,客家人的诗性无处不在。至今回味那里的芋头夹肉酿。回家复制过,但这边的普通芋头,比起那里的荔浦芋头,差得并非一个档次。

前阵,湿热难挡,胃口颇差,试做一道下饭菜——辣椒酿。未找教程,唯凭手感。买回露天种植的有机辣椒十余只,剪去辣椒蒂,掏空辣椒籽。瘦肉糜里打一只鸡蛋,拌上姜丝、小葱粒、淀粉、盐、酱油适量。当空腹辣椒被肉糜塞满,将之平铺锅底,微油,小火,焗至焦黄,激点开水,焖煮两三分钟,大火收汁,起锅装盘。两三只辣椒酿,便可解决掉半盏白米饭,荤素搭配,营养均衡,且还刺激食欲。

倘若哪日遇见南瓜花,何不再做一道花酿?

小暑之后的半个月,暑气到达极致。天热,人易贪凉,西瓜、冷饮不绝,总是频繁穿梭于户外炎热环境与室内空调房之间,心气易损。中医最讲气——倘若气泄掉,人难免染病。

在公众号上看来一道养生凉菜——甜杏仁拌茴香。

甜杏仁用水煮十分钟,茴香洗净切碎,以 2：1 的比例放入酱油、醋拌匀。

甜杏仁补气,兼有润肺、润肠之效。茴香的种子就是常用的调料小茴香,也是一味补肾阳的中药。茴香菜除了补肾,也还有开胃散寒的作用。这道甜杏仁拌茴香不仅清暑,对于预防热伤风,也有功效。

酷夏的主旨,就是尽量少动明火。我还喜欢做另一道简单至极的凉拌菜——西芹百合。西芹斜切寸段,焯水断生,备用。兰州鲜百合,一瓣瓣剥开,洗净,焯水断生。将两者混合一起,拌入适量盐、芝麻油、藤椒油即可。口感参差多重,味蕾首先被藤椒油的麻香轰开,继而是西芹的酥脆,百合的甜糯,再呷一口雪花冰啤,可喜,可悦。

一日,忽然不想继续三菜一汤的烟熏火烤,去成品店买一坨酱牛肉,忽然被一堆闪闪发光的卤鸭爪掳走魂魄。家务完毕,坐在蔺草席上,狂啃鸭爪,辣得嘶嘶地倒抽凉气,俄顷,汗出,咕噜几口柠檬水压惊。

日子就这么零敲碎打地过着,再过半月余,就也立秋了。古语云:立秋分早晚。意即,再怎么热,立秋之后的早晚,也都有了凉意。再顺藤摸瓜去古诗中展望一下"寒露惊秋晚"的日子,为期不远了。

近些年,年岁渐长,心气渐萎,每过完一个酷暑,深觉一下苍老十余岁。除了吃吃喝喝,还有什么可抚慰人的呢?

寒露帖

转眼寒露。天色宛如沁了一层水墨,雾气茫茫如马勒《大地之歌》,咏叹调一样笼罩四野,天空明净,冷月高悬……人行户外,凉风习习,总是寒寒瑟瑟的,莫如一句古诗:空庭得秋长漫漫,寒露入暮愁衣单。

寒露惊秋晚,朝看菊渐黄。我家屋后山坡,遍布野菊,远望,星星点点的黄。待走近了,菊丛下铺排大片鸭跖草、芒草。迎着晨风,每一片草叶异常珍惜地将露珠抱在心尖尖上,每一滴珠露似可映照出整个宇宙乾坤。这晨间的璎珞珠玉,一滴滴晶莹剔透,是转瞬即逝的美。

大片柳林,无数枝条,静静低垂,一齐笼于清凉的雾霭之中,枝叶间飘逸着的似有若无的气息,想必是晨岚了。秋天深了,木芙蓉忽然被点燃,繁花大朵砰砰有声地怒绽于漠漠秋风中。夹竹桃将花期自春暮一直延展至秋深,红的花,白的花,默默给生命收尾……

秋天深了,雁群南飞。荒坡草丛中,再也不闻纺织娘歌声,徒添无数油蛉的鸣叫。白鹭不见身影,唯麻雀众多,呼啦啦一片。松鸦也不见了,长尾喜鹊遁迹而去。沟渠内芦苇繁盛至极,迎着秋风哗哗作响。香蒲一年一度,结出无数蒲棒,深咖色,像极火腿肠,仿佛闻得见肉香。无数水杉,身姿笔直,针状叶丛散发出迷幻的药香气,沁人心脾。

荒草满坡,分布着大蓟、小蓟、夏枯草、蒺藜、车前子……唯芒草,适合远观,一穗穗筥帚状白花,沐风浴露,静穆如仪。寒露以后,芒花雪一样,茫茫渺渺,总是那么寂寥苍凉,如若水边琴声,让人起了远意。这远意里,涵容未曾获得的梦想,也是"得未曾有"之未来。

唐代诗僧齐己有诗:

> 宜阳南面路,下岳又经过。
> 枫叶红遮店,芒花白满坡。

猿无山渐薄，雁众水还多。

日落犹前去，诸村牧竖歌。

深秋适合去山中，芒花开满坡谷，山也薄了，有"秋尽一身轻"的意思了。四季流转到寒露，好比人至中年。无论舍得、舍不得的，几场秋风秋雨，都也留不住了。

天空澄澈，晨星闪亮。地上红蓼结起一穗一穗花骨朵，沉沉低垂。除了宋徽宗赵佶画过《红蓼白鹅图》，宋元以来，乏人问津。至二十世纪三四十年代，齐白石一度喜欢画蓼，《红蓼蟋蟀图》《红蓼蜻蜓》《红蓼蝼蛄》《红蓼彩蝶》……一幅幅，惹人怜爱，满纸乡野气息。到了暮年，齐老头又画红蓼图，不见蟋蟀、蜻蜓、蝼蛄、彩蝶，唯余一株独蓼，三两叶子，设了焦墨的，黑叶配红花，望之心惊。

看齐老头的画，越到后来，越是一份"物哀"之美。如闻拉赫玛尼诺夫《第二钢琴协奏曲》，开篇初始，钢琴一声声，如旭日初升，紧随而来的上百小提琴，徘徊低音区，拉出森林万顷，远古的绿意扑面而来，青苔历历间，稚鹿、溪水徐徐目前……简直夺人心魄。

无论绘画，抑或音乐，人类何尝不在试图一点点还原自然，呈现自然？唯书写，最为笨拙，总是不能精准抵达核心地带。一份份自然之美，只适合于人心间荡漾。

家居市郊，毗连一片菜地。我喜欢早起去菜蔬间徜徉。

有位老人起得更早，她正给一垄韭菜浇水，一瓢一瓢泼过去，有爱惜的意思。挨着韭菜地的篱笆墙上，爬满一架绿葫芦，伶仃几朵白花。花叶皆有茸茸之气。隔老远，似也闻得着清苦之味。

葫芦、瓠子、牵牛、木槿，一样样植物，皆喜爱夜间开花，当太阳初起，她们纷纷将花瓣闭合，这些植物大约皆可被称作"朝颜"的。我站在习习凉风中，将一架葫芦看了又看。这些自然界中一株株平凡植物，宛如一粒粒顽石，遍布青苔，简单原始，叫人感知着时间的痕迹。这些平凡简单的东西，都是美的。这眼前一架葫芦花，白得贞静，连晨风都要绕着她们走。这样的几朵花，太纯洁了——晨曦遍布，秋风自遥远的天边来，仿佛带有溪水的清甜，默默陪伴一架葫芦静静开花。

葫芦开花，也不为别的，就是纯粹开花而已。

这自然中的一切，实在抚慰人。

秋日晴空，高远辽阔，始终是瓦窑的淡青，片云也无，四海八荒，空无所有，正应了古诗——"有时空望孤云高"。

秋夜更美。用过晚餐，照常去小区木椅上坐一会儿，观观天象，听听秋声……我就是这样沉淀自己的。

夜气甘冽，云盖四野，一轮明月悬于楼缝间，大而圆，仿佛初来世间的橘黄色，除了惊奇，也说不出什么，我就望着它，一直望着它。被自然之美击中后的涟漪，于心间起伏微漾。

深秋月色，亮而静，有亘古的意味。咫尺处，一株无患子，整个树冠日渐地黄下去，月色下仿佛燃烧起来了——窗里人将老，门前树欲秋。

夜夜，天上无月，唯余大朵白云。天穹幽蓝，衬得云格外白亮，望之良久。

秋天一日日深下去，像被神投入幽潭，不再忧心焦虑，人生的远景、近景，似一夜消失，唯余一颗心。白天，坐在阳台晒太阳，牙刷、毛巾、被褥、枕头抱出晒晒。黄昏后，被阳光洗礼后的棉絮，像极北方老面发的馒头，松软而暄香。

四季里，唯秋冬两季的太阳饱含幽香。

林间有风，天空澄澈透明，迎着光行走，秋光让人睁不开眼。忽而秋风起，法国梧桐的黄叶忽剌忽剌往下旋落，蝶一样轻盈。一年年里，红蓼繁了密了，芒草黄了枯了，夏枯草坚持在秋风里开紫色小花……眼前一切，纵然萧瑟荒凉，但，却那么美——到底，自然的荒芜更有审美力。深秋的萧瑟与盛夏的葳蕤，自是别样，皱纹皓首比之明眸皓齿，更见生命的力度与内涵。

深秋真是蕴藏深厚的一个时节，银杏、乌桕于秋光下，如若两个永恒的发光星体，衬着钴蓝的天，黄如赤子，红如赤子。

每年这个时辰，特别向往回到乡下：那里最好有一条江，或者一条河，夹岸大片稻田。丘陵山冈上，荞麦地蜿蜒不竭。僻野的深秋气质卓绝，更见风骨——零落的草甸，荒凉的山冈，清澈的河流……一齐平铺于地上，连秋风也是无所牵绊的，秋霜一日浓似一日，田畈一派泠泠然。

每临秋日心必闲。坐在铺满阳光的客厅，翻牧溪画册，到《六柿图》，忽然感动起来……是这样的墨色，一瓣瓣，浅淡深浓。旧气，隔了千年递过来的旧气，尚有余温，是清灰里焐过的，底层的，日常的，谦卑的……

是牧溪的平凡打动了我。除了《六柿图》，还有《白菜图》。每日都会买一两斤白菜。寒露之后，菜有霜气，异常可口。

百菜不如白菜。牧溪笔下的白菜，正是"客来一味"，何以令人心悸？

"春初新韭，秋末晚菘"，这八个汉字里，埋伏着时序节令、人间烟火，以及一颗始终跳动着的温热的心。

牧溪感知到的，又是什么呢？

白菜晚菘图中那些墨色，已然旧了。旧的东西，总是珍贵的,厚重,凝练,内敛,欲言又止,留下一派清气,以及与生活隔了一层的凛冽之气。这所有的一切,皆源于秋气——荒凉之气。

我无法在盛夏的溽热里读懂牧溪,唯有深秋,一种无所不在的冽与寒,正是牧溪的精髓所系。他的《寒鸦图》那么孤独,甚至凄凉,何尝不在表达一颗心呢?屏蔽一切伧俗热闹,走向内心的明月深山。如此,孤独凄凉何以不是一份大自在?牧溪的燕子,犹如风中少年,一个独自飞,画幅上端稍微垂下几条树枝,是红柳吧,一样被墨色浸透了,纵是春草蔓生的三月,也是叫你守住了一份清寒。

每临深秋,我走在菜地,走在风里,走在湖边,不免想起牧溪《墨雁图》里一句题诗:西风吹水浪成堆。那份不请自来的寒凉,让人真切感知到人与自然之间的那份两两相照,以及秋天老了芦花一夜白头的无可挽回。

人们秋夜望月,何尝不是那种物我之间的两两相照呢?

牧溪的僧人身份,注定了他的抽离感。到了二十世纪初叶,另一画坛异数常玉,简直走向了牧溪的反面。

孤寒的反面,不正是温静吗?

常玉的温静无所不在。他的粉色系列,犹如婴儿安睡于夏帐之中,轻轻掀开一角,乳香铺天盖地。这是属于我个人的视觉上的通感了。

常玉大片未知的留白,构成了他艺术的夏帐,无数线条流畅比例失衡的马、骆驼、鹿、象、人,犹如亘古即在的婴儿。整个画面,像极西方圣婴们的受洗图卷,温柔,祥和,宁静。

一幅"嬉蝶"图,简直神品——背景一向是常玉派系的"粉"。白猫自粉色云堆间跃出,轻轻把一只灰蝶捉住了……那一刻,仿佛叫人知道了流水惘惘的意思。视觉上无限的冲击力,永远那么动人心魄,过后,又默默消弭于荒芜的时间中。

常玉的人体系列、动物系列、瓶花系列,所表达的主题,无非时间的流逝,是将人抛荒于广漠的时间里而无能为力的消逝,流水一样,一刻也不曾停止地消逝。

牧溪的抽离,常玉的浅淡,一遍遍体现于孤寒温静之中,像极这眼前的秋。

大雪帖

四时更变化,岁暮一何速。四季流转中,转眼大雪。门前柿树上黄叶,寥寥无几,飘来落去,犹如一首《忆秦娥》,并非唐诗,是宋词。宋词的格局较唐诗小,长句连短句,仄仄平平,抑扬顿挫,确乎是关于冬日的声声断断。风中黄叶,并非字字锦,仿佛岁暮无依的孤单凋零。

小雪腌菜,大雪腌肉。寒冬注定就是用来腌制咸菜蔬的。一堆鸽蛋般大小的圆白萝卜,用线串起,晒制萝卜干。做这份活,机械无聊,最好有音乐陪伴。要将巴赫一部冗长的《英国组曲》听完,才能将所有萝卜串好,是惊人的耐心。手工活越做越少了。长夜里,织一件毛衣,打一双手套,缝一床被褥……渐成古老往事。

黄河以北地区,早已大面积飘雪。雪花落在鱼鳞瓦,落在枯草地,落在荒坡,黑白分明,不注意,以为隔夜的一场霜。霜作为自然界中最为凉薄的存在,直如人心世态,经不起拿捏。所有北窗封起,桌上炉火正温,栗炭正红,锅里炖了羊肉,袅袅如烟的热气中,添些粉丝、青蒜,吃在嘴里,丰腴滑嫩。有一杯黄酒更好，抿一口，一种发酵后的烫瞬间占领喉舌，如大军压境，直捣肺腑肝肠。窗外雪正飘，屋内饮酒人默然无声。

或者，一只老鸡，砂锅里滚着，丢几粒白果进去，咕噜咕噜一锅好汤。涮几片冬笋，炖一块豆腐，烫半斤白菜，最是鲜甜甘美。民谚有：百菜不如白菜。画僧牧溪喜画白菜，题款总是"待客一味"四字，一如冬日，沉静又平凡，有一直过到老的笃定在。

冬天还可用来做些什么呢？无非喝杯酒，谈谈天，聊聊文学也好。实则，并未有什么可以促膝深谈。一二知己，下盘棋更佳。屋外雪正紧，屋内人在长考，修身，静心。

大雪之后，白日更短。五点半光景，斜阳欲坠，如若一个燃烧未尽的球体，悬浮西天，瞬间没入地平线，人世一忽儿暗下来。长夜是一条流淌的大河，河岸有一些树和零星的人。

寂寥小雪闲中过，斑驳轻霜鬓上加。

算得流年无奈处，莫将诗句祝苍华。

徐铉诗好，点出冬日的闲，衬出流年的无奈。人忙碌时，无暇惆怅烦忧。一旦闲下来，才会关注内心的需求。作为一个典型的闲人，我主要利用冬天读闲书。

有一夜，看一位作者写马勒，惊心动魄，好比古人说的"点画万态，骨体千姿"。好文章是一行行书法，令人沉醉忘我。好文章，也是漫天雪地里走来的，浑身挥不去的清冽，北风萧萧寒彻，是"阴影覆盖下的小溪"，静静流淌……

古典音乐在冬天是绕不过去的。最喜欢靠在家里暖气片上，听圣桑《天鹅》，舒曼《童年即景》，柴可夫斯基《四季》，拉赫玛尼诺夫《第二钢琴协奏曲》……屋外，触目皆静，苍灰的天上不见鸟影，颓唐与勃发交织的节候，默片一样冗长。假若用四季比喻音乐——流行乐是春天，处处草长莺飞花团锦簇，直接予人感官刺激；夏季是歌剧，一首咏叹调唱下来，大汗淋漓，元气大伤，需要歇至秋尽了；古典乐则是永恒的冬季，白雪皑皑，寒风凛冽，暗流涌动。这样的季节，一开始你怎能喜欢呢？非得等到一定的年岁，方能融入。贝多芬有一首《A大调大提琴奏鸣曲》，久石让版本，经年陪伴我。因为唯一，所以懂得。

听贝多芬，就是将一个人关在冬日屋子里煮茶，茶叶于紫砂壶里重新复活，沁出异香，一遍又一遍。但凡在人世时苦难深重的音乐家，最后给予人类的多是精神上的微甜。久石让的琴声，有拯救感。

久石让这个老头其貌不扬，个头矮小，穿一件灰西装，还是旧的。可是，当他端坐琴边弹奏贝多芬时，仿佛脱胎换骨了，波澜壮阔，灵动飞扬。一个人的才能，足以摧毁一切，重建一切，让人亲爱，欲罢不能。

久石让有一首钢琴曲——《你可以在静静雪夜等我吗》，弹得白雪弥漫，所有人间窗户皆闭合，唯一的屋子里，一根烟被点燃，灵魂起舞，星光、月光以及所有美好的事物，都还那么遥远。

冬天正漫长。只要一口热气在，纵然平凡如我们，也有一粥一饭的光辉。

钱红莉　　又名钱红丽，70后，安徽枞阳人，出版有散文随笔《低眉》《风吹浮世》《诗经别意》《读画记》《万物美好，我在其中》《植物记》《四季书》《一人食一粟米》《我买菜去了》《等信来》《以爱之名》《河山册页》等二十余部，曾获第18届百花文学奖等，现居合肥。